莎士比亚
全集 ⁷

[英] 威廉·莎士比亚　著

朱生豪　译

中国文史出版社

图书在版编目（CIP）数据

莎士比亚全集：全 8 册 /（英）威廉·莎士比亚著；朱生豪译 . — 北京：中国文史出版社，2013.8
（2018.6 重印）

ISBN 978-7-5034-4200-1

Ⅰ . ①莎… Ⅱ . ①威… ②朱… Ⅲ . ①莎士比亚（Shakespeare, William 1564-1616）—全集 Ⅳ .
① I561.13

中国版本图书馆 CIP 数据核字（2018）第 089838 号

责任编辑：刘　夏
封面设计：李四月

出版发行：中国文史出版社
网　　址：www.wenshipress.com
社　　址：北京市西城区太平桥大街 23 号　　邮编：100811
电　　话：010-66173572　66168268　66192736（发行部）
传　　真：010-66192703
印　　装：三河市天润建兴印务有限公司
经　　销：全国新华书店
开　　本：880×1230　1/32
印　　张：88.5　　　　字数：1800 千字
版　　次：2013 年 9 月北京第 1 版
印　　次：2018 年 8 月第 3 次印刷
定　　价：528.00 元（全 8 册）

目　录

William Shakespeare
COMPLETE WORKS

裘力斯·凯撒

朱生豪　译

莎士比亚
全集

剧中人物

裘力斯·凯撒

奥克泰维斯·凯撒

玛克·安东尼 }

凯撒死后的三位执政者

伊米力斯·莱必多斯

西　塞　罗

坡　勃　律　斯 }

元老

波匹律斯·里那

玛克斯·勃鲁托斯

凯　歇　斯

凯　斯　卡

特莱包涅斯

里加律斯 }

反对凯撒的叛党

狄歇斯·勃鲁托斯

麦泰勒斯·辛伯

西　那

弗莱维斯 }

护民官

马鲁勒斯

阿特米多勒斯　克尼陀斯的诡辩学者

预言者

西那　诗人

另一诗人

路西律斯
泰提涅斯
梅萨拉　　　　} 勃鲁托斯及凯歇斯的友人
小凯图
伏伦涅斯
凡　罗
克列特斯
克劳狄斯
斯特莱托　　} 勃鲁托斯的仆人
路歇斯
达台涅斯
品达勒斯　凯歇斯的仆人
凯尔弗妮娅　凯撒之妻
鲍西娅　勃鲁托斯之妻
元老、市民、卫队、侍从等

地　点

大部分在罗马;后半部分一部分在萨狄斯,一部分在腓利比附近

第一幕

第一场 罗马。街道

弗莱维斯、马鲁勒斯及若干市民上。

弗莱维斯 去！回家去，你们这些懒得做事的东西，回家去。今天是放假的日子吗？啊！你们难道不知道，你们做手艺的人，在工作的日子走到街上来，一定要把你们职业的符号带在身上吗？说，你是干哪种行业的？

市民甲 额，先生，我是一个木匠。

马鲁勒斯 你的革裙、你的尺呢？你穿起新衣服来干什么？你，你是干哪种行业的？

市民乙 说老实话，先生，我说不上有高等手艺，我无非是你们所谓的粗工匠罢了。

马鲁勒斯 可是你究竟是什么行业的人，简单地回答我。

市民乙 先生，我希望我干的行业可以对得起自己的良心：我不过是个替人家补缺补漏的。

马鲁勒斯 混账东西，说明白一些，你是干什么的？

市民乙 哎，先生，请您不要对我生气；要是您有什么漏洞，先生，我也可以替您补一补。

马鲁勒斯 你这话是什么意思，替我补一补？你这坏蛋！

市民乙 对不起，先生，替您补破鞋洞。

弗莱维斯　你是一个补鞋匠吗?

市民乙　不瞒您说,先生,我的吃饭家伙就只有一把锥子;我也不会动斧头锯子,我也不会做针线女工,我就只有一把锥子。实实在在,先生,我是专治破旧靴鞋的外科医生:它们倘若害着危险的重病,我都可以把它们救活过来。那些脚踏牛皮的体面绅士,都曾请教过我哩。

弗莱维斯　可是你今天为什么不在你的铺子里做工?为什么你要领着这些人在街上走来走去?

市民乙　不瞒您说,先生,我要叫他们多走破几双鞋子,让我好多做几笔生意。可是实实在在,先生,我们今天因为要迎接凯撒,庆祝他的凯旋,所以才放了一天假。

马鲁勒斯　为什么要庆祝呢?他带了些什么胜利回来?他的战车后面缚着几个纳土称臣的俘囚君长?你们这些木头石块、冥顽不灵的东西!冷酷无情的罗马人啊,你们忘记了庞贝吗?好多次你们爬到城墙上、雉堞上,有的登上塔顶,有的倚着楼窗,还有人高踞烟囱的顶上、手里抱着婴孩,整天坐着耐心等候,为了要看一看伟大的庞贝经过罗马的街道;当你们看见他的战车出现的时候,你们不是齐声欢呼,使台伯河里的流水因为听见你们的声音在凹陷的河岸上发出反响而战栗吗?现在你们却穿起了新衣服、放假庆祝、把鲜花散布在踏着庞贝的血迹凯旋归来的那人的路上吗?快去!奔回你们的屋子里、跪在地上、祈祷神明饶恕你们的忘恩负义吧,否则上天的灾祸一定要降临在你们头上了。

弗莱维斯　去,去,各位同胞,为了你们的这一个错误,赶快把你们所有的伙伴们集合在一起,带他们到台伯河岸上,把你们的眼泪洒入河中,让那最低的水流也会漫过那最高的堤岸。(众市民下。)瞧,这些下流的材料也会天良发现:他们因为自知有罪,一个个哑口无言地去了。您打那一条路向圣殿走去；我打这一条路走。要是您看见他们在偶像上披着锦衣彩饰，就把它撕下来。

马鲁勒斯　我们可以这样做吗？您知道今天是卢柏克节①。

弗莱维斯　别管它，不要让偶像身上悬挂着凯撒的胜利品。我要去驱散街上的愚民；您要是看见什么地方有许多人聚集在一起，也要把他们赶散。我们应当趁早剪拔凯撒的羽毛，让他无力高飞。要是他羽毛既长，一飞冲天，我们大家都要在他的足下俯伏听命了。（各下。）

第二场　同前。广场

凯撒率众列队奏乐上；安东尼做竞走装束、凯尔弗妮娅、鲍西娅、狄歇斯、西塞罗、勃鲁托斯、凯歇斯、凯斯卡同上；大群民众随后，其中有一预言者。

凯　撒　凯尔弗妮娅！

凯斯卡　肃静！凯撒有话。（乐止。）

凯　撒　凯尔弗妮娅！

凯尔弗妮娅　有，我的主。

凯　撒　你等安东尼快要跑到终点的时候，就到跑道中间站在和他当面的地方。安东尼！

安东尼　有，凯撒，我的主。

凯　撒　安东尼，你在奔走的时候，不要忘记用手碰一碰凯尔弗妮娅的身体；因为有年纪的人都说，不孕的妇人要是被这神圣的竞走中的勇士碰了，就可以解除乏嗣的诅咒。

---

① 卢柏克节（Lupercal）：二月十五日，为罗马畜牧神卢柏克葛斯的节日。

安东尼　我一定记得。凯撒吩咐做什么事,就得立刻照办。

凯　撒　现在开始吧,不要遗漏了任何仪式。(音乐。)

预言者　凯撒!

凯　撒　啊! 谁在叫我?

凯斯卡　所有的声音都静下来,肃静! (乐止。)

凯　撒　谁在人丛中叫我? 我听见一个比一切乐声更尖锐的声音喊
　　　　着"凯撒"的名字。说吧,凯撒在听着。

预言者　留心三月十五日。

凯　撒　那是什么人?

勃鲁托斯　一个预言者请您留心三月十五日。

凯　撒　把他带到我的面前,让我瞧瞧他的脸。

凯斯卡　家伙,跑出来见凯撒。

凯　撒　你刚才对我说什么? 再说一遍。

预言者　留心三月十五日。

凯撒　他是个做梦的人;不要理他。过去。(吹号;除勃鲁托斯、凯歇斯外
　　　　均下。)

凯歇斯　您也去看他们赛跑吗?

勃鲁托斯　我不去。

凯歇斯　去看看也好。

勃鲁托斯　我不喜欢干这种陶情作乐的事;我没有安东尼那样活泼的
　　　　性格。不要让我打断您的兴致,凯歇斯,我先走了。

凯歇斯　勃鲁托斯,我近来留心观察您的态度,从您的眼光之中,我觉
　　　　得您对于我已经没有从前那样的温情和友爱;您对于爱您的朋
　　　　友,太冷淡而疏远了。

勃鲁托斯　凯歇斯,不要误会。要是我在自己的脸上罩着一层阴云,
　　　　那只是因为我自己心里有些烦恼。我近来为某种情绪所困苦,某

种不可告人的隐忧,使我在行为上也许有些反常的地方;可是,凯歇斯,您是我的好朋友,请您不要因此而不快,也不要因为可怜的勃鲁托斯和他自己交战,忘记了对别人的礼貌,而责怪我的怠慢。

凯歇斯　那么,勃鲁托斯,我大大地误会了您的心绪了;我因为疑心您对我有什么不满,所以有许多重要的值得考虑的意见我都藏在自己的心头,没有对您提起。告诉我,好勃鲁托斯,您能够瞧见您自己的脸吗?

勃鲁托斯　不能,凯歇斯,因为眼睛不能瞧见它自己,必须借着反射,借着外物的力量。

凯歇斯　不错,勃鲁托斯,可惜您却没有这样的镜子,可以把您隐藏着的贤德照到您的眼里,让您看见您自己的影子。我曾经听见那些在罗马最有名望的人——除了不朽的凯撒以外——说起勃鲁托斯,他们呻吟于当前的桎梏之下,都希望高贵的勃鲁托斯睁开他的眼睛。

勃鲁托斯　凯歇斯,您要我在我自己身上寻找我所没有的东西,到底是要引导我去干什么危险的事呢?

凯歇斯　所以,好勃鲁托斯,留心听着吧;您既然知道您不能瞧见您自己,像在镜子里照得那样清楚,我就可以做您的镜子,并不夸大地把您自己所不知道的自己揭露给您看。不要疑心我,善良的勃鲁托斯,倘若我是一个胁肩谄笑之徒,惯用千篇一律的盟誓向每一个人矢陈我的忠诚;倘若您知道我会当着人家的面向他们献媚,把他们搂抱,背了他们就用诽语毁谤他们;倘若您知道我是一个常常跟下贱的平民酒食争逐的人,那么您就认为我是一个危险分子吧。(喇叭奏花腔。众欢呼声。)

勃鲁托斯　这一阵欢呼是什么意思? 我怕人民会选举凯撒做他们的王。

凯歇斯　嗯,您怕吗?那么看来您是不赞成这回事了。

勃鲁托斯　我不赞成,凯歇斯,虽然我很敬爱他。可是您为什么拉住我在这儿?您有什么话要对我说?倘若那是对大众有利的事,那么让我的一只眼睛看见光荣,另一只眼睛看见死亡,我也会同样无动于衷地正视着它们;因为我喜爱光荣,甚于恐惧死亡,这自有神明作证。

凯歇斯　我知道您有那样内在的美德,勃鲁托斯,正像我知道您的外貌一样。好,光荣正是我的谈话的题目。我不知道您和其他的人对于这一个人生抱着怎样的态度;可是就我个人而论,假如要我为了自己而担惊受怕,那么我还是不要活着的好。我生下来就跟凯撒同样的自由,您也是一样,我们都跟他同样地享受过,同样地能够忍受冬天的寒冷。记得有一次,在一个狂风暴雨的白昼,台伯河里的怒浪正冲击着它的堤岸,凯撒对我说:"凯歇斯,你现在敢不敢跟我跳下这汹涌的波涛里,泅渡到对面去?"我一听见他的话,就穿着随身的衣服跳了下去,叫他跟着我;他也跳了下去,那时候滚滚的急流迎面而来,我们用壮健的臂力拼命抵抗,用顽强的心破浪前进。可是我们还没有到达预定的目标,凯撒就叫起来说:"救救我,凯歇斯,我要沉下去了!"正像我们伟大的祖先埃涅阿斯从特洛伊的烈焰之中把年老的安喀西斯肩负而出一样,我把力竭的凯撒背负出了台伯河的怒浪。这个人现在变成了一尊天神,凯歇斯却是一个倒霉的家伙,要是凯撒偶然向他点一点头,也必须俯下他的身子。他在西班牙的时候,曾经害过一次热病,我看见那热病在他身上发作,他的浑身都战抖起来,——是的,这位天神也会战抖——他的怯懦的嘴唇失去了血色,那使全世界惊悚的眼睛也没有了光彩;我听见他的呻吟;是的,他那使罗马人耸耳而听、使他们把他的话记在书册上的舌头,唉!却吐出了这样的呼声："给我一些水喝，泰提涅斯。"就像一个害病的女儿一样。神啊，像这样一个心神软弱的人，却会征服这个伟大的世界，独占着胜利的光荣，真是我再也想不到的事。（喇叭奏花腔。欢呼声。）

勃鲁托斯　又是一阵大众的欢呼！我相信他们一定又把新的荣誉加在凯撒的身上，所以才有这些喝彩的声音。

凯歇斯　啊，老兄，他像一个巨人似的跨越这狭隘的世界；我们这些渺小的凡人一个个在他粗大的两腿下行走，四处张望着，替自己寻找不光荣的坟墓。人们有时可以支配他们自己的命运；要是我们受制于人，亲爱的勃鲁托斯，那错处并不在我们的命运，而在我们自己。勃鲁托斯和凯撒，"凯撒"那个名字又有什么了不得？为什么人们只是提起它而不提起勃鲁托斯？把那两个名字写在一起，您的名字并不比他的难看；放在嘴上念起来，它也一样顺口；称起重量来，它们是一样的重；要是用它们呼神召鬼，"勃鲁托斯"也可以同样感动幽灵，正像"凯撒"一样。凭着一切天神的名字，我们这位凯撒究竟吃些什么美食，才会长得这样伟大？可耻的时代！罗马啊，你的高贵的血统已经中断了！自从洪水以后，什么时代你不曾产生比一个更多的著名人物？直到现在为止，什么时候人们谈起罗马，能够说，她的广大的城墙之内，只是一个人的世界？要是罗马给一个人独占了去，那么它就真的变成无人之境了。啊！你我都曾听见我们的父老说过，从前罗马有一个勃鲁托斯，不愿让他的国家被一个君主所统治，正像他不愿让它被永劫的恶魔统治一样。

勃鲁托斯　我一点不怀疑您对我的诚意；我也有点明白您打算鼓动我去干什么事；我对于这件事的意见，以及对于目前这一种局面所取的态度，以后可以告诉您知道，可是现在却不愿作进一步的表示或行动,请您也不必向我多说。您已经说过的话,我愿意仔细考虑;您还有些什么话要对我说的,我也愿意耐心静听,等有了适当的机会,我一定洗耳以待,畅聆您的高论,并且还要把我的意思向您提出。在那个时候没有到来以前,我的好友,请您记住这句话:勃鲁托斯宁愿做一个乡野的贱民,不愿在这种将要加到我们身上来的难堪的重压之下自命为罗马的儿子。

凯歇斯　我很高兴我的微弱的言辞已经在勃鲁托斯的心中激起了这一点点火花。

勃鲁托斯　竞赛已经完毕,凯撒就要回来了。

凯歇斯　当他们经过的时候,您去拉一拉凯斯卡的衣袖,他就会用他那种尖酸刻薄的口气,把今天值得注意的事情告诉您。

　　　　凯撒及随从诸人重上。

勃鲁托斯　很好。可是瞧,凯歇斯,凯撒的额角上闪动着怒火,跟在他后面的那些人一个个垂头丧气,好像挨了一顿骂似的;凯尔弗妮娅面颊惨白;西塞罗的眼睛里充满着懊丧愤恨的神色,就像我们看见他在议会里遭到什么元老的驳斥的时候一样。

凯歇斯　凯斯卡会告诉我们为了什么事。

凯　撒　安东尼!

安东尼　凯撒。

凯　撒　我要那些身体长得胖胖的、头发梳得光光的、夜里睡得好好的人在我的左右。那个凯歇斯有一张消瘦憔悴的脸,他用心思太多,这种人是危险的。

安东尼　别怕他,凯撒,他没有什么危险;他是一个高贵的罗马人,有很好的天赋。

凯　撒　我希望他再胖一点!可是我不怕他;不过要是我的名字可以和恐惧连在一起的话,那么我不知道还有谁比那个瘦瘦的凯歇斯更应该避得远远的了。他读过许多书；他的眼光很厉害，能够窥测他人的行动；他不像你，安东尼，那样喜欢游戏；他从来不听音乐；他不大露笑容，笑起来的时候，那神情之间，好像在讥笑他自己竟会为了一些琐屑的事情发笑。像他这种人，要是看见有人高过他们，心里就会觉得不舒服，所以他们是很危险的。我现在不过告诉你哪一种人是可怕的，并不是说我惧怕他们，因为我永远是凯撒。跑到我的右边来，因为这一只耳朵是聋的；实实在在告诉我你觉得他这个人怎么样。（吹号；凯撒及随从诸人下，凯斯卡留后。）

凯斯卡　您拉我的外套，要跟我说话吗？

勃鲁托斯　是的，凯斯卡，告诉我们为什么今天凯撒的脸上显出心事重重的样子。

凯斯卡　怎么，您不是也跟他在一起吗？

勃鲁托斯　要是我跟他在一起，那么我也用不着问凯斯卡了。

凯斯卡　啊，有人把一顶王冠献给他；他用他的手背这么一摆拒绝了；于是民众欢呼起来。

勃鲁托斯　第二次的喧哗又为着什么？

凯斯卡　啊，也是为了那件事。

凯歇斯　他们一共吹呼了三次；最后一次的呼声是为着什么？

凯斯卡　啊，也是为了那件事。

勃鲁托斯　他们把王冠献给他三次吗？

凯斯卡　嗯，是的，他三次拒绝了，每一次都比前一次更客气；他拒绝了一次，我身旁那些好心肠的人便欢呼起来。

凯歇斯　谁把王冠献给他的？

凯斯卡　啊，安东尼。

勃鲁托斯　把他献冠的情形告诉我们，好凯斯卡。

凯斯卡　要我把那情形讲出来，还不如把我吊死了吧。那全然是一幕滑稽丑剧我瞧也不去瞧它。我看见玛克·安东尼献给他一顶王冠;其实那也不是什么王冠,不过是一顶普通的冠;我已经对您说过,他第一次把它拒绝了;可是虽然拒绝,我觉得他心里却巴不得把它拿了过来。于是安东尼再把它献给他;他又把它拒绝了;可是我觉得他的手指头却恋恋不舍地不愿意离开它。于是安东尼又第三次把它献上去,他第三次把它拒绝了;当他拒绝的时候,那些乌合之众便高声欢呼,拍着他们粗糙的手掌,抛掷他们汗臭的睡帽,把他们令人作呕的气息散满在空气之中,因为凯撒拒绝了王冠,结果几乎把凯撒都熏死了;他一闻到这气息,便晕倒在地。我那时候瞧着这光景,虽然觉得好笑,可是竭力捺住我的嘴唇,不让它笑出来,生怕把这种恶浊的空气吸进去。

凯歇斯　可是且慢,您说凯撒晕了过去吗?

凯斯卡　他在市场上倒了下来,嘴边冒着白沫,话都说不出来。

勃鲁托斯　这是很可能的,他素来就有这种倒下去的毛病。

凯歇斯　不,凯撒没有这种病,您、我,还有正直的凯斯卡,我们才害着这种倒下去的病。

凯斯卡　我不知道您这句话是什么意思,可是我可以确定凯撒是倒了下去。那些下流的群众有的拍手,有的发出嘘嘘的声音,就像在戏院里一样。要是我编造了一句谣言,我就是个骗人的浑蛋。

勃鲁托斯　他清醒过来以后说些什么?

凯斯卡　啊,他在没有倒下以前,看见群众因为他拒绝了王冠而欢欣,就要我解开他的衬衣,露出他的咽喉来请他们宰割。倘若我是一个干活儿做买卖的人,我一定会听从他的话,否则让我跟那些恶人们一起下地狱去,于是他就倒下去了。等到他一醒过来,他就说,要是他做错了什么事,说错了什么话,他要请他们各位原谅他是一个有病的人。在我站立的地方,有三四个姑娘喊着说:"唉,好人儿!"从心底里原谅了他;可是不必注意她们,要是凯撒刺死了她们的母亲,她们也会同样原谅他的。

勃鲁托斯　后来他就这样满怀着心事走了吗?

凯斯卡　嗯。

凯歇斯　西塞罗说了些什么?

凯斯卡　嗯,他说的是希腊话。

凯歇斯　怎么说的?

凯斯卡　哎哟,要是我把那些话告诉了您,那我以后再也不好意思看见您啦;可是那些听得懂他话的人都互相瞧着笑笑,摇摇他们的头;至于讲到我自己,那我可一点儿都不懂。我还可以告诉你们其他的新闻:马鲁勒斯和弗莱维斯因为扯去了凯撒像上的彩带,已经被剥夺了发言的权利。再会。滑稽丑剧还多着呢,可惜我记不起来啦。

凯歇斯　凯斯卡,您今天晚上愿意陪我吃晚饭吗?

凯斯卡　不,我已经跟人家有了约会了。

凯歇斯　明天陪我吃午饭好不好?

凯斯卡　嗯,要是我明天还活着,要是您的心思没有改变,要是您的午饭值得一吃,那么我是会来的。

凯歇斯　好,我等着您。

凯斯卡　好。再见,两位。(下。)

勃鲁托斯　这家伙越来越乖僻了!他在求学的时候,却是很伶俐的。

凯歇斯　他现在虽然装出这一副迟钝的样子,可是干起勇敢壮烈的事业来,却不会落人之后。他的乖僻对于他的智慧是一种调味品,使人们在咀嚼他的言语的时候,可以感到一种深长的味道。

勃鲁托斯　正是。现在我要暂时失陪了。明天您要是愿意跟我谈谈的话,我可以到您府上来看您;或者要是您愿意,就请您到我家里来也好,我一定等着您。

凯歇斯　好,我明天一定来拜访。再会;同时,不要忘了周围的世界。

　　(勃鲁托斯下。)好,勃鲁托斯,你是个仁人义士;可是我知道你的高贵的天性却可以被人诱入歧途;所以正直的人必须和正直的人为伍,因为谁会那样刚强,能够不受诱惑呢? 凯撒对我很不好,可是他很喜欢勃鲁托斯;倘若现在我是勃鲁托斯,他是凯歇斯,他就打不动我的心。今天晚上我要模仿几个人的不同的笔迹,写几封匿名信丢进他的窗里,假装那是好几个市民写给他的,里面所说的话,都是指出罗马人对于他抱着多大的信仰,同时隐隐约约地暗示着凯撒的野心。我这样布置好了以后,让凯撒坐得安稳一些吧,因为我们倘不能把他摇落下来,就要忍受更黑暗的命运了。(下。)

第三场　同前。街道

　　雷电交加;凯斯卡拔剑上,西塞罗自相对方向上。

西塞罗　晚安,凯斯卡,您送凯撒回去了吗? 您为什么气都喘不过来? 为什么把眼睛睁得这样大?

凯斯卡　您看见一切地上的权力战栗得像一件摇摇欲坠的东西,不觉得有动于心吗? 啊,西塞罗! 我曾经看见过咆哮的狂风劈碎多节的橡树;我曾经看见过野心的海洋奔腾澎湃,把浪沫喷涌到阴郁的黑云之上;可是我从来没有经历过像今晚这样一场从天上掉下火块来的狂风暴雨。倘不是天上起了纷争,一定因为世人的侮慢激怒了神明,使他们决心把这世界毁灭。

西塞罗　啊,您还看见什么奇怪的事情吗?

凯斯卡　一个卑贱的奴隶举起他的左手,那手上燃烧着二十个火炬合起来似的烈焰,可是他一点不觉得灼痛,他的手上没有一点火焰过的痕迹;在圣殿之前,我又遇见一头狮子,它睨视着我,生气似的走了过去,却没有跟我为难,到现在我都没有收起我的剑;一百个面无人色的女人吓得缩成一团,她们发誓说她们看见浑身发着火焰的男子在街道上走来走去;昨天正午的时候,夜枭栖在市场上,发出凄厉的叫声。这种种怪兆同时出现,谁都不能说"这些都是不足为奇的自然现象";我相信它们都是上天的示意,预兆着将有什么重大的变故到来。

西塞罗　是的,这是一个变异的时代;可是人们可以照着自己的意思解释一切事物的原因,实际却和这些事物本身的目的完全相反。凯撒明天到圣殿去吗?

凯斯卡　去的,他曾经叫安东尼传信告诉您他明天要到那边去。

西塞罗　那么晚安,凯斯卡,这样坏的天气,还是待在家里好。

凯斯卡　再会,西塞罗(西塞罗下。)

　　　　凯歇斯上。

凯歇斯　那边是谁?

凯斯卡　一个罗马人。

凯歇斯　听您的声音像是凯斯卡。

凯斯卡　您的耳朵很好。凯歇斯,这是一个多么可怕的晚上!

凯歇斯　对于居心正直的人,这是一个很可爱的晚上。

凯斯卡　谁见过这样吓人的天气?

凯歇斯　地上有这么多的罪恶,天上自然有这么多的火异。讲到我自己,那么我刚才就在这样危险的夜里在街上跑来跑去,像这样松开了纽扣,袒露着我的胸膛去迎接雷霆的怒击;当那青色的交叉的电光似乎把天空当胸劈裂的时候,我就挺着我自己的身体去领受神火的威力。

凯斯卡　可是您为什么要这样冒渎天威呢? 当威灵显赫的天神们用

这种可怕的天象惊骇我们的时候,人们是应该战栗畏惧的。

凯歇斯　凯斯卡,您太冥顽了,您缺少一个罗马人所应该有的生命的热力,否则您就是把它藏起来不用。您看见上天发怒,就吓得面无人色,呆若木鸡;可是您要是想到究竟为什么天上会掉下火来,为什么有这些鬼魂来来去去,为什么鸟兽都改变了常性,为什么老翁、愚人和婴孩都会变得工于心计起来,为什么一切都脱离了常道,发生那样妖妄怪异的现象,啊,您要是思索到这一切的真正的原因,您就会明白这是上天假手于它们,警告人们预防着将要到来的一种非常的巨变。凯斯卡,我现在可以向您提起一个人的名字,他就像这个可怕的夜一样,能够叱咤雷电,震裂坟墓,像圣殿前的狮子一样怒吼,他在个人的行动上并不比你我更强,可是他的势力已经扶摇直上,变得像这些异兆一样可怕了。

凯斯卡　您说的是凯撒,是不是,凯歇斯?

凯歇斯　不管他是谁。罗马人现在有的是跟他们的祖先同样的筋骨手脚,可是,唉!我们祖先的精神却已经死去,我们是被我们母亲的灵魂所统制着,我们的束缚和痛苦显出我们缺少男子的气概。

凯斯卡　不错,他们说元老们明天准备立凯撒为王,他可以君临海上和陆上的每一处地方,可是我们不能让他在这意大利称王。

凯歇斯　那么我知道我的刀子应当用在什么地方了:凯歇斯将要从奴隶的羁缚之下把凯歇斯解放出来。就在这种地方,神啊,你们使弱者变成最强壮的;就在这种地方,神啊,你们把暴君击败。无论铜墙石塔、密不透风的牢狱或是坚不可摧的锁链,都不能拘囚坚强的心灵;生命在厌倦于这些尘世的束缚以后,决不会缺少解脱它自身的力量。要是我知道我也肩负着一部分暴力的压迫,我就可以立刻挣脱这一种压力。(雷声继续。)

凯斯卡　我也能够,每一个被束缚的奴隶都可以凭着他自己的手挣脱他的锁链。

凯歇斯　那么为什么要让凯撒做一个暴君呢？可怜的人！我知道他只是因为看见罗马人都是绵羊，所以才做一匹狼；罗马人倘不是一群鹿，他就不会成为一头狮子。谁要是急于生起一场旺火来，必须先用柔弱的草秆点燃；罗马是一些什么不中用的糠屑草料，要去点亮像凯撒这样一个卑劣庸碌的人物！可是唉，糟了！你引得我说出些什么话来啦？也许我是在一个甘心做奴隶的人的面前讲这种话，那么我知道我必须因此而受祸；可是我已经准备好了，一切危险我都不以为意。

凯斯卡　您在对凯斯卡讲话，他并不是一个摇唇鼓舌、泄露秘密的人。握着我的手，只要允许我跟您合作推翻暴力的压制，我愿意赴汤蹈火，踊跃前驱。

凯歇斯　那么很好，我们一言为定。现在我要告诉你，凯斯卡，我已经联络了几个勇敢的罗马义士，叫他们跟我去干一项轰轰烈烈的冒险事业，我知道他们现在一定在庞贝走廊下等我；因为在这样可怕的夜里，街上是不能行走的；天色充满了杀机和愤怒，正像我们所要干的事情一样。

凯斯卡　暂避一避，什么人急忙忙地来了。

凯歇斯　那是西那；我从他走路的姿势上认得出来。他也是我们的同志。

　　　　西那上。

凯歇斯　西那，您这样忙到哪儿去？

西　那　特为找您来的。那位是谁？麦泰勒斯·辛伯吗？

凯歇斯　不，这是凯斯卡；他也是参与我们的计划的。他们在等着我吗，西那？

西　那　那很好。真是一个可怕的晚上！我们中间有两三个人看见过怪事哩。

凯歇斯　他们在等着我吗？回答我。

西　那　是的，在等着您。啊，凯歇斯！只要您能够劝高贵的勃鲁托斯加入我们的一党——

凯歇斯　您放心吧。好西那，把这封信拿去放在市长的座椅上，也许它会被勃鲁托斯看见；这一封信拿去丢在他的窗户里；这一封信用蜡胶在老勃鲁托斯的铜像上，这些事情办好以后，就到庞贝剧场去，我们都在那儿。狄歇斯·勃鲁托斯和特莱包涅斯都到了没有？

西　那　除了麦泰勒斯·辛伯以外，都到齐了，他是到您家里去找您的。好，我马上就去，照您的吩咐把这几封信放好。

凯歇斯　放好了以后，就到庞贝剧场来。（西那下。）来，凯斯卡，我们两人在天明以前，还要到勃鲁托斯家里去看他一次。他已经有四分之三属于我们，只要再跟他谈谈，他就可以完全加入我们这一边了。

凯斯卡　啊！他是众望所归的人，在我们似乎是罪恶的事情，有了他便可以像幻术一样变成正大光明的义举。

凯歇斯　您对于他、他的才德和我们对他的极大的需要，都看得很明白。我们去吧，现在已经过了半夜了，天明以前，我们必须把他叫醒，探探他的决心究竟如何。（同下。）

第二幕

第一场　罗马。勃鲁托斯的花园

勃鲁托斯上。

勃鲁托斯　喂,路歇斯!喂!我不能凭着星辰的运行,猜测现在离天亮还有多少时间。路歇斯,喂!我希望我也睡得像他一样熟。喂,路歇斯,你什么时候才会醒来?醒醒吧!喂,路歇斯!

路歇斯上。

路歇斯　您叫我吗,主人?

勃鲁托斯　替我到书斋里拿一支蜡烛,路歇斯,把它点亮了到这儿来叫我。

路歇斯　是,主人。(下。)

勃鲁托斯　只有叫他死这一个办法。我自己对他并没有私怨,只是为了大众的利益。他将要戴上王冠,那会不会改变他的性格是一个问题,蝮蛇是在光天化日之下出现的,所以步行的人必须时时刻刻提防。让他戴上王冠?——不!那等于我们把一个毒刺给了他,使他可以随意加害于人。把不忍之心和威权分开,那威权就会被人误用。讲到凯撒这个人,说一句公平话,我还不曾知道他什么时候曾经一味感情用事,不受理智的支配。可是微贱往往是初期野心的阶梯,凭借着它一步步爬上了高处;当他一旦登上了最高的一级之后,他便不再回顾那梯子,他的眼睛仰望着云霄,瞧

不起他从前所恃为凭借的低下的阶段。凯撒何尝不会这样？所
以,为了怕他有这一天,必须早一点防备。既然我们反对他的理
由,不是因为他现在有什么可以指责的地方,所以就得这样说:照
他现在的地位要是再扩大些权力,一定会引起这样那样的后患;
我们应当把他当作一颗蛇蛋,与其让他孵出以后害人,不如趁他
还在壳里的时候就把他杀死。

　　　　路歇斯重上。

路歇斯　主人,蜡烛已经点在您的书斋里了。我在窗口找寻打火石的
　　时候,发现了这封信;我明明记得我去睡觉的时候,并没有什么信
　　放在那儿。

勃鲁托斯　你再去睡吧;天还没有亮哩。孩子,明天不是三月十五日吗?

路歇斯　我不知道,主人。

勃鲁托斯　看看日历,回来告诉我。

路歇斯　是,主人。(下。)

勃鲁托斯　天上一闪一闪的电光,亮得可以使我读出信上的字来。
　　(拆信。)"勃鲁托斯,你在睡觉;醒来瞧瞧你自己吧。难道罗马将
　　要——说话呀,攻击呀,拯救呀! 勃鲁托斯,你睡着了,醒来吧!"
　　他们常常把这种煽动的信丢在我的屋子附近。"难道罗马将
　　要——"我必须替它把意思补足;难道罗马将要处于独夫的严威
　　之下? 什么,罗马? 当塔昆称王的时候,我们的祖先曾经把他从
　　罗马的街道上赶走。"说话呀,攻击呀,拯救呀!"他们请求我仗
　　义执言,挥戈除暴吗? 罗马啊! 我允许你,勃鲁托斯一定会全力
　　把你拯救!

　　　　路歇斯重上。

路歇斯　主人,三月已经有十四天过去了。(内叩门声。)

勃鲁托斯　很好,到门口瞧瞧去,有人打门。(路歇斯下。)自从凯歇斯

鼓动我反对凯撒那一天起,我一直没有睡过。在计划一件危险的行动和开始行动之间的一段时间里,一个人就好像置身于一场可怖的噩梦之中,遍历种种的幻象;他的精神和身体上的各部分正在彼此磋商;整个的身心像一个小小的国家,临到了叛变突发的前夕。

　　　　路歇斯重上。

路歇斯　　主人,您的兄弟凯歇斯在门口,他要求见您。

勃鲁托斯　　他一个人来的吗?

路歇斯　　不,主人,还有些人跟他在一起。

勃鲁托斯　　你认识他们吗?

路歇斯　　不,主人,他们的帽子都拉到耳边,他们的脸一半裹在外套里面,我不能从他们的外貌上认出他们来。

勃鲁托斯　　请他们进来。(路歇斯下。)他们就是那一伙党徒。阴谋啊!你在百鬼横行的夜里,还觉得不好意思显露你的险恶容貌吗?啊!那么你在白天什么地方可以找到一处幽暗的巢窟,遮掩你的奇丑的脸相呢?不要找寻吧,阴谋,还是把它隐藏在和颜悦色的后面;因为要是你用本来面目招摇过市,即使幽冥的地府也不能把你遮掩过人家的眼睛的。

　　　　凯歇斯、凯斯卡、狄歇斯、西那、麦泰勒斯·辛伯及特莱包涅斯等诸党徒同上。

凯歇斯　　我想我们未免太冒昧了,打搅了您的休息。早安,勃鲁托斯,我们惊吵您了吧?

勃鲁托斯　　我整夜没有睡觉,早就起来了。跟您同来的这些人,我都认识吗?

凯歇斯　　是的,每一个人您都认识,这儿没有一个人不敬重您,谁都希望您能够看重您自己就像每一个高贵的罗马人看重您一样。这是特莱包涅斯。

勃鲁托斯 欢迎他到这儿来。

凯歇斯 这是狄歇斯·勃鲁托斯。

勃鲁托斯 我也同样欢迎他。

凯歇斯 这是凯斯卡,这是西那,这是麦泰勒斯·辛伯。

勃鲁托斯 我都同样欢迎他们。可是各位为了什么烦心的事情,在这样的深夜不去睡觉?

凯歇斯 我可以跟您说句话吗?(勃鲁托斯、凯歇斯二人耳语。)

狄歇斯 这儿是东方,天不是从这儿亮起来的吗?

凯斯卡 不。

西 那 啊!对不起,先生,它是从这儿亮起来的;那边镶嵌在云中的灰白色的条纹,便是预报天明的使者。

凯斯卡 你们将要承认你们两人都弄错了。这儿我用剑指着的所在,就是太阳升起的地方;在这样初春的季节,它正在南方逐渐增加它的热力;再过两个月,它就要更高地向北方升起,吐射它的烈焰了。这儿才是正东,也就是圣殿所在的地方。

勃鲁托斯 再让我一个一个握你们的手。

凯歇斯 让我们宣誓表示我们的决心。

勃鲁托斯 不,不要发誓。要是人们的神色、我们心灵上的苦难和这时代的腐恶算不得有力的动机,那么还是早些散了伙,各人回去高枕而卧吧;计凌越一切的暴力肆意横行,每一个人等候着命运替他安排好的死期吧。可是我相信我们眼前这些人心里都有着可以使懦夫奋起的蓬勃的怒焰,都有着可以使柔弱的妇女变为钢铁的坚强的勇气,那么,各位同胞,我们只要凭着我们自己堂皇正大的理由,便可以激励我们改造这当前的局面,何必还要什么其他的鞭策呢?我们都是守口如瓶、言而有信的罗马人,何必还要什么其他的约束呢？我们彼此赤诚相示，倘若不能达到目的，宁愿以身为殉，何必还要什么其他的盟誓呢？祭司们、懦夫们、奸诈的小人、老朽的陈尸腐肉和这一类自甘沉沦的不幸的人们才有发誓的需要；他们为了不正当的理由，恐怕不能见信于人，所以不得不用誓言来替他们圆谎；可是不要以为我们的宗旨或是我们的行动是需要盟誓的，因为那无异污蔑了我们堂堂正正的义举和我们不可压抑的精神；作为一个罗马人，要是对于他已经出口的诺言略微有一点违背之处，那么他身上光荣地载着的每一滴血，就都要蒙上数重的耻辱。

凯歇斯　可是西塞罗呢？我们要不要探探他的意向？我想他一定会跟我们全力合作的。

凯斯卡　让我们不要把他遗漏了。

西　那　是的，我们不要把他遗漏了。

麦泰勒斯　啊！让我们招他参加我们的阵线，因为他的白发可以替我们赢得好感，使世人对我们的行动表示同情。人家一定会说他的见识支配着我们的胳臂；我们的少年孟浪可以不至于被世人所发现，因为一切都埋葬在他的老成练达的阅历之下了。

勃鲁托斯　啊！不要提起他，让我们不要对他说起，因为他是决不愿跟在后面去干别人所发起的事情的。

凯歇斯　那就不要叫他参加。

凯斯卡　他的确不大适宜。

狄歇斯　除了凯撒以外，别的人一个也不要碰吗？

凯歇斯　狄歇斯，你问得很好。我想玛克·安东尼这样被凯撒宠爱，我们不应该让他在凯撒死后继续留在世上。他是一个诡计多端的人；你们知道要是他利用他现在的力量，很可以给我们极大的阻碍；为了避免那样的可能起见，让安东尼跟凯撒一起丧命吧。

勃鲁托斯　卡厄斯·凯歇斯，我们割下了头，再去切断肢体，不但泄愤
　　　于生前，并且迁怒于死后，那瞧上去未免太残忍了；因为安东尼
　　　不过是凯撒的一只胳臂。让我们做献祭的人，不要做屠夫，卡厄
　　　斯。我们一致奋起反对凯撒的精神，我们的目的并不是要他流血；
　　　啊！要是我们能够直接战胜凯撒的精神，我们就可以不必戕害他
　　　的身体。可是，唉！凯撒必须因此而流血。所以，善良的朋友们，
　　　让我们勇敢地，却不是残暴地，把他杀死；让我们把他当作一盘祭
　　　神的牺牲而宰割，不要把他当作一具饲犬的腐尸而脔切；让我们
　　　的心像聪明的主人一样，在鼓动他们的仆人去行暴以后，再在表
　　　面上装作责备他们的神气。这样可以昭示世人，使他们知道我们
　　　采取如此步骤，只是迫不得已，并不是出于私心的嫉恨；在世人的
　　　眼中，我们将被认为是恶势力的清扫者，而不是杀人的凶手。至
　　　于玛克·安东尼，我们尽可不必把他放在心上，因为凯撒的头要
　　　是落了地，他这条凯撒的胳臂是无能为力的。

凯歇斯　可是我怕他，因为他对凯撒有很深切的感情——

勃鲁托斯　唉！好凯歇斯，不要想到他。要是他爱凯撒，他所能做的
　　　事情不过是忧思哀悼，用一死报答凯撒；可是那未必是他所做得
　　　到的，因为他是一个喜欢游乐、放荡、交际和饮宴的人。

特莱包涅斯　不用担心他这个人，让他保全了性命吧。等到事过境迁，
　　　他会把这种事情付之一笑的。（钟鸣。）

勃鲁托斯　静！听钟声敲几下。

凯歇斯　敲了三下。

特莱包涅斯　是应该分手的时候了。

凯歇斯　可是凯撒今天会不会出来，还是一个问题；因为他近来变得
　　　很迷信，完全改变了从前对怪异梦兆这一类事情的见解。这种明
　　　显的预兆、这晚上空前恐怖的天象以及他的卜者的劝告，也许会

阻止他今天到圣殿里去。

狄歇斯　不用担心，要是他决定不出来，我可以叫他改变他的决心；因为他喜欢听人家说犀牛见欺于树木，熊见欺于镜子，象见欺于土穴，狮子见欺于罗网，人类见欺于谄媚；可是当我告诉他他憎恶谄媚之徒的时候，他就会欣然首肯，不知道他已经中了我深入痒处的谄媚了。让我试一试我的手段；我可以看准他的脾气下手，哄他到圣殿里去。

凯歇斯　我们大家都要到那边去迎接他。

勃鲁托斯　最迟要在八点钟，到齐，是不是？

西那　最迟八点钟大家不可有误。

麦泰勒斯　卡厄斯·里加律斯对凯撒也很怀恨，因为他说了庞贝的好话，受到凯撒的斥责，你们怎么没有人想到他。

勃鲁托斯　啊，好麦泰勒斯，带他一起来吧；他对我感情很好，我也有恩于他；叫他到我这儿来，我可以劝他跟我们合作。

凯歇斯　天亮起来了；我们现在要离开您，勃鲁托斯。朋友们，各人散开；可是大家记住你们说过的话，显一显你们是真正的罗马人。

勃鲁托斯　各位好朋友们，大家脸色放高兴一些；不要让我们的脸上堆起我们的心事；应当像罗马的伶人一样，用不倦的精神和坚定的仪表肩负我们的重任。祝你们各位早安。（除勃鲁托斯外均下。）孩子！路歇斯！睡熟了吗？很好，享受你的甜蜜而沉重的睡眠的甘露吧；你没有那些充满着烦忧的人们脑中的种种幻象，所以你会睡得这样安稳。

　　　　　鲍西娅上。

鲍西娅　勃鲁托斯，我的主！

勃鲁托斯　鲍西娅，你来做什么？为什么你现在就起来？你这样娇弱的身体，是受不住清晨的寒风的。

鲍西娅　那对于您的身体也是同样不适宜的。您也太狠心了,勃鲁托斯,偷偷地从我的床上溜了出来。昨天晚上吃饭的时候,您也是突然立起身来,在屋子里跑来跑去,交叉着两臂,边想心事边叹气;当我问您为了什么事的时候,您用凶狠的眼光瞪着我;我再向您追问,您就搔您的头,非常暴躁地跺您的脚;可是我仍旧问下去,您还是不回答我,只是怒气冲冲地向我挥手,叫我走开。我因为您在盛怒之中,不愿格外触动您的烦恼,所以就遵从您的意思走开了,心里在希望这不过是您一时心境恶劣,人是谁都免不了有心里不痛快的时候的。它不让您吃饭、说话或是睡觉,要是它能够改变您的形体,就像它改变您的脾气一样,那么勃鲁托斯,我就要完全不认识您了。我的亲爱的主,让我知道您忧虑的原因吧。

勃鲁托斯　我因为身体不舒服,所以有点烦躁。

鲍西娅　勃鲁托斯是个聪明人,要是他身体不舒服,他一定会知道怎样才可以得到健康。

勃鲁托斯　对了,好鲍西娅,去睡吧。

鲍西娅　勃鲁托斯要是有病,他应该松开了衣带,在多露的清晨步行,呼吸那种潮湿的空气吗? 什么! 勃鲁托斯害了病,他还要偷偷地从温暖的眠床上溜了出去,向那恶毒的夜气挑战,使他自己病上加病吗? 不,我的勃鲁托斯,您害的是心里的病,凭着我的地位和权利,您应该让我知道。我现在向您跪下,凭着我的曾经受人赞美的美貌,凭着您的一切爱情的誓言,以及那使我们两人结为一体的伟大的盟约,我请求您告诉我,您的自身,您的一半,为什么您这样郁郁不乐,今天晚上有什么人来看过您;因为我知道这儿曾经来过六七个人,他们在黑暗之中还是不敢露出他们的脸来。

勃鲁托斯　不要跪,温柔的鲍西娅。

鲍西娅　　假如您是温柔的勃鲁托斯，我就用不着下跪。在我们夫妇的名分之内，告诉我，勃鲁托斯，难道我是不应该知道您的秘密的吗？我虽然是您自身的一部分，可是那只是有限制的一部分，除了陪着您吃饭，在枕席上安慰安慰您，有时候跟您谈谈话以外，没有别的任务了吗？难道您只要我跟着您的好恶打转吗？假如不过是这样，那么鲍西娅只是勃鲁托斯的娼妓，不是他的妻子了。

勃鲁托斯　　你是我忠贞的妻子，正像滋润我悲哀的心的鲜红血液一样宝贵。

鲍西娅　　这句话倘若是真的，那么我就应该知道您的心事。我承认我只是一个女流之辈，可是我却是勃鲁托斯娶为妻子的一个女人；我承认我只是一个女流之辈，可是我却是凯图的女儿，不是一个碌碌无名的女人。您以为我有了这样的父亲和丈夫，还是跟一般女人一样不中用吗？把您的心事告诉我，我一定不向人泄露。我为了保证对您的坚贞，曾经自愿把我的贞操献给了您；难道我能够忍耐那样的痛苦，却不能保守我丈夫的秘密吗？

勃鲁托斯　　神啊！保佑我不要辜负了这样一位高贵的妻子。（内叩门声。）听，听！有人在打门，鲍西娅，你先暂时进去；等会儿你就可以知道我的心底的秘密。我要向你解释我的全部的计划，以及藏在我的脑中的一切思想。赶快进去。（鲍西娅下。）路歇斯，谁在打门？

　　　　　路歇斯带里加律斯重上。

路歇斯　　这儿是一个病人，要跟您说话。

勃鲁托斯　　卡厄斯·里加律斯，刚才麦泰勒斯向我提起过的。孩子，站在一旁。卡厄斯·里加律斯！怎么？

里加律斯　　请您允许我这病弱的舌头向您吐出一声早安。

勃鲁托斯　　啊！勇敢的卡厄斯，您怎么在这样早的时间扶病而起？要是您没有病那才好。

里加律斯　要是勃鲁托斯有什么无愧于荣誉的事情要吩咐我去做,那
　　　么我是没有病的。

勃鲁托斯　要是您有一双健康的耳朵可以听我诉说,里加律斯,那么
　　　我手头正有这样的一件事情。

里加律斯　凭着罗马人所崇拜的一切神明,我现在抛弃了我的疾病。
　　　罗马的灵魂! 光荣的祖先所生的英勇的子孙! 您像一个驱策鬼
　　　神的术士一样,已经把我奄奄一息的精神呼唤回来了。现在您只
　　　要叫我为您奔走,我就会冒着一切的危险迈进,克服一切前途的
　　　困难。您要我做什么事?

勃鲁托斯　我要叫您干一件可以使病人痊愈的事。

里加律斯　可是我们不是要叫有些不害病的人不舒服吗?

勃鲁托斯　是的,我们也要叫有些不害病的人不舒服。我的卡厄斯,
　　　我们现在就要到我们预备下手的地方去,一路上我可以告诉您那
　　　是件什么工作。

里加律斯　请您举步先行,我用一颗新燃起的心跟随您,去干一件我
　　　还没有知道的事情;在勃鲁托斯的领导之下,一定不会有错。

勃鲁托斯　那么跟我来。(同下。)

第二场　同前。凯撒家中

　　　雷电交加;凯撒披着寝衣上。

凯　撒　今晚天地都不得安宁。凯尔弗妮娅在睡梦之中三次高声叫
　　　喊,说"救命! 他们杀了凯撒啦!"。里面有人吗?
　　　一仆人上。

仆　人　主人有什么吩咐?

凯　撒　你去叫那些祭司们到神前献祭,问问他们我的吉凶。

仆　人　是,主人。(下。)

    凯尔弗妮娅上。

凯尔弗妮娅　凯撒,您要做什么? 您想出去吗? 今天可不能让您走出这屋子。

凯　撒　凯撒一定要出去。恐吓我的东西只敢在我背后装腔作势;它们一看见凯撒的脸,就会销声匿迹。

凯尔弗妮娅　凯撒,我从来不讲究什么禁忌,可是现在却有些惴惴不安。里边有一个人,他除了我们所听到看到的一切之外,还讲给我听巡夜的人所看见的许多可怕的异象。一头母狮在街道上生产;坟墓裂开了口,放鬼魂出来;凶猛的骑士在云端里列队交战,他们的血洒到了圣庙的屋上;战斗的声音在空中震响,人们听见马的嘶鸣、濒死者的呻吟,还有在街道上悲号的鬼魂。凯撒啊!这些事情都是从来不曾有过的,我害怕得很哩。

凯　撒　天意注定的事,难道是人力所能逃避的吗? 凯撒一定要出去;因为这些预兆不是给凯撒一个人看,而是给所有的世人看的。

凯尔弗妮娅　乞丐死了的时候,天上不会有彗星出现;君王们的凋殒才会上感天象。

凯　撒　懦夫在未死以前,就已经死过好多次;勇士一生只死一次。在我所听到过的一切怪事之中,人们的贪生怕死是一件最奇怪的事情,因为死本来是一个人免不了的结局,它要来的时候谁也不能叫它不来。

    仆人重上。

凯　撒　卜者们怎么说?

仆　人　他们叫您今天不要出外走动。他们剖开一头献祭的牲畜的肚子,预备掏出它的内脏来,不料找来找去找不到它的心。

凯　撒　神明显示这样的奇迹,是要叫怯懦的人知道惭愧;凯撒要是今天为了恐惧而躲在家里,他就是一头没有心的牲畜。不,凯撒决不躲在家里。凯撒是比危险更危险的,我们是两头同日产生的雄狮,我却比它更大更凶。凯撒一定要出去。

凯尔弗妮娅　唉! 我的主,您的智慧被自信淹没了。今天不要出去,就算是我的恐惧把您留在家里的吧,这不能说是您自己胆小。我们可以叫玛克·安东尼到元老院去,叫他对他们说您今天身体不大舒服。让我跪在地上,求求您答应了我吧。

凯　撒　那么就叫玛克·安东尼去说我今天不大舒服;为了不忍拂你的意思,我就待在家里吧。

　　　　　狄歇斯上。

凯　撒　狄歇斯·勃鲁托斯来了,他可以去替我告诉他们。

狄歇斯　凯撒,万福! 祝您早安,尊贵的凯撒,我来接您到元老院去。

凯　撒　你来得正好,请你替我去向元老们致意,对他们说我今天不来了;不是不能来,更不是不敢来,我只是不高兴来;就对他们这么说吧,狄歇斯。

凯尔弗妮娅　你说他有病。

凯　撒　凯撒是叫人去说谎的吗? 难道我南征北战,攻下了这许多地方,却不敢对一班白须老头子们讲真话吗? 狄歇斯,去告诉他们凯撒不高兴来。

狄歇斯　最伟大的凯撒,让我知道一些理由,否则我这样告诉了他们,会被他们嘲笑的。

凯　撒　我不高兴去,这就是我的理由,你就这样去告诉元老们吧。可是为了我们私人间的感情,我愿意让你知道,我的妻子凯尔弗妮娅不放我出去。昨天晚上她梦见我的雕像仿佛一座有一百个喷水孔的水池,浑身流着鲜血;许多壮健的罗马人欢欢喜喜地都来把他们的手浸在血里。她以为这个梦是不祥之兆,所以跪着求我今天不要出去。

狄歇斯　这个梦完全解释错了,那明明是一个大吉大利之兆:您的雕像喷着鲜血,许多欢欢喜喜的罗马人把手浸在血里,这表示伟大的罗马将要从您的身上吸取复活的新血,许多有地位的人都要来向您要求分到一点余泽。这才是凯尔弗妮娅的梦的真正意义。

凯　撒　你这样解释得很好。

狄歇斯　我还有一些话要告诉您,您听了以后,就会知道我解释得一点不错。元老院已经决定要在今天替伟大的凯撒加冕,要是您叫人去对他们说您今天不去,他们也许会变了卦。而且这种事情给人家传扬出去,很容易变成笑柄,人家会这样说:"等凯撒的妻子做过了好梦以后,再让元老院开会吧。"要是凯撒躲在家里,他们不会窃窃私语,说"瞧!凯撒在害怕呢"吗?宽恕我,凯撒,因为我对您的深切的关心,使我向您说了这样的话。

凯　撒　你的恐惧现在瞧上去是多么傻气,凯尔弗妮娅!我刚才听了你的话,现在倒有些惭愧起来了。把我的袍子给我,我要去。

　　　　坡勃律斯、勃鲁托斯、里加律斯、麦泰勒斯、凯斯卡、特莱包涅斯及西那同上。

凯　撒　瞧,坡勃律斯来迎接我了。

坡勃律斯　早安,凯撒。

凯　撒　欢迎,坡勃律斯。啊!勃鲁托斯,你也这样一早就出来了吗?早安,凯斯卡。卡厄斯·里加律斯,你的贵恙害得你这样消瘦,凯撒可没有这样欺侮过你哩。现在几点钟啦?

勃鲁托斯　凯撒,已经敲过八点了。

凯　撒　谢谢你们的跋涉和好意。

　　　　安东尼上。

凯　撒　瞧!通宵狂欢的安东尼也已经起身了。早安,安东尼。

安东尼　早安,最尊贵的凯撒。

凯　撒　叫他们里面预备起来;我不该让他们久等。你好,西那;你好,麦泰勒斯;啊,特莱包涅斯!我有可以足足讲一个钟头的话预备跟你谈哩;记住今天你还要来看我一次;站得离我近一些,免得我把你忘了。

特莱包涅斯　是,凯撒。(旁白)我要站得离你这么近,让你的好朋友们将来怪我不站远一些呢?

凯　撒　好朋友们,进去陪我喝口酒;喝过了酒,我们就像朋友一样,大家一块儿去。

勃鲁托斯　(旁白)唉,凯撒!人家的心可不跟您一样,我勃鲁托斯想到这一点不免有些惆怅。(同下。)

第三场　同前。圣殿附近的街道

阿特米多勒斯上,读信。

阿特米多勒斯　"凯撒,留心勃鲁托斯;注意凯歇斯;不要走近凯斯卡;看着西那;不要相信特莱包涅斯;仔细察看麦泰勒斯·辛伯;狄歇斯·勃鲁托斯不喜欢你;卡厄斯·里加律斯受过你的委屈。这些人只有一条心,那就是要推翻凯撒。要是你不是永生不死的,那么警戒你的四周吧;阴谋是会毁坏你的安全的,伟大的神明护佑你! 爱你的人,阿特米多勒斯。"我要站在这儿,等候凯撒经过,像一个请愿的人似的,我要把这封信交给他。我一想到德行逃不过争胜的利齿,就觉得万分伤心。要是你读了这封信,凯撒啊! 也许你还可以活命,否则命运也变成叛徒的同谋者了。(下。)

第四场　同前。同一街道的另一部分，
勃鲁托斯家门前

鲍西娅及路歇斯上。

鲍西娅　孩子,请你赶快跑到元老院去;不要停留在这儿回答我,快去。你为什么还不去?

路歇斯　我还不知道您要我去做什么事哩,太太。

鲍西娅　我要你到那边去,去了再回来,可是我说不出我要你去做什么事。啊! 坚强的精神! 不要离开我;替我在我的心和舌头之间堆起一座高山;我有一颗男子的心,却只有妇女的能力。叫一个女人保守一桩秘密是一件多大的难事! 你还在这儿吗?

路歇斯　太太,您要我去做什么呢? 就是跑到圣殿里去,没有别的事了吗? 去了再回来,就是这样吗?

鲍西娅　是的,孩子,你回来告诉我,主人的脸色怎样,因为他出去的时候,好像不大舒服;你还要留心看着凯撒的行动,向他请愿的有些什么人。听,孩子! 那是什么声音?

路歇斯　我听不见,太太。

鲍西娅　仔细听着。我好像听见一阵骚乱的声音,仿佛在吵架似的;那声音从风里传了过来,好像就在圣殿那边。

路歇斯　真的,太太,我什么都听不见。

预言者上。

鲍西娅　过来,朋友,你从哪儿来?

预言者　从我自己的家里,好太太。

鲍西娅　现在几点钟啦?

预言者　大约九点钟了,太太。

鲍西娅　凯撒到圣殿里去了没有？

预言者　太太,还没有。我要去拣一处站立的地方,瞧他从街上经过到圣殿里去。

鲍西娅　你也要向凯撒提出什么请愿吗？

预言者　是的,太太。要是凯撒为了他自己的好处,愿意听我的话,我要请求他照顾照顾他自己。

鲍西娅　怎么,你知道有人要谋害他吗？

预言者　我不知道有什么人要谋害他,可是我怕有许多人要谋害他。再会。这儿街道很狭窄,那些跟在凯撒背后的元老们、官吏们,还有请愿的民众们,一定拥挤得很;像我这样瘦弱的人,怕要给他们挤死。我要去找一处空旷一些的地方,等伟大的凯撒走过的时候,就可以向他说话。(下。)

鲍西娅　我必须进去。唉！女人的心是一件多么软弱的东西！勃鲁托斯啊！愿上天保佑你的事业成功。哎哟,叫这孩子听了去啦;勃鲁托斯要向凯撒请愿,可是凯撒不见得会答应他。啊！我的身子快要支持不住了。路歇斯,快去,替我致意我的主,说我现在很快乐。去了你再回来,告诉我他对你说些什么。(各下。)

第
三
幕

第一场　罗马。圣殿前。元老院在上层聚会

阿特米多勒斯及预言者夹杂在大群民众中上,喇叭奏花腔。凯撒、勃
鲁托斯、凯歇斯、凯斯卡、狄歇斯、麦泰勒斯、特莱包涅斯、西那、安东尼、莱必
多斯、波匹律斯、坡勃律斯及余人等上。

凯　撒　(向预言者)三月十五日已经来了。

预言者　是的,凯撒,可是它还没有去。

阿特米多勒斯　祝福,凯撒! 请您把这张单子读一遍。

狄歇斯　这是特莱包涅斯的一个卑微的请愿,请您有空把它看一看。

阿特米多勒斯　啊,凯撒! 先读我的;因为我的请愿是对凯撒很有关
　　系的。读吧,伟大的凯撒。

凯　撒　有关我自己的事情,应当放在末了办。

阿特米多勒斯　不要把它搁置,凯撒;立刻就读。

凯　撒　什么! 这家伙疯了吗?

坡勃律斯　喂,让开。

凯　撒　什么! 你们要在街上呈递你们的请愿吗? 到圣殿里来吧。

　　凯撒走进元老院,余人后随;众元老起立。

波匹律斯　我希望你们今天大事成功。

凯歇斯　什么大事,波匹律斯?

波匹律斯　再见。(至凯撒前。)

勃鲁托斯　波匹律斯·里那怎么说?

凯歇斯　他希望我们今天大事成功。我怕我们的计划已经泄露了。

勃鲁托斯　瞧,他到凯撒面前去了,看着他。

凯歇斯　凯斯卡,事不宜迟,不要让他们有了防备。勃鲁托斯,怎么
　　　办?要是事情泄露,那么也许是凯歇斯,也许是凯撒,总有一个人
　　　今天不能回去,因为我们这次倘若失败,我一定自杀。

勃鲁托斯　凯歇斯,别慌;波匹律斯·里那并没有把我们的计划告诉
　　　他;瞧,他在笑,凯撒也没有变脸色。

凯歇斯　特莱包涅斯很机警,你瞧,勃鲁托斯,他把玛克·安东尼拉开
　　　去了。(安东尼、特莱包涅斯同下;凯撒及众元老就座。)

狄歇斯　麦泰勒斯·辛伯在哪儿?叫他立刻过来,向凯撒呈上他的
　　　请愿。

勃鲁托斯　在叫麦泰勒斯了,我们站近些帮他说话。

西　那　凯斯卡,你第一个举起手来。

凯　撒　我们都预备好了吗?现在还有什么不对的事情,凯撒和他的
　　　元老们必须纠正的?

麦泰勒斯　至高无上、威严无比的凯撒,麦泰勒斯·辛伯在您的座前
　　　掬献一颗卑微的心——(跪。)

凯　撒　我必须阻止你,辛伯。这种打躬作揖的玩意儿,也许可以煽
　　　动平常人的心,使那已经决定了的命令宣判变成儿戏的法律。可
　　　是你不要痴心,以为凯撒也有那样卑劣的血液,会因为这种可以
　　　使傻瓜们感动的甘言美语、弯腰屈膝和尤耻的摇尾乞怜而融化了
　　　他的坚强的意志。按照判决,你的兄弟必须放逐出境;要是你奴
　　　颜婢膝地为他说情,我就要把你像狗一样踢开去。告诉你,凯撒
　　　是不会错误的,他所决定的事,一定有充分的理由。

麦泰勒斯　这儿难道没有一个比我自己更有价值的、在伟大的凯撒耳

中更动听的声音,愿意为我放逐的兄弟恳求撤回成命吗?

勃鲁托斯　我吻你的手,可是这不是向你献媚,凯撒。请你立刻下令赦免坡勃律斯·辛伯。

凯　撒　什么,勃鲁托斯!

凯歇斯　开恩吧,凯撒;凯撒,开恩吧。凯歇斯俯伏在您的足下,请您赦免坡勃律斯·辛伯。

凯　撒　要是我也跟你们一样,我就会被你们所感动;要是我也能够用哀求打动别人的心,那么你们的哀求也会打动我的心;可是我是像北极星一样坚定,它的不可动摇的性质,在天宇中是无与伦比的。天上布满了无数的星辰,每一个星辰都是一个火球,都有它各自的光辉,可是在众星之中,只有一个星卓立不动。在人世间也是这样;无数的人生活在这世间,他们都是有血肉有知觉的,可是我知道只有一个人能够确保他的不可侵犯的地位,任何力量都不能使他动摇。我就是他;让我在这件小小的事上向你们证明,我既然已经决定把辛伯放逐,就要贯彻我的意旨,毫不含糊地执行这一个成命,而且永远不让他再回到罗马来。

西　那　啊,凯撒——

凯　撒　去! 你想把俄林波斯山一手举起吗?

狄歇斯　伟大的凯撒——

凯　撒　勃鲁托斯不是白白地下跪吗?

凯斯卡　好,那么让我的手代替我说话! (率众刺凯撒。)

凯　撒　勃鲁托斯,你也在内吗? 那么倒下吧,凯撒! (死。)

西　那　自由! 解放! 暴君死了! 去,到各处街道上宣布这样的消息。

凯歇斯　去几个人到公共讲坛上,高声呼喊:"自由,解放!"

勃鲁托斯　各位民众,各位元老,大家不要惊慌,不要跑走,站定,野心已经偿了它的债了。

凯斯卡　到讲坛上来,勃鲁托斯。

狄歇斯　凯歇斯也上去。

勃鲁托斯　坡勃律斯呢?

西那　在这儿,他给这场乱子吓呆了。

麦泰勒斯　大家站在一起不要跑开,也许凯撒的同党们——

勃鲁托斯　别讲这种话。坡勃律斯,放心吧;我们不会加害于你,也不会加害任何其他的罗马人,你这样告诉他们,坡勃律斯。

凯歇斯　离开我们,坡勃律斯,也许人民会向我们冲来,连累您老人家受了伤害。

勃鲁托斯　是的,你去吧,我们干了这种事,我们自己负责,不要连累别人。

　　　　特莱包涅斯上。

凯歇斯　安东尼呢?

特莱包涅斯　吓得逃回家里去了。男人、女人、孩子,大家睁大了眼睛,乱嚷乱叫,到处奔跑,像是末日到来了一般。

勃鲁托斯　命运,我们等候着你的旨意。我们谁都免不了一死,与其在世上偷生苟活,拖延着日子,还不如轰轰烈烈地死去。

凯斯卡　啊,切断了二十年的生命,等于切断了二十年在忧生畏死中过去的时间。

勃鲁托斯　照这样说来,死还是一件好事。所以我们都是凯撒的朋友,帮助他结束了这一段忧生畏死的生命。弯下身去,罗马人,弯下身去,让我们把手浸在凯撒的血里,一直到我们的肘上;让我们用他的血抹我们的剑。然后我们就迈步前进,到市场上去,把我们鲜红的武器在我们头顶挥舞,大家高呼着:"和平,自由,解放!"

凯歇斯　好,大家弯下身去,洗你们的手吧。多少年以后,我们这一
场壮烈的戏剧,将要在尚未产生的国家用我们所不知道的语言
表演!

勃鲁托斯　凯撒将要在戏剧中流多少次的血,他现在却长眠在庞贝的
像座之下,他的尊严化成了泥土!

凯歇斯　后世的人们搬演今天这一幕的时候,将要称我们这一群为祖
国的解放者。

狄歇斯　怎么,我们要不要就去?

凯歇斯　好,大家去吧。让勃鲁托斯领导我们,让我们用罗马最勇敢
纯洁的心跟随在他的后面。

　　　　　一仆人上。

勃鲁托斯　且慢! 谁来啦? 一个安东尼手下的人。

仆　人　勃鲁托斯,我的主人玛克·安东尼叫我跪在您的面前,他叫
我对您说:勃鲁托斯是聪明正直、勇敢高尚的君子,凯撒是威严勇
猛、慷慨仁慈的豪杰;我爱勃鲁托斯,我尊敬他;我畏惧凯撒,可
是我也爱他尊敬他。要是勃鲁托斯愿意保证安东尼的安全,允许
他来见一见勃鲁托斯的面,让他明白凯撒何以致死的原因,那么
玛克·安东尼将要爱活着的勃鲁托斯甚于已死的凯撒;他将要竭
尽他的忠诚,不辞一切的危险,追随着高贵的勃鲁托斯。这是我
的主人安东尼所说的话。

勃鲁托斯　你的主人是一个聪明勇敢的罗马人,我一向佩服他。你去
告诉他,请他到这儿来,我们可以给他满意的解释。我用我的荣
誉向他保证,他决不会受到丝毫的伤害。

仆　人　我立刻就去请他来。(下。)

勃鲁托斯　我知道我们可以跟他做朋友的。

凯歇斯　但愿如此,可是我对他总觉得很不放心。我所疑虑的事情,

往往会成为事实。

> 安东尼重上。

勃鲁托斯　安东尼来了。欢迎，玛克·安东尼。

安东尼　啊，伟大的凯撒！你就这样倒下了吗？你的一切赫赫的勋业，你的一切光荣胜利，都化为乌有了吗？再会！各位壮士，我不知道你们的意思，还有些什么人在你们眼中看来是有毒的，应当替他放血。假如是我的话，那么我能够和凯撒死在同一个时辰，让你们手中那沾着全世界最高贵的血的刀剑结果我的生命，实在是再好没有的事。我请求你们，要是你们对我怀着敌视，趁着现在你们血染的手还在发出热气，赶快执行你们的意旨吧。即使我活到一千岁，也找不到像今天这样好的一个死的机会。让我躺在凯撒的旁边，还有比这更好的死处吗？让我死在你们这些当代英俊的手里，还有比这更好的死法吗？

勃鲁托斯　啊，安东尼！不要向我们请求一死。虽然你现在看我们好像是这样残酷，可是你只看见我们血污的手和它们所干的这一场流血的惨剧，你却还没有看见我们的心，它们是慈悲而仁善的。我们因为不忍看见罗马的人民受到暴力的压迫，所以才不得已把凯撒杀死，正像一场大火把小火吞没一样，更大的怜悯使我们放弃了小小的不忍之心。对于你，玛克·安东尼，我们的剑锋是铅铸的，我们用一切的热情、善意和尊敬，张开我们友好的胳臂欢迎你。

凯歇斯　我们重新分配官职的时候，你的意见将要受到同样的尊重。

勃鲁托斯　现在请你暂时忍耐，等我们把惊慌失措的群众安抚好了以后，就可以告诉你为什么我们要采取这样的行动，虽然我在刺死凯撒的一刹那还是没有减却我对他的敬爱。

安东尼　我不怀疑你的智慧。让每一个人把他的血手给我：首先，玛克斯·勃鲁托斯,我要握您的手;其次,卡厄斯·凯歇斯,我要握您的手;狄歇斯·勃鲁托斯、麦泰勒斯、西那,还有我的勇敢的凯斯卡,让我一个一个跟你们握手;虽然是最后一个,可是让我用同样热烈的诚意和您握手,好特莱包涅斯。各位朋友——唉!我应当怎么说呢?我的信誉现在岌岌可危,你们不以为我是一个懦夫,就要以为我是一个阿谀之徒。啊,凯撒!我曾经爱过你,这是一件千真万确的事实;要是你的阴魂现在看着我们,你看见你的安东尼当着你的尸骸之前奴颜事仇,握着你的敌人的血手,那不是要使你觉得比死还难过吗?要是我有像你的伤口那么多的眼睛,我应当让它们流着滔滔的热泪,正像血从你的伤口涌出一样,可是我却忘恩负义,和你的敌人成为朋友了。恕我;裘力斯!你是一头勇敢的鹿,在这儿落到猎人的手里了;啊,世界!你是这头鹿栖息的森林,他是这一座森林中的骄子;你现在躺在这儿,多么像一头中箭的鹿,被许多王子贵人射死!

凯歇斯　玛克·安东尼——

安东尼　恕我,卡厄斯·凯歇斯。即使是凯撒的敌人,也会说这样的话;在一个他的朋友的嘴里,这不过是人情上应有的表示。

凯歇斯　我不怪你把凯撒这样赞美;可是你预备怎样跟我们合作?你愿意做我们的一个同志呢,还是各行其是?

安东尼　我因为愿意跟你们合作,所以才跟你们握手;可是因为瞧见了凯撒,所以又说到旁的话头上去了,你们都是我的朋友,我愿意和你们大家相亲相爱,可是我希望你们能够向我解释为什么凯撒是一个危险的人物。

勃鲁托斯　我们倘没有正当的理由,那么今天这一种举动完全是野蛮的暴行了。要是你知道了我们所以要这样干的原因,安东尼,即使你是凯撒的儿子,你也会心悦诚服的。

安东尼　那是我所要知道的一切。我还要向你们请求一件事，请你们准许我把他的尸体带到市场上去，让我以一个朋友的地位，在讲坛上为他说几句追悼的话。

勃鲁托斯　我们准许你，玛克·安东尼。

凯歇斯　勃鲁托斯，跟你说句话。（向勃鲁托斯旁白）你太不加考虑了；不要让安东尼发表他的追悼演说。你不知道人民听了他的话，将要受到多大的感动吗？

勃鲁托斯　对不起，我自己先要登上讲坛，说明我们杀死凯撒的理由；我还要声明安东尼将要说的话，事先曾经得到我们的许可，我们并且同意凯撒可以得到一切合礼的身后哀荣。这样不但对我们没有妨害，而且更可以博得舆论对我们的同情。

凯歇斯　我不知道那会引起什么结果，我不赞成这样做。

勃鲁托斯　玛克·安东尼，来，你把凯撒的遗体搬去。在你的哀悼演说里，你不能归罪我们，不过你可以照你所能想到的尽量称道凯撒的好处，同时你必须声明你说这样的话，曾经得到我们的许可！要不然的话，我们就不让你参加他的葬礼。还有你必须跟我在同一讲坛上演说，等我演说完了以后你再上去。

安东尼　就这样吧，我没有其他的奢望了。

勃鲁托斯　那么准备把尸体抬起来，跟着我们来吧。（除安东尼外同下。）

安东尼　啊！你这一块流血的泥土，你这有史以来最高贵的英雄的遗体，恕我跟这些屠夫们曲意周旋。愿灾祸降于溅泼这样宝贵的血的凶手！你的一处处伤口，好像许多无言的嘴，张开了它们殷红的嘴唇，要求我的舌头替它们向世人申诉；我现在就在这些伤口上预言：一个诅咒将要降临在人们的肢体上；残暴惨酷的内乱将要使意大利到处陷于混乱；流血和破坏将要成为一时的风尚，恐怖的景象将要每天接触到人们的眼睛，以至于做母亲的人看见她们的婴孩被战争的魔手所肢解，也会毫不在乎地付之一笑；人们因为习惯于残杀，一切怜悯之心将要完全灭绝；凯撒的冤魂借着从地狱的烈火中出来的阿提①的协助，将要用一个君王的口气，向罗马的全境发出屠杀的号令，让战争的猛犬四出蹂躏，为了这一个万恶的罪行，大地上将要弥漫着呻吟求葬的臭皮囊。

一仆人上。

安东尼　你是侍候奥克泰维斯·凯撒的吗？

仆　人　是的，玛克·安东尼。

安东尼　凯撒曾经写信叫他到罗马来。

仆　人　他已经接到信，正在动身前来；他叫我口头对您说——（见尸体）啊，凯撒！——

安东尼　你的心肠很仁慈，你走开去哭吧。情感是容易感染的，看见你眼睛里悲哀的泪珠，我自己也忍不住流泪了。你的主人就来吗？

仆　人　他今晚耽搁在离罗马二十多英里的地方。

安东尼　赶快回去，告诉他这儿发生的事。这是一个悲伤的罗马，一个危险的罗马，现在还不是可以让奥克泰维斯安全居住的地方。快去，照这样告诉他。可是且慢，你必须等我把这尸体搬到市场上去了以后再回去；我要在那边用演说试探人民对于这些暴徒们所造成的惨剧有什么反应，你可以根据他们的表示，回去告诉年轻的奥克泰维斯关于这儿的一切情形。帮一帮我。（二人抬凯撒尸体同下。）

① 　阿提（Ate）：希腊罗马神话中之复仇女神。

第二场　同前。大市场

勃鲁托斯、凯歇斯及一群市民上。

众市民　我们一定要得到满意的解释，让我们得到满意的解释。

勃鲁托斯　那么跟我来，朋友们，让我讲给你们听。凯歇斯，你到另外一条街上去，把听众分散分散。愿意听我的留在这儿，愿意听凯歇斯的跟他去。我们将要公开宣布凯撒致死的原因。

市民甲　我要听勃鲁托斯讲。

市民乙　我要听凯歇斯讲。我们各人听了以后，可以把他们两人的理由比较比较。(凯歇斯及一部分市民下；勃鲁托斯登讲坛。)

市民丙　尊贵的勃鲁托斯上去了，静！

勃鲁托斯　请耐心听我讲完。各位罗马人，各位亲爱的同胞们！请你们静静地听我解释。为了我的名誉，请你们相信我；尊重我的名誉，这样你们就会相信我的话。用你们的智慧批评我；唤起你们的理智，给我一个公正的评断。要是在今天在场的群众中间，有什么人是凯撒的好朋友，我要对他说，勃鲁托斯也是和他同样地爱着凯撒。要是那位朋友问我为什么勃鲁托斯要起来反对凯撒，这就是我的回答：并不是我不爱凯撒，可是我更爱罗马。你们宁愿让凯撒活在世上，大家做奴隶而死呢，还是让凯撒死去，大家做自由人而生？因为凯撒爱我，所以我为他流泪；因为他是幸运的，所以我为他欣慰；因为他是勇敢的，所以我尊敬他；因为他有野心，所以我杀死他。我用眼泪报答他的友谊，用喜悦庆祝他的幸运，用尊敬崇扬他的勇敢，用死亡惩戒他的野心。这儿有谁愿意自甘卑贱，做一个奴隶？要是有这样的人，请说出来，因为我已经得罪他了。这儿有谁愿意自居化外，不愿做一个罗马人？要是有这样的人，请说出来，因为我已经得罪他了。这儿有谁愿意自处下流，不爱他的国家？要是有这样的人，请说出来；因为我已经得罪他了。我等待着答复。

众市民　没有，勃鲁托斯，没有。

勃鲁托斯　那么我没有得罪什么人。我怎样对待凯撒，你们也可以怎样对待我。他的遇害的经过已经记录在议会的案卷上，他的彪炳的功绩不曾被抹杀，他的错误虽使他伏法受诛，也不曾过分夸大。

　　　　安东尼及余人等抬凯撒尸体上。

勃鲁托斯　玛克·安东尼护送着他的遗体来了。虽然安东尼并不预闻凯撒的死，可是他将要享受凯撒死后的利益，他可以在共和国中得到一个地位，正像你们每一个人都是共和国中的一分子一样。当我临去之前，我还要说一句话：为了罗马的好处，我杀死了我的最好的朋友，要是我的祖国需要我的死，那么无论什么时候，我都可以用那同一把刀子杀死我自己。

众市民　不要死，勃鲁托斯！不要死！不要死！

市民甲　用欢呼护送他回家。

市民乙　替他立一座雕像，和他的祖先们在一起。

市民丙　让他做凯撒。

市民丁　让凯撒的一切光荣都归于勃鲁托斯。

市民甲　我们要一路欢呼送他回去。

勃鲁托斯　同胞们——

市民乙　静！别闹！勃鲁托斯讲话了。

市民甲　静些！

勃鲁托斯　善良的同胞们，让我一个人回去，为了我的缘故，留在这儿听安东尼有些什么话说。你们应该尊敬凯撒的遗体，静听玛克·安

东尼赞美他的功业的演说;这是我们已经允许他的。除了我一个
人以外,请你们谁也不要走开,等安东尼讲完了他的话。(下。)

市民甲　大家别走!让我们听玛克·安东尼讲话。

市民丙　让他登上讲坛,我们要听他讲话。尊贵的安东尼,上去。

安东尼　为了勃鲁托斯的缘故,我感激你们的好意。(登坛。)

市民丁　他说勃鲁托斯什么话?

市民丙　他说,为了勃鲁托斯的缘故,他感激我们的好意。

市民丁　他最好不要在这儿说勃鲁托斯的坏话。

市民甲　这凯撒是个暴君。

市民丙　嗯,那是不用说的,幸亏罗马除掉了他。

市民乙　静!让我们听听安东尼有些什么话说。

安东尼　各位善良的罗马人——

众市民　静些!让我们听他说。

安东尼　各位朋友,各位罗马人,各位同胞,请你们听我说:我是来埋
葬凯撒,不是来赞美他。人们做了恶事,死后免不了遭人唾骂,可
是他们所做的善事,往往随着他们的尸骨一齐入土;让凯撒也这
样吧。尊贵的勃鲁托斯已经对你们说过,凯撒是有野心的;要是
真有这样的事,那诚然是一个重大的过失,凯撒也为了它付出残
酷的代价了。现在我得到勃鲁托斯和他的同志们的允许——因
为勃鲁托斯是一个正人君子,他们也都是正人君子——到这儿来
在凯撒的丧礼中说几句话。他是我的朋友,他对我是那么忠诚公
正;然而勃鲁托斯却说他是有野心的,而勃鲁托斯是一个正人君
子。他曾经带许多俘虏回到罗马来,他们的赎金都充实了公家的
财库,这可以说是野心者的行径吗?穷苦的人哀哭的时候,凯撒
曾经为他们流泪,野心者是不应当这样仁慈的。然而勃鲁托斯却
说他是有野心的,而勃鲁托斯是一个正人君子。你们大家看见在

卢柏克节的那天，我三次献给他一项王冠，他三次都拒绝了，这难道是野心吗？然而勃鲁托斯却说他是有野心的，而勃鲁托斯的的确确是一个正人君子。我不是要推翻勃鲁托斯所说的话，我所说的只是我自己所知道的事实。你们过去都曾爱过他，那并不是没有理由的；那么什么理由阻止你们现在哀悼他呢？唉，理性啊！你已经遁入了野兽的心中，人们已经失去辨别是非的能力了。原谅我；我的心现在是跟凯撒一起在他的棺木之内，我必须停顿片刻，等它回到我自己的胸腔里。

市民甲　我想他的话说得很有道理。

市民乙　仔细想起来，凯撒是有点儿死得冤枉。

市民丙　列位，他死得冤枉吗？我怕换了一个人来，比他还不如哩。

市民丁　你们听见他的话吗？他不愿接受王冠，所以他的确一点没有野心。

市民甲　要是果然如此，有几个人将要付重大的代价。

市民乙　可怜的人！他的眼睛哭得像火一般红。

市民丙　在罗马没有比安东尼更高贵的人了。

市民丁　现在听着；他又开始说话了。

安东尼　就在昨天，凯撒的一句话可以抵御整个的世界；现在他躺在那儿，没有一个卑贱的人向他致敬。啊，诸君！要是我有意想要扰动你们的心灵，引起一场叛乱，那我就要对不起勃鲁托斯，对不起凯歇斯；你们大家知道，他们都是正人君子。我不愿干对不起他们的事；我宁愿对不起死人，对不起我自己，对不起你们，却不愿对不起这些正人君子。可是这儿有一张羊皮纸，上面盖着凯撒的印章；那是我在他的卧室里找到的一张遗嘱。只要让民众一听到这张遗嘱上的话——原谅我，我现在还不想把它宣读——他们就会去吻凯撒尸体上的伤口，用手巾去蘸他神圣的血，还要乞讨他的一根头发回去作纪念,当他们临死的时候,将要在他们的遗嘱上郑重提起,作为传给后嗣的一份贵重的遗产。

市民丁　我们要听那遗嘱;读出来,玛克·安东尼。

众市民　遗嘱,遗嘱! 我们要听凯撒的遗嘱。

安东尼　耐心吧,善良的朋友们,我不能读给你们听。你们不应该知道凯撒多么爱你们。你们不是木头,你们不是石块,你们是人;既然是人,听见了凯撒的遗嘱,一定会激起你们心中的火焰,一定会使你们发疯。你们还是不要知道你们是他的后嗣;要是你们知道了,啊! 那将会引起一场什么乱子来呢?

市民丁　读那遗嘱! 我们要听,安东尼;你必须把那遗嘱读给我们听,那凯撒的遗嘱。

安东尼　你们不能忍耐一些吗? 你们不能等一会儿吗? 是我一时失口告诉了你们这件事。我怕我对不起那些用刀子杀死凯撒的正人君子;我怕我对不起他们。

市民丁　他们是叛徒,什么正人君子!

众市民　遗嘱! 遗嘱!

市民乙　他们是恶人、凶手。遗嘱! 读那遗嘱!

安东尼　那么你们一定要逼迫我读那遗嘱吗? 好,那么你们大家环绕在凯撒尸体的周围,让我给你们看看那写下这遗嘱的人。我可以下来吗? 你们允许我吗?

众市民　下来。

市民乙　下来。(安东尼下坛。)

市民丙　我们允许你。

市民丁　大家站成一个圆圈。

市民甲　不要挨着棺材站着,不要挨着尸体站着。

市民乙　留出一些地方给安东尼,最尊贵的安东尼。

安东尼　不,不要挨得我这样紧,站得远一些。

众市民　退后! 让出地方来! 退后去!

安东尼　要是你们有眼泪,现在准备流起来吧。你们都认识这件外套;我记得凯撒第一次穿上它,是在一个夏天的晚上,在他的营帐里,就在他征服纳维人的那一天。瞧! 凯歇斯的刀子是从这地方穿过的;瞧那狠心的凯斯卡割开了一道多深的裂口;他所深爱的勃鲁托斯就从这儿刺了一刀进去,当他拔出他那万恶的武器的时候,瞧凯撒的血是怎样汩汩不断地跟着它出来,好像急于涌到外面来,想要知道究竟是不是勃鲁托斯下这样无情的毒手;因为你们知道,勃鲁托斯是凯撒心目中的天使。神啊,请你们判断判断凯撒是多么爱他! 这是最无情的一击,因为当尊贵的凯撒看见他行刺的时候,负心,这一柄比叛徒的武器更锋锐的利剑,就一直刺进了他的心脏,那时候他的伟大的心就碎裂了;他的脸给他的外套蒙着,他的血不停地流着,就在庞贝像座之下,伟大的凯撒倒下了。啊! 那是一个多么惊人的殒落,我的同胞们;我、你们,我们大家都随着他一起倒下,残酷的叛逆却在我们头上耀武扬威。啊! 现在你们流起眼泪来了,我看见你们已经天良发现;这些是真诚的泪滴。善良的人们,怎么! 你们只看见我们凯撒衣服上的伤痕,就哭起来了吗? 瞧这儿,这才是他自己,你们看,给叛徒们伤害到这个样子。

市民甲　啊,伤心的景象!

市民乙　啊,尊贵的凯撒!

市民丙　啊,不幸的日子!

市民丁　啊,叛徒! 恶贼!

市民甲　啊,最残忍的惨剧!

市民乙　我们一定要复仇。

众市民　复仇！——动手！——捉住他们！——烧！放火！——
　　　杀！——杀！不要让一个叛徒活命。

安东尼　且慢，同胞们！

市民甲　静下来！听尊贵的安东尼讲话。

市民乙　我们要听他，我们要跟随他，我们要和他死在一起。

安东尼　好朋友们，亲爱的朋友们，不要让我把你们煽起这样一场暴
　　　动的怒潮。干这件事的人都是正人君子；唉！我不知道他们有些
　　　什么私人的怨恨，使他们干出这种事来，可是他们都是聪明而正
　　　直的，一定有理由可以答复你们。朋友们，我不是来偷取你们的
　　　心；我不是一个像勃鲁托斯那样能言善辩的人；你们大家都知道
　　　我不过是一个老老实实、爱我的朋友的人；他们也知道这一点，所
　　　以才允许我为他公开说几句话。因为我既没有智慧，又没有口才，
　　　又没有本领，我也不会用行动或言语来激起人们的血性；我不过
　　　照我心里所想到的说出来；我只是把你们已经知道的事情向你们
　　　提醒，给你们看看亲爱的凯撒的伤口，可怜的、可怜的无言之口，
　　　让它们代替我说话。可是假如我是勃鲁托斯，而勃鲁托斯是安东
　　　尼，那么那个安东尼一定会激起你们的愤怒，让凯撒的每一处伤
　　　口里都长出一条舌头来，即使罗马的石块也将要大受感动，奋身
　　　而起，向叛徒们抗争了。

众市民　我们要暴动！

市民甲　我们要烧掉勃鲁托斯的房子！

市民丙　那么去！来，捉那些奸贼们去！

安东尼　听我说，同胞们，听我说。

众市民　静些！——听安东尼说——最尊贵的安东尼。

安东尼　唉，朋友们，你们不知道你们将要去干些什么事。凯撒在什
　　　么地方值得你们这样爱他呢？唉！你们还没有知道，让我来告诉

你们吧。你们已经忘记我对你们说起的那张遗嘱了。

众市民 不错。那遗嘱！让我们先听听那遗嘱。

安东尼 这就是凯撒盖过印的遗嘱。他给每一个罗马市民七十五个德拉克马①。

市民乙 最尊贵的凯撒！我们要为他的死复仇。

市民丙 啊,伟大的凯撒!

安东尼 耐心听我说。

众市民 静些!

安东尼 而且,他还把台伯河这一边的他的所有的步道、他的私人的园亭、他的新辟的花圃,全部赠给你们,永远成为你们世袭的产业,供你们自由散步游息之用。这样一个凯撒!几时才会有第二个同样的人?

市民甲 再也不会有了,再也不会有了! 来,我们去,我们去! 我们要在神圣的地方把他的尸体火化,就用那些火把去焚烧叛徒们的屋子。抬起这尸体来。

市民乙 去点起火来。

市民丙 把凳子拉下来烧。

市民丁 把椅子、窗门——什么东西一起拉下来烧。(众市民抬尸体下。)

安东尼 现在让它闹起来吧 ;一场乱事已经发生,随它怎样发展下去吧!

　　　　　一仆人上。

安东尼 什么事?

仆　人 大爷,奥克泰维斯已经到罗马了。

安东尼 他在什么地方?

---

① 　德拉克马（Drachma）：古希腊货币名。

仆　人　他跟莱必多斯都在凯撒家里。

安东尼　我立刻就去看他。他来得正好。命运之神现在很高兴,她会满足我们一切的愿望。

仆　人　我听他说勃鲁托斯和凯歇斯像疯子一样逃出了罗马的城门。

安东尼　大概他们已经注意到人民的态度,人民都被我煽动得十分激昂。领我到奥克泰维斯那儿去。(同下。)

第三场　同前。街道

　　　　诗人西那上。

诗人西那　昨天晚上我做了一个梦,梦里我跟凯撒在一起欢宴;许多不祥之兆萦回在我的脑际;我实在不想出来,可是不知不觉地又跑到门外来了。

　　　　众市民上。

市民甲　你叫什么名字?

市民乙　你到哪儿去?

市民丙　你住在哪儿?

市民丁　你是一个结过婚的人,还是一个单身汉子?

市民乙　回答每一个人的问话,要说得爽爽快快。

市民甲　是的,而且要说得简简单单。

市民丁　是的,而且要说得明明白白。

市民丙　是的,而且最好要说得确确实实。

诗人西那　我叫什么名字?我到哪儿去?我住在哪儿?我是一个结过婚的人,还是一个单身汉子?我必须回答每一个人的问话,要说得爽爽快快、简简单单、明明白白,而且确确实实。我就明明白白地回答你们,我是一个单身汉子。

市民乙　那简直就是说,那些结婚的人都是糊里糊涂的家伙;我怕你免不了要挨我一顿打。说下去,爽爽快快地说。

诗人西那　爽爽快快地说,我是去参加凯撒的葬礼的。

市民甲　你用朋友的名义去参加呢,还是用敌人的名义?

诗人西那　用朋友的名义。

市民乙　那个问题他已经爽爽快快地回答了。

市民丁　你的住所呢?简简单单地说。

诗人西那　简简单单地说,我住在圣殿附近。

市民丙　先生,你的名字呢?确确实实地说。

诗人西那　确确实实地说,我的名字是西那。

市民乙　撕碎他的身体;他是一个奸贼。

诗人西那　我是诗人西那,我是诗人西那。

市民丁　撕碎他,因为他做了坏诗;撕碎他,因为他做了坏诗。

诗人西那　我不是参加叛党的西那。

市民乙　不管它,他的名字叫西那;把他的名字从他的心里挖出来,再放他去吧。

市民丙　撕碎他,撕碎他!来,火把!喂!火把!到勃鲁托斯家里,到凯歇斯家里;烧毁他们的一切。去几个人到狄歇斯家里,几个人到凯斯卡家里,还有几个人到里加律斯家里。去!去!（同下。）

第四幕

第一场　罗马。安东尼家中一室

安东尼、奥克泰维斯及莱必多斯围桌而坐。

安东尼　那么这些人都是应该死的,他们的名字上都作了记号了。

奥克泰维斯　你的兄弟也必须死,你答应吗,莱必多斯?

莱必多斯　我答应。

奥克泰维斯　替他作了记号,安东尼。

莱必多斯　可是有一个条件,坡勃律斯也不能让他活命,他是你的外甥,安东尼。

安东尼　那么就把他处死;瞧,我用一个黑点注定他的死罪了。可是莱必多斯,你到凯撒家里去一趟,把他的遗嘱拿来,让我们决定怎样按照他的意旨替他处分遗产。

莱必多斯　什么! 还要我到这儿来找你们吗?

奥克泰维斯　我们要是不在这儿,你到圣殿来找我们好了。(莱必多斯下。)

安东尼　这是一个不足齿数的庸奴,只好替别人供奔走之劳。像他这样的人,也配跟我们鼎足三分,在这世界上称雄道霸吗?

奥克泰维斯　你既然这样瞧不起他,为什么在我们判决哪几个人应当处死的时候,却愿意听从他的意见?

安东尼　奥克泰维斯,我比你多了几年人生经验;虽然我们把这种荣誉加在这个人的身上,使他替我们分去一部分诽谤,可是他负担他的荣誉将会像驴子负担黄金一样,在重荷之下呻吟流汗,不是

被人牵拽,就是受人驱策,走一步路都要听我们的指挥;等他替
我们把宝物载运到我们预定的地点以后,我们就可以卸下他的负
担,把他赶走,让他像一头闲散的驴子一样,耸耸他的耳朵,在旷
地上啃嚼他的草料。

奥克泰维斯　你可以照你的意思做,可是他不失为一个经验丰富的勇
敢军人。

安东尼　我的马儿也是这样,奥克泰维斯;因为它久历戎行,所以我才
用粮草饲养它。我教我的马儿怎样冲锋作战,怎样转弯,怎样停
步,怎样向前奔驰,它的身体的动作都要受我的精神的节制。莱
必多斯也有几分正是如此;他一定要有人教导训练,有人命令他
前进;他是一个没有独立精神的家伙,靠着腐败的废物滋养他自
己,只知道掇拾他人的牙慧,人家已经习久生厌的事情,在他却还
是十分新奇;不要讲起他,除非把他当作一件工具看待。现在,奥
克泰维斯,让我们讲些重大的事情吧。勃鲁托斯和凯歇斯正在那
儿招募兵马,我们必须立刻准备抵御;让我们集合彼此的力量,拉
拢我们最好的朋友,运用我们所有的资财;让我们立刻就去举行
会议,商讨怎样揭发秘密的阴谋,抗拒公开的攻击的方法吧。

奥克泰维斯　好,我们就去;我们已经到了存亡的关头,许多敌人环伺
在我们的四周;还有许多虽然脸上装着笑容,我怕他们的心头却
藏着无数的奸谋。(同下。)

第二场　萨狄斯附近的营地。勃鲁托斯营帐之前

　　　鼓声;勃鲁托斯、路西律斯、路歇斯及兵士等上;泰提涅斯及品达勒斯
自相对方向上。

勃鲁托斯　喂,站住!

路西律斯　喂,站住! 口令!

勃鲁托斯　啊,路西律斯! 凯歇斯就要来了吗?

路西律斯　他快要到了;品达勒斯奉他主人之命,来向您致敬。(品达
　　勒斯把信交勃鲁托斯。)

勃鲁托斯　他信上写得很是客气。品达勒斯,你的主人近来行动有些
　　改变,也许是他用人失当,使我觉得有些事情办得很不满意;不过
　　要是他就要来了,我想他一定会向我解释的。

品达勒斯　我相信我的尊贵的主人一定会向您证明他还是那样一个
　　忠诚正直的人。

勃鲁托斯　我并不怀疑他。路西律斯,我问你一句话,他怎样接待你?

路西律斯　他对我很是客气;可是却不像从前那样亲热,言辞之间,也
　　没有从前那样真诚坦白。

勃鲁托斯　你所讲的正是一个热烈的友谊冷淡下来的情形。路西律
　　斯,你要是看见朋友之间用得着不自然的礼貌的时候,就可以知
　　道他们的感情已经在开始衰落了。坦白质朴的忠诚,是用不着浮
　　文虚饰的;可是没有真情的人,就像一匹尚未试步的倔强的驽马,
　　表现出一副奔腾千里的姿态,等到一受鞭策,就会颠踬泥涂,显出
　　庸劣的本相。他的军队有没有开拔?

路西律斯　他们预备今晚驻扎在萨狄斯;大部分的人马是跟凯歇斯同
　　来的。

勃鲁托斯　听! 他到了。(内军队轻步行进。)轻轻地上去迎接他。
　　　　凯歇斯及兵士等上。

凯歇斯　喂,站住!

勃鲁托斯　喂,站住! 口令!

兵士甲　站住!

兵士乙　站住!

兵士丙　站住!

凯歇斯　最尊贵的兄弟,你欺人太甚啦。

勃鲁托斯　神啊,判断我。我欺侮过我的敌人吗? 要是我没有欺侮过
敌人,我怎么会欺侮一个兄弟呢?

凯歇斯　勃鲁托斯,你用这种庄严的神气掩饰你给我的侮辱——

勃鲁托斯　凯歇斯,别生气;你有什么不痛快的事情,请你轻轻地说
吧。当着我们这些兵士的面前,让我们不要争吵,不要让他们看
见我们两人不和。打发他们走开;然后,凯歇斯,你可以到我的帐
里来诉说你的怨恨;我一定听你。

凯歇斯　品达勒斯,向我们的将领下令,叫他们各人把队伍安顿在离
这儿略远一点的地方。

勃鲁托斯　路西律斯,你也去下这样的命令;在我们的会谈没有完毕
以前,谁也不准进入我们的帐内。叫路歇斯和泰提涅斯替我们把
守帐门。(同下。)

第三场　勃鲁托斯帐内

勃鲁托斯及凯歇斯上。

凯歇斯　你对我的侮辱,可以在这一件事情上看得出来:你把路歇
斯·配拉定了罪,因为他在这儿受萨狄斯人的贿赂;可是我因为
知道他的为人,写信来替他说情,你却置之不理。

勃鲁托斯　你在这种事情上本来就不该写信。

凯歇斯　在现在这种时候,不该为了一点小小的过失就把人谴责。

勃鲁托斯　让我告诉你,凯歇斯,许多人都说你自己的手心也很有点
儿痒,常常为了贪图黄金的缘故,把官爵出卖给无功无能的人。

凯歇斯　我的手心痒! 说这句话的人,倘不是勃鲁托斯,那么凭着神

明起誓,这句话将要成为你的最后一句话。

勃鲁托斯　这种贪污的行为,因为有凯歇斯的名字作护身符,所以惩罚还不曾显出它的威严来。

凯歇斯　惩罚!

勃鲁托斯　记得三月十五吗? 伟大的凯撒不是为了正义的缘故而流血吗? 倘不是为了正义,哪一个恶人可以加害他的身体? 什么? 我们曾经打倒全世界首屈一指的人物,因为他庇护盗贼;难道就在我们中间,竟有人甘心让卑污的贿赂玷污他的手指,为了盈握的废物,出卖我们伟大的荣誉吗? 我宁愿做一头向月亮狂吠的狗,也不愿做这样一个罗马人。

凯歇斯　勃鲁托斯,不要向我吠叫;我受不了这样的侮辱。你这样逼迫我,全然忘记了你自己是什么人。我是一个军人,经验比你多,我知道怎样处置我自己的事情。

勃鲁托斯　哼,不见得吧,凯歇斯。

凯歇斯　我就是这样一个人。

勃鲁托斯　我说你不是。

凯歇斯　别再逼我吧,我快要忘记我自己了;留心你的安全,别再挑拨我了吧。

勃鲁托斯　去,卑鄙的小人!

凯歇斯　有这等事吗?

勃鲁托斯　听着,我要说我的话。难道我必须在你的暴怒之下退让吗? 难道一个疯子的怒目就可以把我吓倒吗?

凯歇斯　神啊! 神啊! 我必须忍受这一切吗?

勃鲁托斯　这一切! 嗯,还有哩。你去发怒到把你骄傲的心都气破了吧;给你的奴隶们看看你的脾气多大,让他们吓得乱抖吧。难道我必须让你吗? 我必须侍候你的颜色吗? 当你心里烦躁的时候,我必须诚惶诚恐地站在一旁,俯首听命吗?凭着神明起誓,即使你气破了肚子,也是你自己的事;因为从今天起,我要把你的发怒当作我的笑料呢。

凯歇斯　居然会有这样的一天吗?

勃鲁托斯　你说你是一个比我更好的军人;很好,你拿事实来证明你的夸口吧,那会使我十分高兴的。拿我自己来说,我很愿意向高贵的人学习呢。

凯歇斯　你在各方面侮辱我;你侮辱我,勃鲁托斯。我说我是一个经验比你丰富的军人,并没有说我是一个比你更好的军人;难道我说过"更好"这两个字吗?

勃鲁托斯　我不管你有没有说过。

凯歇斯　凯撒活在世上的时候,他也不敢这样激怒我。

勃鲁托斯　闭嘴,闭嘴!你也不敢这样挑惹他。

凯歇斯　我不敢?

勃鲁托斯　你不敢?

凯歇斯　什么!不敢挑惹他!

勃鲁托斯　你不敢挑惹他。

凯歇斯　不要太自恃你我的交情;我也许会做出一些将会使我后悔的事情来的。

勃鲁托斯　你已经做了你应该后悔的事。凯歇斯,凭你怎样恐吓,我都不怕;因为正直的居心便是我的有力的护身符,你那些无聊的恐吓,就像一阵微风吹过,引不起我的注意。我曾经差人来向你告借几个钱,你没有答应我;因为我不能用卑鄙的手段搜刮金钱;凭着上天发誓,我宁愿剖出我的心来,把我一滴滴的血熔成钱币,也不愿从农人粗硬的手里辗转榨取他们污臭的锱铢。为了分发军队的粮饷,我差人来向你借钱,你却拒绝了我;凯歇斯可以有这样的行为吗？我会不会给卡厄斯·凯歇斯这样的答复？玛克斯·勃鲁托斯要是也会变得这样吝啬，锁住他的鄙贱的银箱，不让他的朋友们染指，那么神啊，用你们的雷火把他劈得粉碎吧！

凯歇斯 我没有拒绝你。

勃鲁托斯 你拒绝我的。

凯歇斯 我没有，传回我的答复的那家伙是个傻瓜。勃鲁托斯把我的心都劈碎了。一个朋友应当原谅他朋友的过失，可是勃鲁托斯却把我的过失格外夸大。

勃鲁托斯 我没有，是你自己对不起我。

凯歇斯 你不喜欢我。

勃鲁托斯 我不喜欢你的错误。

凯歇斯 一个朋友的眼睛决不会注意到这种错误。

勃鲁托斯 在一个佞人的眼中，即使有像俄林波斯山峰一样高大的错误，也会视而不见。

凯歇斯 来，安东尼，来，年轻的奥克泰维斯，你们向凯歇斯一个人复仇吧，因为凯歇斯已经厌倦于人世了：被所爱的人憎恨，被他的兄弟攻击，像一个奴隶似的受人呵斥，他的一切过失都被人注视记录，背诵得烂熟，作为当面揭发的罪状。啊！我可以从我的眼睛里哭出我的灵魂来。这是我的刀子，这儿是我的袒裸的胸膛，这里面藏着一颗比财神普路托斯的宝矿更富有、比黄金更贵重的心；要是你是一个罗马人，请把它挖出来吧，我拒绝给你金钱，却愿意把我的心献给你。就像你向凯撒行刺一样把我刺死了吧，因为我知道，即使在你最恨他的时候，你也爱他远胜于爱凯歇斯。

勃鲁托斯 插好你的刀子。你高兴发怒就发怒吧，高兴怎么干就怎么干吧。啊，凯歇斯！你的伙伴是一头羔羊，愤怒在他的身上，就像燧石里的火星一样，受到重大的打击，也会发出闪烁的光芒，可是一转瞬间就已经冷下去了。

凯歇斯　难道凯歇斯的伤心烦恼,只给他的勃鲁托斯作为笑料吗?

勃鲁托斯　我说那句话的时候,我自己也是脾气太坏。

凯歇斯　你也这样承认吗? 把你的手给我。

勃鲁托斯　我连我的心也一起给你。

凯歇斯　啊,勃鲁托斯!

勃鲁托斯　什么事?

凯歇斯　我的母亲给了我这副暴躁的脾气,使我常常忘记我自己,看
　　　　在我们友谊的情分上,你能够原谅我吗?

勃鲁托斯　是的,我原谅你;从此以后,要是你有时候跟你的勃鲁托斯过
　　　　分认真,他会当作是你母亲在那儿发脾气,一切都不介意。(内喧声。)

诗　人　(在内)让我进去瞧瞧两位将军;他们彼此之间有些争执,不应
　　　　该让他们两人在一起。

路西律斯　(在内)你不能进去。

诗　人　(在内)除了死,什么都不能阻止我。

　　　　　诗人上,路西律斯、泰提涅斯及路歇斯随后。

凯歇斯　怎么! 什么事?

诗　人　呸,你们这些将军们! 你们是什么意思? 你们应该相亲相爱,
　　　　做两个要好的朋友;我的话不会有错,我比你们谁都活得长久。

凯歇斯　哈哈! 这个玩世的诗人吟的诗句多臭!

勃鲁托斯　滚出去,放肆的家伙,去!

凯歇斯　不要生他的气,勃鲁托斯;这是他的习惯。

勃鲁托斯　谁叫他胡说八道。在这样战争的年代,要这些胡诌几句歪
　　　　诗的傻瓜们做什么用? 滚开,家伙!

凯歇斯　去,去! 出去! (诗人下。)

勃鲁托斯　路西律斯,泰提涅斯,传令各将领,叫他们今晚准备把队伍

安营。

凯歇斯　你们传过了令,就带梅萨拉一起回来。(路西律斯、泰提涅斯同下。)

勃鲁托斯　路歇斯,倒一杯酒来! (路歇斯下。)

凯歇斯　我没有想到你会这样动怒。

勃鲁托斯　啊,凯歇斯! 我心里有许多烦恼。

凯歇斯　要是你让偶然的不幸把你困扰,那么你自己的哲学对你就毫无用处了。

勃鲁托斯　谁也不比我更能忍受悲哀;鲍西娅已经死了。

凯歇斯　什么! 鲍西娅!

勃鲁托斯　她死了。

凯歇斯　我刚才跟你这样吵嘴,你居然没有把我杀死,真是侥幸! 唉,难堪的、痛心的损失! 害什么病死的?

勃鲁托斯　她因为舍不得跟我远别,又听到了奥克泰维斯和玛克·安东尼的势力这样强大的消息,变得心神狂乱,乘着仆人不在的时候,把火吞了下去。

凯歇斯　就是这样死了吗?

勃鲁托斯　就是这样死了。

凯歇斯　永生的神啊!

　　　　　路歇斯持酒及烛重上。

勃鲁托斯　不要再说起她。给我一杯酒。凯歇斯,在这一杯酒里,我捐弃了一切猜嫌。(饮酒。)

凯歇斯　我的心企望着这样高贵的誓言,有如渴者的思饮。来,路歇斯,给我倒满这一杯,我喝着勃鲁托斯的友情,是永远不会餍足的。(饮酒。)

勃鲁托斯　进来,泰提涅斯。(路歇斯下。)

　　　　　泰提涅斯带梅萨拉重上。

勃鲁托斯　欢迎,好梅萨拉。让我们现在围烛而坐,讨论我们重要的事情。

凯歇斯　鲍西娅,你去了吗?

勃鲁托斯　请你不要说了。梅萨拉,我已经得到信息,说是奥克泰维
　　斯那小子跟玛克·安东尼带了一支强大的军队,向腓利比进发,
　　要来攻击我们了。

梅萨拉　我也得到同样的信息。

勃鲁托斯　你还知道什么其他的事情?

梅萨拉　听说奥克泰维斯、安东尼和莱必多斯三人用非法的手段,把
　　一百个元老宣判了死刑。

勃鲁托斯　那么我们听到的略有不同;我得到的消息是七十个元老被
　　他们判决处死,西塞罗也是其中的一个。

凯歇斯　西塞罗也是一个!

梅萨拉　西塞罗也被他们判决处死。您没有从您的夫人那儿得到信息吗?

勃鲁托斯　没有,梅萨拉。

梅萨拉　别人给您的信上也没有提起她吗?

勃鲁托斯　没有,梅萨拉。

梅萨拉　那可奇怪了。

勃鲁托斯　你为什么问起? 你听见什么关于她的消息吗?

梅萨拉　没有,将军。

勃鲁托斯　你是一个罗马人,请你老实告诉我。

梅萨拉　那么请您用一个罗马人的精神,接受我告诉您的噩耗:尊夫
　　人已经死了,而且死得很奇怪。

勃鲁托斯　那么再会了,鲍西娅! 我们谁都不免一死,梅萨拉;想到她
　　总有一天会死去,使我现在能够忍受这一个打击。

梅萨拉　这才是伟大的人物善处拂逆的精神。

凯歇斯　我可以在表面上装得跟你同样镇定,可是我的天性却受不了

这样的打击。

勃鲁托斯　好,讲我们活人的事吧。你们以为我们应不应该立刻向腓利比进兵?

凯歇斯　我想这不是顶好的办法。

勃鲁托斯　你有什么理由?

凯歇斯　我的理由是这样的:我们最好让敌人来找寻我们,这样可以让他们糜费军需,疲劳兵卒,削弱他们自己的实力;我们却可以以逸待劳,蓄养我们的精锐。

勃鲁托斯　你的理由果然很对,可是我却有比你更好的理由。在腓利比到这儿之间一带地方的人民,都是因为被迫而归顺我们的,他们心里都怀着怨恨,对于我们的征敛早就感到不满。敌人一路前来,这些人民一定会加入他们的队伍,增强他们的力量。要是我们到腓利比去向敌人迎击,把这些人民留在后方,就可以避免给敌人这一种利益。

凯歇斯　听我说,好兄弟。

勃鲁托斯　请你原谅。你还要注意,我们已经集合我们所有的友人,我们的军队已经达到最高的数量,我们行动的时机已经完全成熟;敌人的力量现在还在每天增加中,我们在全盛的顶点上,却有日趋衰落的危险。世事的起伏本来是波浪式的,人们要是能够趁着高潮一往直前,一定可以功成名就;要是不能把握时机,就要终身蹭蹬,一事无成。我们现在正在满潮的海上漂浮,倘不能顺水行舟,我们的事业就会一败涂地。

凯歇斯　那么就照你的意思办吧;我们要亲自前去,在腓利比和他们相会。

勃鲁托斯　我们贪着谈话,不知不觉夜已经深了。疲乏了的精神,必须休息片刻。没有别的话了吗?

凯歇斯　没有了。晚安;明天我们一早就起来,向前方出发。

勃鲁托斯　路歇斯!

　　　　路歇斯重上。

勃鲁托斯　拿我的睡衣来。(路歇斯下)再会,好梅萨拉;晚安,泰提涅斯。尊贵的、尊贵的凯歇斯,晚安,愿你好好安息。

凯歇斯　啊,我的亲爱的兄弟! 今天晚上的事情真是不幸;但愿我们的灵魂之间再也没有这样的分歧! 让我们以后再也不要这样,勃鲁托斯。

勃鲁托斯　什么事情都是好好的。

凯歇斯　晚安,将军。

勃鲁托斯　晚安,好兄弟。

泰提涅斯
　　　　　晚安,勃鲁托斯将军。
梅萨拉

勃鲁托斯　各位再会。(凯歇斯、泰提涅斯、梅萨拉同下。)

　　　　路歇斯持睡衣重上。

勃鲁托斯　把睡衣给我。你的乐器呢?

路歇斯　就在这儿帐里。

勃鲁托斯　什么! 你说话好像在瞌睡一般? 可怜的东西,我不怪你;你睡得太少了。把克劳狄斯和什么其他的仆人叫来;我要叫他们搬两个垫子来睡在我的帐内。

路歇斯　凡罗! 克劳狄斯!

　　　　凡罗及克劳狄斯上。

凡罗　主人呼唤我们吗?

勃鲁托斯　请你们两个人就在我的帐内睡下;也许等会儿我有事情要叫你们起来到我的兄弟凯歇斯那边去。

凡罗　我们愿意站在这儿侍候您。

勃鲁托斯　我不要这样；睡下来吧，好朋友们；也许我没有什么事情。瞧，路歇斯，这就是我找来找去找不到的那本书；我把它放在我的睡衣口袋里了。（凡罗、克劳狄斯睡下。）

路歇斯　我原说您没有把它交给我。

勃鲁托斯　原谅我，好孩子，我的记性太坏了。你能不能够暂时睁开你的倦眼，替我弹一两支曲子？

路歇斯　好的，主人，要是您喜欢的话。

勃鲁托斯　我很喜欢，我的孩子。我太麻烦你了，可是你很愿意出力。

路歇斯　这是我的责任，主人。

勃鲁托斯　我不应该勉强你尽你能力以上的责任；我知道年轻人是需要休息的。

路歇斯　主人，我早已睡过了。

勃鲁托斯　很好，一会儿我就让你再去睡睡；我不愿耽搁你太久的时间。要是我还能够活下去，我一定不会亏待你。（音乐，路歇斯唱歌。）这是一支催眠的乐曲；啊，杀人的睡眠！你把你的铅矛加在为你奏乐的我的孩子的身上了吗？好孩子，晚安；我不愿惊醒你的好梦。也许你在瞌睡之中，会打碎了你的乐器；让我替你拿去吧；好孩子，晚安。让我看，让我看，我上次没有读完的地方，不是把书页折下的吗？我想就是这儿。

　　　　凯撒幽灵上。

勃鲁托斯　这蜡烛的光怎么这样暗！啊！谁来啦？我想我的眼睛有点昏花，所以会看见鬼怪。它走近我的身边来了。你是什么东西？你是神呢，天使呢，还是魔鬼，吓得我浑身冷汗，头发直竖？对我说你是什么。

幽灵　你的冤魂，勃鲁托斯。

勃鲁托斯　你来干什么？

幽灵　我来告诉你，你将在腓利比看见我。

勃鲁托斯　好，那么我将要再看见你吗？

幽灵　是的，在腓利比。

勃鲁托斯　好，那么我们在腓利比再见。（幽灵隐去。）我刚鼓起一些勇气，你又不见了；冤魂，我还要跟你谈话。孩子，路歇斯！凡罗！克劳狄斯！喂，大家醒醒！克劳狄斯！

路歇斯　主人，弦子还没有调准呢。

勃鲁托斯　他以为他还在弹他的乐器呢。路歇斯，醒来！

路歇斯　主人！

勃鲁托斯　路歇斯，你做了什么梦，在梦中叫喊吗？

路歇斯　主人，我不知道我曾经叫喊过。

勃鲁托斯　你曾经叫喊过。你看见什么没有？

路歇斯　没有，主人。

勃鲁托斯　再睡吧，路歇斯。喂，克劳狄斯！你这家伙！醒来！

凡　罗　主人！

克劳狄斯　主人！

勃鲁托斯　你们为什么在睡梦里大呼小叫的？

凡　罗
克劳狄斯　我们在睡梦里叫喊吗，主人？

勃鲁托斯　嗯，你们瞧见什么没有？

凡　罗　没有，主人，我没有瞧见什么。

克劳狄斯　我也没有瞧见什么，主人。

勃鲁托斯　去向我的兄弟凯歇斯致意，请他赶快先把他的军队开拔，我们随后就来。

凡　罗
克劳狄斯　是，主人。（各下。）

第
五
幕

第一场　腓利比平原

奥克泰维斯及安东尼率军队上。

奥克泰维斯　现在,安东尼,我们的希望已经得到事实的答复了。你说敌人一定坚守山岭高地,不会下来;事实却并不如此,他们的军队已经向我们逼近,似乎有意要在这儿腓利比用先发制人的手段,给我们一个警告。

安东尼　啊! 我熟悉他们的心理,知道他们为什么这样做。他们的目的无非是想先声夺人,让我们看见他们的汹汹之势,认为他们的士气非常旺盛;其实完全不是这样。

一使者上。

使　者　两位将军,请你们快些准备起来,敌人正在那儿浩浩荡荡地开过来了;他们已经挂出挑战的旗号,我们必须立刻布置防御的策略。

安东尼　奥克泰维斯,你带领你的一支军队向战地的左翼缓缓前进。

奥克泰维斯　我要向右翼迎击;你去打左翼。

安东尼　为什么你要在这样紧急的时候跟我闹别扭?

奥克泰维斯　我不跟你闹别扭;可是我要这样。(军队行进。)

鼓声;勃鲁托斯及凯歇斯率军队上;路西律斯、泰提涅斯、梅萨拉及余人等同上。

勃鲁托斯　他们站住了，要跟我们谈判。

凯歇斯　站定，泰提涅斯；我们必须出阵跟他们谈话。

奥克泰维斯　玛克·安东尼，我们要不要发出交战的号令？

安东尼　不，凯撒，等他们向我们进攻的时候，我们再去应战。上去那
　　　　几位将军们要谈几句话哩。

奥克泰维斯　不要动，等候号令。

勃鲁托斯　先礼后兵，是不是，各位同胞们？

奥克泰维斯　我们倒不像您那样喜欢空话。

勃鲁托斯　奥克泰维斯，良好的言语胜于拙劣的刺击。

安东尼　勃鲁托斯，您用拙劣的刺击来说您的良好的言语：瞧您刺在
　　　　凯撒心上的创孔，它们在喊着："凯撒万岁！"

凯歇斯　安东尼，我们还没有领教过您的剑法；可是我们知道您的舌
　　　　头上涂满了蜜，蜂巢里的蜜都给你偷光了。

安东尼　我没有把蜜蜂的刺也一起偷走吧？

勃鲁托斯　啊，是的，您连它们的声音也一起偷走了；因为您已经学会
　　　　了在刺人之前，先用嗡嗡的声音向人威吓。

安东尼　恶贼！你们在凯撒的旁边拔出你们万恶的刀子来的时候，是
　　　　连半句声音也不透出来的；你们像猴子一样露出你们的牙齿，像
　　　　狗子一样摇尾乞怜，像奴隶一样卑躬屈节，吻着凯撒的脚；该死的
　　　　凯斯卡却像一条恶狗似的躲在背后，向凯撒的脖子上挥动他的凶
　　　　器。啊，你们这些谄媚的家伙！

凯歇斯　谄媚的家伙！勃鲁托斯，谢谢你自己吧。早依了凯歇斯的话，
　　　　今天决不让他把我们这样信口侮辱。

奥克泰维斯　不用多说；辩论不过使我们流汗，我们却要用流血来判
　　　　断双方的曲直。瞧，我拔出这一柄剑来跟叛徒们决战；除非等到
　　　　凯撒身上三十三处伤痕的仇恨完全报复或者另外一个凯撒也死

在叛徒们的刀剑之下,这一柄剑是永远不收回去的。

勃鲁托斯　凯撒,你不会死在叛徒们的手里,除非那些叛徒就在你自己的左右。

奥克泰维斯　我也希望这样;天生下我来,不是要我死在勃鲁托斯的剑上的。

勃鲁托斯　啊!孩子,即使你是你的家门中最高贵的后裔,能够死在勃鲁托斯剑上,也要算是莫大的荣幸呢。

凯歇斯　像他这样一个顽劣的学童,跟一个跳舞喝酒的浪子在一起,才不值得污我们的刀剑。

安东尼　还是从前的凯歇斯!

奥克泰维斯　来,安东尼,我们去吧!叛徒们,我们现在当面向你们挑战;要是你们有胆量的话,今天就在战场上相见,否则等你们有了勇气再来。(奥克泰维斯、安东尼率军队下。)

凯歇斯　好,现在狂风已经吹起,波涛已经澎湃,船只有在风浪中颠簸了!一切都要信托给不可知的命运。

勃鲁托斯　喂!路西律斯!有话对你说。

路西律斯　什么事,主将?(勃鲁托斯、路西律斯在一旁谈话。)

凯歇斯　梅萨拉!

梅萨拉　主将有什么吩咐?

凯歇斯　梅萨拉,今天是我的生日;就在这一天,凯歇斯诞生到世上。把你的手给我,梅萨拉。请你做我的见证,正像从前庞贝　样,我是因为万不得已,才把我们全体的自由在这一次战役中作孤注一掷的。你知道我一向很信仰伊璧鸠鲁①的见解;现在我的思想却改变了,有些相信起预兆来了。我们从萨狄斯开拔前来的时候,

---

① 伊璧鸠鲁(Epicurus,公元前314—公元前270):希腊提倡无神论的享乐主义派哲学家。

有两头猛鹰从空中飞下,栖止在我们从前那个旗手的肩上;它们常常啄食我们兵士手里的食物,一路上跟我们做伴,一直到这儿腓利比。今天早晨它们却飞去不见了,代替着它们的,只有一群乌鸦鸥鸢,在我们的头顶盘旋,好像把我们当作垂毙的猎物一般;它们的黑影像是一顶不祥的华盖,掩覆着我们末日在迩的军队。

梅萨拉　不要相信这种事。

凯歇斯　我也不完全相信,因为我的精神很兴奋,我已经决心用坚定不拔的意志,抵御一切的危难。

勃鲁托斯　就这样吧,路西律斯。

凯歇斯　最尊贵的勃鲁托斯,愿神明今天护佑我们,使我们能够在太平的时代做一对亲密的朋友,直到我们的暮年!可是既然人事是这样无常,让我们也考虑到万一的不幸。要是我们这次战败了,那么现在就是我们最后一次的聚首谈心;请问你在那样的情形之下,准备怎么办?

勃鲁托斯　凯图自杀的时候,我曾经对他这一种举动表示不满;我不知道为什么,可是总觉得为了惧怕可能发生的祸患而结束自己的生命,是一件懦弱卑劣的行动;我现在还是根据这一种观念,决心用坚韧的态度,等候主宰世人的造化所给予我的命运。

凯歇斯　那么,要是我们失败了,你愿意被凯旋的敌人拖来拖去,在罗马的街道上游行吗?

勃鲁托斯　不,凯歇斯,不。尊贵的罗马人,你不要以为勃鲁托斯会有一天被人绑着回到罗马;他是有一颗太高傲的心的。可是今天这一天必须结束三月十五日所开始的工作;我不知道我们能不能再有见面的机会,所以让我们从此永诀吧。永别了,永别了,凯歇斯!要是我们还能相见,那时候我们可以相视而笑;否则今天就是我们生离死别的日子。

凯歇斯　永别了,永别了,勃鲁托斯! 要是我们还能相见,那时候我们一定相视而笑;否则今天真的是我们生离死别的日子了。

勃鲁托斯　好,那么前进吧。唉! 要是一个人能够预先知道一天的工作的结果——可是一天的时间是很容易过去的,那结果也总会见到分晓。来啊! 我们去吧! (同下。)

第二场　同前。战场

号角声;勃鲁托斯及梅萨拉上。

勃鲁托斯　梅萨拉,赶快骑马前去,传令那一方面的军队,(号角大鸣。)叫他们立刻冲上去,因为我看见奥克泰维斯带领的那支军队打得很没有劲,迅速的进攻可以把他们一举击溃。赶快骑马前去,梅萨拉;叫他们全军向敌人进攻。(同下。)

第三场　战场的另一部分

号角声;凯歇斯及泰提涅斯上。

凯歇斯　啊! 瞧,泰提涅斯,瞧,那些坏东西逃得多快。我自己也变成了我自己的仇敌;这是我的旗手,我看见他想要转身逃走,把这懦夫杀了,抢过了这军旗。

泰提涅斯　啊,凯歇斯! 勃鲁托斯把号令发得太早了;他因为对奥克泰维斯略占优势,自以为胜利在握;他的军队忙着搜掠财物,我们却给安东尼全部包围起来。

品达勒斯上。

品达勒斯　再逃远一些,主人,再逃远一些;玛克·安东尼已经进占您的营帐了,主人。快逃,尊贵的凯歇斯,逃得远远的。

凯歇斯　这座山头已经够远了。瞧，瞧，泰提涅斯，那边有火的地方，不就是我的营帐吗？

泰提涅斯　是的，主将。

凯歇斯　泰提涅斯，要是你爱我，请你骑了我的马，着力加鞭，到那边有军队的所在探一探，再飞马回来向我报告，让我知道他们究竟是友军还是敌军。

泰提涅斯　是，我就去就来。（下。）

凯歇斯　品达勒斯，你给我登上那座山顶，我的眼睛看不大清楚；留意看着泰提涅斯，告诉我你所见到的战场上的情形。（品达勒斯登山。）我今天第一次透过一口气来；时间在循环运转，我在什么地方开始，也要在什么地方终结。我的生命已经走完了它的途程。喂，看见什么没有？

品达勒斯　（在上）啊，主人！

凯歇斯　什么消息？

品达勒斯　泰提涅斯给许多骑马的人包围在中心，他们都向他策马而前；可是他仍旧向前飞奔，现在他们快要追上他了；赶快，泰提涅斯，现在有人下马了；哎哟！他也下马了；他给他们捉去了；（内欢呼声）听！他们在欢呼。

凯歇斯　下来，不要再看了。唉，我真是一个懦夫，眼看着我的最好的朋友在我的面前给人捉去，我自己却还在这世上偷生苟活！

　　　　品达勒斯下山。

凯歇斯　过来，小子。你在巴底亚做了我的俘虏，我免了你一死，叫你对我发誓，无论我吩咐你做什么事，你都要照着做。现在你来，履行你的誓言，我让你从此做一个自由人；这柄曾经穿过凯撒心脏的好剑，你拿着它往我的胸膛里刺进去吧。不用回答我的话，来，把剑柄拿在手里，等我把脸遮上了，你就动手。好，凯撒，我用杀死你的那柄剑,替你复了仇了。(死。)

品达勒斯　现在我已经自由了;可是那却不是我自己的意思。凯歇斯啊,品达勒斯将要远远离开这一个国家,到没有一个罗马人可以看见他的地方去。(下。)

　　　　　泰提涅斯及梅萨拉重上。

梅萨拉　泰提涅斯,双方的胜负刚刚互相抵消;因为一方面奥克泰维斯被勃鲁托斯的军队打败,一方面凯歇斯的军队也给安东尼打败。

泰提涅斯　这些消息很可以安慰安慰凯歇斯。

梅萨拉　你在什么地方离开他?

泰提涅斯　就在这座山上,垂头丧气地跟他的奴隶品达勒斯在一起。

梅萨拉　躺在地上的不就是他吗?

泰提涅斯　他躺着的样子好像已经死了。啊,我的心!

梅萨拉　那不是他吗?

泰提涅斯　不,梅萨拉,这个人从前是他,现在凯歇斯已经不在人世了。啊,没落的太阳!正像你今晚沉没在你红色的光辉中一样,凯歇斯的白昼也在他的赤血之中消隐了;罗马的太阳已经沉没了下去。我们的白昼已经过去;黑云、露水和危险正在袭来,我们的事业已成灰烬了。他因为不相信我能够不辱使命,所以才干出这件事来。

梅萨拉　他因为不相信我们能够得到胜利,所以才干出这件事来。啊,可恨的错误,你忧愁的产儿!为什么你要在人们灵敏的脑海里造成颠倒是非的幻象?你一进入人们的心中,便给他们带来了悲惨的结果。

泰提涅斯　喂,品达勒斯!你在哪儿,品达勒斯?

梅萨拉　泰提涅斯,你去找他,让我去见勃鲁托斯,把这刺耳的消息告诉他；勃鲁托斯听见了这个消息，一定会比锋利的刀刃、有毒的箭镞贯进他的耳中还要难过。

泰提涅斯　你去吧，梅萨拉；我先在这儿找一找品达勒斯。（梅萨拉下）勇敢的凯歇斯，为什么你要叫我去呢？我不是碰见你的朋友了吗？他们不是把这胜利之冠加在我的额上，叫我回来献给你吗？你没有听见他们的欢呼吗？唉！你误会了一切。可是请你接受这一个花环，让我替你戴上吧；你的勃鲁托斯叫我把它送给你，我必须遵从他的命令。勃鲁托斯，快来，瞧我怎样向卡厄斯·凯歇斯尽我的责任。允许我，神啊，这是一个罗马人的天职：来，凯歇斯的宝剑，进入泰提涅斯的心里吧。（自杀。）

　　　　号角声；梅萨拉率勃鲁托斯、小凯图、斯特莱托、伏伦涅斯及路西律斯重上。

勃鲁托斯　梅萨拉，梅萨拉，他的尸体在什么地方？

梅萨拉　瞧，那边；泰提涅斯正在他旁边哀泣。

勃鲁托斯　泰提涅斯的脸是向上的。

小凯图　他也死了。

勃鲁托斯　啊，裘力斯·凯撒！你到死还是有本领的！你的英灵不泯，借着我们自己的刀剑，洞穿我们自己的心脏。（号角低吹。）

小凯图　勇敢的泰提涅斯！瞧他替已死的凯歇斯加上胜利之冠了！

勃鲁托斯　世上还有两个和他们同样的罗马人吗？最后的罗马健儿，再会了！罗马再也不会产生可以和你匹敌的人物。朋友们，我对于这位已死的人，欠着还不清的眼泪。——慢慢地，凯歇斯，我会找到我的时间。——来，把他的尸体送到泰索斯去，他的葬礼不能在我们的营地上举行，因为恐怕影响军心。路西律斯，来；来，小凯图，我们到战场上去。拉琵奥、弗莱维斯，传令我们的军队前进。现在还只有三点钟；罗马人，在日落以前，我们还要在第二次的战争中试探我们的命运。(同下。)

第四场　战场的另一部分

　　　　号角声;两方兵士交战,勃鲁托斯、小凯图、路西律斯及余人等上。

勃鲁托斯　同胞们,啊! 振作起你们的精神!

小凯图　哪一个贱种敢退缩不前? 谁愿意跟我来? 我要在战场上到
　　　　处宣扬我的名字:我是玛克斯·凯图的儿子! 我是暴君的仇敌,
　　　　祖国的朋友,我是玛克斯·凯图的儿子!

勃鲁托斯　我是勃鲁托斯,玛克斯·勃鲁托斯就是我;勃鲁托斯,祖
　　　　国的朋友,请认明我是勃鲁托斯! (追击敌人下,小凯图被敌军围攻
　　　　倒地。)

路西律斯　啊,年轻高贵的小凯图,你倒下了吗? 啊,你现在像泰提涅
　　　　斯一样勇敢地死了,你死得不愧为凯图的儿子。

兵士甲　不投降就是死。

路西律斯　我愿意投降,可是看在这许多钱的面上,请你们把我立刻
　　　　杀死。(取钱赠兵士。)你们杀死了勃鲁托斯,也算立了一件大大的
　　　　功劳。

兵士甲　我们不能杀你。一个尊贵的俘虏!

兵士乙　喂,让开! 告诉安东尼,勃鲁托斯已经捉住了。

兵士甲　我去传报这消息。主将来了。

　　　　安东尼上。

兵士甲　主将,勃鲁托斯已经捉住了。

安东尼　他在哪儿?

路西律斯　安东尼,勃鲁托斯还是安然无恙。我敢向你说一句,没有
　　　　一个敌人可以把勃鲁托斯活捉;神明保佑他不至于遭到这样的耻

辱！你们找到他的时候，不论是死的还是活的，他一定会保持他
的堂堂的荣誉。

安东尼　朋友，这个人不是勃鲁托斯，可是也不是一个等闲之辈。不
要伤害他，把他好生看待。我希望我有这样的人做我的朋友，而
不是做我的仇敌。去，看看勃鲁托斯有没有死；有什么消息就到
奥克泰维斯的营帐里来报告我们。(各下。)

第五场　战场的另一部分

勃鲁托斯、达台涅斯、克列特斯、斯特莱托及伏伦涅斯上。

勃鲁托斯　来，残余下来的几个朋友，在这块岩石上休息休息吧。

克列特斯　我们望见斯泰提律斯的火把，可是他没有回来；大概不是
捉了去就是死了。

勃鲁托斯　坐下来，克列特斯。他一定死了；多少人都死了。听着，克
列特斯。(向克列特斯耳语。)

克列特斯　什么，我吗？主人？不，那是万万不能的。

勃鲁托斯　那么算了！不要多说话。

克列特斯　我宁愿自杀。

勃鲁托斯　听着，达台涅斯。(向达台涅斯耳语。)

达台涅斯　我必须干这样一件事吗？

克列特斯　啊，达台涅斯！

达台涅斯　啊！克列特斯！

克列特斯　勃鲁托斯要求你干一件什么坏事？

达台涅斯　他要我杀死他，克列特斯。瞧，他在出神呆想。

克列特斯　他的高贵的心里装满了悲哀，甚至于在他的眼睛里流露出来。

勃鲁托斯　过来，好伏伦涅斯，听我一句话。

伏伦涅斯　主将有什么吩咐？

勃鲁托斯　是这样的,伏伦涅斯。凯撒的鬼魂曾经两次在夜里向我出现：一次在萨狄斯,一次就是昨天晚上,在这儿腓利比的战场上。我知道我的末日已经到了。

伏伦涅斯　不会有的事,主将。

勃鲁托斯　不,我确信我的末日已经到了,伏伦涅斯。你看大势已经变化到什么地步；我们的敌人已经把我们逼到了山穷水尽之境,与其等待他们来把我们推落深坑,还不如自己先跳下去。好伏伦涅斯,我们从前曾经在一起求学,看在我们旧日的交情分上,请你拿着我的剑柄,让我伏剑而死。

伏伦涅斯　主将,那不是一件可以叫一个朋友做的事。(号角声继续不断。)

克列特斯　快逃,快逃,主人! 这儿是不能久留的。

勃鲁托斯　再会,你,你,还有你,伏伦涅斯。斯特莱托,你已经瞌睡了这大半天,再会了,斯特莱托。同胞们,我很高兴在我的一生之中,只有他还尽忠于我。我今天虽然战败了,可是将要享有比奥克泰维斯和玛克·安东尼在这次卑鄙的胜利中所得到的更大的光荣。大家再会了；勃鲁托斯的舌头已经差不多结束了他一生的历史,暮色罩在我的眼睛上,我的筋骨渴想得到它劳苦已久的安息。(号角声；内呼声:"逃啊,逃啊,逃啊!")

克列特斯　快逃吧,主人,快逃吧。

勃鲁托斯　夫! 我就来。(克列特斯、达台涅斯、伏伦涅斯同下。)斯特莱托,请你不要去,陪着你的主人。你是一个心地很好的人,你的为人还有几分义气；拿着我的剑,转过你的脸,让我对准剑锋扑上去。你肯不肯这样做,斯特莱托?

斯特莱托　请您先允许我握一握您的手；再会了,主人。

勃鲁托斯　再会了,好斯特莱托。(扑身剑上。凯撒,你现在可以瞑目了；

我杀死你的时候,还不及现在一半的坚决。(死。)

　　号角声;吹退军号;奥克泰维斯、安东尼、梅萨拉、路西律斯及军队上。

奥克泰维斯　那是什么人?

梅萨拉　我的主将的仆人。斯特莱托,你的主人呢?

斯特莱托　他已经永远脱离了加在你身上的那种被俘的命运了,梅萨拉;胜利者只能在他身上举起一把火来,因为只有勃鲁托斯能够战胜他自己,谁也不能因他的死而得到荣誉。

路西律斯　勃鲁托斯的结果应当是这样的。谢谢你,勃鲁托斯,因为你证明了路西律斯的话并没有说错。

奥克泰维斯　所有跟随勃鲁托斯的人,我都愿意把他们收留下来。朋友,你愿意跟随我吗?

斯特莱托　好,只要梅萨拉肯把我举荐给您。

奥克泰维斯　你把他举荐给我吧,好梅萨拉。

梅萨拉　斯特莱托,我们的主将怎么死的?

斯特莱托　我拿了剑,他扑了上去。

梅萨拉　奥克泰维斯,他已经为我的主人尽了最后的义务,您把他收留下来吧。

安东尼　在他们那一群中间,他是一个最高贵的罗马人;除了他一个人以外,所有的叛徒们都是因为妒嫉凯撒而下毒手的;只有他才是激于正义的思想,为了大众的利益,而去参加他们的阵线。他一生善良,交织在他身上的各种美德,可以使造物肃然起立,向全世界宣告:"这是一个汉子!"

奥克泰维斯　让我们按照他的美德,给他应得的礼遇,替他殡葬如仪。他的尸骨今晚将要安顿在我的营帐里,他必须充分享受一个军人的荣誉。现在传令全军安息;让我们去分派今天的胜利的光荣吧。

(同下。)

William Shakespeare
COMPLETE WORKS

麦克白

朱生豪　译

莎士比亚
全集

剧中人物

邓肯　苏格兰国王

马尔康 ⎫
道纳本 ⎬ 邓肯之子

麦克白 ⎫
班柯 ⎬ 苏格兰军中大将

麦克德夫
列诺克斯
洛　斯
孟提斯 ⎬ 苏格兰贵族
安格斯
凯士纳斯

弗里恩斯　班柯之子

西华德　诺森伯兰伯爵，英国军中大将

小西华德　西华德之子

西登　麦克白的侍臣

麦克德夫的幼子

英格兰医生

苏格兰医生

军曹

门房

老翁

麦克白夫人

麦克德夫夫人

麦克白夫人的侍女

赫卡忒及三女巫

贵族、绅士、将领、兵士、刺客、侍从及使者等

班柯的鬼魂及其他幽灵等

地　点

苏格兰;英格兰

第一幕

第一场　荒原

雷电。三女巫上。

女巫甲　何时姊妹再相逢，雷电轰轰雨蒙蒙？

女巫乙　且等烽烟静四陲，败军高奏凯歌回。

女巫丙　半山夕照尚含辉。

女巫甲　何处相逢？

女巫乙　在荒原。

女巫丙　共同去见麦克白。

女巫甲　我来了，狸猫精。

女巫乙　癞蛤蟆叫我了。

女巫丙　来也。[①]

三女巫　（合）美即丑恶丑即美，翱翔毒霉妖云里。（同下。）

第二场　福累斯附近的营地

内号角声。邓肯、马尔康、道纳本、列诺克斯及侍从等上，与一流血之军曹相遇。

---

① 三女巫各有一精怪听其驱使；侍候女巫甲的是狸猫精，侍候女巫乙的是癞蛤蟆，侍候女巫丙的当是怪鸟。

邓　肯　那个流血的人是谁？看他的样子，也许可以向我们报告关于叛乱的最近的消息。

马尔康　这就是那个奋勇苦战帮助我冲出敌人重围的军曹。祝福，勇敢的朋友！把你离开战场以前的战况报告王上。

军　曹　双方还在胜负未决之中；正像两个精疲力竭的游泳者，彼此扭成一团，显不出他们的本领来。那残暴的麦克唐华德不愧为一个叛徒，因为无数奸恶的天性都集聚他一身；他已经征调了西方各岛上的轻重步兵，命运也像娼妓一样，有意向叛徒卖弄风情，助长他的罪恶的气焰。可是这一切都无能为力，因为英勇的麦克白——真称得上一声"英勇"——不以命运的喜怒为意，挥舞着他的血腥的宝剑，像个煞星似的一路砍杀过去，直到了那奴才的面前，也不打个躬，也不通一句话，就挺剑从他的肚脐上刺了进去，把他的胸膛划破，一直划到下巴上；他的头已经割下来挂在我们的城楼上了。

邓　肯　啊，英勇的表弟！尊贵的壮士！

军　曹　天有不测风云，从那透露曙光的东方偏卷来了无情的风暴，可怕的雷雨；我们正在兴高采烈的时候，却又遭遇了重大的打击。听着，陛下，听着：当正义凭着勇气的威力正在驱逐敌军向后溃退的时候，挪威国君看见有机可乘，调了一批甲械精良的生力军又向我们开始一次新的猛攻。

邓　肯　我们的将军们，麦克白和班柯有没有因此而气馁？

军　曹　是的，要是麻雀能使怒鹰退却、兔子能把雄狮吓走的话。实实在在地说，他们就像两尊巨炮，满装着双倍火力的炮弹，愈发愈猛，向敌人射击；瞧他们的神气，好像拼着浴血负创，非让尸骸铺满原野，决不罢手——可是我的气力已经不济了，我的伤口需要马上医治。

邓　肯　你的叙述和你的伤口一样,都表现出一个战士的精神。来,
　　　　把他送到军医那儿去。(侍从扶军曹下。)

　　　　洛斯上。

邓　肯　谁来啦?

马尔康　尊贵的洛斯爵士。

列诺克斯　他的眼睛里露出多么慌张的神色! 好像要说些什么意想
　　　　不到的事情似的。

洛　斯　上帝保佑吾王!

邓　肯　爵士,你从什么地方来?

洛　斯　从费辅来,陛下;挪威的旌旗在那边的天空招展,把一阵寒风
　　　　煽进了我们人民的心里。挪威国君亲自率领了大队人马,靠着那
　　　　个最奸恶的叛徒考特爵士的帮助,开始了一场残酷的血战;后来
　　　　麦克白披甲戴盔,和他势均力敌,刀来枪往,奋勇交锋,方才挫折
　　　　了他的凶焰;胜利终于属我们所有。——

邓　肯　好大的幸运!

洛　斯　现在史威诺,挪威的国王,已经向我们求和了;我们责令他在
　　　　圣戈姆小岛上缴纳一万块钱充入我们的国库,否则不让他把战死
　　　　的将士埋葬。

邓　肯　考特爵士再也不能骗取我的信任了,去宣布把他立即处死,
　　　　他原来的爵位移赠麦克白。

洛　斯　我这就去执行陛下的旨意。

邓　肯　他所失去的,也就是尊贵的麦克白所得到的。(同下。)

第三场　荒原

　　　　雷鸣。三女巫上。

女巫甲　妹妹,你从哪儿来?

女巫乙　我刚杀了猪来。

女巫丙　姊姊,你从哪儿来?

女巫甲　一个水手的妻子坐在那儿吃栗子,啃呀啃呀啃呀地啃着。"给我吃一点。"我说。"滚开,妖巫!"那个吃鱼吃肉的贱人喊起来了。她的丈夫是"猛虎号"的船长,到阿勒坡去了;可是我要坐在一张筛子里追上他去,像一头没有尾巴的老鼠,瞧我的,瞧我的,瞧我的吧。

女巫乙　我助你一阵风。

女巫甲　感谢你的神通。

女巫丙　我也助你一阵风。

女巫甲　刮到西来刮到东,到处狂风吹海立,浪打行船无休息;终日终夜不得安,骨瘦如柴血色干;一年半载海上漂,气断神疲精力消;他的船儿不会翻,暴风雨里受苦难。瞧我有些什么东西?

女巫乙　给我看,给我看。

女巫甲　这是一个在归途覆舟殒命的舵工的拇指。(内鼓声。)

女巫丙　鼓声!鼓声!麦克白来了。

三女巫　(合)手携手,三姊妹,沧海高山弹指地,朝飞暮返任游戏。姊三巡,妹三巡,三三九转蛊方成。

　　　　麦克白及班柯上。

麦克白　我从来没有见过这样阴郁而又光明的日子。

班　柯　到福累斯还有多少路? 这些是什么人,形容这样枯瘦,服装这样怪诞,不像是地上的居民,可是却在地上出现? 你们是活人吗? 你们能不能回答我们的问题? 好像你们懂得我的话,每一个人都同时把她满是皱纹的手指按在她的干枯的嘴唇上。你们应当是女人,可是你们的胡须却使我不敢相信你们是女人。

麦克白　你们要是能够讲话,告诉我们你们是什么人?

女巫甲　万福,麦克白! 祝福你,葛莱密斯爵士!

女巫乙　万福,麦克白! 祝福你,考特爵士!

女巫丙　万福,麦克白,未来的君王!

班　柯　将军,您为什么这样吃惊,好像害怕这种听上去很好的消息似的? 用真理的名义回答我,你们到底是幻象呢,还是果真像你们所显现的那样的生物? 你们向我的高贵的同伴致敬,并且预言他未来的尊荣和远大的希望,使他仿佛听得出了神;可是你们却没有对我说一句话。要是你们能够洞察时间所播的种子,知道哪一颗会长成,哪一颗不会长成,那么请对我说吧;我既不乞讨你们的恩惠,也不惧怕你们的憎恨。

女巫甲　祝福!

女巫乙　祝福!

女巫丙　祝福!

女巫甲　比麦克白低微,可是你的地位在他之上。

女巫乙　不像麦克白那样幸运,可是比他更有福。

女巫丙　你虽然不是君王,你的子孙将要君临一国。万福,麦克白和班柯!

女巫甲　班柯和麦克白,万福!

麦克白　且慢,你们这些闪烁其词的预言者,明白一点告诉我。西纳尔①死了以后,我知道我已经晋封为葛莱密斯爵士;可是怎么会做起考特爵士来呢? 考特爵士现在还活着,他的势力非常煊赫;至于说我是未来的君王,那正像说我是考特爵士一样难以置信。说,你们这种奇怪的消息是从什么地方得来的? 为什么你们要在这

---

① 西纳尔:麦克白的父亲。

荒凉的旷野用这种预言式的称呼使我们止步？说，我命令你们。

（三女巫隐去。）

班　柯　水上有泡沫，土地也有泡沫，这些便是大地上的泡沫。她们消失到什么地方去了？

麦克白　消失在空气之中，好像是有形体的东西，却像呼吸一样融化在风里了。我倒希望她们再多留一会儿。

班　柯　我们正在谈论的这些怪物，果然曾经在这儿出现吗？还是因为我们误食了令人疯狂的草根，已经丧失了我们的理智？

麦克白　您的子孙将要成为君王。

班　柯　您自己将要成为君王。

麦克白　而且还要做考特爵士；她们不是这样说的吗？

班　柯　正是这样说的。谁来啦？

洛斯及安格斯上。

洛　斯　麦克白，王上已经很高兴地接到了你的胜利的消息；当他听见你在这次征讨叛逆的战争中所表现的英勇的勋绩的时候，他简直不知道应当惊异还是应当赞叹，在这两种心理的交相冲突之下，他快乐得说不出话来。他又得知你在同一天之内，又在雄壮的挪威大军的阵地上出现，不因为你自己亲手造成的死亡的惨象而感到些微的恐惧。报信的人像密电一样接踵而至，异口同声地在他的面前称颂你的保卫祖国的大功。

安格斯　我们奉王上的命令前来，向你传达他的慰劳的诚意；我们的使命只是迎接你回去面谒王上，不是来酬答你的功绩。

洛　斯　为了向你保证他将给你更大的尊荣起见，他叫我替你加上考特爵士的称号；祝福你，最尊贵的爵士！这一个尊号是属于你的了。

班　柯　什么！魔鬼居然会说真话吗？

麦克白　考特爵士现在还活着,为什么你们要替我穿上借来的衣服?

安格斯　原来的考特爵士现在还活着,可是因为他自取其咎,犯了不
赦的重罪,在无情的判决之下,将要失去他的生命。他究竟有没
有和挪威人公然联合,或者曾经给叛党秘密的援助,或者同时用
这两种手段来图谋颠覆他的祖国,我还不能确实知道;可是他的
叛国的重罪,已经由他亲口供认,并且有了事实的证明,使他遭到
了毁灭的命运。

麦克白　(旁白)葛莱密斯,考特爵士;最大的尊荣还在后面。(向洛斯、
安格斯)谢谢你们的跋涉。(向班柯)您不希望您的子孙将来做君王
吗?方才她们称呼我做考特爵士,不同时也许给你的子孙莫大的
尊荣吗?

班　柯　您要是果然完全相信了她们的话,也许做了考特爵士以后,
还渴望把王冠攫到手里。可是这种事情很奇怪,魔鬼为了要陷害
我们起见,往往故意向我们说真话,在小事情上取得我们的信任,
然后在重要的关头我们便会堕入他的圈套。两位大人,让我对你
们说句话。

麦克白　(旁白)两句话已经证实,这好比是美妙的开场白,接下去就是
帝王登场的正戏了。(向洛斯、安格斯)谢谢你们两位。(旁白)这种
神奇的启示不会是凶兆,可是也不像是吉兆。假如它是凶兆,为
什么用一开头就应验的预言保证我未来的成功呢?我现在不是
已经做了考特爵士了吗?假如它是吉兆,为什么那句话会在我脑
中引起可怖的印象,使我毛发悚然,使我的心全然失去常态,怦怦
地跳个不停呢?想象中的恐怖远过于实际上的恐怖;我的思想中
不过偶然浮起了杀人的妄念,就已经使我全身震撼,心灵在胡思
乱想中丧失了作用,把虚无的幻影认为真实了。

班　柯　瞧,我们的同伴想得多么出神。

麦克白　（旁白）要是命运将会使我成为君王，那么也许命运会替我加上王冠，用不着我自己费力。

班　柯　新的尊荣加在他的身上，就像我们穿上新衣服一样，在没有穿惯以前，总觉得有些不大适合身材。

麦克白　（旁白）事情要来尽管来吧，到头来最难堪的日子也会对付得过去的。

班　柯　尊贵的麦克白，我们在等候着您的意旨。

麦克白　原谅我；我的迟钝的脑筋刚才偶然想起了一些已经忘记了的事情，两位大人，你们的辛苦已经铭刻在我的心坎上，我每天都要把它翻开来诵读。让我们到王上那儿去。想一想最近发生的这些事情；等我们把一切仔细考虑过以后，再把各人心里的意思彼此开诚相告吧。

班　柯　很好。

麦克白　现在暂时不必多说。来，朋友们。（同下。）

第四场　福累斯。宫中一室

喇叭奏花腔。邓肯、马尔康、道纳本、列诺克斯及侍从等上。

邓　肯　考特的死刑执行完毕没有？监刑的人还没有回来吗？

马尔康　陛下，他们还没有回来。可是我曾经和一个亲眼看见他就刑的人谈过话，他说他很坦白地供认他的叛逆，请求您宽恕他的罪恶，并且表示深切的悔恨。他的一生行事，从来不曾像他临终的时候那样得体，他抱着视死如归的态度，抛弃了他的最宝贵的生命，就像它是不足介意、不值一钱的东西一样。

邓　肯　世上还没有一种方法，可以从一个人的脸上探察他的居心，他是我所曾经绝对信任的一个人。

麦克白、班柯、洛斯及安格斯上。

邓　肯　啊，最值得钦佩的表弟！我的忘恩负义的罪恶，刚才还重压在我的心头。你的功劳太超越寻常了，飞得最快的报酬都追不上你；要是它再微小一点，那么也许我可以按照适当的名分，给你应得的感谢和酬劳；现在我只能这样说，一切的报酬都不能抵偿你的伟大的勋绩。

麦克白　为陛下尽忠效命，它的本身就是一种酬报。接受我们的劳力是陛下的名分；我们对于陛下和王国的责任，正像子女和奴仆一样，为了尽我们的敬爱之忱，无论做什么事都是应该的。

邓　肯　欢迎你回来；我已经开始把你栽培，我要努力使你繁茂。尊贵的班柯，你的功劳也不在他之下，让我把你拥抱在我的心头。

班　柯　要是我能够在陛下的心头生长，那收获是属于陛下的。

邓　肯　我的洋溢在心头的盛大的喜乐，想要在悲哀的泪滴里隐藏它自己。吾儿，各位国戚，各位爵士，以及一切最亲近的人，我现在向你们宣布立我的长子马尔康为储君，册封为肯勃兰亲王，他将来要继承我的王位；不仅仅是他一个人受到这样的光荣，广大的恩宠将要像繁星一样，照耀在每一个有功者的身上。陪我到殷佛纳斯去，让我再叨受你一次盛情的招待。

麦克白　不为陛下效劳，闲暇成了苦役。让我做一个前驱者，把陛下光临的喜讯先去报告我的妻子知道；现在我就此告辞了。

邓　肯　我的尊贵的考特！

麦克白　（旁白）肯勃兰亲王！这是一块横在我的前途的阶石，我必须跳过这块阶石，否则就要颠仆在它的上面。星星啊，收起你们的火焰！不要让光亮照见我的黑暗幽深的欲望。眼睛啊，别望这双手吧；可是我仍要下手，不管干下的事会不会吓得眼睛不敢看。（下。）

邓　肯　真的,尊贵的班柯;他真是英勇非凡,我已经饱听人家对他的赞美,那对我就像是一桌盛宴。他现在先去预备款待我们了,让我们跟上去。真是一个举世无比的国戚。(喇叭奏花腔。众下。)

第五场　殷佛纳斯。麦克白的城堡

麦克白夫人上,读信。

麦克白夫人　"她们在我胜利的那天遇到我;我根据最可靠的说法,知道她们是具有超越凡俗的知识的。当我燃烧着热烈的欲望,想要向她们详细询问的时候,她们已经化为一阵风不见了。我正在惊奇不已,王上的使者就来了,他们都称我为'考特爵士';那一个尊号正是这些神巫用来称呼我的,而且她们还对我作这样的预示,说是:'祝福,未来的君王!'我想我应该把这样的消息告诉你,我的最亲爱的有福同享的伴侣,好让你不至于因为对于你所将要得到的富贵一无所知,而失去你所应该享有的欢欣。把它放在你的心头,再会。"你本是葛莱密斯爵士,现在又做了考特爵士,将来还会达到那预言所告诉你的那样高位。可是我却为你的天性忧虑:它充满了太多的人情的乳臭,使你不敢采取最近的捷径;你希望做一个伟大的人物,你不是没有野心,可是你却缺少和那种野心相联属的奸恶;你的欲望很大,但又希望只用正当的手段;一方面不愿玩弄机诈,一方面却又要作非分的攫夺;伟大的爵士,你想要的那东西正在喊:"你要到手,就得这样干!"你也不是不肯这样干,而是怕干。赶快回来吧,让我把我的精神力量倾注在你的耳中;命运和玄奇的力量分明已经准备把黄金的宝冠罩在你的头上,让我用舌尖的勇气,把那阻止你得到那顶王冠的一切障碍驱扫一空吧。

一使者上。

麦克白夫人 你带了些什么消息来？

使　者 王上今晚要到这儿来。

麦克白夫人 你在说疯话吗？主人是不是跟王上在一起？要是果真有这一回事，他一定会早就通知我们准备的。

使　者 禀夫人，这话是真的。我们的爵爷快要来了；我的一个伙伴比他早到了一步，他跑得气都喘不过来，好容易告诉了我这个消息。

麦克白夫人 好好看顾他；他带来了重大的消息。(使者下。)报告邓肯走进我这堡门来送死的乌鸦，它的叫声是嘶哑的。来，注视着人类恶念的魔鬼们！解除我的女性的柔弱，用最凶恶的残忍自顶至踵贯注在我的全身；凝结我的血液，不要让怜悯钻进我的心头，不要让天性中的恻隐摇动我的狠毒的决意！来，你们这些杀人的助手，你们无形的躯体散满在空间，到处找寻为非作恶的机会，进入我的妇人的胸中，把我的乳水当作胆汁吧！来，阴沉的黑夜，用最昏暗的地狱中的浓烟罩住你自己，让我的锐利的刀瞧不见它自己切开的伤口，让青天不能从黑暗的重衾里探出头来，高喊"住手，住手！"。

麦克白上。

麦克白夫人 伟大的葛莱密斯！尊贵的考特！比这二者更伟大、更尊贵的未来的统治者！你的信使我飞越蒙昧的现在，我已经感觉到未来的搏动了。

麦克白 我的最亲爱的亲人，邓肯今晚要到这儿来。

麦克白夫人 什么时候回去呢？

麦克白 他预备明天回去。

麦克白夫人 啊！太阳永远不会见到那样一个明天。您的脸，我的爵爷,正像一本书,人们可以从那上面读到奇怪的事情。您要欺骗世人,必须装出和世人同样的神气;让您的眼睛里、您的手上、您的舌尖,随处流露着欢迎;让人家瞧您像一朵纯洁的花朵,可是在花瓣底下却有一条毒蛇潜伏。我们必须准备款待这位将要来到的贵宾;您可以把今晚的大事交给我去办;凭此一举,我们今后就可以日日夜夜永远掌握君临万民的无上权威。

麦克白　我们还要商量商量。

麦克白夫人　泰然自若地抬起您的头来;脸上变色最易引起猜疑。其他一切都包在我身上。(同下。)

第六场　同前。城堡之前

　　高音笛奏乐。火炬前导;邓肯、马尔康、道纳本、班柯、列诺克斯、麦克德夫、洛斯、安格斯及侍从等上。

邓　肯　这座城堡的位置很好;一阵阵温柔的和风轻轻吹拂着我们微妙的感觉。

班　柯　夏天的客人——巡礼庙宇的燕子,也在这里筑下了它的温暖的巢居,这可以证明这里的空气有一种诱人的香味;檐下梁间、墙头屋角,无不是这鸟儿安置吊床和摇篮的地方:凡是它们生息繁殖之处,我注意到空气总是很新鲜芬芳。

　　麦克白夫人上。

邓　肯　瞧,瞧,我们的尊贵的主妇!到处跟随我们的挚情厚爱,有时候反而给我们带来麻烦,可是我们还是要把它当作厚爱来感谢;所以根据这个道埋,我们给你带来了麻烦,你还应该感谢我们,祷告上帝保佑我们。

麦克白夫人　我们的犬马微劳，即使加倍报效，比起陛下赐给我们的深恩广泽来，也还是不足挂齿的；我们只有燃起一瓣心香，为陛下祷祝上苍，报答陛下过去和新近加于我们的荣宠。

邓　肯　考特爵士呢？我们想要追在他的前面，趁他没有到家，先替他设宴洗尘；不料他骑马的本领十分了不得，他的一片忠心使他急如星火，帮助他比我们先到了一步。高贵贤淑的主妇，今天晚上我要做您的宾客了。

麦克白夫人　只要陛下吩咐，您的仆人们随时准备把他们自己和他们所有的一切开列清单，向陛下报账，把原来属于陛下的依旧呈献给陛下。

邓　肯　把您的手给我，领我去见我的居所主人。我很敬爱他，我还要继续眷顾他。请了，夫人。（同下。）

第七场　同前。堡中一室

　　高音笛奏乐；室中遍燃火炬。一司膳及若干仆人持佳肴馔食俱上，自台前经过。麦克白上。

麦克白　要是干了以后就完了，那么还是快一点干；要是凭着暗杀的手段，可以攫取美满的结果，又可以排除了一切后患；要是这一刀砍下去，就可以完成一切、终结一切、解决一切——在这人世上，仅仅在这人世上，在时间这大海的浅滩上；那么来生我也就顾不到了。可是在这种事情上，我们往往逃不过现世的裁判；我们树立下血的榜样，教会别人杀人，结果反而自己被人所杀；把毒药投入酒杯里的人，结果也会自己饮鸩而死，这就是一丝不爽的报应。他到这儿来本有两重的信任：第一，我是他的亲戚，又是他的臣子,按照名分绝对不能干这样的事;第二,我是他的主人,应当保障他身体的安全,怎么可以自己持刀行刺?而且,这个邓肯秉性仁慈,处理国政,从来没有过失,要是把他杀死了,他的生前的美德,将要像天使一般发出喇叭一样清澈的声音,向世人昭告我的弑君重罪;"怜悯"像一个赤身裸体在狂风中飘游的婴儿,又像一个御气而行的天婴,将要把这可憎的行为揭露在每一个人的眼中,使眼泪淹没叹息。没有一种力量可以鞭策我实现自己的意图,可是我的跃跃欲试的野心,却不顾一切地驱着我去冒颠踬的危险。

　　　　麦克白夫人上。

麦克白　啊!什么消息?

麦克白夫人　他快要吃好了,你为什么从大厅里跑了出来?

麦克白　他有没有问起我?

麦克白夫人　你不知道他问起过你吗?

麦克白　我们还是不要进行这一件事情吧。他最近给我极大的尊荣;我也好容易从各种人的嘴里博到了无上的美誉,我的名声现在正在发出最灿烂的光彩,不能这么快就把它丢弃了。

麦克白夫人　难道你把自己沉浸在里面的那种希望,只是醉后的妄想吗?它现在从一场睡梦中醒来,因为追悔自己的孟浪,而吓得脸色这样苍白吗?从这一刻起,我要把你的爱情看作同样靠不住的东西。你不敢让你在行为和勇气上跟你的欲望一致吗?你宁愿像一头畏首畏尾的猫儿,顾全你所认为生命的装饰品的名誉,不惜让你在自己眼中成为一个懦夫,让"我不敢"永远跟随在"我想要"的后面吗?

麦克白　请你不要说了。只要是男子汉做的事,我都敢做,没有人比我有更大的胆量。

麦克白夫人　那么当初是什么畜生使你把这一种企图告诉我的呢？
　　　是男子汉就应当敢作敢为；要是你敢做一个比你更伟大的人物，
　　　那才更是一个男子汉。那时候，无论时间和地点都不曾给你下手
　　　的方便，可是你却居然决意要实现你的愿望；现在你有了大好的
　　　机会，你又失去勇气了。我曾经哺乳过婴孩，知道一个母亲是怎
　　　样怜爱那吮吸她乳汁的子女；可是我会在他看着我的脸微笑的时
　　　候，从他的柔软的嫩嘴里摘下我的乳头，把他的脑袋砸碎，要是我
　　　也像你一样，曾经发誓下这样毒手的话。

麦克白　假如我们失败了——

麦克白夫人　我们失败！只要你集中你的全部勇气，我们决不会失
　　　败。邓肯赶了这一天辛苦的路程，一定睡得很熟；我再去陪他那
　　　两个侍卫饮酒作乐，灌得他们头脑昏沉、记忆化成一阵烟雾；等他
　　　们烂醉如泥、像死猪一样睡去以后，我们不就可以把那毫无防卫
　　　的邓肯随意摆布了吗？我们不是可以把这一件重大的谋杀罪案，
　　　推在他的酒醉的侍卫身上吗？

麦克白　愿你所生育的全是男孩子，因为你的无畏的精神，只应该铸
　　　造一些刚强的男性。要是我们在那睡在他寝室里的两个人身上
　　　涂抹一些血迹，而且就用他们的刀子，人家会不会相信真是他们
　　　干下的事？

麦克白夫人　等他的死讯传出以后，我们就假意装出号啕痛哭的样
　　　子，这样还有谁敢不相信？

麦克白　我的决心已定，我要用全身的力量，去干这件惊人的举动。
　　　去，用最美妙的外表把人们的耳目欺骗；奸诈的心必须罩上虚伪
　　　的笑脸。（同下。）

第
二
幕

第一场　邓西纳斯。堡中庭院

　　　　仆人执火炬引班柯及弗里恩斯上。

班　柯　孩子,夜已经过了几更了?

弗里恩斯　月亮已经下去,我还没有听见打钟。

班　柯　月亮是在十二点钟下去的。

弗里恩斯　我想不止十二点钟了,父亲。

班　柯　等一下,把我的剑拿着。天上也讲究节俭,把灯烛一起熄灭
　　　了。把那个也拿着。催人入睡的疲倦,像沉重的铅块一样压在我
　　　的身上,可是我却一点也不想睡。慈悲的神明!抑制那些罪恶的
　　　思想,不要让它们潜入我的睡梦之中。

　　　　麦克白上,一仆人执火炬随上。

班　柯　把我的剑给我。——那边是谁?

麦克白　一个朋友。

班　柯　什么,爵爷!还没有安息吗?王上已经睡了,他今天非常高
　　　兴,赏了你家仆人许多东西。这一颗金刚钻是他送给尊夫人的,
　　　他称她为最殷勤的主妇。无限的愉快笼罩着他的全身。

麦克白　我们因为事先没有准备,恐怕有许多招待不周的地方。

班　柯　好说好说。昨天晚上我梦见那三个女巫,她们对您所讲的话
　　　倒有几分应验。

麦克白　我没有想到她们；可是等我们有了工夫，不妨谈谈那件事，要是您愿意的话。

班　柯　悉听尊命。

麦克白　您听从了我的话，包您有一笔富贵到手。

班　柯　为了觊觎富贵而丧失荣誉的事，我是不干的；要是您有什么见教，只要不毁坏我的清白的忠诚，我都愿意接受。

麦克白　那么慢慢再说，请安息吧。

班　柯　谢谢；您也可以安息啦。（班柯、弗里恩斯同下。）

麦克白　去对太太说要是我的酒①预备好了，请她打一下钟。你去睡吧。（仆人下）在我面前摇晃着、它的柄对着我的手的，不是一把刀子吗？来，让我抓住你。我抓不到你，可是仍旧看见你。不祥的幻象，你只是一件可视不可触的东西吗？或者你不过是一把想象中的刀子，从狂热的脑筋里发出来的虚妄的意象？我仍旧看见你，你的形状正像我现在拔出的这一把刀子一样明显。你指示着我所要去的方向，告诉我应当用什么利器。我的眼睛倘不是上了当，受其他知觉的嘲弄，就是兼领了一切感官的机能。我仍旧看见你；你的刃上和柄上还流着一滴一滴刚才所没有的血。没有这样的事；杀人的恶念使我看见这种异象。现在在半个世界上，一切生命仿佛已经死去，罪恶的梦景扰乱着平和的睡眠，作法的女巫在向惨白的赫卡忒献祭；形容枯瘦的杀人犯，听到了替他巡哨、报更的豺狼的嗥声，仿佛淫乱的塔昆蹑着脚步像一个鬼似的向他的目的地走去。坚固结实的大地啊，不要听见我的脚步声音是向什么地方去的，我怕路上的砖石会泄露了我的行踪，把黑夜中一派阴森可怕的气氛破坏了。我正在这儿威胁他的生命，他却在那儿活

---

① 指睡前所喝的牛乳酒。

得好好的;在紧张的行动中间,言语不过是一口冷气。(钟声)我去,就这么干,钟声在招引我。不要听它,邓肯,这是召唤你上天堂或者下地狱的丧钟。(下。)

第二场　同前

麦克白夫人上。

麦克白夫人　酒把他们醉倒了,却提起了我的勇气;浇熄了他们的馋焰,却燃起了我心头的烈火。听!不要响!这是夜枭的啼声,它正在鸣着丧钟,向人们道凄厉的晚安。他在那儿动手了。门都开着,那两个醉饱的侍卫用鼾声代替他们的守望;我曾经在他们的乳酒里放下麻药,瞧他们熟睡的样子,简直分辨不出他们是活人还是死人。

麦克白　(在内)那边是谁?喂!

麦克白夫人　哎哟!我怕他们已经醒过来了,这件事情却还没有办好;不是罪行本身,而是我们的企图毁了我们。听!我把他们的刀子都放好了;他不会找不到的。倘不是我看他睡着的样子活像我的父亲,我早就自己动手了。我的丈夫!

麦克白上。

麦克白　我已经把事情办好了。你没有听见一个声音吗?

麦克白夫人　我听见枭啼和蟋蟀的鸣声。你没有讲过话吗?

麦克白　什么时候?

麦克白夫人　刚才。

麦克白　我下来的时候吗?

麦克白夫人　嗯。

麦克白　听!谁睡在隔壁的房间里?

麦克白夫人　道纳本和马尔康。

麦克白　（视手）好惨！

麦克白夫人　别发傻,惨什么。

麦克白　一个人在睡梦里大笑,还有一个人喊"杀人啦!",他们把彼此惊醒了;我站定听他们;可是他们念完祷告,又睡着了。

麦克白夫人　是有两个睡在那一间。

麦克白　一个喊:"上帝保佑我们!"一个喊:"阿门!"好像他们看见我高举这一双杀人的血手似的。听着他们惊慌的口气,当他们说过了"上帝保佑我们"以后,我想要说"阿门",却怎么也说不出来。

麦克白夫人　不要把它放在心上。

麦克白　可是我为什么说不出"阿门"两个字来呢? 我才是最需要上帝垂恩的,可是"阿门"两个字却哽在我的喉头。

麦克白夫人　我们干这种事,不能尽往这方面想下去;这样想着是会使我们发疯的。

麦克白　我仿佛听见一个声音喊着:"不要再睡了! 麦克白已经杀害了睡眠。"那清白的睡眠,把忧虑的乱丝编织起来的睡眠,那日常的死亡,疲劳者的沐浴,受伤的心灵的油膏,大自然的最丰盛的菜肴,生命的盛筵上主要的营养,——

麦克白夫人　你这种话是什么意思?

麦克白　那声音继续向全屋子喊着:"不要再睡了! 葛莱密斯爵士已经杀害了睡眠,所以考特爵士将再也得不到睡眠,麦克白将再也得不到睡眠!"

麦克白夫人　谁喊着这样的话? 唉,我的爵爷,您这样胡思乱想,是会妨害您的健康的。去拿些水来,把您手上的血迹洗净。为什么您把这两把刀子带了来? 它们应该放在那边。把它们拿回去,涂一些血在那两个熟睡的侍卫身上。

麦克白　我不高兴再去了；我不敢回想刚才所干的事，更没有胆量再去看它一眼。

麦克白夫人　意志动摇的人！把刀子给我。睡着的人和死了的人不过和画像一样；只有小儿的眼睛才会害怕画中的魔鬼。要是他还流着血，我就把它涂在那两个侍卫的脸上；因为我们必须让人家瞧着是他们的罪恶。（下。内敲门声。）

麦克白　那打门的声音是从什么地方来的？究竟是怎么一回事，一点点的声音都会吓得我心惊肉跳？这是什么手！啊！它们要挖出我的眼睛。大洋里所有的水，能够洗净我手上的血迹吗？不，恐怕我这一手的血，倒要把一碧无垠的海水染成一片殷红呢。

　　　　麦克白夫人重上。

麦克白夫人　我的两手也跟你的同样颜色了，可是我的心却羞于像你那样变成惨白。（内敲门声）我听见有人打着南面的门；让我们回到自己房间里去；一点点的水就可以替我们消除痕迹；不是很容易的事吗？你的魄力不知道到哪儿去了。（内敲门声）听！又在那儿打门了。披上你的睡衣，也许人家会来找我们，不要让他们看见我们还没有睡觉。别这样傻头傻脑地呆想了。

麦克白　要想到我所干的事，最好还是忘掉我自己。（内敲门声）用你打门的声音把邓肯惊醒了吧！我希望你能够惊醒他！　（同下。）

第三场　同前

　　　　内敲门声。一门房上。

门　房　门打得这样厉害！要是一个人在地狱里做了管门人，就是拔闩开锁也足够他办的了。（内敲门声）敲，敲，敲！凭着魔鬼的名义，谁在那儿？一定是个囤积粮食的富农，眼看碰上了丰收的年头，就此上了吊。赶快进来吧，多预备几方手帕，这儿是火坑，包你淌一身臭汗。（内敲门声）敲，敲！凭着还有一个魔鬼的名字，是谁在那儿？哼，一定是什么讲起话来暧昧含糊的家伙，他会同时站在两方面，一会儿帮着这个骂那个，一会儿帮着那个骂这个；他曾经为了上帝的缘故，干过不少亏心事，可是他那条暧昧含糊的舌头却不能把他送上天堂去。啊！进来吧，暧昧含糊的家伙。（内敲门声）敲，敲，敲！谁在那儿？哼，一定是什么英国的裁缝，他生前给人做条法国裤还要偷材料^①，所以到了这里来。进来吧，裁缝；你可以在这儿烧你的烙铁。（内敲门声）敲，敲，敲个不停！你是什么人？可是这儿太冷，当不成地狱呢。我再也不想做这鬼看门人了。我倒很想放进几个各色各样的人来，让他们经过酒池肉林，一直到刀山火焰上去。（内敲门声）来了，来了！请你记着我这看门的人。（开门。）

　　　　麦克德夫及列诺克斯上。

麦克德夫　朋友，你是不是睡得太晚了，所以睡到现在还爬不起来？

门　房　不瞒您说，大人，我们昨天晚上喝酒，一直闹到第二遍鸡啼哩；喝酒这一件事，大人，最容易引起三件事情。

麦克德夫　是哪三件事情？

门　房　呃，大人，酒糟鼻、睡觉和撒尿。淫欲呢，它挑起来也压下去；它挑起你的春情，可又不让你真的干起来。所以多喝酒，对于淫欲也可以说是个两面派；成全它，又破坏它；捧它的场，又拖它的后腿；鼓励它，又打击它；替它撑腰，又让它站不住脚；结果呢，两面派把它哄睡了，叫它做了一场荒唐的春梦，就溜之大吉了。

麦克德夫　我看昨晚上杯子里的东西就叫你做了一场春梦吧。

---

① 当时法国裤很紧窄，在这种裤子上偷材料的裁缝，必是老手。

门　房　可不是,大爷,让我从来也没这么荒唐过。可我也不是好惹的,依我看,我比它强,我虽然不免给它揪住大腿,可我终究把它摔倒了。

麦克德夫　你的主人起来了没有?

　　　　　麦克白上。

麦克德夫　我们打门把他吵醒了;他来了。

列诺克斯　早安,爵爷。

麦克白　两位早安。

麦克德夫　爵爷,王上起来了没有?

麦克白　还没有。

麦克德夫　他叫我一早就来叫他,我几乎误了时间。

麦克白　我带您去看他。

麦克德夫　我知道这是您乐意干的事,可是有劳您啦。

麦克白　我们喜欢的工作,可以使我们忘记劳苦。这门里就是。

麦克德夫　那么我就冒昧进去了,因为我奉有王上的命令。(下。)

列诺克斯　王上今天就要走吗?

麦克白　是的,他已经这样决定了。

列诺克斯　昨天晚上刮着很厉害的暴风,我们住的地方,烟囱都给吹了下来;他们还说空中有哀哭的声音,有人听见奇怪的死亡的惨叫,还有人听见一个可怕的声音,预言着将要有一场绝大的纷争和混乱,降临在这不幸的时代。黑暗中出现的凶鸟整整地吵了一个漫漫的长夜,有人说大地都发热而战抖起来了。

麦克白　果然是一个可怕的晚上。

列诺克斯　我的年轻的经验里唤不起一个同样的回忆。

　　　　　麦克德夫重上。

麦克德夫　啊,可怕! 可怕! 可怕! 不可言喻、不可想象的恐怖! 麦克白、列诺克斯什么事？

麦克德夫　混乱已经完成了它的杰作！大逆不道的凶手打开了王上的圣殿，把它的生命偷了去了！

麦克白　你说什么？生命？

列诺克斯　你是说陛下吗？

麦克德夫　到他的寝室里去，让一幕惊人的惨剧昏眩你们的视觉吧。不要向我追问；你们自己去看了再说。（麦克白、列诺克斯同下）醒来！醒来！敲起警钟来！杀了人啦！有人在谋反啦！班柯！道纳本！马尔康！醒来！不要贪恋温柔的睡眠，那只是死亡的表象，瞧一瞧死亡的本身吧！起来，起来，瞧瞧世界末日的影子！马尔康！班柯！像鬼魂从坟墓里起来一般，过来瞧瞧这一幕恐怖的景象吧！把钟敲起来！（钟鸣。）

　　　　　麦克白夫人上。

麦克白夫人　为什么要吹起这样凄厉的号角，把全屋子睡着的人唤醒？说，说！

麦克德夫　啊，好夫人！我不能让您听见我嘴里的消息，它一进到妇女的耳朵里，是比利剑还要难受的。

　　　　　班柯上。

麦克德夫　啊，班柯！班柯！我们的主上给人谋杀了！

麦克白夫人　哎哟！什么！在我们的屋子里吗？

班　柯　无论在什么地方，都是太惨了。好麦克德夫，请你收回你刚才说过的话，告诉我们没有这么一回事。

　　　　　麦克白及列诺克斯重上。

麦克白　要是我在这件变故发生以前一小时死去，我就可以说是活过了一段幸福的时间；因为从这一刻起，人生已经失去它的严肃的意义，一切都不过是儿戏；荣名和美德已经死了，生命的美酒已经喝完,剩下来的只是一些无味的渣滓,当作酒窖里的珍宝。

　　　　　马尔康及道纳本上。

道纳本　　出了什么乱子了?

麦克白　　你们还没有知道你们重大的损失;你们的血液的源泉已经切断了,你们的生命的根本已经切断了。

麦克德夫　你们的父王给人谋杀了。

马尔康　　啊! 给谁谋杀的?

列诺克斯　瞧上去是睡在他房间里的那两个家伙干的事;他们的手上脸上都是血迹;我们从他们枕头底下搜出了两把刀,刀上的血迹也没有揩掉;他们的神色惊惶万分;谁也不能把他自己的生命信托给这种家伙。

麦克白　　啊! 可是我后悔一时鲁莽,把他们杀了。

麦克德夫　你为什么杀了他们?

麦克白　　谁能够在惊愕之中保持冷静,在盛怒之中保持镇定,在激于忠愤的时候保持他的不偏不倚的精神? 世上没有这样的人吧。我的理智来不及控制我的愤激的忠诚。这儿躺着邓肯,他的白晰的皮肤上镶着一缕缕黄金的宝血,他的创巨痛深的伤痕张开了裂口,像是一道道毁灭的门户;那边站着这两个凶手,身上浸润着他们罪恶的颜色,他们的刀上凝结着刺目的血块;只要是一个尚有几分忠心的人,谁不要怒火中烧,替他的主子报仇雪恨?

麦克白夫人　啊,快来扶我进去!

麦克德夫　快来照料夫人。

马尔康　　(向道纳本旁白)这是跟我们切身相关的事情,为什么我们一言不发?

道纳本　　(向马尔康旁白)我们身陷危境,不可测的命运随时都会吞噬我们,还有什么话好说呢? 去吧,我们的眼泪现在还只在心头酝酿呢。

马尔康　（向道纳本旁白）我们的沉重的悲哀也还没有开头呢。

班　柯　照料这位夫人。（侍从扶麦克白夫人下。）我们这样袒露着身子，不免要受凉，大家且去披了衣服，回头再举行一次会议，详细彻查这一件最残酷的血案的真相。恐惧和疑虑使我们惊慌失措；站在上帝的伟大的指导之下，我一定要从尚未揭发的假面具下面，探出叛逆的阴谋，和它作殊死的奋斗。

麦克德夫　我也愿意作同样的宣告。

众　人　我们也都抱着同样的决心。

麦克白　让我们赶快穿上战士的衣服，大家到厅堂里商议去。

众　人　很好。（除马尔康、道纳本外均下。）

马尔康　你预备怎么办？我们不要跟他们在一起。假装出一副悲哀的脸，是每一个奸人的拿手好戏。我要到英格兰去。

道纳本　我到爱尔兰去；我们两人各奔前程，对于彼此都是比较安全的办法，我们现在所在的地方，人们的笑脸里都暗藏着利刃；越是跟我们血统相近的人，越是想喝我们的血。

马尔康　杀人的利箭已经射出，可是还没有落下，避过它的目标是我们唯一的活路。所以赶快上马吧；让我们不要斤斤于告别的礼貌，趁着有便就溜出去；明知没有网开一面的希望，就该及早逃避弋人的罗网。（同下。）

第四场　同前。城堡外

　　　　洛斯及一老翁上。

老　翁　我已经活了七十个年头，惊心动魄的日子也经过得不少，稀奇古怪的事情也看到过不少，可是像这样可怕的夜晚，却还是第一次遇见。

洛　斯　啊！好老人家,你看上天好像恼怒人类的行为,在向这流血的舞台发出恐吓。照钟点现在应该是白天了,可是黑夜的魔手却把那盏在天空中运行的明灯遮蔽得不露一丝光亮。难道黑夜已经统治一切,还是因为白昼不屑露面,所以在这应该有阳光遍吻大地的时候,地面上却被无边的黑暗所笼罩?

老　翁　这种现象完全是反常的,正像那件惊人的血案一样。在上星期二那天,有一头雄踞在高岩上的猛鹰,被一只吃田鼠的鸱鸮飞来啄死了。

洛　斯　还有一件非常怪异可是十分确实的事情,邓肯有几匹躯干俊美、举步如飞的骏马,的确是不可多得的良种,忽然野性大发,撞破了马棚,冲了出来,倔强得不受羁勒,好像要向人类挑战似的。

老　翁　据说它们还彼此相食。

洛　斯　是的,我亲眼看见这种事情,简直不敢相信自己的眼睛。麦克德夫来了。

　　　　　麦克德夫上。

洛　斯　情况现在变得怎么样啦?

麦克德夫　啊,您没有看见吗?

洛　斯　谁干的这件残酷得超乎寻常的罪行已经知道了吗?

麦克德夫　就是那两个给麦克白杀死了的家伙。

洛　斯　唉!他们干了这件事可以希望得到什么好处呢?

麦克德夫　他们是受人的指使。马尔康和道纳本,王上的两个儿子,已经偷偷地逃走了,这使他们也蒙上了嫌疑。

洛　斯　那更加违反人情了!反噬自己的命根,这样的野心会有什么好结果呢?看来大概王位要让麦克白登上去了。

麦克德夫　他已经受到推举,现在到斯贡即位去了。

洛　斯　邓肯的尸体在什么地方?

麦克德夫　已经抬到戈姆基尔,他的祖先的陵墓上。

洛　斯　您也要到斯贡去吗?

麦克德夫　不,大哥,我还是到费辅去。

洛　斯　好,我要到那里去看看。

麦克德夫　好,但愿您看见那里的一切都是好好的,再会! 怕只怕我
们的新衣服不及旧衣服舒服哩!

洛　斯　再见,老人家。

老　翁　上帝祝福您,也祝福那些把恶事化成善事、把仇敌化为朋友
的人们! (各下。)

第
三
幕

第一场　福累斯。宫中一室

　　班柯上。

班　柯　你现在已经如愿以偿了：国王、考特爵士、葛莱密斯爵士，一
　　切符合女巫们的预言；你得到这种富贵的手段恐怕不大正当；可
　　是据说你的王位不能传及子孙，我自己却要成为许多君王的始
　　祖。要是她们的话里也有真理，就像对于你所显示的那样，那么，
　　既然她们所说的话已经在你麦克白身上应验，难道不也会成为对
　　我的启示，使我对未来发生希望吗？可是闭口！不要多说了。

　　　　喇叭奏花腔。麦克白王冠王服；麦克白夫人后冠后服；列诺克斯、
　　　　洛斯、贵族、贵妇、侍从等上。

麦克白　这儿是我们主要的上宾。

麦克白夫人　要是忘记了请他，那就要成为我们盛筵上绝大的遗憾，
　　一切都要显得寒伧了。

麦克白　将军，我们今天晚上要举行一次隆重的宴会，请你千万出席。

班　柯　谨遵陛下命；我的忠诚永远接受陛下的使唤。

麦克白　今天下午你要骑马去吗？

班　柯　是的，陛下。

麦克白　否则我很想请你参加我们今天的会议，贡献我们一些良好的
　　意见，你的老谋为深算，我是一向佩服的；可是我们明天再谈吧。

你要骑到很远的地方吗?

班　柯　陛下,我想尽量把从现在起到晚餐时候为止这一段的时间马上消磨过去;要是我的马不跑得快一些,也许要到天黑以后一两小时才能回来。

麦克白　不要误了我们的宴会。

班　柯　陛下,我一定不失约。

麦克白　我听说我那两个凶恶的王侄已经分别到了英格兰和爱尔兰,他们不承认他们的残酷的弑父重罪,却到处向人传播离奇荒谬的谣言;可是我们明天再谈吧,有许多重要的国事要等候我们两人共同处理呢。请上马吧;等你晚上回来的时候再会。弗里恩斯也跟着你去吗?

班　柯　是,陛下;时间已经不早,我们就要去了。

麦克白　愿你快马飞驰,一路平安。再见。(班柯下。)大家请便,各人去干各人的事,到晚上七点钟再聚首吧。为要更能领略到嘉宾满堂的快乐起见,我在晚餐以前,预备一个人独自静息静息;愿上帝和你们同在! (除麦克白及侍从一人外均下。)喂,问你一句话。那两个人是不是在外面等候着我的旨意?

侍　从　是,陛下,他们就在宫门外面。

麦克白　带他们进来见我。(侍从下。)单单做到了这一步还不算什么,总要把现状确定巩固起来才好。我对于班柯怀着深切的恐惧,他的高贵的天性中有一种使我生畏的东西。他是个敢作敢为的人,在他的无畏的精神上,又加上深沉的智虑,指导他的大勇在确有把握的时机行动。除了他以外,我什么人都不怕,只有他的存在却使我惴惴不安;我的星宿给他罩住了,就像凯撒罩住了安东尼的星宿。当那些女巫们最初称我为王的时候,他呵斥她们,叫她们对他说话;她们就像先知似的说他的子孙将相继为王,她们把一顶没有后嗣的王冠戴在我的头上,把一根没有人继承的御杖放在我的手里,然后再从我的手里夺去,我自己的子孙却得不到继承。要是果然是这样,那么我玷污了我的手,只是为了班柯后裔的好处;我为了他们暗杀了仁慈的邓肯;为了他们良心上负着重大的罪疚和不安;我把我的永生的灵魂送给了人类的公敌,只是为了使他们可以登上王座,使班柯的种子登上王座!不,我不能忍受这样的事,宁愿接受命运的挑战!是谁?(侍从率二刺客重上。)

麦克白　你现在到门口去,等我叫你再进来。(侍从下)我们不是在昨天谈过话吗?

刺客甲　回陛下的话,正是。

麦克白　那么好,你们有没有考虑过我的话?你们知道从前都是因为他的缘故,使你们屈身微贱,而你们却错怪到我的身上。在上一次我们谈话的中间,我已经把这一点向你们说明白了,我用确凿的证据,指出你们怎样被人操纵愚弄、怎样受人牵制压抑、人家对你们是用怎样的手段、这种手段的主动者是谁以及一切其他的种种,所有这些都可以使一个半痴的、疯癫的人恍然大悟地说:"这些都是班柯干的事。"

刺客甲　我们已经蒙陛下开示过了。

麦克白　是的,而且我还要更进一步,这就是我们今天第二次谈话的目的。你们难道有那样的好耐性,能够忍受这样的屈辱吗?他的铁手已经快要把你们压下坟墓里去,使你们的子孙永远做乞丐,难道你们就这样虔敬,还要叫你们替这个好人和他的子孙祈祷吗?

刺客甲　陛下,我们是人总有人气。

麦克白　嗯,按说,你们也算是人,正像家狗、野狗、猎狗、叭儿狗、狮子狗、杂种狗、癞皮狗,统称为狗一样;它们有的跑得快,有的跑得慢,有的狡猾,有的可以看门,有的可以打猎,各自按照造物赋予它们的本能而分别价值的高下,在笼统的总称底下得到特殊的名号;人类也是一样。要是你们在人类的行列之中,并不属于最卑劣的一级,那么说吧,我就可以把一件事情信托你们,你们照我的话干了以后,不但可以除去你们的仇人,而且还可以永远受我的眷宠。他一天活在世上,我的心病一天不能痊愈。

刺客乙　陛下,我久受世间无情的打击和虐待,为了向这世界发泄我的怨恨起见,我什么事都愿意干。

刺客甲　我也这样,一次次的灾祸逆运,使我厌倦于人世,我愿意拿我的生命去赌博,或者从此交上好运,或者了结我的一生。

麦克白　你们两人都知道班柯是你们的仇人。

刺客乙　是的,陛下。

麦克白　他也是我的仇人,而且他是我的肘腋之患,他的存在每一分钟都深深威胁着我生命的安全;虽然我可以老实不客气地运用我的权力,把他从我的眼前铲去,而且只要说一声"这是我的意旨"就可以交代过去。可是我却还不能就这么干,因为他有几个朋友同时也是我的朋友,我不能招致他们的反感,即使我亲手把他打倒,也必须假意为他的死亡悲泣;所以我只好借重你们两人的助力,为了许多重要的理由,把这件事情遮过一般人的眼睛。

刺客乙　陛下,我们一定照您的命令去做。

刺客甲　即使我们的生命——

麦克白　你们的勇气已经充分透露在你们的神情之间。最迟在这一小时之内,我就可以告诉你们在什么地方埋伏,等看准机会,再通知你们在什么时间动手;因为这件事情一定要在今晚干好,而且要离开王宫远一些,你们必须记住不能把我牵涉在内;同时为了免得留下枝节起见,你们还要把跟在他身边的他的儿子弗里恩斯也一起杀了,他们父子两人的死,对于我是同样重要的,必须让他们同时接受黑暗的命运。你们先下去决定一下,我就来看你们。

刺客乙　我们已经决定了,陛下。

麦克白　我立刻就会来看你们,你们进去等一会儿。(二刺客下。)班柯,你的命运已经决定,你的灵魂要是找得到天堂的话,今天晚上你就该找到了。(下。)

第二场　同前。宫中另一室

麦克白夫人及一仆人上。

麦克白夫人　班柯已经离开宫廷了吗?

仆　人　是,娘娘,可是他今天晚上就要回来的。

麦克白夫人　你去对王上说,我要请他允许我跟他说几句话。

仆　人　是,娘娘。(下。)

麦克白夫人　费尽了一切,结果还是一无所得,我们的目的虽然达到,却一点不感觉满足。要是用毁灭他人的手段,使自己置身在充满着疑虑的欢娱里,那么还不如那被我们所害的人,倒落得无忧无虑。

麦克白上。

麦克白夫人　啊,我的主!您为什么一个人孤零零的,让最悲哀的幻想做您的伴侣,把您的思想念念不忘地集中在一个已死者的身上?无法挽回的事,只好听其自然,事情干了就算了。

麦克白　我们不过刺伤了蛇身,却没有把它杀死,它的伤口会慢慢平复过来,再用它的原来的毒牙向我们的暴行复仇。可是让一切秩序完全解体,让活人、死人都去受罪吧,为什么我们要在忧虑中进餐,在惊恐的噩梦的谑弄中睡眠呢?我们为了希求自身的平安,把别人送下坟墓里去享受永久的平安,可是我们的心灵却把我们折磨得没有一刻平静的安息,使我们觉得还是跟已死的人在一起,倒要幸福得多了。邓肯现在睡在他的坟墓里;经过了一场人生的热病,他现在睡得好好的,叛逆已经对他施过最狠毒的伤害,再没有刀剑、毒药、内乱、外患,可以加害于他了。

麦克白夫人　算了算了,我的好丈夫,把您的烦恼的面孔收起;今天晚上您必须和颜悦色地招待您的客人。

麦克白　正是,亲人;你也要这样。尤其请你对班柯曲意殷勤,用你的眼睛和舌头给他特殊的荣宠。我们的地位现在还没有巩固,我们虽在阿谀逢迎的人流中浸染周旋,却要保持我们的威严,用我们的外貌遮掩着我们的内心,不要给人家窥破。

麦克白　夫人您不要多想这些了。

麦克白　啊! 我的头脑里充满着蝎子,亲爱的妻子;你知道班柯和他的弗里恩斯尚在人间。

麦克白夫人　可是他们并不是长生不死的。

麦克白　那还可以给我几分安慰,他们是可以伤害的;所以你快乐起来吧。在蝙蝠完成它黑暗中的飞翔以前,在振翅而飞的甲虫应答着赫卡忒的呼召,用嗡嗡的声音摇响催眠的晚钟以前,将要有一件可怕的事情干完。

麦克白夫人　是什么事情?

麦克白　你暂时不必知道,最亲爱的宝贝,等事成以后,你再鼓掌称快吧。来,使人盲目的黑夜,遮住可怜的白昼的温柔的眼睛,用你的无形的毒手,毁除那使我畏惧的重大的绊脚石吧! 天色在朦胧起来,乌鸦都飞回到昏暗的林中;一天的好事开始沉沉睡去,黑夜的罪恶的使者却在准备搜捕他们的猎物。我的话使你惊奇;可是不要说话;以不义开始的事情,必须用罪恶使它巩固。跟我来。(同下。)

第三场 同前。苑囿有一路通王宫

三刺客上。

刺客甲 可是谁叫你来帮我们的?

刺客丙 麦克白。

刺客乙 我们可以不必对他怀疑,他已经把我们的任务和怎样动手的
方法都指示给我们了,跟我们得到的命令相符。

刺客甲 那么就跟我们站在一起吧。西方还闪耀着一线白昼的余晖;
晚归的行客现在快马加鞭,要来找寻宿处了;我们守候的目标已
经在那儿向我们走近。

刺客丙 听!我听见马蹄声。

班　柯 (在内)喂,给我们一个火把!

刺客乙 一定是他,别的客人们都已经到了宫里了。

刺客甲 他的马在兜圈子。

刺客丙 差不多有一英里路;可是他正像许多人一样,常常把从这儿
到宫门口的这一条路作为他们的走道。

刺客乙 火把,火把!

刺客丙 是他。

刺客甲 准备好。

班柯及弗里恩斯持火炬上。

班　柯 今晚恐怕要下雨。

刺客甲 让它下吧。(刺客等向班柯攻击。)

班　柯 啊,阴谋!快逃,好弗里恩斯,逃,逃,逃! 你也许可以替我报
仇。啊奴才! (死。弗里恩斯逃去。)

刺客丙　谁把火灭了？

刺客甲　不应该灭火吗？

刺客丙　只有一个人倒下，那儿子逃去了。

刺客乙　我们工作的重要一部分失败了。

刺客甲　好，我们回去报告我们工作的结果吧。（同下。）

第四场　同前。宫中大厅

厅中陈设筵席。麦克白、麦克白夫人、洛斯、列诺克斯、群臣及侍从等上。

麦克白　大家按着各人自己的品级坐下来；总而言之一句话，我竭诚
　　　　欢迎你们。

群　臣　谢谢陛下的恩典。

麦克白　我自己将要跟你们在一起，做一个谦恭的主人，我们的主妇
　　　　现在还坐在她的宝座上，可是我就要请她对你们殷勤招待。

麦克白夫人　陛下，请您替我向我们所有的朋友们表示我的欢迎的诚
　　　　意吧。

刺客甲上，至门口。

麦克白　瞧，他们用诚意的感谢答复你了；两方面已经各得其平。我
　　　　将要在这儿中间坐下来。大家不要拘束，乐一个畅快；等会儿我
　　　　们就要合席痛饮一巡。（至门口）你的脸上有血。

刺客甲　那么它是班柯的。

麦克白　我宁愿你站在门外，不愿他置身室内。你们已经把他结果
　　　　了吗？

刺客甲　陛下，他的咽喉已经割破了，这是我干的事。

麦克白　你是一个最有本领的杀人犯；可是谁杀死了弗里恩斯，也一
　　　　样值得夸奖；要是你也把他杀了，那你才是一个无比的好汉。

刺客甲　陛下,弗里恩斯逃走了。

麦克白　我的心病本来可以痊愈,现在它又要发作了,我本来可以像大理石一样完整,像岩石一样坚固,像空气一样广大自由,现在我却被恼人的疑惑和恐惧所包围拘束。可是班柯已经死了吗?

刺客甲　是,陛下;他安安稳稳地躺在一条泥沟里,他的头上刻着二十道伤痕,最轻的一道也可以致他死命。

麦克白　谢天谢地。大蛇躺在那里;那逃走了的小虫,将来会用它的毒液害人,可是现在它的牙齿还没有长成。走吧,明天再来听候我的旨意。(刺客甲下。)

麦克白夫人　陛下,您还没有劝过客;宴会上倘没有主人的殷勤招待,那就不是在请酒,而是在卖酒;这倒不如待在自己家里吃饭来得舒适呢。既然出来作客,在席面上最让人开胃的就是主人的礼节,缺少了它,那就会使合席失去了兴致的。

麦克白　亲爱的,不是你提起,我几乎忘了! 来,请放量醉饱吧,愿各位胃纳健旺,身强力壮!

列诺克斯　陛下请安坐。

　　　　　班柯鬼魂上,坐在麦克白座上。

麦克白　要是班柯在座,那么全国的英俊,真可以说是会集于一堂了;我宁愿因为他的疏怠而嗔怪他,不愿因为他遭到什么意外而为他惋惜。

洛　斯　陛下,他今天失约不来,是他自己的过失。请陛下上坐,让我们叨陪末席。

麦克白　席上已经坐满了。

列诺克斯　陛下,这儿是给您留着的一个位置。

麦克白　什么地方?

列诺克斯　这儿,陛下,什么事情使陛下这样变色?

麦克白　你们哪一个人干了这件事？

群　臣　什么事，陛下？

麦克白　你不能说这是我干的事，别这样对我摇着你的染着血的
头发。

洛　斯　各位大人，起来，陛下病了。

麦克白夫人　坐下，尊贵的朋友们，王上常常这样，他从小就有这种毛
病。请各位安坐吧；他的癫狂不过是暂时的，一会儿就会好起来。
要是你们太注意了他，他也许会动怒，发起狂来更加厉害；尽管自
己吃喝，不要理他吧。你是一个男子吗？

麦克白　啊，我是一个堂堂男子，可以使魔鬼胆裂的东西，我也敢正眼
瞧着它。

麦克白夫人　啊，这倒说得不错！这不过是你的恐惧所描绘出来的一
幅图画；正像你所说的那柄引导你去行刺邓肯的空中的匕首一
样。啊！要是在冬天的火炉旁，听一个妇女讲述她的老祖母告诉
她的故事的时候，那么这种情绪的冲动、恐惧的伪装，倒是非常合
适的。不害羞吗？你为什么扮这样的怪脸？说到底，你瞧着的不
过是一张凳子罢了。

麦克白　你瞧那边！瞧！瞧！瞧！你怎么说？哼，我什么都不在乎。
要是你会点头，你也应该会说话。要是殡舍和坟墓必须把我们
埋葬了的人送回世上，那么鸢鸟的胃囊将要变成我们的坟墓了。

（鬼魂隐去。）

麦克白夫人　什么！你发了疯，把你的男子气都失掉了吗？

麦克白　要是我现在站在这儿，那么刚才我明明瞧见他。

麦克白夫人　啐！不害羞吗？

麦克白　在人类不曾制定法律保障公众福利以前的古代，杀人流血是
不足为奇的事；即使在有了法律以后，惨不忍闻的谋杀事件，也随

时发生。从前的时候,一刀下去,当场毙命,事情就这样完结了;可是现在他们却会从坟墓中起来,他们的头上戴着二十件谋杀的重罪,把我们推下座位。这种事情是比这样一件谋杀案更奇怪的。

麦克白夫人　陛下,您的尊贵的朋友们都因为您不去陪他们而十分扫兴哩。

麦克白　我忘了。不要对我惊诧,我的最尊贵的朋友们;我有一种怪病,认识我的人都知道那是不足为奇的。来,让我们用这一杯酒表示我们的同心永好,祝各位健康! 你们干了这一杯,我就坐下。给我拿些酒来,倒得满满的。我为今天在座众人的快乐,还要为我们亲爱的缺席的朋友班柯尽此一杯;要是他也在这儿就好了! 来,为大家、为他,请干杯,请各位为大家的健康干一杯。

群　臣　不敢不从命!(班柯鬼魂重上。)

麦克白　去! 离开我的眼前! 让土地把你藏匿了! 你的骨髓已经枯竭,你的血液已经凝冷;你那向人瞪着的眼睛也已经失去了光彩。

麦克白夫人　各位大人,这不过是他的旧病复发,没有什么别的缘故;害各位扫兴,真是抱歉得很。

麦克白　别人敢做的事,我都敢:无论你用什么形状出现,像粗暴的俄罗斯大熊也好,像披甲的犀牛、舞爪的猛虎也好,只要不是你现在的样子,我的坚定的神经决不会起半分战栗;或者你现在死而复活,用你的剑向我挑战,要是我会惊惶胆怯,那么你就可以宣称我是一个少女怀抱中的婴孩。去,可怕的影子! 虚妄的揶揄,去! (鬼魂隐去。)啊,他一去,我的勇气又恢复了。请你们安坐吧。

麦克白夫人　你这样疯疯癫癫的,已经打断了众人的兴致,扰乱了今天的良会。

麦克白　难道碰到这样的事,能像飘过夏天的一朵浮云那样不叫人吃惊吗? 我吓得面无人色,你们眼看着这样的怪象,你们的脸上却仍然保持着天然的红润,这才怪哩。

洛　斯　什么怪象,陛下?

麦克白夫人　请您不要对他说话;他越来越疯了,你们多问了他,他会动怒的。对不起,请各位还是散席了吧;大家不必推先让后,请立刻就去,晚安!

列诺克斯　晚安,愿陛下早复健康!

麦克白夫人　各位晚安!(群臣及侍从等下。)

麦克白　流血是免不了的;他们说,流血必须引起流血。据说石块曾经自己转动,树木曾经开口说话;鸦鹊的鸣声里曾经泄露过阴谋作乱的人。夜过去了多少了?

麦克白夫人　差不多到了黑夜和白昼的交界,分辨不出是昼是夜来。

麦克白　麦克德夫藐视王命,拒不奉召,你看怎么样?

麦克白夫人　你有没有差人去叫过他?

麦克白　我偶然听人这么说;可是我要差人去唤他。他们这一批人家里谁都有一个被我买通的仆人,替我窥探他们的动静。我明天要趁早去访那三个女巫,听她们还有什么话说;因为我现在非得从最妖邪的恶魔口中知道我的最悲惨的命运不可。为了我自己的好处,只好把一切置之不顾。我已经两足深陷于血泊之中,要是不再涉血前进,那么回头的路也是同样使人厌倦的。我想起了一些非常的计谋,必须不等斟酌就迅速实行。

麦克白夫人　一切有生之伦,都少不了睡眠的调剂,可是你还没有好好睡过。

麦克白　来,我们睡去。我的疑鬼疑神、出乖露丑,都是因为未经磨炼、心怀恐惧的缘故,我们干这事太缺少经验了。(同下。)

第五场　荒原

雷鸣。三女巫上,与赫卡忒相遇。

女巫甲　哎哟,赫卡忒!您在发怒哩。

赫卡忒　我不应该发怒吗,你们这些放肆大胆的丑婆子? 你们怎么敢用哑谜和有关生死的秘密和麦克白打交道;我是你们魔法的总管,一切的灾祸都由我主持支配,你们却不通知我一声,让我也来显一显我们的神通? 而且你们所干的事,都只是为了一个刚愎自用、残忍狂暴的人;他像所有的世人一样,只知道自己的利益,一点不是对你们存着什么好意。可是现在你们必须补赎你们的过失;快去,天明的时候,在阿契隆①的地坑附近会我,他将要到那边来探询他的命运;把你们的符咒、魔蛊和一切应用的东西预备齐整,不得有误. 我现在乘风而去,今晚我要用整夜的工夫,布置出一场悲惨的结果;在正午以前,必须完成大事。月亮角上挂着一颗湿淋淋的露珠,我要在它没有堕地以前把它摄取,用魔术提炼以后,就可以凭着它呼灵唤鬼,让种种虚妄的幻影迷乱他的本性;他将要藐视命运,唾斥死生,超越一切的情理,摒弃一切的疑虑,执着他的不可能的希望;你们都知道自信是人类最大的仇敌。(内歌声:"来吧,来吧,……")听! 他们在叫我啦;我的小精灵们,瞧,他们坐在云雾之中,在等着我呢。(下。)

女巫甲　来,我们赶快;她就要回来的。(同下。)

---

① 阿契隆（Acheron）：本为希腊神话中的一条冥河，这里借指地狱。

第六场　福累斯，宫中一室

列诺克斯及另一贵族上。

列诺克斯　我以前的那些话只是叫你听了觉得对劲,那些话是还可以进一步解释的;我只觉得事情有些古怪。仁厚的邓肯被麦克白所哀悼;邓肯是已经死去的了。勇敢的班柯不该在深夜走路,您也许可以说——要是您愿意这么说的话,他是被弗里恩斯杀死的,因为弗里恩斯已经逃匿无踪;人总不应该在夜深的时候走路。哪一个人不以为马尔康和道纳本杀死他们仁慈的父亲,是一件多么惊人的巨变?万恶的行为!麦克白为了这件事多么痛心;他不是乘着一时的忠愤,把那两个酗酒贪睡的渎职卫士杀了吗?那件事干得不是很忠勇的吗?嗯,而且也干得很聪明;因为要是人家听见他们抵赖他们的罪状,谁都会怒从心起的。所以我说,他把一切事情处理得很好;我想要是邓肯的两个儿子也给他拘留起来——上天保佑他们不会落在他的手里——他们就会知道向自己的父亲行弑,必须受到怎样的报应;弗里恩斯也是一样。可是这些话别提啦,我听说麦克德夫因为出言不逊,又不出席那暴君的宴会,已经受到贬辱。您能够告诉我他现在在什么地方吗?

贵　族　被这暴君篡逐出亡的邓肯世子现在寄身在英格兰宫廷之中,谦恭的爱德华对他非常优待,一点不因为他处境颠危而减削了敬礼。麦克德夫也到那里去了,他的目的是要请求贤明的英王协力激励诺森伯兰和好战的西华德,使他们出兵相援,凭着上帝的旨意帮助我们恢复已失的自由,使我们仍旧能够享受食桌上的盛馔和酣畅的睡眠，不再畏惧宴会中有沾血的刀剑，让我们能够一方面输诚效忠，一方面安受爵赏而心无疑虑；这一切都是我们现在所渴望而求之不得的。这一个消息已经使我们的王上大为震怒，他正在那儿准备作战了。

列诺克斯　他有没有差人到麦克德夫那儿去？

贵　　族　他已经差人去过了；得到的回答是很干脆的一句："老兄，我不去。"那个恼怒的使者转身就走，嘴里好像叽咕着说："你给我这样的答复，看着吧，你一定会自食其果。"

列诺克斯　那很可以叫他留心留心远避当前的祸害。但愿什么神圣的天使飞到英格兰的宫廷里，预先替他把信息传到那儿；让上天的祝福迅速回到我们这一个在毒手压制下备受苦难的国家！

贵　　族　我愿意为他祈祷。（同下。）

第四幕

第一场　山洞。中置沸釜

雷鸣。三女巫上。

女巫甲　斑猫已经叫过三声。

女巫乙　刺猬已经啼了四次。

女巫丙　怪鸟在鸣啸：时候到了，时候到了。

女巫甲　绕釜环行火融融，毒肝腐脏寘其中。蛤蟆蛰眠寒石底，
　　　　三十一日夜相继；汗出淋漓化毒浆，投之鼎釜沸为汤。

众　巫　（合）不惮辛劳不惮烦，釜中沸沫已成澜。

女巫乙　沼地蟒蛇取其肉，脔以为片煮至熟；蝾螈之目青蛙趾，蝙蝠之
　　　　毛犬之齿，蝮舌如叉蚯蚓刺，蜥蜴之足枭之翅，炼为毒蛊鬼神惊，
　　　　扰乱人世无安宁。

众　巫　（合）不惮辛劳不惮烦，釜中沸沫已成澜。

女巫丙　豺狼之牙巨龙鳞，千年巫尸貌狰狞；海底抉出鲨鱼胃，夜掘毒
　　　　芹根块块，杀犹太人摘其肝，剖山羊胆汁潺潺，雾黑云深月蚀时，
　　　　潜携斤斧劈杉枝；娼妇弃儿死道间，断指持来血尚殷；土耳其鼻
　　　　鞑靼唇，烈火糜之煎作羹；猛虎肝肠和鼎内，炼就妖丹成一味。

众　巫　（合）不惮辛劳不惮烦，釜中沸沫已成澜。

女巫乙　炭火将残蛊将成，猩猩滴血蛊方凝。

赫卡忒上。

赫卡忒　善哉尔曹功不浅,颁赏酬劳利泽遍。于今绕釜且歌吟,大小
　　　　妖精成环形,摄人魂魄荡人心。(音乐,众巫唱幽灵之歌。)

女巫乙　拇指怦怦动,必有恶人来;既来皆不拒,洞门敲自开。(麦克
　　　　白上。)

麦克白　啊,你们这些神秘的幽冥的夜游的妖婆子! 你们在干什么?

众　巫　(合)一个没有名义的行动。

麦克白　凭着你们的法术,我吩咐你们回答我,不管你们的秘法是从
　　　　哪里得来的。即使你们放出狂风,让它们向教堂猛击;即使汹涌
　　　　的波涛会把航海的船只颠覆吞噬,即使谷物的叶片会倒折在田亩
　　　　上,树木会连根拔起;即使城堡会向它们的守卫者的头上倒下;
　　　　即使宫殿和金字塔都会倾圮;即使大自然所孕育的一切灵奇完全
　　　　归于毁灭,连"毁灭"都感到手软了,我也要你们回答我的问题。

女巫甲　说。

女巫乙　你问吧。

女巫丙　我们可以回答你。

女巫甲　你愿意从我们嘴里听到答复呢,还是愿意让我们的主人们回
　　　　答你?

麦克白　叫他们出来;让我见见他们。

女巫甲　母猪九子食其豚,血浇火上焰生腥;杀人恶犯上刑场,汗脂投
　　　　火发凶光。

众　巫　(合)鬼王鬼卒火中来,现形作法莫惊猜。

　　　　　雷鸣。第一幽灵出现,为一戴盔之头。

麦克白　告诉我,你这不知名的力量——

女巫甲　他知道你的心事,听他说,你不用开口。

第一幽灵　麦克白! 麦克白! 麦克白! 留心麦克德夫;留心费辅爵
　　　　士。放我回去。够了。(隐入地下。)

麦克白　不管你是什么精灵，我感谢你的忠言警告；你已经一语道破了我的忧虑。可是再告诉我一句话——

女巫甲　他是不受命令的。这儿又来了一个，比第一个法力更大。

　　　　雷鸣。第二幽灵出现，为一流血之小儿。

第二幽灵　麦克白！麦克白！麦克白！——

麦克白　我要是有三只耳朵，我的三只耳朵都会听着你。

第二幽灵　你要残忍、勇敢、坚决；你可以把人类的力量付之一笑，因为没有一个妇人所生下的人可以伤害麦克白。（隐入地下。）

麦克白　那么尽管活下去吧，麦克德夫；我何必惧怕你呢？可是我要使确定的事实加倍确定，从命运手里接受切实的保证。我还是要你死，让我可以斥胆怯的恐惧为虚妄，在雷电怒作的夜里也能安心睡觉。

　　　　雷鸣。第三幽灵出现，为一戴王冠之小儿，手持树枝。

麦克白　这升起来的是什么，他的模样像是一个王子，他的幼稚的头上还戴着统治的荣冠？

众　巫　静听，不要对它说话。

第三幽灵　你要像狮子一样骄傲而无畏，不要关心人家的怨怒，也不要担忧有谁在算计你。麦克白永远不会被人打败，除非有一天勃南的树林会冲着他向邓西嫩高山移动。（隐入地下。）

麦克白　那是决不会有的事；谁能够命令树木，叫它从泥土之中拔起它的深根来呢？幸运的预兆！好！勃南的树林不会移动，叛徒的举事也不会成功，我们巍巍高位的麦克白将要尽其天年，在他寿数告终的时候奄然物化。可是我的心还在跳动着想要知道一件事情；告诉我，要是你们的法术能够解释我的疑惑，班柯的后裔会不会在这一个国土上称王？

众　巫　不要追问下去了。

麦克白　我一定要知道究竟；要是你们不告诉我，愿永久的诅咒降在你们身上！告诉我。为什么那口釜沉了下去？这是什么声音？

（高音笛声。）

女巫甲　出来！

女巫乙　出来！

女巫丙　出来！

众　巫　（合）一见惊心，魂魄无主；如影而来，如影而去。（作国王装束者八人次第上；最后一人持镜；班柯鬼魂随其后。）

麦克白　你太像班柯的鬼魂了；下去！你的王冠刺痛了我的眼珠。怎么，又是一个戴着王冠的，你的头发也跟第一个一样。第三个又跟第二个一样。该死的鬼婆子！你们为什么让我看见这些人？第四个！跳出来吧，我的眼睛！什么！这一连串戴着王冠的，要到世界末日才会完结吗？又是一个？第七个！我不想再看了。可是第八个又出现了，他拿着一面镜子，我可以从镜子里面看见许许多多戴王冠的人，有几个还拿着两个金球，三根御杖，可怕的景象！啊，现在我知道这不是虚妄的幻象，因为血污的班柯在向我微笑，用手指点着他们，表示他们就是他的子孙。（众幻影消灭。）什么！真是这样吗？

女巫甲　嗯，这一切都是真的；可是麦克白为什么这样呆若木鸡？来，姊妹们，让我们鼓舞鼓舞他的精神，用最好的歌舞替他消愁解闷。我先用魔法使空中奏起乐来，你们就拉成一个圈子团团跳舞，让这位伟大的君王知道，我们并没有怠慢他。（音乐。众女巫跳舞，舞毕与赫卡忒俱隐去。）

麦克白　她们在哪儿？去了？愿这不祥的时辰在日历上永远被人诅咒！外面有人吗？进来！（列诺克斯上。）

列诺克斯　陛下有什么命令？

麦克白　你看见那三个女巫了吗?

列诺克斯　没有,陛下。

麦克白　她们没有打你身边过去吗?

列诺克斯　确实没有,陛下。

麦克白　愿她们所驾乘的空气都化为毒雾,愿一切相信她们言语的人
　　　　都永堕沉沦! 我方才听见奔马的声音,是谁经过这地方?

列诺克斯　启禀陛下,刚才有两三个使者来过,向您报告麦克德夫已
　　　　经逃奔英格兰去了。

麦克白　逃奔英格兰去了?

列诺克斯　是,陛下。

麦克白　时间,你早就料到我的狠毒的行为,竟抢先了一着;要追赶上
　　　　那飞速的恶念,就得马上见诸行动;从这一刻起,我心里一想到什
　　　　么,便要立刻把它实行,没有迟疑的余地;我现在就要用行动表示
　　　　我的意志——想到便下手。我要去突袭麦克德夫的城堡;把费辅
　　　　攫取下来;把他的妻子儿女和一切跟他有血缘之亲的不幸的人们
　　　　一齐杀死。我不能像一个傻瓜似的只会空口说大话;我必须趁着
　　　　我这一个目的还没有冷淡下来以前把这件事干好。可是我不想再
　　　　看见什么幻象了! 那几个使者呢? 来,带我去见见他们。(同下。)

第二场　费辅。麦克德夫城堡

麦克德夫夫人、麦克德夫子及洛斯上。

麦克德夫夫人　他干了什么事,要逃亡国外?

洛　斯　您必须安心忍耐,夫人。

麦克德夫夫人　他可没有一点忍耐,他的逃亡全然是发疯。我们的行
　　　　为本来是光明坦白的,可是我们的疑虑却使我们成为叛徒。

洛　斯　您还不知道他的逃亡究竟是明智的行为还是无谓的疑虑。

麦克德夫夫人　明智的行为！他自己高飞远走，把他的妻子儿女、他的宅第尊位，一齐丢弃不顾，这算是明智的行为吗？他不爱我们；他没有天性之情；鸟类中最微小的鹪鹩也会奋不顾身，和鸱鸮争斗，保护它巢中的众雏。他心里只有恐惧没有爱，也没有一点智慧，因为他的逃亡是完全不合情理的。

洛　斯　好嫂子，请您抑制一下自己；讲到尊夫的为人，那么他是高尚明理而有识见的，他知道应该怎样见机行事。我不敢多说什么，现在这种时世太冷酷无情了，我们自己还不知道，就已经蒙上了叛徒的恶名；一方面恐惧流言，一方面却不知道为何而恐惧，就像在一个风波险恶的海上漂浮，全然没有一定的方向。现在我必须向您告辞，不久我会再到这儿来。最恶劣的事态总有一天告一段落，或者逐渐恢复原状。我的可爱的侄儿，祝福你！

麦克德夫夫人　他虽然有父亲，却和没有父亲一样。

洛　斯　我要是再逗留下去，才真是不懂事的傻子，既会叫人家笑话我不像个男子汉，还要连累您心里难过；我现在立刻告辞了。（下。）

麦克德夫夫人　小子，你爸爸死了，你现在怎么办？你预备怎样过活？

麦克德夫子　像鸟儿一样过活，妈妈。

麦克德夫夫人　什么！吃些小虫儿、飞虫儿吗？

麦克德夫子　我的意思是说，我得到些什么就吃些什么，正像鸟儿一样。

麦克德夫夫人　可怜的鸟儿！你从来不怕有人张起网儿、布下陷阱，捉了你去哩。

麦克德夫子　我为什么要怕这些，妈妈？他们是不会算计可怜的小鸟的。我的爸爸并没有死，虽然您说他死了。

麦克德夫夫人　不，他真的死了。你没了父亲怎么好呢？

麦克德夫子　您没了丈夫怎么好呢?

麦克德夫夫人　啊,我可以到随便哪个市场上去买二十个丈夫回来。

麦克德夫子　那么您买了他们回来,还是要卖出去的。

麦克德夫夫人　这刁钻的小油嘴,可也亏你想得出来。

麦克德夫子　我的爸爸是个反贼吗,妈妈?

麦克德夫夫人　嗯,他是个反贼。

麦克德夫子　什么叫作反贼?

麦克德夫夫人　反贼就是起假誓扯谎的人。

麦克德夫子　凡是反贼都是起假誓扯谎的吗?

麦克德夫夫人　起假誓扯谎的人都是反贼,都应该绞死。

麦克德夫子　起假誓扯谎的都应该绞死吗?

麦克德夫夫人　都应该绞死。

麦克德夫子　谁去绞死他们呢?

麦克德夫夫人　那些正人君子。

麦克德夫子　那么那些起假誓扯谎的都是些傻瓜,他们有这许多人,
　　为什么不联合起来打倒那些正人君子,把他们绞死了呢?

麦克德夫夫人　哎哟,上帝保佑你,可怜的猴子! 可是你没了父亲怎
　　么好呢?

麦克德夫子　要是他真的死了,您会为他哀哭的 ;要是您不哭,那是一
　　个好兆,我就可以有一个新的爸爸了。

麦克德夫夫人　这小油嘴真会胡说!

　　　　　　一使者上。

使　者　祝福您,好夫人! 您不认识我是什么人,可是我久闻夫人的
　　大名,所以特地前来,报告您一个消息。我怕夫人目下有极大的
　　危险,要是您愿意接受一个微贱之人的忠告,那么还是离开此地,
　　赶快带着您的孩子们避一避得好。我这样惊吓着您,已经是够残

忍的了;要是有人再要加害于您,那真是太没有人道了,可是这没人道的事儿快要落到您头上了。上天保佑您! 我不敢多耽搁时间。(下。)

麦克德夫夫人　叫我逃到哪儿去呢? 我没有做过害人的事。可是我记起来了,我是在这个世上,这世上做了恶事才会被人恭维赞美,做了好事反会被人当作危险的傻瓜;那么,唉! 我为什么还要用这种婆子气的话替自己辩护,说是我没有做过害人的事呢?

　　　　刺客等上。

麦克德夫夫人　这些是什么人?

众刺客　你的丈夫呢?

麦克德夫夫人　我希望他是在光天化日之下你们这些鬼东西不敢露脸的地方。

刺　客　他是个反贼。

麦克德夫子　你胡说,你这蓬头的恶人!

刺　客　什么! 你这叛徒的孽种。(刺麦克德夫子。)

麦克德夫子　他杀死我了,妈妈,您快逃吧! (死。麦克德夫夫人呼"杀了人啦!"下,众刺客追下。)

第三场　英格兰。王宫前

　　　　马尔康及麦克德夫上。

马尔康　让我们找一处没有人踪的树荫,在那里把我们胸中的悲哀痛痛快快地哭个干净吧。

麦克德夫　我们还是紧握着利剑,像好汉子似的卫护我们被蹂躏的祖国吧。每一个新的黎明都听得见新媚的寡妇在哭泣,新失父母的孤儿在号啕,新的悲哀上冲霄汉,发出凄厉的回声,就像哀悼苏格兰的命运,替她奏唱挽歌一样。

马尔康　我相信的事就叫我痛哭,我知道的事就叫我相信;我只要有机会效忠祖国,也愿意尽我的力量。您说的话也许是事实。一提起这个暴君的名字,就使我们切齿腐舌。可是他曾经有过正直的名声;您对他也有很好的交情;他也还没有加害于您。我虽然年轻识浅,可是您也许可以利用我向他邀功求赏,把一头柔弱无罪的羔羊向一个愤怒的天神献祭,不失为一件聪明的事。

麦克德夫　我不是一个奸诈小人。

马尔康　麦克白却是的。在尊严的王命之下,忠实仁善的人也许不得不背着天良行事。可是我必须请您原谅;您的忠诚的人格决不会因为我用小人之心去测度它而发生变化;最光明的天使也许会堕落,可是天使总是光明的;虽然小人全都貌似忠良,可是忠良的一定仍然不失他的本色。

麦克德夫　我已经失去我的希望。

马尔康　也许正是这一点刚才引起了我的怀疑。您为什么不告而别,丢下您的妻子儿女,您那些宝贵的骨肉、爱情的坚强的联系,让她们担惊受险呢? 请您不要把我的多心引为耻辱,为了我自己的安全,我不能不这样顾虑。不管我心里怎样想,也许您真是一个忠义的汉子。

麦克德夫　流血吧,流血吧,可怜的国家! 不可一世的暴君,奠下你的安若泰山的基业吧,因为正义的力量不敢向你诛讨! 戴着你那不义的王冠吧,这是你的已经确定的名分;再会,殿下;即使把这暴君掌握下的全部土地一起给我,再加上富庶的东方,我也不愿做一个像您所猜疑我那样的奸人。

马尔康　不要生气,我说这样的话,并不是完全为了不放心您。我想我们的国家呻吟在虐政之下,流泪、流血,每天都有一道新的伤痕

加在旧日的疮痍之上；我也想到一定有许多人愿意为了我的权利
奋臂而起，就在友好的英格兰这里，也已经有数千义士愿意给我
助力；可是虽然这样说，要是我有一天能够把暴君的头颅放在足
下践踏，或者把它悬挂在我的剑上，我的可怜的祖国却要在一个
新的暴君的统治之下，滋生更多的罪恶，忍受更大的苦痛，造成更
分歧的局面。

麦克德夫　这新的暴君是谁？

马尔康　我的意思就是说我自己；我知道在我的天性之中，深植着各
种的罪恶，要是有一天暴露出来，黑暗的麦克白在相形之下，将会
变成白雪一样纯洁；我们的可怜的国家看见了我的无限的暴虐，
将会把他当作一头羔羊。

麦克德夫　踏遍地狱也找不出一个比麦克白更万恶不赦的魔鬼。

马尔康　我承认他嗜杀、骄奢、贪婪、虚伪、欺诈、狂暴、凶恶，一切可以
指名的罪恶他都有；可是我的淫佚是没有止境的：你们的妻子、
女儿、妇人、处女，都不能填满我的欲壑；我的猖狂的欲念会冲决
一切节制和约束；与其让这样一个人做国王，还是让麦克白统治
的好。

麦克德夫　从人的生理来说，无限制的纵欲是一种"虐政"，它曾经推
翻了无数君主，使他们不能长久坐在王位上。可是您还不必担心，
谁也不能禁止您满足您的分内的欲望；您可以一方面尽情欢乐，
一方面在外表上装出庄重的神气，世人的耳目是很容易遮掩过去
的。我们国内尽多自愿献身的女子，无论您怎样贪欢好色，也应
付不了这许多求荣献媚的娇娥。

马尔康　除了这一种弱点以外，在我的邪僻的心中还有一种不顾廉耻
的贪婪，要是我做了国王，我一定要诛锄贵族，侵夺他们的土地；
不是向这个人索取珠宝，就是向那个人索取房屋；我所有的越多，

我的贪心越不知道餍足,我一定会为了图谋财富的缘故,向善良忠贞的人无端寻衅,把他们陷于死地。

麦克德夫　这一种贪婪比起少年的情欲来,它的根是更深而更有毒的,我们曾经有许多过去的国王死在它的剑下。可是您不用担心,苏格兰有足够您享用的财富,它都是属于您的;只要有其他的美德,这些缺点都不算什么。

马尔康　可是我一点没有君主之德,什么公平、正直、节俭、镇定、慷慨、坚毅、仁慈、谦恭、诚敬、宽容、勇敢、刚强,我全没有;各种罪恶却应有尽有,在各方面表现出来。啊,要是我掌握了大权,我一定要把和谐的甘乳倾入地狱,扰乱世界的和平,破坏地上的统一。

麦克德夫　啊,苏格兰,苏格兰!

马尔康　你说这样一个人是不是适宜于统治?我正是像我所说的那样的人。

麦克德夫　适宜于统治!不,这样的人是不该让他留在人世的。啊,多难的国家,一个篡位的暴君握着染血的御杖高踞在王座上,你的最合法的嗣君又亲口吐露了他是这样一个可诅咒的人,辱没了他的高贵的血统,那么您几时才能重见天日呢?您的父王是一个最圣明的君主;生养您的母后每天都想到人生难免的死亡,她朝夕都在屈膝跪求上天的垂怜。再会!您自己供认的这些罪恶,已经把我从苏格兰放逐。啊,我的胸膛,你的希望永远在这儿埋葬了!

马尔康　麦克德夫,只有一颗正直的心,才会有这种勃发的忠义之情,它已经把黑暗的疑虑从我的灵魂上一扫而空,使我充分信任您的真诚。魔鬼般的麦克白曾经派了许多说客来,想要把我诱进他的罗网,所以我不得不着意提防;可是上帝鉴临在你我二人的中间!从现在起,我委身听从您的指导,并且撤回我刚才对我自己

所讲的坏话,我所加在我自己身上的一切污点,都是我的天性中
所没有的。我还没有近过女色,从来没有背过誓,即使是我自己
的东西,我也没有贪得的欲念;我从不曾失信于人,我不愿把魔鬼
出卖给他的同伴,我珍爱忠诚不亚于生命;刚才我对自己的诽谤,
是我第一次的说谎。那真诚的我,是准备随时接受您和我的不幸
的祖国的命令的。在你还没有到这儿来以前,年老的西华德已经
带领了一万个战士,装备齐全,向苏格兰出发了。现在我们就可
以把我们的力量合并在一起;我们堂堂正正的义师,一定可以得
胜。你为什么不说话?

麦克德夫　好消息和恶消息同时传进了我的耳朵里,使我的喜怒都失
去了自主。

　　　　　一医生上。

马尔康　好,等会儿再说。请问一声,王上出来了吗?

医　生　出来了,殿下;有一大群不幸的人们在等候他医治,他们的疾
病使最高明的医生束手无策,可是上天给他这样神奇的力量,只
要他的手一触,他们就立刻痊愈了。

马尔康　谢谢您的见告,大夫。(医生下。)

麦克德夫　他说的是什么疾病?

马尔康　他们都把它叫作瘰疬;自从我来到英国以后,我常常看见这
位善良的国王显示他的奇妙无比的本领。除了他自己以外,谁也
不知道他是怎样祈求着上天;可是害着怪病的人,浑身肿烂,惨不
忍睹,一切外科手术无法医治的,他只要嘴里念着祈祷,用一枚金
章亲手挂在他们的颈上,他们便会霍然痊愈;据说他这种治病的
天能,是世世相传永袭罔替的。除了这种特殊的本领以外,他还
是一个天生的预言者,福祥环拱着他的王座,表示他具有各种
美德。

麦克德夫　瞧,谁来啦?

马尔康　是我们国里的人,可是我还认不出他是谁。

　　　　洛斯上。

麦克德夫　我的贤弟,欢迎。

马尔康　我现在认识他了。好上帝,赶快除去使我们成为陌路之人的那一层隔膜吧!

洛　斯　阿门,殿下。

麦克德夫　苏格兰还是原来那样子吗?

洛　斯　唉!可怜的祖国!它简直不敢认识它自己。它不能再称为我们的母亲,只是我们的坟墓;在那边,除了浑浑噩噩、一无所知的人以外,谁的脸上也不曾有过一丝笑容;叹息、呻吟、震撼天空的呼号,都是日常听惯的声音,不能再引起人们的注意;剧烈的悲哀变成一般的风气;葬钟敲响的时候,谁也不再关心它是为谁而鸣;善良人的生命往往在他们帽上的花朵还没有枯萎以前就化为朝露。

麦克德夫　啊!太巧妙、也是太真实的描写!

马尔康　最近有什么令人痛心的事情?

洛　斯　一小时以前的变故,在叙述者的嘴里就已经变成陈迹了;每一分钟都产生新的祸难。

麦克德夫　我的妻子安好吗?

洛　斯　呃,她很安好。

麦克德夫　我的孩子们呢?

洛　斯　也很安好。

麦克德夫　那暴君还没有毁坏他们的平静吗?

洛　斯　没有,当我离开他们的时候,他们是很平安的。

麦克德夫　不要吝惜你的言语,究竟怎样?

洛　斯　当我带着沉重的消息、预备到这儿来传报的时候,一路上听见谣传,说是许多有名望的人都已经起义;这种谣言照我想起来是很可靠的,因为我亲眼看见那暴君的军队在出动。现在是应该出动全力挽救祖国沦夷的时候了;你们要是在苏格兰出现,可以使男人们个个变成兵士,使女人们愿意从她们的困苦之下争取解放而作战。

马尔康　我们正要回去,让这消息作为他们的安慰吧。友好的英格兰已经借给我们西华德将军和一万兵士,所有基督教的国家里找不出一个比他更老练、更优秀的军人。

洛　斯　我希望我也有同样好的消息给你们!可是我所要说的话,是应该把它在荒野里呼喊,不让它钻进人们耳中的。

麦克德夫　它是关于哪方面的?是和大众有关的呢,还是一两个人单独的不幸?

洛　斯　天良未泯的人,对于这件事谁都要觉得像自己身受一样伤心,虽然你是最感到切身之痛的一个。

麦克德夫　倘若那是与我有关的事,那么不要瞒过我,快让我知道了吧。

洛　斯　但愿你的耳朵不要从此永远憎恨我的舌头,因为它将要让你听见你有生以来所听到的最惨痛的声音。

麦克德夫　哼,我猜到了。

洛　斯　你的城堡受到袭击,你的妻子和儿女都惨死在野蛮的刀剑之下;要是我把他们的死状告诉你,那会使你痛不欲生,在他们已经成为被杀害了的驯鹿似的尸体上,再加上了你的。

马尔康　慈悲的上天!什么,朋友!不要把你的帽子拉下来遮住你的额角;用言语把你的悲伤倾泄出来吧;无言的哀痛是会向那不堪重压的心低声耳语,叫它裂成片片的。

麦克德夫　我的孩子也都死了吗?

洛　斯　妻子、孩子、仆人，凡是被他们找得到的，杀得一个不存。

麦克德夫　我却不得不离开那里！我的妻子也被杀了吗？

洛　斯　我已经说过了。

马尔康　请宽心吧，让我们用壮烈的复仇做药饵，治疗这一段惨酷的悲痛。

麦克德夫　他自己没有儿女。我的可爱的宝贝们都死了吗？你说他们一个也不存吗？啊，地狱里的恶鸟！一个也不存？什么！我的可爱的鸡雏们和他们的母亲一起葬送在毒手之下了吗？

马尔康　拿出男子汉的气概来。

麦克德夫　我要拿出男子汉的气概来；可是我不能抹杀我的人类的感情。我怎么能够把我所最珍爱的人置之度外，不去想念他们呢？难道上天看见这一幕惨剧而不对他们抱以同情吗？罪恶深重的麦克德夫！他们都是为了你而死于非命的。我真该死，他们没有一点罪过，只是因为我自己不好，无情的屠戮才会降临到他们的身上。愿上天给他们安息！

马尔康　把这一桩仇恨作为磨快你的剑锋的砺石，让哀痛变成愤怒，不要让你的心麻木下去，激起它的怒火来吧。

麦克德夫　啊！我可以一方面让我的眼睛里流着妇人之泪，一方面让我的舌头发出豪言壮语。可是，仁慈的上天，求你撤除一切中途的障碍，让我跟这苏格兰的恶魔正面相对，使我的剑能够刺到他的身上；要是我放他逃走了，那么卜天饶恕他吧！

马尔康　这几句话说得很像个汉子。来，我们见国王去，我们的军队已经调齐，一切齐备，只待整装出发。麦克白气数将绝，天诛将至；黑夜无论怎样悠长，白昼总会到来的。（同下。）

第
五
幕

第一场　邓西嫩。城堡中一室

　　一医生及一侍女上。

医　生　我已经陪着你看守了两夜,可是一点不能证实你的报告。她
　　　最后一次晚上起来行动是在什么时候?

侍　女　自从王上出征以后,我曾经看见她从床上起来,披上睡衣,
　　　开了橱门上的锁,拿出信纸,把它折起来,在上面写了字,读了一
　　　遍,然后把信封好,再回到床上去;可是在这一段时间里,她始
　　　终睡得很熟。

医　生　这是心理上的一种重大的纷乱,一方面处于睡眠的状态,一
　　　方面还能像醒着一般做事。在这种睡眠不安的情形之下,除了走
　　　路和其他动作以外,你有没有听见她说过什么话?

侍　女　大夫,那我可不能把她的话照样告诉您。

医　生　你不妨对我说,而且应该对我说。

侍　女　我不能对您说,也不能对任何人说,因为没有一个见证可以
　　　证实我的话。

　　　麦克白夫人持烛上。

侍　女　您瞧!她来啦,这正是她往常的样子,凭着我的生命起誓,她
　　　现在睡得很熟。留心看着她,站近一些。

医　生　她怎么会有那支蜡烛?

–141
莎士比亚
全集

侍　女　那就是放在她的床边的,她的寝室里通宵点着灯火,这是她的命令。

医　生　你瞧,她的眼睛睁着呢。

侍　女　嗯,可是她的视觉却关闭着。

医　生　她现在在干什么? 瞧,她在擦着手。

侍　女　这是她的一个惯常的动作,好像在洗手似的。我曾经看见她这样擦了足有一刻钟的时间。

麦克白夫人　可是这儿还有一点血迹。

医　生　听! 她说话了。我要把她的话记下来,免得忘记。

麦克白夫人　去,该死的血迹! 去吧! 一点、两点,啊,那么现在可以动手了。地狱里是这样幽暗! 呸,我的爷,呸! 你是一个军人,也会害怕吗? 既然谁也不能奈何我们,为什么我们要怕被人知道? 可是谁想得到这老头儿会有这么多血?

医　生　你听见没有?

麦克白夫人　费辅爵士从前有一个妻子,现在她在哪儿? 什么! 这两只手再也不会干净了吗? 算了,我的爷,算了,你这样大惊小怪,把事情都弄糟了。

医　生　说下去,说下去;你已经知道你所不应该知道的事。

侍　女　我想她已经说了她所不应该说的话,天知道她心里有些什么秘密。

麦克白夫人　这儿还是有一股血腥气,所有阿拉伯的香料都不能叫这只小手变得香一点。啊! 啊! 啊!

医　生　这一声叹息多么沉痛! 她的心里蕴蓄着无限的凄苦。

侍　女　我不愿为了身体上的尊荣,而让我的胸膛里装着这样一颗心。

医　生　好,好,好。

侍　女　但愿一切都是好好的,大夫。

医　生　这种病我没有法子医治。可是我知道有些曾经在睡梦中走动的人,都是很虔敬地寿终正寝。

麦克白夫人　洗净你的手,披上你的睡衣,不要这样面无人色。我再告诉你一遍,班柯已经下葬了,他不会从坟墓里出来的。

医　生　有这等事?

麦克白夫人　睡去,睡去;有人在打门哩。来,来,来,来,让我搀着你。事情已经干了就算了。睡去,睡去,睡去。(下。)

医　生　她现在要上床去吗?

侍　女　就要上床去了。

医　生　外边很多骇人听闻的流言。反常的行为引起了反常的纷扰;良心负疚的人往往会向无言的衾枕泄露他们的秘密;她需要教士的训诲甚于医生的诊视。上帝,上帝饶恕我们一切世人!留心照料她;凡是可以伤害她自己的东西全都要从她手边拿开;随时看顾着她。好,晚安!她扰乱了我的心,迷惑了我的眼睛。我心里所想到的,却不敢把它吐出嘴唇。

侍　女　晚安,好大夫。(各下。)

第二场　邓西嫩附近乡野

旗鼓前导,孟提斯、凯士纳斯、安格斯、列诺克斯及兵士等上。

孟提斯　英格兰军队已经迫近,领军的是马尔康、他的叔父西华德和麦克德夫三人,他们的胸头燃起复仇的怒火;即使心如死灰的人,为了这种痛入骨髓的仇恨也会激起流血的决心。安格斯在勃南森林附近,我们将要碰上他们;他们正在从那条路上过来。

凯士纳斯　谁知道道纳本是不是跟他的哥哥在一起?

列诺克斯　我可以确实告诉你,将军,他们不在一起。我有一张他们军队里高级将领的名单，里面有西华德的儿子，还有许多初上战场、乳臭未干的少年。

孟提斯　那暴君有什么举动？

凯士纳斯　他把邓西嫩防御得非常坚固。有人说他疯了；对他比较没有什么恶感的人，却说那是一个猛士的愤怒；可是他不能自己约束住他的惶乱的心情，却是一件无疑的事实。

安格斯　现在他已经感觉到他的暗杀的罪恶紧粘在他的手上；每分钟都有一次叛变，谴责他的不忠不义；受他命令的人，都不过奉命行事，并不是出于对他的忠诚；现在他已经感觉到他的尊号罩在他的身上，就像一个矮小的偷儿穿了一件巨人的衣服一样束手绊脚。

孟提斯　他自己的灵魂都在谴责它本身的存在，谁还能怪他的昏乱的知觉怔忡不安呢。

凯士纳斯　好，我们整队前进吧；我们必须认清谁是我们应该服从的人。为了拔除祖国的沉疴，让我们准备和他共同流尽我们的最后一滴血。

列诺克斯　否则我们也愿意喷洒我们的热血，灌溉这一朵国家主权的娇花，淹没那凭陵它的野草。向勃南进军！（众列队行进下。）

第三场　邓西嫩。城堡中一室

麦克白、医生及侍从等上。

麦克白　不要再告诉我什么消息；让他们一个个逃走吧；除非勃南森林会向邓西嫩移动，我是不知道有什么事情值得害怕。马尔康那小子算得了什么？他不是妇人所生的吗？预知人类死生的精灵曾经这样向我宣告："不要害怕，麦克白；没有一个妇人所生下的人可以加害于你。"那么逃走吧,不忠的爵士们,去跟那些饕餮的英国人在一起吧。我的头脑,永远不会被疑虑所困扰,我的心灵永远不会被恐惧所震荡。

　　　　　一仆人上。

麦克白　　魔鬼罚你变成炭团一样黑,你这脸色惨白的狗头!你从哪儿得来这么一副呆鹅的蠢相?仆人有一万——

麦克白　　一万只鹅吗,狗才?

仆　人　　一万个兵,陛下。

麦克白　　去刺破你自己的脸,把你那吓得毫无血色的两颊染一染红吧,你这鼠胆的小子。什么兵,蠢才?该死的东西!瞧你吓得脸像白布一般。什么兵,不中用的奴才?

仆　人　　启禀陛下,是英格兰兵。

麦克白　　不要让我看见你的脸。(仆人下)西登!——我心里很不舒服,当我看见——喂,西登!——这一次的战争也许可以使我从此高枕无忧,也许可以立刻把我倾覆。我已经活得够长久了;我的生命已经日就枯萎,像一片凋谢的黄叶;凡是老年人所应该享有的尊荣、敬爱、服从和一大群的朋友,我是没有希望再得到的了;代替这一切的,只有低声而深刻的诅咒,口头上的恭维和一些违心的假话。西登!(西登上。)

西　登　　陛下有什么吩咐?

麦克白　　还有什么消息没有?

西　登　　陛下,刚才所报告的消息,全都证实了。

麦克白　　我要战到我的全身不剩一块好肉。给我拿战铠来。

西　登　　现在还用不着哩。

麦克白　　我要把它穿起来。加派骑兵,到全国各处巡回视察,要是有谁嘴里提了一句害怕的话,就把他吊死。给我拿战铠来。大夫,你的病人今天怎样？

医　生　回陛下，她并没有什么病，只是因为思虑太过，继续不断的幻想扰乱了她的神经，使她不得安息。

麦克白　替她医好这一种病。你难道不能诊治那种病态的心理，从记忆中拔去根深蒂固的忧郁，拭掉那写在脑筋上的烦恼，用一种使人忘却一切的甘美的药剂，把那堆满在胸间、重压在心头的积毒扫除干净吗？

医　生　那还是要仗病人自己设法的。

麦克白　那么把医药丢给狗子吧，我不要仰仗它。来，替我穿上战铠；给我拿指挥杖来。西登，把骑兵派出去。——大夫，那些爵士们都背了我逃走了。——来，快。——大夫，要是你能够替我的国家验一验小便，查明它的病根，使它恢复原来的健康，我一定要使太空之中充满着我对你的赞美的回声。——喂，把它脱下了。——什么大黄肉桂，什么清泻的药剂，可以把这些英格兰人排泄掉？你听见过这类药草吗？

医　生　是的，陛下，我听说陛下准备亲自带兵迎战呢。

麦克白　给我把铠甲带着。除非勃南森林会向邓西嫩移动，我对死亡和毒害都没有半分惊恐。

医　生　（旁白）要是我能够远远离开邓西嫩，高官厚禄再也诱不动我回来。（同下。）

第四场　勃南森林附近的乡野

旗鼓前导，马尔康、西华德父子、麦克德夫、孟提斯、凯士纳斯、安格斯、列诺克斯、洛斯及兵士等列队行进上。

马尔康　诸位贤卿，我希望大家都能够安枕而寝的日子已经不远了。

孟提斯　那是我们一点也不疑惑的。

西华德　前面这一座是什么树林?

孟提斯　勃南森林。

马尔康　每一个兵士都砍下一根树枝来,把它举起在各人的面前;这样我们可以隐匿我们全军的人数,让敌人无从知道我们的实力。

众兵士　得令。

西华德　我们所得到的情报,都说那自信的暴君仍旧在邓西嫩深居不出,等候我们兵临城下。

马尔康　这是他的唯一的希望;因为在他手下的人,不论地位高低,一找到机会都要叛弃他,他们接受他的号令,都只是出于被迫,并不是自己的心愿。

麦克德夫　等我们看清了真情实况再下准确的判断吧,眼前让我们发扬战士的坚毅的精神。

西华德　我们这一次的胜败得失,不久就可以分晓。口头的推测不过是一些悬空的希望,实际的行动才能够产生决定的结果,大家奋勇前进吧!　(众列队行进下。)

第五场　邓西嫩。城堡内

旗鼓前导,麦克白、西登及兵士等上。

麦克白　把我们的旗帜挂在城墙外面;到处仍旧是一片"他们来了"的呼声;我们这座城堡防御得这样坚强,还怕他们围攻吗?让他们到这儿来,等饥饿和瘟疫来把他们收拾去吧。倘不是我们自己的军队也倒了戈跟他们联合在一起,我们尽可以挺身出战,把他们赶回老家去。(内妇女哭声)那是什么声音?

西　登　是妇女们的哭声,陛下。(下。)

麦克白　我简直已经忘记了恐惧的滋味。从前一声晚间的哀叫，可以把我吓出一身冷汗，听着一段可怕的故事，我的头发会像有了生命似的竖起来。现在我已经饱尝无数的恐怖，我的习惯于杀戮的思想，再也没有什么悲惨的事情可以使它惊怵了。

　　　　西登重上。

麦克白　那哭声是为了什么事？

西　登　陛下，王后死了。

麦克白　她反正要死的，迟早总会有听到这个消息的一天。明天，明天，再一个明天，一天接着一天地蹑步前进，直到最后一秒钟的时间；我们所有的昨天，不过替傻子们照亮了到死亡的土壤中去的路。熄灭了吧，熄灭了吧，短促的烛光！人生不过是一个行走的影子，一个在舞台上指手画脚的拙劣的伶人，登场片刻，就在无声无臭中悄然退下；它是一个愚人所讲的故事，充满着喧哗和骚动，却找不到一点意义。

　　　　一使者上。

麦克白　你要来拨弄你的唇舌，有什么话快说。

使　者　陛下，我应该向您报告我以为我所看见的事，可是我不知道应该怎样说起。

麦克白　好，你说吧。

使　者　当我站在山头守望的时候，我向勃南一眼望去，好像那边的树木都在开始行动了。

麦克白　说谎的奴才！

使　者　要是没有那么一回事，我愿意悉听陛下的惩处；在这三英里路以内，您可以看见它向这边过来，一座活动的树林。

麦克白　要是你说了谎话，我要把你活活吊在最近的一株树上，让你饿死；要是你的话是真的，我也希望你把我吊死了吧。我的决心已经有些动摇,我开始怀疑起那魔鬼所说的似是而非的暧昧的谎话了:"不要害怕,除非勃南森林会到邓西嫩来。"现在一座树林真的到邓西嫩来了。披上武装,出去! 你所说的这种事情要是果然出现,那么逃走固然逃走不了,留在这儿也不过坐以待毙。我现在开始厌倦白昼的阳光,但愿这世界早一点崩溃。敲起警钟来! 吹吧,狂风! 来吧,灭亡! 就是死我们也要捐躯沙场。(同下。)

第六场　同前。城堡前平原

　　旗鼓前导,马尔康、老西华德、麦克德夫等率军队各持树枝上。

马尔康　现在已经相去不远,把你们树叶的幕障抛下,现出你们威武的军容来。尊贵的叔父,请您带领我的兄弟——您的英勇的儿子,先去和敌人交战,其余的一切统归尊贵的麦克德夫跟我两人负责部署。

西华德　再会。今天晚上我们只要找得到那暴君的军队,一定要跟他们拼个你死我活。

麦克德夫　把我们所有的喇叭一齐吹起来;鼓足了你们的中气,把流血和死亡的消息吹进敌人的耳里。(同下。)

第七场　同前。平原上的另一部分

　　号角声。麦克白上。

麦克白　他们已经缚住我的手脚,我不能逃走,可是我必须像熊一样挣扎到底。哪一个人不是妇人生下的? 除了这样一个人以外,我还怕什么人。

　　小西华德上。

小西华德　你叫什么名字?

麦克白　我的名字说出来会吓坏你。

小西华德　即使你给自己取了一个比地狱里的魔鬼更炽热的名字,也吓不倒我。

麦克白　我就叫麦克白。

小西华德　魔鬼自己也不能向我的耳中说出一个更可憎恨的名字。

麦克白　他也不能说出一个更可怕的名字。

小西华德　胡说,你这可恶的暴君;我要用我的剑证明你是说谎。(二人交战,小西华德被杀。)

麦克白　你是妇人所生的,我瞧不起一切妇人之子手里的刀剑。(下。)
　　　　号角声。麦克德夫上。

麦克德夫　那喧声是在那边。暴君,露出你的脸来;要是你已经被人杀死,等不及我来取你的性命,那么我的妻子儿女的阴魂一定不会放过我。我不能杀害那些被你雇佣的倒霉的士卒;我的剑倘不能刺中你,麦克白,我宁愿让它闲置不用,保全它的锋刃,把它重新插回鞘里。你应该在那边,这一阵高声的呐喊,好像是宣布什么重要的人物上阵似的。命运,让我找到他吧! 我没有此外的奢求了。(下。号角声。)
　　　　马尔康及老西华德上。

西华德　这儿来,殿下,那城堡已经拱手纳降。暴君的人民有的帮这一面,有的帮那一面;英勇的爵士们一个个出力奋战;您已经胜算在握,大势就可以决定了。

马尔康　我们也碰见了敌人,他们只是虚晃几枪罢了。

西华德　殿下,请进堡里去吧。(同下,号角声。)
　　　　麦克白重上。

麦克白　我为什么要学那些罗马人的傻样子,死在我自己的剑上呢?

我的剑应该是为杀敌而用的。

　　麦克德夫重上。

麦克德夫　转过来,地狱里的恶狗,转过来!

麦克白　我在一切人中间,最不愿意看见你。可是你回去吧,我的灵魂里沾着你一家人的血,已经太多了。

麦克德夫　我没有话说,我的话都在我的剑上,你这没有一个名字可以形容你的狠毒的恶贼!（二人交战。）

麦克白　你不过白费了气力,你要使我流血,正像用你锐利的剑锋在空气上划一道痕迹一样困难。让你的刀刃降落在别人的头上吧;我的生命是有魔法保护的,没有一个妇人所生的人可以把它伤害。

麦克德夫　不要再信任你的魔法了吧;让你所信奉的神告诉你,麦克德夫是没有足月就从他母亲的腹中剖出来的。

麦克白　愿那告诉我这样的话的舌头永受诅咒,因为它使我失去了男子汉的勇气!愿这些欺人的魔鬼再也不要被人相信,他们用模棱两可的话愚弄我们,听来好像大有希望,结果却完全和我们原来的期望相反。我不愿跟你交战。

麦克德夫　那么投降吧,懦夫,我们可以饶你活命,可是要叫你在众人的面前出丑:我们要把你的像画在篷帐外面,底下写着:"请来看暴君的原形。"

麦克白　我不愿投降,我不愿低头吻那马尔康小子足下的泥土,被那些下贱的民众任意唾骂。虽然勃南森林已经到了邓西嫩,虽然今天和你狭路相逢,你偏偏不是妇人所生下的,可是我还要擎起我的雄壮的盾牌,尽我最后的力量。来,麦克德夫,谁先喊"住手,够了"的,让他永远在地狱里沉沦。（二人且战且下。）

　　吹退军号。喇叭奏花腔。旗鼓前导,马尔康、老西华德、洛斯、众爵士及兵士等重上。

马尔康　我希望我们不见的朋友都能够安然到来。

西华德　总有人免不了牺牲;可是照我看见的眼前这些人说起来,我们这次重大的胜利所付的代价是很小的。

马尔康　麦克德夫跟您的英勇的儿子都失踪了。

洛　斯　老将军,令郎已经尽了一个军人的责任;他刚刚活到成人的年龄,就用他的勇往直前的战斗精神证明了他的勇力,像一个男子汉似的死了。

西华德　那么他已经死了吗?

洛　斯　是的,他的尸体已经从战场上搬走。他的死是一个无价的损失,您必须勉抑哀思才好。

西华德　他的伤口是在前面吗?

洛　斯　是的,在他的额部。

西华德　那么愿他成为上帝的兵士! 要是我有像头发一样多的儿子,我也不希望他们得到一个更光荣的结局;这就作为他的丧钟吧。

马尔康　他是值得我们更深的悲悼的,我将向他致献我的哀思。

西华德　他已经得到他最大的酬报;他们说,他死得很英勇,他的责任已尽;愿上帝与他同在! 又有好消息来了。

　　　　麦克德夫携麦克白首级重上。

麦克德夫　祝福,吾王陛下! 你就是国王了。瞧,篡贼的万恶的头颅已经取来;无道的虐政从此推翻了。我看见全国的英俊拥绕在你的周围,他们心里都在发出跟我同样的敬礼;现在我要请他们陪着我高呼:祝福,苏格兰的国王!

众　人　祝福,苏格兰的国王! (喇叭奏花腔。)

马尔康　多承各位拥戴,论功行赏,在此一朝。各位爵士国戚,从现在起,你们都得到了伯爵的封号,在苏格兰你们是最初享有这样封号的人。在这去旧布新的时候,我们还有许多事情要做;那些因为逃避暴君的罗网而出亡国外的朋友们,我们必须召唤他们回来;这个屠夫虽然已经死了,他的魔鬼一样的王后,据说也已经亲手杀害了自己的生命,可是帮助他们杀人行凶的党羽,我们必须一一搜捕,处以极刑;此外一切必要的工作,我们都要按照上帝的旨意,分别先后,逐步处理。现在我要感谢各位的相助,还要请你们陪我到斯贡去,参与加冕大典。(喇叭奏花腔。众下。)

William Shakespeare
COMPLETE WORKS

———

哈姆莱特

朱生豪　译

莎士比亚
全集

剧中人物

克劳狄斯　丹麦国王

哈姆莱特　前王之子，今王之侄

福丁布拉斯　挪威王子

霍拉旭　哈姆莱特之友

波洛涅斯　御前大臣

雷欧提斯　波洛涅斯之子

伏提曼德

考尼律斯

罗森格兰兹　〉朝臣

吉尔登斯呑

奥斯里克

侍臣

教士

马西勒斯

勃那多　〉军官

弗兰西斯科　兵士

雷奈尔多　波洛涅斯之仆

队长

英国使臣

众伶人

二小丑　掘坟墓者

乔特鲁德　丹麦王后,哈姆莱特之母

奥菲利娅　波洛涅斯之女

贵族、贵妇、军官、兵士、教士、水手、使者及侍从等,哈姆莱特父亲的鬼魂

地　点

艾尔西诺

第一幕

第一场　艾尔西诺。城堡前的露台

弗兰西斯科立台上守望。勃那多自对面上。

勃那多　那边是谁?

弗兰西斯科　不,你先回答我;站住,告诉我你是什么人。

勃那多　国王万岁!

弗兰西斯科　勃那多吗?

勃那多　正是。

弗兰西斯科　你来得很准时。

勃那多　现在已经打过十二点钟;你去睡吧,弗兰西斯科。

弗兰西斯科　谢谢你来替我;天冷得厉害,我心里也老大不舒服。

勃那多　你守在这儿,一切都很安静吗?

弗兰西斯科　一只小老鼠也不见走动。

勃那多　好,晚安! 要是你碰见霍拉旭和马西勒斯,我的守夜的伙伴们,就叫他们赶紧来。

弗兰西斯科　我想我听见了他们的声音。喂,站住! 你是谁?

霍拉旭及马西勒斯上。

霍拉旭　都是自己人。

马西勒斯　丹麦王的臣民。

弗兰西斯科　祝你们晚安!

马西勒斯　啊！再会,正直的军人！谁替了你?

弗兰西斯科　勃那多接我的班。祝你们晚安！（下。）

马西勒斯　喂！勃那多!

勃那多　喂, ——啊！霍拉旭也来了吗?

霍拉旭　有这么一个他。

勃那多　欢迎,霍拉旭！欢迎,好马西勒斯!

马西勒斯　什么！这东西今晚又出现过了吗?

勃那多　我还没有瞧见什么。

马西勒斯　霍拉旭说那不过是我们的幻想。我告诉他我们已经两次
　　看见过这一个可怕的怪象,他总是不肯相信;所以我请他今晚也
　　来陪我们守一夜,要是这鬼魂再出来,就可以证明我们并没有看
　　错,还可以叫他和它说几句话。

霍拉旭　啊,啊,它不会出现的。

勃那多　先请坐下;虽然你一定不肯相信我们的故事,我们还是要把
　　我们这两夜来所看见的情形再向你絮叨一遍。

霍拉旭　好,我们坐下来,听听勃那多怎么说。

勃那多　昨天晚上,北极星西面的那颗星已经移到了它现在吐射光辉
　　的地方,时钟刚敲了一点,马西勒斯跟我两个人——

马西勒斯　住声！不要说下去;瞧,它又来了!

　　　　鬼魂上。

勃那多　正像已故的国王的模样。

马西勒斯　你是有学问的人,去和它说话,霍拉旭。

勃那多　它的样子不像已故的国王吗? 看,霍拉旭。

霍拉旭　像得很;它使我心里充满了恐怖和惊奇。

勃那多　它希望我们对它说话。

马西勒斯　你去问它。霍拉旭。

霍拉旭　你是什么鬼怪,胆敢僭窃丹麦先王出征时的神武的雄姿,在这样深夜的时分出现? 凭着上天的名义,我命令你说话!

马西勒斯　它生气了。

勃那多　瞧,它昂然不顾地走开了!

霍拉旭　不要走! 说呀,说呀! 我命令你,快说! （鬼魂下。）

马西勒斯　它走了,不愿回答我们。

勃那多　怎么,霍拉旭! 你在发抖,你的脸色这样惨白。这不是幻想吧? 你有什么高见?

霍拉旭　凭上帝起誓,倘不是我自己的眼睛向我证明,我再也不会相信这样的怪事。

马西勒斯　它不像我们的国王吗?

霍拉旭　正和你像你自己一样。它身上的那副战铠,就是它讨伐野心的挪威王的时候所穿的 :它脸上的那副怒容,活像它有一次在谈判决裂以后把那些乘雪车的波兰人击溃在冰上的时候的神气。怪事怪事!

马西勒斯　前两次它也是这样不先不后地在这个静寂的时辰,用军人的步态走过我们的眼前。

霍拉旭　我不知道究竟应该怎样想法 ;可是大概推测起来,这恐怕预兆着我们国内将要有一番非常的变故。

马西勒斯　好吧,坐下来。谁要是知道的,请告诉我,为什么我们要有这样森严的戒备,使全国的军民每夜不得安息 ;为什么每天都在制造铜炮,还要向国外购买战具 ;为什么征集大批造船匠,连星期日也不停止工作 ;这样夜以继日地辛苦忙碌,究竟为了什么? 谁能告诉我?

霍拉旭　我可以告诉你 ;至少一般人都是这样传说。刚才它的形象还向我们出现的那位已故的王上,你们知道,曾经接受骄矜好胜的挪威的福丁布拉斯的挑战；在那一次决斗中间,我们的勇武的哈姆莱特,——他的英名是举世称颂的——把福丁布拉斯杀死了；按照双方根据法律和骑士精神所订立的协定,福丁布拉斯要是战败了,除了他自己的生命以外,必须把他所有的一切土地拨归胜利的一方；同时我们的王上也提出相当的土地作为赌注,要是福丁布拉斯得胜了,那土地也就归他所有,正像在同一协定上所规定的,他失败了,哈姆莱特可以把他的土地没收一样。现在要说起那位福丁布拉斯的儿子,他生得一副未经锻炼的烈火也似的性格,在挪威四境召集了一群无赖之徒,供给他们衣食,驱策他们去干冒险的勾当,好叫他们显一显身手。他的唯一的目的,我们的当局看得很清楚,无非是要用武力和强迫性的条件,夺回他父亲所丧失的土地。照我所知道的,这就是我们种种准备的主要动机,我们这样戒备的唯一原因,也是全国所以这样慌忙骚乱的缘故。

勃那多　我想正是为了这个缘故。我们那位王上在过去和目前的战乱中间,都是一个主要的角色,所以无怪他的武装的形象要向我们出现示警了。

霍拉旭　那是扰乱我们心灵之眼的一点微尘。从前在富强繁盛的罗马,在那雄才大略的裘力斯·凯撒遇害以前不久,披着殓衾的死人都从坟墓里出来,在街道上啾啾鬼语,星辰拖着火尾,露水带血,太阳变色,支配潮汐的月亮被吞蚀得像一个没有起色的病人；这一类预报重大变故的朕兆,在我们国内的天上地下也已经屡次出现了。可是不要响！瞧！瞧！它又来了！

　　　鬼魂重上。

霍拉旭　我要挡住它的去路,即使它会害我。不要走,鬼魂！要是你能出声,会开口,对我说话吧；要是我有可以为你效劳之处,使你的灵魂得到安息,那么对我说话吧；要是你预知祖国的命运,靠着

你的指示,也许可以及时避免未来的灾祸,那么对我说话吧;或者
你在生前曾经把你搜刮得来的财宝埋藏在地下,我听见人家说,
鬼魂往往在他们藏金的地方徘徊不散,(鸡啼)要是有这样的事,
你也对我说吧;不要走,说呀!拦住它,马西勒斯。

马西勒斯　要不要我用我的戟刺它?

霍拉旭　好的,要是它不肯站定。

勃那多　它在这儿!

霍拉旭　它在这儿!　(鬼魂下。)

马西勒斯　它走了!我们不该用暴力对待这样一个尊严的亡魂;因
为它是像空气一样不可侵害的,我们无益的打击不过是恶意的
徒劳。

勃那多　它正要说话的时候,鸡就啼了。

霍拉旭　于是它就像一个罪犯听到了可怕的召唤似的惊跳起来。我
听人家说,报晓的雄鸡用它高锐的啼声,唤醒了白昼之神,一听到
它的警告,那些在海里、火里、地下、空中到处浪游的有罪的灵魂,
就一个个钻回自己的巢穴里去;这句话现在已经证实了。

马西勒斯　那鬼魂正是在鸡鸣的时候隐去的。有人说,在我们每次欢
庆圣诞之前不久,这报晓的鸟儿总会彻夜长鸣;那时候,他们说,
没有一个鬼魂可以出外行走,夜间的空气非常清净,没有一颗星
用毒光射人,没有一个神仙用法术迷人,妖巫的符咒也失去了力
量,一切都是圣洁而美好的。

霍拉旭　我也听人家这样说过,倒有几分相信。可是瞧,清晨披着赤
褐色的外衣,已经踏着那边东方高山上的露水走过来了。我们也
可以下班了。照我的意思,我们应该把我们今夜看见的事情告诉
年轻的哈姆莱特;因为凭着我的生命起誓,这一个鬼魂虽然对我
们不发一言,见了他一定有话要说。你们以为按着我们的交情和

责任说起来,是不是应当让他知道这件事情?

马西勒斯　很好,我们决定去告诉他吧;我知道今天早上在什么地方最容易找到他。(同下。)

第二场　城堡中的大厅

国王、王后、哈姆莱特、波洛涅斯、雷欧提斯、伏提曼德、考尼律斯、群臣、侍从等上。

国　王　虽然我们亲爱的王兄哈姆莱特新丧未久,我们的心里应当充满了悲痛,我们全国都应当表示一致的哀悼,可是我们凛于后死者责任的重大,不能不违情逆性,一方面固然要用适度的悲哀纪念他,一方面也要为自身的利害着想;所以,在一种悲喜交集的情绪之下,让幸福和忧郁分据了我的两眼,殡葬的挽歌和结婚的笙乐同时并奏,用盛大的喜乐抵消沉重的不幸,我已经和我旧日的长嫂,当今的王后,这一个多事之国的共同的统治者,结为夫妇;这一次婚姻事先曾经征求各位的意见,多承你们诚意的赞助,这是我必须向大家致谢的。现在我要告诉你们知道,年轻的福丁布拉斯看轻了我们的实力,也许他以为自从我们亲爱的王兄驾崩以后,我们的国家已经瓦解,所以挟着他的从中取利的梦想,不断向我们书面要求把他的父亲依法割让给我们英勇的王兄的土地归还。这是他一方面的话。现在要讲到我们的态度和今天召集各位来此的目的。我们的对策是这样的:我这儿已经写好了一封信给挪威国王,年轻的福丁布拉斯的叔父——他因为卧病在床,不曾与闻他侄子的企图——在信里我请他注意他的侄子擅自在国内征募壮丁,训练士卒,积极进行各种准备的事实,要求他从速制止他的进一步的行动;现在我就派遣你,考尼律斯,还有你,伏提曼德,替我把这封信送给挪威老王,除了训令上所规定的条件以外,你们不得僭用你们的权力,和挪威成立逾越范围的妥协。你们赶紧去吧,再会!

考尼律斯　我们不敢不尽力执行陛下的旨意。
伏提曼德

国　王　我相信你们的忠心;再会!（伏提曼德、考尼律斯同下）现在,雷欧提斯,你有什么话说? 你对我说你有一个请求;是什么请求,雷欧提斯? 只要是合理的事情,你向丹麦王说了,他总不会不答应你。你有什么要求,雷欧提斯,不是你未开口我就自动许给了你? 丹麦王室和你父亲的关系,正像头脑之于心灵一样密切;丹麦国王乐意为你父亲效劳,正像双手乐于为嘴服役一样。你要些什么,雷欧提斯?

雷欧提斯　陛下,我要请求您允许我回到法国去。这一次我回国参加陛下加冕的盛典,略尽臣子的微忱,实在是莫大的荣幸;可是现在我的任务已尽,我的心愿又向法国飞驰,但求陛下开恩允准。

国　王　你父亲已经答应你了吗? 波洛涅斯怎么说?

波洛涅斯　陛下,我却不过他几次三番的恳求,已经勉强答应他了;请陛下放他去吧。

国　王　好好利用你的时间,雷欧提斯,尽情发挥你的才能吧! 可是来,我的侄儿哈姆莱特,我的孩子——

哈姆莱特　（旁白）超乎寻常的亲族,漠不相干的路人。

国王　为什么愁云依旧笼罩在你的身上?

哈姆莱特　不,陛下;我已经在太阳里晒得太久了。

王　后　好哈姆莱特,抛开你阴郁的神气吧,对丹麦王应该和颜悦色一点;不要老是垂下了眼皮,在泥土之中找寻你的高贵的父亲。你知道这是一件很普通的事情,活着的人谁都要死去,从生活踏进永久的宁静。

哈姆莱特　嗯,母亲,这是一件很普通的事情。

王　后　既然是很普通的,那么你为什么瞧上去好像老是这样郁郁于心呢?

哈姆莱特　好像,母亲!不,是这样就是这样,我不知道什么"好像"不"好像"。好妈妈,我的墨黑的外套、礼俗上规定的丧服、难以吐出来的叹气、像滚滚江流一样的眼泪、悲苦沮丧的脸色,以及一切仪式、外表和忧伤的流露,都不能表示出我的真实的情绪。这些才真是给人瞧的,因为谁也可以做作成这种样子。它们不过是悲哀的装饰和衣服;可是我的郁结的心事却是无法表现出来的。

国　王　哈姆莱特,你这样孝思不匮,原是你天性中纯笃过人之处;可是你要知道,你的父亲也曾失去过一个父亲,那失去的父亲自己也失去过父亲;那后死的儿子为了尽他的孝道,必须有一个时期服丧守制,然而固执不变的哀伤,却是一种逆天悖理的愚行,不是堂堂男子所应有的举动;它表现出一个不肯安于天命的意志,一个经不起艰难痛苦的心,一个缺少忍耐的头脑和一个简单愚昧的理性。既然我们知道那是无可避免的事,无论谁都要遭遇到同样的经验,那么我们为什么要这样固执地把它介介于怀呢?啊!那是对上天的罪戾,对死者的罪戾,也是违反人情的罪戾;在理智上它是完全荒谬的,因为从第一个死了的父亲起,直到今天死去的最后一个父亲为止,理智永远在呼喊:"这是无可避免的。"我请你抛弃了这种无益的悲伤,把我当作你的父亲;因为我要让全世界知道,你是王位的直接的继承者,我要给你的尊荣和恩宠,不亚于一个最慈爱的父亲之于他的儿子。至于你要回到威登堡去继续求学的意思,那是完全违反我们的愿望的;请你听从我的劝告,不要离开这里,在朝廷上领袖群臣,做我们最亲近的国亲和王子,使我们因为每天能看见你而感到欢欣。

王　后　　不要让你母亲的祈求全归无用,哈姆莱特;请你不要离开我们,不要到威登堡去。

哈姆莱特　　我将要勉力服从您的意志,母亲。

国　王　　啊,那才是一句有孝心的答复;你将在丹麦享有和我同等的尊荣。御妻,来。哈姆莱特这一种自动的顺从使我非常高兴;为了表示庆祝,今天丹麦王每一次举杯祝饮的时候,都要放一响高入云霄的祝炮,让上天应和着地上的雷鸣,发出欢乐的回声。来。

(除哈姆莱特外均下。)

哈姆莱特　　啊,但愿这一个太坚实的肉体会融解、消散,化成一堆露水! 或者那永生的真神未曾制定禁止自杀的律法! 上帝啊! 上帝啊! 人世间的一切在我看来是多么可厌、陈腐、乏味而无聊! 哼! 哼! 那是一个荒芜不治的花园,长满了恶毒的莠草。想不到居然会有这种事情! 刚死了两个月! 不,两个月还不满! 这样好的一个国王,比起当前这个来,简直是天神和丑怪;这样爱我的母亲,甚至于不愿让天风吹痛了她的脸。天地呀! 我必须记着吗? 啊,她会偎倚在他的身旁,好像吃了美味的食物,格外促进了食欲一般;可是,只有一个月的时间,我不能再想下去了! 脆弱啊,你的名字就是女人! 短短的一个月以前,她哭得像个泪人儿似的,送我那可怜的父亲下葬;她在送葬的时候所穿的那双鞋子还没有破旧,她就,她就——上帝啊! 一头没有理性的畜生也要悲伤得长久一些—— 她就嫁给我的叔父,我的父亲的弟弟,可是他一点不像我的父亲,正像我一点不像赫剌克勒斯一样。只有一个月的时间,她那流着虚伪之泪的眼睛还没有消去红肿,她就嫁了人了。啊,罪恶的匆促,这样迫不及待地钻进了乱伦的衾被! 那不是好事,也不会有好结果;可是碎了吧,我的心,因为我必须禁住我的嘴!

　　　　　　　霍拉旭、马西勒斯、勃那多同上。

霍拉旭　祝福,殿下!

哈姆莱特　我很高兴看见你身体健康。你不是霍拉旭吗?绝对没有错。

霍拉旭　正是,殿下;我永远是您的卑微的仆人。

哈姆莱特　不,你是我的好朋友;我愿意和你朋友相称。你怎么不在威登堡,霍拉旭?马西勒斯!

马西勒斯　殿下——

哈姆莱特　我很高兴看见你。(向勃那多)你好,朋友。——可是你究竟为什么离开威登堡?

霍拉旭　无非是偷闲躲懒罢了,殿下。

哈姆莱特　我不愿听见你的仇敌说这样的话,你也不能用这样的话刺痛我的耳朵,使它相信你对你自己所作的诽谤;我知道你不是一个偷闲躲懒的人。可是你到艾尔西诺来有什么事?趁你未去之前,我们要陪你痛饮几杯哩。

霍拉旭　殿下,我是来参加您的父王的葬礼的。

哈姆莱特　请你不要取笑,我的同学;我想你是来参加我的母后的婚礼的。

霍拉旭　真的,殿下,这两件事情相去得太近了。

哈姆莱特　这是一举两便的办法,霍拉旭!葬礼中剩下来的残羹冷炙,正好宴请婚筵上的宾客。霍拉旭,我宁愿在天上遇见我的最痛恨的仇人,也不愿看到那样的一天!我的父亲,我仿佛看见我的父亲。

霍拉旭　啊,在什么地方,殿下?

哈姆莱特　在我的心灵的眼睛里,霍拉旭。

霍拉旭　我曾经见过他一次;他是一位很好的君王。

哈姆莱特　他是一个堂堂男子;整个说起来,我再也见不到像他那样的人了。

霍拉旭　殿下,我想我昨天晚上看见他。

哈姆莱特　看见谁?

霍拉旭　殿下,我看见您的父王。

哈姆莱特　我的父王!

霍拉旭　不要吃惊,请您静静地听我把这件奇事告诉您,这两位可以替我做见证。

哈姆莱特　看在上帝的分上,讲给我听。

霍拉旭　这两位朋友,马西勒斯和勃那多,在万籁俱寂的午夜守望的时候,曾经连续两夜看见一个自顶至踵全身甲胄、像您父亲一样的人形,在他们的面前出现,用庄严而缓慢的步伐走过他们的身边。在他们惊奇骇愕的眼前,它三次走过去,它手里所握的鞭杖可以碰到他们的身上;他们吓得几乎浑身都瘫痪了,只是呆立着不动,一句话也没有对它说。怀着惴惧的心情,他们把这件事悄悄地告诉了我,我就在第三夜陪着他们一起守望;正像他们所说的一样,那鬼魂又出现了,出现的时间和它的形状,证实了他们的每一个字都是正确的。我认识您的父亲;那鬼魂是那样酷似它的生前,我这两手也不及他们彼此的相似。

哈姆莱特　可是这是在什么地方?

马西勒斯　殿下,就在我们守望的露台上。

哈姆莱特　你们有没有和它说话?

霍拉旭　殿下,我说了,可是它没有回答我;不过有一次我觉得它好像抬起头来,像要开口说话似的,可是就在那时候,晨鸡高声啼了起来,它一听见鸡声,就很快地隐去不见了。

哈姆莱特　这很奇怪。

霍拉旭　凭着我的生命起誓,殿下,这是真的;我们认为按着我们的责任,应该让您知道这件事。

哈姆莱特　不错,不错,朋友们;可是这件事情很使我迷惑。你们今晚仍旧要去守望吗?

马西勒斯
勃那多　　是,殿下。

哈姆莱特　你们说它穿着甲胄吗?

马西勒斯
勃那多　　是,殿下。

哈姆莱特　从头到脚?

马西勒斯
勃那多　　从头到脚,殿下。

哈姆莱特　那么你们没有看见它的脸吗?

霍拉旭　啊,看见的,殿下;它的脸甲是掀起的。

哈姆莱特　怎么,它瞧上去像在发怒吗?

霍拉旭　它的脸上悲哀多于愤怒。

哈姆莱特　它的脸色是惨白的还是红红的?

霍拉旭　非常惨白。

哈姆莱特　它把眼睛注视着你吗?

霍拉旭　它直盯着我瞧。

哈姆莱特　我真希望当时我也在场。

霍拉旭　那一定会使您吃惊万分。

哈姆莱特　多半会的,多半会的。它停留得长久吗?

霍拉旭　大概有一个人用不快不慢的速度从一数到一百的那段时间。

马西勒斯 　还要长久一些,还要长久一些。
勃那多

霍拉旭　我看见它的时候,不过这么久。

哈姆莱特　它的胡须是斑白的吗?

霍拉旭　是的,正像我在它生前看见的那样,乌黑的胡须里略有几根变成白色。

哈姆莱特　我今晚也要守夜去;也许它还会出来。

霍拉旭　我可以担保它一定会出来。

哈姆莱特　要是它借着我的父王的形貌出现,即使地狱张开嘴来,叫我不要作声,我也一定要对它说话。要是你们到现在还没有把你们所看见的告诉别人,那么我要请求你们大家继续保持沉默;无论今夜发生什么事情,都请放在心里,不要在口舌之间泄露出去。我一定会报答你们的忠诚。好,再会;今晚十一点钟到十二点钟之间,我要到露台上来看你们。

众　人　我们愿意为殿下尽忠。

哈姆莱特　让我们彼此保持着不渝的交情;再会!(霍拉旭、马西勒斯、勃那多同下。)我父亲的灵魂披着甲胄!事情有些不妙;我想这里面一定有奸人的恶计。但愿黑夜早点到来!静静地等着吧,我的灵魂;罪恶的行为总有一天会发现,虽然地上所有的泥土把它们遮掩。(下。)

第三场　波洛涅斯家中一室

雷欧提斯及奥菲利娅上。

雷欧提斯　我需要的物件已经装在船上,再会了;妹妹,在好风给人方便、船只来往无阻的时候,不要贪睡,让我听见你的消息。

奥菲利娅　你还不相信我吗？

雷欧提斯　对于哈姆莱特和他的调情献媚，你必须把它认作年轻人一
　　　时的感情冲动，一朵初春的紫罗兰早熟而易凋，馥郁而不能持久，
　　　一分钟的芬芳和喜悦，如此而已。

奥菲利娅　不过如此吗？

雷欧提斯　不过如此；因为一个人成长的过程，不仅是肌肉和体格的
　　　增强，而且随着身体的发展，精神和心灵也同时扩大。也许他现
　　　在爱你，他的真诚的意志是纯洁而不带欺诈的；可是你必须留心，
　　　他有这样高的地位，他的意志并不属于他自己，因为他自己也要
　　　被他的血统所支配；他不能像一般庶民一样为自己选择，因为他
　　　的决定足以影响到整个国本的安危，他是全身的首脑，他的选择
　　　必须得到各部分肢体的同意；所以要是他说，他爱你，你不可贸然
　　　相信，应该明白：照他的身份地位说来，他要想把自己的话付诸实
　　　现，决不能越出丹麦国内普遍舆论所同意的范围。你再想一想，
　　　要是你用过于轻信的耳朵倾听他的歌曲，让他攫走了你的心，在
　　　他的狂妄的渎求之下，打开了你的宝贵的童贞，那时候你的名誉
　　　将要蒙受多大的损失。留心，奥菲利娅，留心，我的亲爱的妹妹，
　　　不要放纵你的爱情，不要让欲望的利箭把你射中。一个自爱的女
　　　郎，若是向月亮显露她的美貌就算是极端放荡了；圣贤也不能逃
　　　避谗口的中伤；春天的草木往往还没有吐放它们的蓓蕾，就被蛀
　　　虫蠹蚀；朝露一样晶莹的青春，常常会受到罡风的吹打。所以留
　　　心吧，戒惧是最安全的方策；即使没有旁人的诱惑，少年的血气也
　　　要向他自己叛变。

奥菲利娅　我将要记住你这个很好的教训，让它看守着我的心。可是，
　　　我的好哥哥，你不要像有些坏牧师一样，指点我上天去的险峻的
　　　荆棘之途，自己却在花街柳巷流连忘返，忘记了自己的箴言。

雷欧提斯　　啊！不要为我担心。我耽搁得太久了；可是父亲来了。

　　　　　波洛涅斯上。

雷欧提斯　　两度的祝福是双倍的福分；第二次的告别是格外可喜的。

波洛涅斯　　还在这儿，雷欧提斯！上船去，上船去，真好意思！风息在帆顶上，人家都在等着你哩。好，我为你祝福！还有几句教训，希望你铭刻在记忆之中：不要想到什么就说什么，凡事必须三思而行。对人要和气，可是不要过分狎昵。相知有素的朋友，应该用钢圈箍在你的灵魂上，可是不要对每一个泛泛的新知滥施你的交情。留心避免和人家争吵；可是万一争端已起，就应该让对方知道你不是可以轻侮的。倾听每一个人的意见，可是只对极少数人发表你的意见；接受每一个人的批评，可是保留你自己的判断。尽你的财力购制贵重的衣服，可是不要炫新立异，必须富丽而不浮艳，因为服装往往可以表现人格；法国的名流要人，就是在这点上显得最高尚，与众不同。不要向人告贷，也不要借钱给人；因为债款放了出去，往往不但丢了本钱，而且还失去了朋友；向人告贷的结果，容易养成因循懒惰的习惯。尤其要紧的，你必须对你自己忠实；正像有了白昼才有黑夜一样，对自己忠实，才不会对别人欺诈。再会；愿我的祝福使这一番话在你的行事中奏效！

雷欧提斯　　父亲，我告别了。

波洛涅斯　　时候不早了；去吧，你的仆人都在等着。

雷欧提斯　　再会，奥菲利娅，记住我对你说的话。

奥菲利娅　　你的话已经锁在我的记忆里，那钥匙你替我保管着吧。

雷欧提斯　　再会！（下。）

波洛涅斯　　奥菲利娅，他对你说些什么话？

奥菲利娅　　回父亲的话，我们刚才谈起哈姆莱特殿下的事情。

波洛涅斯　　嗯，这是应该考虑一下的。听说他近来常常跟你在一起，你也从来不拒绝他的求见;要是果然有这种事——人家这样告诉我,也无非是叫我注意的意思——那么我必须对你说,你还没有懂得你做了我的女儿,按照你的身份,应该怎样留心你自己的行动。究竟在你们两人之间有些什么关系? 老实告诉我。

奥菲利娅　父亲,他最近曾经屡次向我表示他的爱情。

波洛涅斯　爱情! 呸! 你讲的话完全像是一个不曾经历过这种危险的不懂事的女孩子。你相信你所说的他的那种表示吗?

奥菲利娅　父亲,我不知道我应该怎样想才好。

波洛涅斯　好,让我来教你;你应该这样想,你是一个毛孩子,竟然把这些假意的表示当作了真心的奉献。你应该"表示"出一番更大的架子,要不然——就此打住吧,这个可怜的字眼被我使唤得都快断气了——你就"表示"你是个十足的傻瓜。

奥菲利娅　父亲,他向我求爱的态度是很光明正大的。

波洛涅斯　不错,那只是态度;算了,算了。

奥菲利娅　而且,父亲,他差不多用尽一切指天誓日的神圣的盟约,证实他的言语。

波洛涅斯　嗯,这些都是捕捉愚蠢的山鹬的圈套。我知道在热情燃烧的时候,一个人无论什么盟誓都会说出口来;这些火焰,女儿,是光多于热的,刚刚说出口就会光消焰灭,你不能把它们当作真火看待。从现在起,你还是少露一些你的女儿家的脸;你应该抬高身价,不要让人家以为你是可以随意呼召的。对于哈姆莱特殿下,你应该这样想,他是个年轻的王子,他比你在行动上有更大的自由。总而言之,奥菲利娅,不要相信他的盟誓,它们不过是淫媒,内心的颜色和服装完全不一样,只晓得诱人干一些龌龊的勾当,正像道貌岸然大放厥词的鸨母,只求达到骗人的目的。我的言尽于此,简单一句话,从现在起,我不许你一有空闲就跟哈姆莱特殿下聊天。你留点儿神吧 ;进去。

奥菲利娅 我一定听从您的话,父亲。(同下。)

第四场 露台

哈姆莱特、霍拉旭及马西勒斯上。

哈姆莱特 风吹得人怪痛的,这天气真冷。

霍拉旭 是很凛冽的寒风。

哈姆莱特 现在什么时候了?

霍拉旭 我想还不到十二点。

马西勒斯 不,已经打过了。

霍拉旭 真的? 我没有听见 ;那么鬼魂出现的时候快要到了。(内喇叭奏花腔及鸣炮声。)这是什么意思,殿下?

哈姆莱特 王上今晚大宴群臣,做通宵的醉舞 ;每次他喝下了一杯葡萄美酒,铜鼓和喇叭便吹打起来,欢祝万寿。

霍拉旭 这是向来的风俗吗?

哈姆莱特 嗯,是的。可是我虽然从小就熟习这种风俗,我却以为把它破坏了倒比遵守它还体面些。这一种酗酒纵乐的风俗,使我们在东西各国受到许多非议 ;他们称我们为酒徒醉汉,将下流的污名加在我们头上,使我们各项伟大的成就都因此而大为减色。在个人方面也常常是这样,由于品性上有某些丑恶的瘢痣 :或者是天生的——这就不能怪本人,因为天性不能由自己选择 ;或者是某种脾气发展到反常地步,冲破了理智的约束和防卫 ;或者是某种习惯玷污了原来令人喜爱的举止 ;这些人只要带着上述一种缺点的烙印——天生的标记或者偶然的机缘——不管在其余方面他们是如何圣洁,如何具备一个人所能有的无限美德,由于那点特殊的毛病,在世人的非议中也会感染溃烂;少量的邪恶足以勾销全部高贵的品质,害得人声名狼藉。

鬼魂上。

霍拉旭　瞧,殿下,它来了!

哈姆莱特　天使保佑我们! 不管你是一个善良的灵魂或是万恶的妖魔,不管你带来了天上的和风或是地狱中的罡风,不管你的来意好坏,因为你的形状是这样引起我的怀疑,我要对你说话;我要叫你哈姆莱特,君王,父亲! 尊严的丹麦先王,啊,回答我! 不要让我在无知的蒙昧里抱恨终天;告诉我为什么你的长眠的骸骨不安窀穸,为什么安葬着你的遗体的坟墓张开它的沉重的大理石的两颚,把你重新吐放出来。你这已死的尸体这样全身甲胄,出现在月光之下,使黑夜变得这样阴森,使我们这些为造化所玩弄的愚人由于不可思议的恐怖而心惊胆战,究竟是什么意思呢? 说,这是为了什么? 你要我们怎样? (鬼魂向哈姆莱特招手。)

霍拉旭　它招手叫您跟着它去,好像它有什么话要对您一个人说似的。

马西勒斯　瞧,它用很有礼貌的举动,招呼您到一个僻远的所在去;可是别跟它去。

霍拉旭　千万不要跟它去。

哈姆莱特　它不肯说话;我还是跟它去。

霍拉旭　不要去,殿下。

哈姆莱特　嗨,怕什么呢? 我把我的生命看得不值一枚针;至于我的灵魂,那是跟它自己同样永生不灭的,它能够加害它吗? 它又在招手叫我前去了;我要跟它去。

霍拉旭　殿下,要是它把您诱到潮水里去,或者把您领到下临大海的峻峭的悬崖之巅,在那边它现出了狰狞的面貌,吓得您丧失理智,变成疯狂,那可怎么好呢? 您想,无论什么人一到了那样的地方,

望着下面千仞的峭壁,听见海水奔腾的怒吼,即使没有别的原因,
也会起穷凶极恶的怪念的。

哈姆莱特　它还在向我招手。去吧,我跟着你。

马西勒斯　您不能去,殿下。

哈姆莱特　放开你们的手!

霍拉旭　听我们的劝告,不要去。

哈姆莱特　我的命运在高声呼喊,使我全身每一根微细的血管都变得
像怒狮的筋骨一样坚硬。(鬼魂招手)它仍旧在招我去。放开我!
朋友们 ;(挣脱二人之手)凭着上天起誓,谁要是拉住我,我要叫他
变成一个鬼! 走开! 去吧,我跟着你。(鬼魂及哈姆莱特同下。)

霍拉旭　幻想占据了他的头脑,使他不顾一切。

马西勒斯　让我们跟上去 ;我们不应该服从他的话。

霍拉旭　那么跟上去吧。这种事情会引出些什么结果来呢?

马西勒斯　丹麦国里恐怕有些不可告人的坏事。

霍拉旭　上帝的旨意支配一切。

马西勒斯　得了,我们还是跟上去吧。(同下。)

第五场　露台的另一部分

鬼魂及哈姆莱特上。

哈姆莱特　你要领我到什么地方去? 说 ;我不愿再前进了。

鬼　魂　听我说。

哈姆莱特　我在听着。

鬼　魂　我的时间快到了,我必须再回到硫磺的烈火里去受煎熬的
痛苦。

哈姆莱特　唉,可怜的亡魂!

鬼　魂　不要可怜我,你只要留心听着我要告诉你的话。

哈姆莱特　说吧;我自然要听。

鬼　魂　你听了以后,也自然要替我报仇。

哈姆莱特　什么?

鬼　魂　我是你父亲的灵魂,因为生前孽障未尽,被判在晚间游行地上,白昼忍受火焰的烧灼,必须经过相当的时期,等生前的过失被火焰净化以后,方才可以脱罪。若不是因为我不能违犯禁令,泄露我的狱中的秘密,我可以告诉你一桩事,最轻微的几句话,都可以使你魂飞魄散,使你年轻的血液凝冻成冰,使你的双眼像脱了轨道的星球一样向前突出,使你的纠结的鬈发根根分开,像愤怒的豪猪身上的刺毛一样森然耸立;可是这一种永恒的神秘,是不能向血肉的凡耳宣示的。听着,听着,啊,听着! 要是你曾经爱过你的亲爱的父亲——

哈姆莱特　上帝啊!

鬼　魂　你必须替他报复那逆伦惨恶的杀身的仇恨。

哈姆莱特　杀身的仇恨!

鬼　魂　杀人是重大的罪恶;可是这一件谋杀的惨案,更是骇人听闻而逆天害理的罪行。

哈姆莱特　赶快告诉我,让我驾着像思想和爱情一样迅速的翅膀,飞去把仇人杀死。

鬼　魂　我的话果然激动了你;要是你听见了这种事情而漠然无动于衷,那你除非比舒散在忘河之滨的蔓草还要冥顽不灵。现在,哈姆莱特,听我说;一般人都以为我在花园里睡觉的时候,一条蛇来把我螫死,这一个虚构的死状,把丹麦全国的人都骗过了;可是你要知道,好孩子,那毒害你父亲的蛇,头上戴着王冠呢。

哈姆莱特　啊,我的预感果然是真的! 我的叔父!

鬼　魂　嗯,那个乱伦的、奸淫的畜生,他有的是过人的诡诈,天赋的奸恶,凭着他的阴险的手段,诱惑了我的外表上似乎非常贞淑的王后,满足他的无耻的兽欲。啊,哈姆莱特,那是一个多么卑鄙无耻的背叛! 我的爱情是那样纯洁真诚,始终信守着我在结婚的时候对她所做的盟誓;她却会对一个天赋的才德远不如我的恶人降心相从! 可是正像一个贞洁的女子,虽然淫欲罩上神圣的外表,也不能把她煽动一样,一个淫妇虽然和光明的天使为偶,也会有一天厌倦于天上的唱随之乐,而宁愿搂抱人间的朽骨。可是且慢! 我仿佛嗅到了清晨的空气;让我把话说得简短一些。当我按照每天午后的惯例,在花园里睡觉的时候,你的叔父乘我不备,悄悄溜了进来,拿着一个盛着毒草汁的小瓶,把一种使人麻痹的药水注入我的耳腔之内,那药性发作起来,会像水银一样很快地流过全身的大小血管,像酸液滴进牛乳一般把淡薄而健全的血液凝结起来;它一进入我的身体,我全身光滑的皮肤上便立刻发生无数疱疹,像害着癞病似的满布着可憎的鳞片。这样,我在睡梦之中,被一个兄弟同时夺去了我的生命、我的王冠和我的王后;甚至于不给我一个忏罪的机会,使我在没有领到圣餐也没有受过临终涂膏礼以前,就一无准备地负着我的全部罪恶去对簿阴曹。可怕啊,可怕! 要是你有天性之情,不要默尔而息,不要让丹麦的御寝变成了藏奸养逆的卧榻;可是无论你怎样进行复仇,不要胡乱猜疑,更不可对你的母亲有什么不利的图谋,她自会受到上天的裁判,和她自己内心中的荆棘的刺戳。现在我必须去了! 萤火的微光已经开始暗淡下去,清晨快要到来了;再会,再会! 哈姆莱特,记着我。(下。)

哈姆莱特　天上的神明啊! 地啊! 再有什么呢? 我还要向地狱呼喊吗? 啊,呸! 忍着吧,忍着吧,我的心! 我的全身的筋骨,不要一下子就变成衰老,支持着我的身体呀!记着你!是的,我可怜的亡魂,当记忆不曾从我这混乱的头脑里消失的时候,我会记着你的。记着你!是的,我要从我的记忆的碑版上,拭去一切琐碎愚蠢的记录、一切书本上的格言、一切陈言套语、一切过去的印象、我的少年的阅历所留下的痕迹,只让你的命令留在我的脑筋的书卷里,不搀杂一些下贱的废料;是的,上天为我作证!啊,最恶毒的妇人!啊,奸贼,奸贼,脸上堆着笑的万恶的奸贼!我的记事簿呢?我必须把它记下来:一个人可以尽管满面都是笑,骨子里却是杀人的奸贼;至少我相信在丹麦是这样的。(写字)好,叔父,我把你写下来了。现在我要记下我的座右铭,那是,"再会,再会!记着我。"我已经发过誓了。

霍拉旭　(在内)殿下!殿下!

马西勒斯　(在内)哈姆莱特殿下!

霍拉旭　(在内)上天保佑他!

马西勒斯　(在内)但愿如此!

霍拉旭　(在内)喂,呵,呵,殿下!

哈姆莱特　喂,呵,呵,孩儿!来,鸟儿,来。

　　　　　霍拉旭及马西勒斯上。

马西勒斯　怎样,殿下!

霍拉旭　有什么事,殿下?

哈姆莱特　啊!奇怪!

霍拉旭　好殿下,告诉我们。

哈姆莱特　不,你们会泄露出去的。

霍拉旭　不,殿下,凭着上天起誓,我一定不泄露。

马西勒斯　我也一定不泄露,殿下。

哈姆莱特　那么你们说,哪一个人会想得到有这种事?可是你们能够保守秘密吗?

霍拉旭

马西勒斯 是,上天为我们作证,殿下。

哈姆莱特　全丹麦从来不曾有哪一个奸贼不是一个十足的坏人。

霍拉旭　殿下,这样一句话是用不着什么鬼魂从坟墓里出来告诉我们的。

哈姆莱特　啊,对了,你说得有理;所以,我们还是不必多说废话,大家握握手分开了吧。你们可以去照你们自己的意思干你们自己的事——因为各人都有各人的意思和各人的事,这是实际情况——至于我自己,那么我对你们说,我是要祈祷去的。

霍拉旭　殿下,您这些话好像有些疯疯癫癫似的。

哈姆莱特　我的话得罪了你,真是非常抱歉;是的,我从心底里抱歉。

霍拉旭　谈不上得罪,殿下。

哈姆莱特　不,凭着圣伯特力克^①的名义,霍拉旭,谈得上,而且罪还不小呢。讲到这一个幽灵,那么让我告诉你们,它是一个老实的亡魂;你们要是想知道它对我说了些什么话,我只好请你们暂时不必动问。现在,好朋友们,你们都是我的朋友,都是学者和军人,请你们允许我一个卑微的要求。

霍拉旭　是什么要求,殿下? 我们一定允许您。

哈姆莱特　永远不要把你们今晚所见的事情告诉别人。

霍拉旭

马西勒斯 殿下,我们一定不告诉别人。

哈姆莱特　不,你们必须宣誓。

霍拉旭　凭着良心起誓,殿下,我决不告诉别人。

---

① 圣伯特力克（St.Patrick）:爱尔兰的保护神,据说曾从爱尔兰把蛇驱走。

马西勒斯　凭着良心起誓,殿下,我也决不告诉别人。

哈姆莱特　把手按在我的剑上宣誓。

马西勒斯　殿下,我们已经宣誓过了。

哈姆莱特　那不算,把手按在我的剑上。

鬼　魂　(在下)宣誓!

哈姆莱特　啊哈! 孩儿! 你也这样说吗? 你在那儿吗,好家伙? 来；
　　你们不听见这个地下的人怎么说吗? 宣誓吧。

霍拉旭　请您教我们怎样宣誓,殿下。

哈姆莱特　永不向人提起你们所看见的这一切。把手按在我的剑上
　　宣誓。

鬼　魂　(在下)宣誓!

哈姆莱特　"说哪里,到哪里"吗? 那么我们换一个地方。过来,朋友
　　们。把你们的手按在我的剑上,宣誓永不向人提起你们所听见的
　　这件事。

鬼　魂　(在下)宣誓!

哈姆莱特　说得好,老鼹鼠! 你能够在地底钻得这么快吗? 好一个开
　　路的先锋! 好朋友们,我们再来换一个地方。

霍拉旭　哎哟,真是不可思议的怪事!

哈姆莱特　那么你还是用见怪不怪的态度对待它吧。霍拉旭,天地之
　　间有许多事情,是你们的哲学里所没有梦想到的呢。可是,来,上
　　帝的慈悲保佑你们,你们必须再做一次宣誓。我今后也许有时候
　　要故意装出一副疯疯癫癫的样子,你们要是在那时候看见了我的
　　古怪的举动,切不可像这样交叉着手臂,或者这样摇头摆脑的,或
　　者嘴里说一些吞吞吐吐的言词,例如"呃,呃,我们知道"或者,"只
　　要我们高兴。我们就可以",或是"要是我们愿意说出来的话",或
　　是,"有人要是怎么怎么",诸如此类的含糊其辞的话语,表示你们

知道我有些什么秘密；你们必须答应我避开这一类言词，上帝的
恩惠和慈悲保佑着你们，宣誓吧。

鬼　魂　（在下）宣誓！（二人宣誓。）

哈姆莱特　安息吧，安息吧，受难的灵魂！好，朋友们，我以满怀的热
情，信赖着你们两位；要是在哈姆莱特的微弱的能力以内，能够
有可以向你们表示他的友情之处，上帝在上，我一定不会有负你
们。让我们一同进去；请你们记着无论在什么时候都要守口如瓶。
这是一个颠倒混乱的时代，唉，倒霉的我却要负起重整乾坤的责
任！来，我们一块儿去吧。（同下。）

第二幕

第一场　波洛涅斯家中一室

波洛涅斯及雷奈尔多上。

波洛涅斯　把这些钱和这封信交给他,雷奈尔多。

雷奈尔多　是,老爷。

波洛涅斯　好雷奈尔多,你在没有去看他以前,最好先探听探听他的行为。

雷奈尔多　老爷,我本来就是这个意思。

波洛涅斯　很好,很好,好得很。你先给我调查调查有些什么丹麦人在巴黎,他们是干什么的,叫什么名字,有没有钱,住在什么地方,跟哪些人做伴,用度大不大;用这种转弯抹角的方法,要是你打听到他们也认识我的儿子,你就可以更进一步,表示你对他也有相当的认识;你可以这样说:"我知道他的父亲和他的朋友,对他也略为有点认识。"你听见没有,雷奈尔多?

雷奈尔多　是,我在留心听着,老爷。

波洛涅斯　"对他也略为有点认识,可是,"你可以说,"不怎么熟悉;不过假如果然是他的话,那么他是个很放浪的人,有些怎样怎样的坏习惯。"说到这里,你就可以随便捏造一些关于他的坏话;当然,你不能把他说得太不成样子,那是会损害他的名誉的,这一点你必须注意;可是你不妨举出一些纨袴子弟们所犯的最普通的浪荡的行为。

雷奈尔多　譬如赌钱,老爷。

波洛涅斯　对了,或是喝酒、斗剑、赌咒、吵嘴、嫖妓之类,你都可以说。

雷奈尔多　老爷,那是会损害他的名誉的。

波洛涅斯　不,不,你可以在言语之间说得轻淡一些。你不能说他公然纵欲,那可不是我的意思;可是你要把他的过失讲得那么巧妙,让人家听着好像那不过是行为上的小小的不检,一个躁急的性格不免会有的发作,一个血气方刚的少年的一时胡闹,算不了什么。

雷奈尔多　可是老爷——

波洛涅斯　为什么叫你做这种事?

雷奈尔多　是的,老爷,请您告诉我。

波洛涅斯　呃,我的用意是这样的,我相信这是一种说得过去的策略;你这样轻描淡写地说了我儿子的一些坏话,就像你提起一件略有污损的东西似的,听着,要是跟你谈话的那个人,也就是你向他探询的那个人,果然看见过你所说起的那个少年犯了你刚才所列举的那些罪恶,他一定会用这样的话向你表示同意:"好先生——"也许他称你"朋友","仁兄",按照着各人的身份和各国的习惯。

雷奈尔多　很好,老爷。

波洛涅斯　然后他就——他就——我刚才要说一句什么话?哎哟,我正要说一句什么话;我说到什么地方啦?

雷奈尔多　您刚才说到"用这样的话表示同意";还有"朋友"或者"仁兄"。

波洛涅斯　说到"用这样的话表示同意",嗯,对了;他会用这样的话对你表示同意:"我认识这位绅士,昨天我还看见他,或许是前天,或许是什么什么时候,跟什么什么人在一起,正像您所说的,他在什么地方赌钱,在什么地方喝得酩酊大醉,在什么地方因为打网球而跟人家打起架来，"也许他还会说，"我看见他走进什么什么一家生意人家去。"那就是说窑子或是诸如此类的所在。你瞧，你用说谎的钓饵，就可以把事实的真相诱上你的钓钩；我们有智慧、有见识的人，往往用这种旁敲侧击的方法，间接达到我们的目的；你也可以照着我上面所说的那一番话，探听出我的儿子的行为。你懂得我的意思没有？

雷奈尔多　老爷，我懂得。

波洛涅斯　上帝和你同在；再会！

雷奈尔多　那么我去了，老爷。

波洛涅斯　你自己也得留心观察他的举止。

雷奈尔多　是，老爷。

波洛涅斯　叫他用心学习音乐。

雷奈尔多　是，老爷。

波洛涅斯　你去吧！　（雷奈尔多下。）

　　　　　奥菲利娅上。

波洛涅斯　啊，奥菲利娅！什么事？

奥菲利娅　哎哟，父亲，吓死我了！

波洛涅斯　凭着上帝的名义，怕什么？

奥菲利娅　父亲，我正在房间里缝纫的时候，哈姆莱特殿下跑了进来，走到我的面前；他的上身的衣服完全没有扣上纽子，头上也不戴帽子，他的袜子上沾着污泥，没有袜带，一直垂到脚踝上；他的脸色像他的衬衫一样白，他的膝盖互相碰撞！他的神气是那样凄惨，好像他刚从地狱里逃出来，要向人讲述地狱的恐怖一样。

波洛涅斯　他因为不能得到你的爱而发疯了吗？

奥菲利娅　父亲，我不知道，可是我想也许是的。

波洛涅斯　他怎么说？

奥菲利娅　他握住我的手腕紧紧不放,拉直了手臂向后退立,用他的
　　　另一只手这样遮在他的额角上,一眼不眨地瞧着我的脸,好像要
　　　把它临摹下来似的。这样经过了好久的时间,然后他轻轻地摇动
　　　一下我的手臂,他的头上上下下点了三次,于是他发出一声非常
　　　惨痛而深长的叹息,好像他的整个的胸部都要爆裂,他的生命就
　　　在这一声叹息中间完毕似的。然后他放松了我,转过他的身体,
　　　他的头还是向后回顾,好像他不用眼睛的帮助也能够找到他的
　　　路,因为直到他走出了门外,他的两眼还是注视在我的身上。

波洛涅斯　跟我来;我要见王上去。这正是恋爱不遂的疯狂;一个人
　　　受到这种剧烈的刺激,什么不顾一切的事情都会干得出来,其他
　　　一切能迷住我们本性的狂热,最厉害也不过如此。我真后悔。怎
　　　么,你最近对他说过什么使他难堪的话没有?

奥菲利娅　没有,父亲,可是我已经遵从您的命令,拒绝他的来信,并
　　　且不允许他来见我。

波洛涅斯　这就是使他疯狂的原因。我很后悔考虑得不够周到,看错
　　　了人。我以为他不过把你玩弄玩弄,恐怕贻误你的终身;可是我
　　　不该这样多疑! 正像年轻人干起事来,往往不知道瞻前顾后一
　　　样,我们这种上了年纪的人,总是免不了鳃鳃过虑。来,我们见王
　　　上去。这种事情是不能蒙蔽起来的,要是隐讳不报,也许会闹出
　　　乱子来,比直言受责要严重得多。来。(同下。)

第二场　城堡中一室

国王、王后、罗森格兰兹、吉尔登斯吞及侍从等上。

国　王　欢迎,亲爱的罗森格兰兹和吉尔登斯吞! 这次匆匆召请你们
　　　两位前来,一方面是因为我非常思念你们,一方面也是因为我有

需要你们帮忙的地方。你们大概已经听到哈姆莱特的变化;我把它称为变化,因为无论在外表上或是精神上,他已经和从前大不相同。除了他父亲的死以外,究竟还有些什么原因,把他激成了这种疯疯癫癫的样子,我实在无从猜测。你们从小便跟他在一起长大,素来知道他的脾气,所以我特地请你们到我们宫廷里来盘桓几天,陪伴陪伴他,替他解解愁闷,同时乘机窥探他究竟有些什么秘密的心事,为我们所不知道的,也许一旦公开之后,我们就可以替他对症下药。

王　后　他常常讲起你们两位,我相信世上没有哪两个人比你们更为他所亲信了。你们要是不嫌怠慢,答应在我们这儿小作勾留,帮助我们实现我们的希望,那么你们的盛情雅意,一定会受到丹麦王室隆重的礼谢的。

罗森格兰兹　我们是两位陛下的臣子,两位陛下有什么旨意,尽管命令我们;像这样言重的话,倒使我们置身无地了。

吉尔登斯吞　我们愿意投身在两位陛下的足下,两位陛下无论有什么命令,我们都愿意尽力奉行。

国　王　谢谢你们,罗森格兰兹和善良的吉尔登斯吞。

王　后　谢谢你们,吉尔登斯吞和善良的罗森格兰兹。现在我就要请你们立刻去看看我的大大变了样子的儿子。来人,领这两位绅士到哈姆莱特的地方去。

吉尔登斯吞　但愿上天加佑,使我们能够得到他的欢心,帮助他恢复常态!

王　后　阿门!（罗森格兰兹、吉尔登斯吞及若干侍从下。）

波洛涅斯上。

波洛涅斯　启禀陛下,我们派往挪威去的两位钦使已经喜气洋洋地回来了。

国　王　你总是带着好消息来报告我们。

波洛涅斯　真的吗,陛下?不瞒陛下说,我把我对于我的上帝和我的宽仁厚德的王上的责任,看得跟我的灵魂一样重呢。此外,除非我的脑筋在观察问题上不如过去那样有把握了,不然我肯定相信我已经发现了哈姆莱特发疯的原因。

国　王　啊!你说吧,我急着要听呢。

波洛涅斯　请陛下先接见了钦使;我的消息留着做盛筵以后的佳果美点吧。

国　王　那么有劳你去迎接他们进来。(波洛涅斯下)我的亲爱的乔特鲁德,他对我说他已经发现了你的儿子心神不定的原因。

王　后　我想主要的原因还是他父亲的死和我们过于迅速的结婚。

国　王　好,等我们仔细问问。

　　　　　波洛涅斯率伏提曼德及考尼律斯重上。

国　王　欢迎,我的好朋友们!伏提曼德,我们的挪威王兄怎么说?

伏提曼德　他叫我们向陛下转达他的友好的问候。他听到了我们的要求,就立刻传谕他的侄儿停止征兵;本来他以为这种举动是准备对付波兰人的,可是一经调查,才知道它的对象原来是陛下;他知道此事以后,痛心自己因为年老多病,受人欺罔,震怒之下,传令把福丁布拉斯逮捕。福丁布拉斯并未反抗,受到了挪威王一番申斥,最后就在他的叔父面前立誓决不兴兵侵犯陛下。老王看见他诚心悔过,非常欢喜,当下就给他二千克朗的年俸,并且委任他统率他所征募的那些兵士,去向波兰人征伐;同时他叫我把这封信呈上陛下,(以书信呈上)请求陛下允许他的军队借道通过陛下的领土,他已经在信里提出若干条件,保证决不扰乱地方的安宁。

国　王　这样很好,等我们有空的时候,还要仔细考虑一下,然后答复。你们远道跋涉,不辱使命,很是劳苦了,先去休息休息,今天晚上我们还要在一起欢宴。欢迎你们回来!(伏提曼德、考尼律斯同下。)

波洛涅斯　这件事情总算圆满结束了。王上,娘娘,要是我向你们长篇大论地解释君上的尊严,臣下的名分,白昼何以为白昼,黑夜何以为黑夜,时间何以为时间,那不过徒然浪费了昼、夜、时间;所以,既然简洁是智慧的灵魂,冗长是肤浅的藻饰,我还是把话说得简单一些吧。你们的那位殿下是疯了;我说他疯了,因为假如要说明什么才是真疯,那就只有发疯,此外还有什么可说的呢? 可是那也不用说了。

王　后　多谈些实际,少弄些玄虚。

波洛涅斯　娘娘,我发誓我一点不弄玄虚。他疯了,这是真的;唯其是真的,所以才可叹,它的可叹也是真的——蠢话少说,因为我不愿弄玄虚。好,让我们同意他已经疯了;现在我们就应该求出这一个结果的原因,或者不如说,这一种病态的原因,因为这个病态的结果不是无因而至的,这就是我们现在要做的一步工作。我们来想一想吧。我有一个女儿——当她还不过是我的女儿的时候,她是属于我的——难得她一片孝心,把这封信给了我;现在,请猜一猜这里面说些什么话。"给那天仙化人的,我的灵魂的偶像,最艳丽的奥菲利娅——"这是一个粗俗的说法,下流的说法;"艳丽"两字用得非常下流;可是你们听下去吧;"让这几行诗句留下在她的皎洁的胸中——"

王　后　这是哈姆莱特写给她的吗?

波洛涅斯　好娘娘,等一等,我要老老实实地照原文念:

　　　"你可以疑心星星是火把;

> 你可以疑心太阳会移转；
>
> 你可以疑心真理是谎话；
>
> 可是我的爱永没有改变。

亲爱的奥菲利娅啊！我的诗写得太坏。我不会用诗句来抒写我的愁怀；可是相信我，最好的人儿啊！我最爱的是你。再会！最亲爱的小姐，只要我一息尚存，我就永远是你的,哈姆莱特。"这一封信是我的女儿出于孝顺之心拿来给我看的；此外，她又把他一次次求爱的情形，在什么时候,用什么方法,在什么所在,全都讲给我听了。

国　王　可是她对于他的爱情抱着怎样的态度呢？

波洛涅斯　陛下以为我是怎样的一个人？

国　王　一个忠心正直的人。

波洛涅斯　但愿我能够证明自己是这样一个人。可是假如我看见这场热烈的恋爱正在进行——不瞒陛下说，我在我的女儿没有告诉我以前，早就看出来了——假如我知道有了这么一回事，却在暗中玉成他们的好事，或者故意视若无睹，假作痴聋，一切不闻不问，那时候陛下的心里觉得怎样？我的好娘娘，您这位王后陛下的心里又觉得怎样？不，我一点儿也不敢懈怠我的责任，立刻就对我那位小姐说："哈姆莱特殿下是一位王子，不是你可以仰望的；这种事情不能让它继续下去。"于是我把她教训一番，叫她深居简出，不要和他见面，不要接纳他的来使，也不要收受他的礼物；她听了这番话，就照着我的意思实行起来。说来话短，他遭到拒绝以后，心里就郁郁不快，于是饭也吃不下了，觉也睡不着了，他的身体一天憔悴一天，他的精神一天恍惚一天，这样一步步发展下去，就变成现在他这一种为我们大家所悲痛的疯狂。

国　王　你想是这个原因吗？

王　后　这是很可能的。

波洛涅斯　我倒很想知道知道，哪一次我曾经肯定地说过了"这件事情是这样的"，而结果却并不这样？

国　王　照我所知道的，那倒没有。

波洛涅斯　要是我说错了话，把这个东西从这个上面拿下来吧。(指自己的头及肩)只要有线索可寻，我总会找出事实的真相，即使那真相一直藏在地球的中心。

国　王　我们怎么可以进一步试验试验？

波洛涅斯　您知道，有时候他会接连几个钟头在这儿走廊里踱来踱去。

王　后　他真的常常这样踱来踱去。

波洛涅斯　乘他踱来踱去的时候，我就让我的女儿去见他，你我可以躲在帷幕后面注视他们相会的情形；要是他不爱她，他的理智不是因为恋爱而丧失，那么不要叫我襄理国家的政务，让我去做个耕田赶牲口的农夫吧。

国　王　我们要试一试。

王　后　可是瞧，这可怜的孩子忧忧愁愁地念着一本书来了。

波洛涅斯　请陛下和娘娘避一避；让我走上去招呼他。(国王、王后及侍从等下。)

　　　　　　哈姆莱特读书上。

波洛涅斯　啊，恕我冒昧。您好，哈姆莱特殿下？

哈姆莱特　呃，上帝怜悯世人！

波洛涅斯　您认识我吗，殿下？

哈姆莱特　认识认识，你是一个卖鱼的贩子。

波洛涅斯　我不是，殿下。

哈姆莱特　那么我但愿你是一个和鱼贩子一样的老实人。

波洛涅斯　老实,殿下!

哈姆莱特　嗯,先生;在这世上,一万个人中只不过有一个老实人。

波洛涅斯　这句话说得很对,殿下。

哈姆莱特　要是太阳能在一条死狗尸体上孵育蛆虫,因为它是一块可亲吻的臭肉——你有一个女儿吗?

波洛涅斯　我有,殿下。

哈姆莱特　不要让她在太阳光底下行走;肚子里有学问是幸福,但不是像你女儿肚子里会有的那种学问。朋友,留心哪。

波洛涅斯　(旁白)你们瞧,他念念不忘地提我的女儿;可是最初他不认识我,他说我是一个卖鱼的贩子。他的疯病已经很深了,很深了。说句老实话,我在年轻的时候,为了恋爱也曾大发其疯,那样子也跟他差不多哩。让我再去对他说话。——您在读些什么,殿下?

哈姆莱特　都是些空话,空话,空话。

波洛涅斯　讲的是什么事,殿下?

哈姆莱特　谁同谁的什么事?

波洛涅斯　我是说您读的书里讲到些什么事,殿下。

哈姆莱特　一派诽谤,先生;这个专爱把人讥笑的坏蛋在这儿说着,老年人长着灰白的胡须,他们的脸上满是皱纹,他们的眼睛里粘满了眼屎,他们的头脑是空空洞洞的,他们的两腿是摇摇摆摆的;这些话,先生,虽然我十分相信,可是照这样写在书上,总有些有伤厚道;因为就是拿您先生自己来说,要是您能够像一只蟹一样向后倒退,那么您也应该跟我一样年轻了。

波洛涅斯　(旁白)这些虽然是疯话,却有深意在内。——您要走进里边去吗?殿下?别让风吹着!

哈姆莱特　走进我的坟墓里去?

波洛涅斯　　那倒真是风吹不着的地方。（旁白）他的回答有时候是多么深刻！疯狂的人往往能够说出理智清明的人所说不出来的话。我要离开他，立刻就去想法让他跟我的女儿见面。——殿下，我要向您告别了。

哈姆莱特　　先生，那是再好没有的事；但愿我也能够向我的生命告别，但愿我也能够向我的生命告别，但愿我也能够向我的生命告别。

波洛涅斯　　再会，殿下。（欲去。）

哈姆莱特　　这些讨厌的老傻瓜！

罗森格兰兹及吉尔登斯吞重上。

波洛涅斯　　你们要找哈姆莱特殿下，那儿就是。

罗森格兰兹　　上帝保佑您，大人！（波洛涅斯下。）

吉尔登斯吞　　我的尊贵的殿下！

罗森格兰兹　　我的最亲爱的殿下！

哈姆莱特　　我的好朋友们！你好，吉尔登斯吞？啊，罗森格兰兹！好孩子们，你们两人都好？

罗森格兰兹　　不过像一般庸庸碌碌之辈，在这世上虚度时光而已。

吉尔登斯吞　　无荣无辱便是我们的幸福；我们高不到命运女神帽子上的钮扣。

哈姆莱特　　也低不到她的鞋底吗？

罗森格兰兹　　正是，殿下。

哈姆莱特　　那么他们是在她的腰上，或是在她的怀抱之中吗？

吉尔登斯吞　　说老实话，我们是在她的私处。

哈姆莱特　　在命运身上秘密的那部分吗？啊，对了；她本来是一个娼妓。你们听到什么消息没有？

罗森格兰兹　　没有，殿下，我们只知道这世界变得老实起来了。

哈姆莱特　　那么世界末日快到了；可是你们的消息是假的。让我再仔

细问问你们;我的好朋友们,你们的命运手里犯了什么案子,她把
你们送到这儿牢狱里来了?

吉尔登斯吞　牢狱,殿下!

哈姆莱特　丹麦是一所牢狱。

罗森格兰兹　那么世界也是一所牢狱。

哈姆莱特　一所很大的牢狱,里面有许多监房、囚室、地牢、丹麦是其
中最坏的一间。

罗森格兰兹　我们倒不这样想,殿下。

哈姆莱特　啊,那么对于你们它并不是牢狱;因为世上的事情本来没
有善恶,都是各人的思想把它们分别出来的;对于我它是一所
牢狱。

罗森格兰兹　啊,那是因为您的雄心太大,丹麦是个狭小的地方,不够
给您发展,所以您把它看成一所牢狱啦。

哈姆莱特　上帝啊!倘不是因为我总做噩梦,那么即使把我关在一个
果壳里,我也会把自己当作一个拥有着无限空间的君王的。

吉尔登斯吞　那种恶梦便是您的野心;因为野心家本身的存在,也不
过是一个梦的影子。

哈姆莱特　一个梦的本身便是一个影子。

罗森格兰兹　不错,因为野心是那么空虚轻浮的东西,所以我认为它
不过是影子的影子。

哈姆莱特　那么我们的乞丐是实体,我们的帝王和大言不惭的英雄,
却是乞丐的影子了。我们进宫去好不好?因为我实在不能陪着
你们谈玄说理。

罗森格兰兹
　　　　　　我们愿意侍候殿下。
吉尔登斯吞

哈姆莱特　没有的事,我不愿把你们当作我的仆人一样看待;老实对

你们说吧,在我旁边侍候我的人全很不成样子。可是,凭着我们多年的交情,老实告诉我! 你们到艾尔西诺来有什么贵干?

罗森格兰兹　我们是来拜访您来的,殿下;没有别的原因。

哈姆莱特　像我这样一个叫花子,我的感谢也是不值钱的,可是我谢谢你们;我想,亲爱的朋友们,你们专程而来,只换到我的一声不值半文钱的感谢,未免太不值得了。不是有人叫你们来的吗? 果然是你们自己的意思吗? 真的是自动的访问吗? 来,不要骗我。来,来,快说。

吉尔登斯吞　叫我们说些什么话呢,殿下?

哈姆莱特　无论什么话都行,只要不是废话。你们是奉命而来的;瞧你们掩饰不了你们良心上的惭愧,已经从你们的脸色上召认出来了。我知道是我们这位好国王和好王后叫你们来的。

罗森格兰兹　为了什么目的呢,殿下?

哈姆莱特　那可要请你们指教我了。可是凭着我们朋友间的道义,凭着我们少年时候亲密的情谊,凭着我们始终不渝的友好的精神,凭着比我口才更好的人所能提出的其他一切更有力量的理由,让我要求你们开诚布公,告诉我究竟你们是不是奉命而来的?

罗森格兰兹　(向吉尔登斯吞旁白)你怎么说?

哈姆莱特　(旁白)好,那么我看透你们的行动了。——要是你们爱我,别再抵赖了吧。

吉尔登斯吞　殿下,我们是奉命而来的。

哈姆莱特　让我代你们说明来意,免得你们泄露了自己的秘密,有负国王、王后的付托。我近来不知为了什么缘故,一点兴致都提不起来,什么游乐的事都懒得过问;在这一种抑郁的心境之下,仿佛负载万物的大地,这一座美好的框架,只是一个不毛的荒岬;这个覆盖众生的苍穹,这一顶壮丽的帐幕,这个金黄色的火球点缀着的庄严的屋宇,只是一大堆污浊的瘴气的集合。人类是一件多么了不得的杰作!多么高贵的理性!多么伟大的力量!多么优美的仪表!多么文雅的举动!在行为上多么像一个天使!在智慧上多么像一个天神!宇宙的精华!万物的灵长!可是在我看来,这一个泥土塑成的生命算得了什么?人类不能使我发生兴趣;不,女人也不能使我发生兴趣,虽然从你现在的微笑之中,我可以看到你在这样想。

罗森格兰兹　殿下,我心里并没有这样的思想。

哈姆莱特　那么当我说"人类不能使我发生兴趣"的时候,你为什么笑起来?

罗森格兰兹　我想,殿下,要是人类不能使您发生兴趣,那么那班戏子们恐怕要来自讨一场没趣了;我们在路上赶过了他们,他们是要到这儿来向您献技的。

哈姆莱特　扮演国王的那个人将要得到我的欢迎,我要在他的御座之前致献我的敬礼;冒险的骑士可以挥舞他的剑盾;情人的叹息不会没有酬报;躁急易怒的角色可以平安下场;小丑将要使那班善笑的观众捧腹;我们的女主角可以坦白诉说她的心事;不用怕那无韵诗的句子脱去板眼。他们是一班什么戏子?

罗森格兰兹　是您向来所欢喜的那一个班子,在城里专演悲剧的。

哈姆莱特　们怎么走起江湖来了呢?固定在一个地方演戏,在名誉和进益上都要好得多哩。

罗森格兰兹　想他们不能在一个地方立足,是为了时势的变化。

哈姆莱特　他们的名誉还是跟我在城里那时候一样吗?他们的观众还是那么多吗?

罗森格兰兹　不,他们现在已经大非昔比了。

哈姆莱特　怎么会这样的?他们的演技退步了吗?

罗森格兰兹　不,他们还是跟从前一样努力;可是,殿下,他们的地位已经被一群羽毛未丰的黄口小儿占夺了去。这些娃娃们的嘶叫博得了台下疯狂的喝彩,他们是目前流行的宠儿,他们的声势压倒了所谓普通的戏班,以至于许多腰佩长剑的上流顾客,都因为惧怕批评家鹅毛管的威力,而不敢到那边去。

哈姆莱特　什么!是一些童伶吗?谁维持他们的生活?他们的薪工是怎么计算的?他们一到不能唱歌的年龄,就不再继续他们的本行了吗?要是他们赚不了多少钱,长大起来多半还是要做普通戏子的,那时候难道他们不会抱怨写戏词的人把他们害了,因为原先叫他们挖苦备至的不正是他们自己的未来前途吗?

罗森格兰兹　真的,两方面闹过不少的纠纷,全国的人都站在旁边恬不为意地呐喊助威,怂恿他们互相争斗.曾经有一个时期,一个脚本非得插进一段编剧家和演员争吵的对话,不然是没有人愿意出钱购买的。

哈姆莱特　有这等事?

吉尔登斯吞　是啊,在那场交锋里,许多人都投入了大量心血。

哈姆莱特　结果是娃娃们打赢了吗?

罗森格兰兹　正是,殿下;连赫刺克勒斯和他背负的地球都成了他们的战利品[①]。

哈姆莱特　那也没有什么希奇;我的叔父是丹麦的国王,那些当我父亲在世的时候对他扮鬼脸的人,现在都愿意拿出二十、四十、五十、一百块金洋来买他的一幅小照。哼,这里面有些不是常理可解的地方,要是哲学能够把它推究出来的话。（内喇叭奏花腔。）

---

①　赫刺克勒斯曾背负地球。莎士比亚剧团经常在环球剧院演出,那剧院即以赫刺克勒斯背负地球为招牌。

吉尔登斯吞　这班戏子们来了。

哈姆莱特　两位先生,欢迎你们到艾尔西诺来。把你们的手给我;欢迎总要讲究这些礼节、俗套、让我不要对你们失礼,因为这些戏子们来了以后,我不能不敷衍他们一番,也许你们见了会发生误会,以为我招待你们还不及招待他们殷勤。我欢迎你们;可是我的叔父父亲和婶母母亲可弄错啦。

吉尔登斯吞　弄错了什么,我的好殿下?

哈姆莱特　天上刮着西北风,我才发疯;风从南方吹来的时候,我不会把一只鹰当作了一只鹭鸶。

　　　　　　波洛涅斯重上。

波洛涅斯　祝福你们,两位先生!

哈姆莱特　听着,吉尔登斯吞;你也听着;一只耳朵边有一个人听:你们看见的那个大孩子,还在襁褓之中,没有学会走路哩。

罗森格兰兹　也许他是第二次裹在襁褓里,因为人家说,一个老年人是第二次做婴孩。

哈姆莱特　我可以预言他是来报告我戏子们来到的消息的;听好。——你说得不错;在星期一早上;正是正是①。

波洛涅斯　殿下,我有消息要来向您报告。

哈姆莱特　大人,我也有消息要向您报告。当罗歇斯②在罗马演戏的时候——

波洛涅斯　那班戏子们已经到这儿来了,殿下。

哈姆莱特　嗤,嗤!

波洛涅斯　凭着我的名誉起誓——

────────────

① 这句是故意说给波洛涅斯听的，表示他正在专心和朋友谈话。

② 罗歇斯（Roscius）：古罗马著名伶人。

哈姆莱特　那时每一个伶人都骑着驴子而来——

波洛涅斯　他们是全世界最好的伶人,无论悲剧、喜剧、历史剧、田园剧、田园喜剧、田园史剧、历史悲剧、历史田园悲喜剧、场面不变的正宗戏或是摆脱拘束的新派戏,他们无不拿手;塞内加的悲剧不嫌其太沉重,普鲁图斯的喜剧不嫌其太轻浮①。无论在演出规律的或是自由的剧本方面,他们都是唯一的演员。

哈姆莱特　以色列的士师耶弗他②啊,你有一件怎样的宝贝!

波洛涅斯　他有什么宝贝,殿下?

哈姆莱特　嗨,

　　　　　他有一个独生娇女,
　　　　　爱她胜过掌上明珠。

波洛涅斯　(旁白)还在提我的女儿。

哈姆莱特　我念得对不对,耶弗他老头儿?

波洛涅斯　要是您叫我耶弗他,殿下,那么我有一个爱如掌珠的娇女。

哈姆莱特　不,下面不是这样的。

波洛涅斯　那么应当是怎样的呢,殿下?

哈姆莱特　嗨,

　　　　　上天不佑,劫数临头。

下面你知道还有,

　　　　　偏偏凑巧,谁也难保——

---

① 二人均系古罗马剧作家,前者写悲剧,后者写喜剧。

② 耶弗他得上帝之助,击败敌人,乃以其女献祭。事见《旧约》《士师记》。

要知道全文，请查这支圣歌的第一节，因为，你瞧，有人来把我的话头打断了。

优伶四五人上。

哈姆莱特 欢迎，各位朋友，欢迎欢迎！——我很高兴看见你这样健康。——欢迎，列位。——啊，我的老朋友！你的脸上比我上次看见你的时候，多长了几根胡子，格外显得威武啦；你是要到丹麦来向我挑战吗？啊，我的年轻的姑娘！凭着圣母起誓，您穿上了一双高底木靴，比我上次看见您的时候更苗条得多啦；求求上帝，但愿您的喉咙不要沙哑得像一面破碎的铜锣才好！各位朋友，欢迎欢迎！我们要像法国的鹰师一样，不管看见什么就撒出鹰去；让我们立刻就来念一段剧词。来，试一试你们的本领，来一段激昂慷慨的剧词。

伶　甲 殿下要听的是哪一段？

哈姆莱特 我曾经听见你向我背诵过一段台词，可是它从来没有上演过，即使上演，也不会有一次以上，因为我记得这本戏并不受大众的欢迎。它是不合一般人口味的鱼子酱；可是照我的意思看来，还有其他在这方面比我更有权威的人也抱着同样的见解，它是一本绝妙的戏剧，场面支配得很是适当，文字质朴而富于技巧。我记得有人这样说过：那出戏里没有滥加提味的作料，字里行间毫无矫揉造作的痕迹；他把它称为一种老老实实的写法，兼有刚健与柔和之美，壮丽而不流于纤巧。其中有一段话是我最喜爱的，那就是埃涅阿斯对狄多讲述的故事，尤其是讲到普里阿摩斯被杀的那一节。要是你们还没有把它忘记，请从这一行念起；让我想想，让我想想：——

野蛮的皮洛斯像猛虎一样——

不,不是这样;但是的确是从皮洛斯开始的:——

> 野蛮的皮洛斯蹲伏在木马之中,
> 黝黑的手臂和他的决心一样,
> 像黑夜一般阴森而恐怖;
> 在这黑暗狰狞的肌肤之上,
> 现在更染上令人惊怖的纹章,
> 从头到脚,他全身一片殷红,
> 溅满了父母子女们无辜的血;
> 那些燃烧着熊熊烈火的街道,
> 发出残忍而惨恶的凶光,
> 照亮敌人去肆行他们的杀戮,
> 也焙干了到处横流的血泊;
> 冒着火焰的熏炙,像恶魔一般,
> 全身胶黏着凝结的血块,
> 圆睁着两颗血红的眼睛,
> 来往寻找普里阿摩斯老王的踪迹。

你接下去吧。

波洛涅斯　上帝在上,殿下,您念得好极了,真是抑扬顿挫,曲尽其妙。

伶　甲

> 那老王正在苦战,
> 但是砍不着和他对敌的希腊人;
> 一点不听他手臂的指挥,
> 他的古老的剑锵然落地;
> 皮洛斯瞧他孤弱可欺,
> 疯狂似的向他猛力攻击,

凶恶的利刃虽然没有击中，

一阵风却把那衰弱的老王搠倒。

这一下打击有如天崩地裂，

惊动了没有感觉的伊利恩[①]，

冒着火焰的城楼霎时坍下，

那轰然的巨响像一个霹雳，

震聋了皮洛斯的耳朵；瞧！

他的剑还没砍下普里阿摩斯

白发的头颅，却已在空中停住；

像一个涂朱抹彩的暴君，

对自己的行为漠不关心，

他兀立不动。

在一场暴风雨未来以前，

天上往往有片刻的宁寂，

一块块乌云静悬在空中，

狂风悄悄地收起它的声息，

死样的沉默笼罩整个大地；

可是就在这片刻之内，

可怕的雷鸣震裂了天空。

经过暂时的休止，杀人的暴念

重新激起了皮洛斯的精神；

库克罗普斯[②]为战神铸造甲胄，

那巨力的锤击，还不及皮洛斯

---

① 伊利恩（Ilium）：特洛伊之别名。

② 库克罗普斯（Cyclops）：希腊神话中一族独眼巨人，是大匠神赫准斯托斯的助手。

　　　　　流血的剑向普里阿摩斯身上劈下

　　　　　那样凶狠无情。

　　　　　去,去,你娼妇一样的命运!

　　　　　天上的诸神啊! 剥去她的权力,

　　　　　不要让她僭窃神明的宝座;

　　　　　拆毁她的车轮,把它滚下神山,

　　　　　直到地狱的深渊。

波洛涅斯　　这一段太长啦。

哈姆莱特　　它应当跟你的胡子一起到理发匠那儿去薙一薙。念下去吧。他只爱听俚俗的歌曲和淫秽的故事,否则他就要瞌睡的。念下去;下面要讲到赫卡柏了。

伶　　甲

　　　　　可是啊! 谁看见那蒙脸的王后——

哈姆莱特　　"那蒙脸的王后"?

波洛涅斯　　那很好;"蒙脸的王后"是很好的句子。

伶　　甲

　　　　　满面流泪,在火焰中赤脚奔走,

　　　　　一块布覆在失去宝冕的头上,

　　　　　也没有一件蔽体的衣服,

　　　　　只有在惊惶中抓到的一幅毡巾,

　　　　　裹住她瘦削而多产的腰身;

　　　　　谁见了这样伤心惨目的景象,

　　　　　不要向残酷的命运申申毒詈?

　　　　　她看见皮洛斯以杀人为戏,

> 正在把她丈夫的肢体脔割，
>
> 忍不住大放哀声，那凄凉的号叫——
>
> 除非人间的哀乐不能感动天庭——
>
> 即使天上的星星也会陪她流泪，
>
> 假使那时诸神曾在场目击，
>
> 他们的心中都要充满悲愤。

波洛涅斯　瞧,他的脸色都变了,他的眼睛里已经含着眼泪! 不要念下去了吧。

哈姆莱特　很好,其余的部分等会儿再念给我听吧。大人,请您去找一处好好的地方安顿这一班伶人。听着,他们是不可怠慢的,因为他们是这一个时代的缩影;宁可在死后得到一首恶劣的墓铭,不要在生前受他们一场刻毒的讥讽。

波洛涅斯　殿下,我按着他们应得的名分对待他们就是了。

哈姆莱特　哎哟,朋友,还要客气得多哩! 要是照每一个人应得的名分对待他,那么谁逃得了一顿鞭子? 照你自己的名誉地位对待他们;他们越是不配受这样的待遇,越可以显出你的谦虚有礼。领他们进去。

波洛涅斯　来,各位朋友。

哈姆莱特　跟他去,朋友们;明天我们要听你们唱一本戏。(波洛涅斯偕众伶下,伶甲独留)听着,老朋友,你会演《贡扎古之死》吗?

伶　甲　会演的,殿下。

哈姆莱特　那么我们明天晚上就把它上演。也许我为了必要的理由,要另外写下约莫十行句子的一段剧词插进去,你能够把它预先背熟吗?

伶　甲　可以,殿下。

哈姆莱特　很好。跟着那位老爷去;留心不要取笑他。(伶甲下。向罗森格兰兹、吉尔登斯吞)我的两位好朋友,我们今天晚上再见;欢迎你们到艾尔西诺来!

吉尔登斯吞　再会,殿下! (罗森格兰兹、吉尔登斯吞同下。)

哈姆莱特　好,上帝和你们同在! 现在我只剩一个人了。啊,我是一个多么不中用的蠢材! 这一个伶人不过在一本虚构的故事、一场激昂的幻梦之中,却能够使他的灵魂融化在他的意象里,在它的影响之下,他的整个的脸色变成惨白,他的眼中洋溢着热泪,他的神情流露着仓皇,他的声音是这么呜咽凄凉,他的全部动作都表现得和他的意象一致,这不是极其不可思议的吗? 而且一点也不为了什么! 为了赫卡柏! 赫卡柏对他有什么相干,他对赫卡柏又有什么相干,他却要为她流泪? 要是他也有了像我所有的那样使人痛心的理由,他将要怎样呢? 他一定会让眼泪淹没了舞台,用可怖的字句震裂了听众的耳朵,使有罪的人发狂,使无罪的人惊骇,使愚昧无知的人惊慌失措,使所有的耳目迷乱了它们的功能。可是我,一个糊涂颟的家伙,垂头丧气,一天到晚像在做梦似的,忘记了杀父的大仇;虽然一个国王给人家用万恶的手段掠夺了他的权位,杀害了他的最宝贵的生命,我却始终哼不出一句话来。我是一个懦夫吗? 谁骂我恶人? 谁敲破我的脑壳? 谁拔去我的胡子,把它吹在我的脸上? 谁扭我的鼻子? 谁当面指斥我胡说? 谁对我做这种事? 啊! 我应该忍受这样的侮辱,因为我是一个没有心肝、逆来顺受的怯汉,否则我早已用这奴才的尸肉,喂肥了满天盘旋的乌鸢了。嗜血的、荒淫的恶贼! 狠心的、奸诈的、淫邪的、悖逆的恶贼! 啊! 复仇! ——嗨,我真是个蠢材! 我的亲爱的父亲被人谋杀了,鬼神都在鞭策我复仇,我这做儿子的却像一个下流女人似的,只会用空言发发牢骚,学起泼妇骂街的样子来,在我已经是了不得的了！呸！呸！活动起来吧，我的脑筋！我听人家说，犯罪的人在看戏的时候，因为台上表演的巧妙，有时会激动天良，当场供认他们的罪恶；因为暗杀的事情无论干得怎样秘密，总会借着神奇的喉舌泄露出来。我要叫这班伶人在我的叔父面前表演一本跟我的父亲的惨死情节相仿的戏剧，我就在一旁窥察他的神色；我要探视到他的灵魂的深处，要是他稍露惊骇不安之态，我就知道我应该怎办。我所看见的幽灵也许是魔鬼的化身，借着一个美好的形状出现，魔鬼是有这一种本领的；对于柔弱忧郁的灵魂，他最容易发挥他的力量；也许他看准了我的柔弱和忧郁，才来向我作祟，要把我引诱到沉沦的路上。我要先得到一些比这更切实的证据；凭着这一本戏，我可以发掘国王内心的隐秘。（下。）

第
三
幕

第一场　城堡中一室

国王、王后、波洛涅斯、奥菲利娅、罗森格兰兹及吉尔登斯吞上。

国　王　你们不能用迂回婉转的方法,探出他为什么这样神魂颠倒,让紊乱而危险的疯狂困扰他的安静的生活吗?

罗森格兰兹　他承认他自己有些神经迷惘,可是绝口不肯说为了什么缘故。

吉尔登斯吞　他也不肯虚心接受我们的探问;当我们想要引导他吐露他自己的一些真相的时候,他总是用假作痴呆的神气故意回避。

王　后　他对待你们还客气吗?

罗森格兰兹　很有礼貌。

吉尔登斯吞　可是不大自然。

罗森格兰兹　他很吝惜自己的话,可是我们问他话的时候,他回答起来却是毫无拘束。

王　后　你们有没有劝诱他找些什么消遣?

罗森格兰兹　娘娘,我们来的时候,刚巧有一班戏子也要到这儿来,给我们赶过了;我们把这消息告诉了他,他听了好像很高兴。现在他们已经到了宫里,我想他已经吩咐他们今晚为他演出了。

波洛涅斯　一点不错;他还叫我来请两位陛下同去看看他们演得怎样哩。

国　王　那好极了;我非常高兴听见他在这方面感到兴趣。请你们两位还要更进一步鼓起他的兴味,把他的心思移转到这种娱乐上面。

罗森格兰兹　是,陛下。(罗森格兰兹、吉尔登斯吞同下。)

国　王　亲爱的乔特鲁德,你也暂时离开我们;因为我们已经暗中差人去唤哈姆莱特到这儿来,让他和奥菲利娅见见面,就像他们偶然相遇一般。她的父亲跟我两人将要权充一下密探,躲在可以看见他们,却不能被他们看见的地方,注意他们会面的情形,从他的行为上判断他的疯病究竟是不是因为恋爱上的苦闷。

王　后　我愿意服从您的意旨。奥菲利娅,但愿你的美貌果然是哈姆莱特疯狂的原因;更愿你的美德能够帮助他恢复原状,使你们两人都能安享尊荣。

奥菲利娅　娘娘,但愿如此。(王后下。)

波洛涅斯　奥菲利娅,你在这儿走走。陛下,我们就去躲起来吧。(向奥菲利娅)你拿这本书去读,他看见你这样用功,就不会疑心你为什么一个人在这儿了。人们往往用至诚的外表和虔敬的行动,掩饰一颗魔鬼般的内心,这样的例子是太多了。

国　王　(旁白)啊,这句话是太真实了!它在我的良心上抽了多么重的一鞭!涂脂抹粉的娼妇的脸,还不及掩藏在虚伪的言辞后面的我的行为更丑恶。难堪的重负啊!

波洛涅斯　我听见他来了;我们退下去吧,陛下。(国王及波洛涅斯下。)
　　　　　哈姆莱特上。

哈姆莱特　生存还是毁灭,这是一个值得考虑的问题;默然忍受命运的暴虐的毒箭,或是挺身反抗人世的无涯的苦难,通过斗争把它们扫清,这两种行为,哪一种更高贵?死了;睡着了;什么都完了;要是在这一种睡眠之中,我们心头的创痛,以及其他无数血肉之躯所不能避免的打击,都可以从此消失,那正是我们求之不得的结局。死了;睡着了;睡着了也许还会做梦;嗯,阻碍就在这儿:因为当我们摆脱了这一具朽腐的皮囊以后,在那死的睡眠里,究竟将要做些什么梦,那不能不使我们踌躇顾虑。人们甘心久困于患难之中,也就是为了这个缘故;谁愿意忍受人世的鞭挞和讥嘲、压迫者的凌辱、傲慢者的冷眼、被轻蔑的爱情的惨痛、法律的迁延、官吏的横暴和费尽辛勤所换来的小人的鄙视,要是他只要用一柄小小的刀子,就可以清算他自己的一生?谁愿意负着这样的重担!在烦劳的生命的压迫下呻吟流汗!倘不是因为惧怕不可知的死后,惧怕那从来不曾有一个旅人回来过的神秘之国,是它迷惑了我们的意志,使我们宁愿忍受目前的折磨,不敢向我们所不知道的痛苦飞去?这样,重重的顾虑使我们全变成了懦夫,决心的赤热的光彩,被审慎的思维盖上了一层灰色,伟大的事业在这一种考虑之下,也会逆流而退,失去了行动的意义。且慢!美丽的奥菲利娅!——女神,在你的祈祷之中,不要忘记替我忏悔我的罪孽。

奥菲利娅　我的好殿下,您这许多天来贵体安好吗?

哈姆莱特　谢谢你,很好,很好,很好。

奥菲利娅　殿下,我有几件您送给我的纪念品,我早就想把它们还给您;请您现在收回去吧。

哈姆莱特　不,我不要;我从来没有给你什么东西。

奥菲利娅　殿下,我记得很清楚您把它们送给了我,那时候您还向我说了许多甜言蜜语,使这些东西格外显得贵重;现在它们的芳香已经消散,请您拿回去吧,因为在有骨气的人看来,送礼的人要是变了心,礼物虽贵,也会失去了价值。拿去吧,殿下。

哈姆莱特　哈哈!你贞洁吗?

奥菲利娅　殿下！

哈姆莱特　你美丽吗？

奥菲利娅　殿下是什么意思？

哈姆莱特　要是你既贞洁又美丽，那么你的贞洁应该断绝跟你的美丽来往。

奥菲利娅　殿下，难道美丽除了贞洁以外，还有什么更好的伴侣吗？

哈姆莱特　嗯，真的；因为美丽可以使贞洁变成淫荡，贞洁却未必能使美丽受它自己的感化；这句话从前像是怪诞之谈，可是现在时间已经把它证实了。我的确曾经爱过你。

奥菲利娅　真的，殿下，您曾经使我相信您爱我。

哈姆莱特　你当初就不应该相信我，因为美德不能熏陶我们罪恶的本性；我没有爱过你。

奥菲利娅　那么我真是受了骗了。

哈姆莱特　进尼姑庵去吧；为什么你要生一群罪人出来呢？我自己还不算是一个顶坏的人；可是我可以指出我的许多过失，一个人有了那些过失，他的母亲还是不要生下他来得好。我很骄傲，有仇必报，富于野心，我的罪恶是那么多，连我的思想也容纳不下，我的想象也不能给它们形象，甚至于我都没有充分的时间可以把它们实行出来。像我这样的家伙，匍匐于天地之间，有什么用处呢？我们都是些十足的坏人；一个也不要相信我们。进尼姑庵去吧。你的父亲呢？

奥菲利娅　在家里，殿下。

哈姆莱特　把他关起来，让他只好在家里发发傻劲。再会！

奥菲利娅　哎哟，天哪！救救他！

哈姆莱特　要是你一定要嫁人，我就把这一个诅咒送给你做嫁奁：尽管你像冰一样坚贞，像雪一样纯洁，你还是逃不过谗人的诽谤。

进尼姑庵去吧,去;再会!或者要是你必须嫁人的话,就嫁给一个傻瓜吧;因为聪明人都明白你们会叫他们变成怎样的怪物。进尼姑庵去吧,去;越快越好。再会!

奥菲利娅　天上的神明啊,让他清醒过来吧!

哈姆莱特　我也知道你们会怎样涂脂抹粉;上帝给了你们一张脸,你们又替自己另外造了一张。你们烟视媚行,淫声浪气,替上帝造下的生物乱取名字,卖弄你们不懂事的风骚。算了吧,我再也不敢领教了;它已经使我发了狂。我说,我们以后再不要结什么婚了;已经结过婚的,除了一个人以外,都可以让他们活下去;没有结婚的不准再结婚,进尼姑庵去吧,去。(下,)

奥菲利娅　啊,一颗多么高贵的心是这样殒落了!朝臣的眼睛、学者的辩舌、军人的利剑、国家所瞩望的一朵娇花;时流的明镜、人伦的雅范、举世注目的中心,这样无可挽回地殒落了!我是一切妇女中间最伤心而不幸的,我曾经从他音乐一般的盟誓中吮吸芬芳的甘蜜,现在却眼看着他的高贵无上的理智,像一串美妙的银铃失去了谐和的音调,无比的青春美貌,在疯狂中凋谢!啊!我好苦,谁料过去的繁华,变作今朝的泥土!

　　　　国王及波洛涅斯重上。

国　　王　恋爱!他的精神错乱不像是为了恋爱;他说的话虽然有些颠倒,也不像是疯狂。他有些什么心事盘踞在他的灵魂里,我怕它也许会产生危险的结果。为了防止万一,我已经当机立断,决定了一个办法:他必须立刻到英国去,向他们追索延宕未纳的贡物;也许他到海外各国游历一趟以后,时时变换的环境,可以替他排解去这一桩使他神思恍惚的心事。你看怎么样?

波洛涅斯　那很好;可是我相信他的烦闷的根本原因,还是为了恋爱上的失意。啊,奥菲利娅!你不用告诉我们哈姆莱特殿下说些什么话；我们全都听见了。陛下，照您的意思办吧；可是您要是认为可以的话，不妨在戏剧终场以后，让他的母后独自一人跟他在一起，恳求他向她吐露他的心事；她必须很坦白地跟他谈谈，我就找一个所在听他们说些什么。要是她也探听不出他的秘密来，您就叫他到英国去，或者凭着您的高见，把他关禁在一个适当的地方。

国　王　就这样吧；大人物的疯狂是不能听其自然的。（同下。）

第二场　城堡中的厅堂

　　　　哈姆莱特及若干伶人上。

哈姆莱特　请你念这段剧词的时候，要照我刚才读给你听的那样子，一个字一个字打舌头上很轻快地吐出来；要是你也像多数的伶人们一样，只会拉开了喉咙嘶叫，那么我宁愿叫那宣布告示的公差念我这几行词句。也不要老是把你的手在空中这么摇挥；一切动作都要温文，因为就是在洪水暴风一样的感情激发之中，你也必须取得一种节制，免得流于过火。啊！我顶不愿意听见一个披着满头假发的家伙在台上乱嚷乱叫，把一段感情片片撕碎，让那些只爱热闹的低级观众听了出神，他们中间的大部分是除了欣赏一些莫名其妙的手势以外，什么都不懂。我可以把这种家伙抓起来抽一顿鞭子，因为他把妥玛刚特形容过分，希律王的凶暴也要对他甘拜下风①。请你留心避免才好。

伶　甲　我留心着就是了，殿下。

----

① 妥玛刚特是基督徒假想的伊斯兰教神祇，希律是耶稣诞生时的犹太暴君，二者均为英国旧日的宗教剧中常见之角色。

哈姆莱特　可是太平淡了也不对,你应该接受你自己的常识的指导,把动作和言语互相配合起来;特别要注意到这一点,你不能越过自然的常道;因为任何过分的表现都是和演剧的原意相反的,自有戏剧以来,它的目的始终是反映自然,显示善恶的本来面目,给它的时代看一看它自己演变发展的模型。要是表演得过分了或者太懈怠了,虽然可以博外行的观众一笑,明眼之士却要因此而皱眉;你必须看重这样一个卓识者的批评甚于满场观众盲目的毁誉。啊!我曾经看见有几个伶人演戏,而且也听见有人把他们极力捧场,说一句比喻不伦的话,他们既不会说基督徒的语言,又不会学着基督徒、异教徒或者一般人的样子走路,瞧他们在台上大摇大摆,使劲叫喊的样子,我心里就想一定是什么造化的雇工把他们造了下来;造得这样拙劣,以至于全然失去了人类的面目。

伶　甲　我希望我们在这方面已经有了相当的纠正了。

哈姆莱特　啊!你们必须彻底纠正这一种弊病。还有你们那些扮演小丑的,除了剧本上专为他们写下的台词以外,不要让他们临时编造一些话加上去。往往有许多小丑爱用自己的笑声,引起台下一些无知的观众的哄笑,虽然那时候全场的注意力应当集中于其他更重要的问题上;这种行为是不可恕的,它表示出那丑角的可鄙的野心。去,准备起来吧。(伶人等同下。)

　　　波洛涅斯、罗森格兰兹及吉尔登斯吞上。

哈姆莱特　啊,大人,王上愿意来听这一本戏吗?

波洛涅斯　他跟娘娘都就要来了。

哈姆莱特　叫那些戏子们赶紧点儿。(波洛涅斯下)你们两人也去帮着催催他们。

罗森格兰兹
　　　　　是,殿下。(罗森格兰兹、吉尔登斯吞下。)
吉尔登斯吞

哈姆莱特　喂！霍拉旭！

　　　　　　霍拉旭上。

霍拉旭　有，殿下。

哈姆莱特　霍拉旭，你是我所交接的人们中间最正直的一个人。

霍拉旭　啊，殿下！——

哈姆莱特　不，不要以为我在恭维你；你除了你的善良的精神以外，身无长物，我恭维了你又有什么好处呢？为什么要向穷人恭维？不，让蜜糖一样的嘴唇去唉舐愚妄的荣华，在有利可图的所在屈下他们生财有道的膝盖来吧。听着。自从我能够辨别是非、察择贤愚以后，你就是我灵魂里选中的一个人，因为你虽然经历一切的颠沛，却不曾受到一点伤害，命运的虐待和恩宠，你都是受之泰然；能够把感情和理智调整得那么适当，命运不能把他玩弄于指掌之间，那样的人是有福的。给我一个不为感情所奴役的人，我愿意把他珍藏在我的心坎，我的灵魂的深处，正像我对你一样。这些话现在也不必多说了。今晚我们要在国王面前演一出戏，其中有一场的情节跟我告诉过你的我的父亲的死状颇相仿佛；当那幕戏正在串演的时候，我要请你集中你的全副精神，注视我的叔父，要是他在听到了那一段戏词以后，他的隐藏的罪恶还是不露出一丝痕迹来，那么我们所看见的那个鬼魂一定是个恶魔，我的幻想也就像铁匠的砧石那样黑漆一团了。留心看他；我也要把我的眼睛看定他的脸上；过后我们再把各人观察的结果综合起来，给他下一个判断。

霍拉旭　很好，殿下；在演这出戏的时候，要是他在容色举止之间，有什么地方逃过了我们的注意，请您唯我是问。

哈姆莱特　他们来看戏了；我必须装出一副糊涂样子。你去拣一个地方坐下。

奏丹麦进行曲,喇叭奏花腔。国王、王后、波洛涅斯、奥菲利娅、罗森格兰兹、吉尔登斯吞及余人等上。

国　王　你过得好吗,哈姆莱特贤侄?

哈姆莱特　很好,好极了;我过的是变色蜥蜴的生活,整天吃空气,肚子让甜言蜜语塞满了;这可不是你们填鸭子的办法。

国　王　你这种话真是答非所问,哈姆莱特;我不是那个意思。

哈姆莱特　不,我现在也没有那个意思。(向波洛涅斯)大人,您说您在大学里念书的时候,曾经演过一回戏吗?

波洛涅斯　是的,殿下,他们都称赞我是一个很好的演员哩。

哈姆莱特　您扮演什么角色呢?

波洛涅斯　我扮的是裘力斯·凯撒;勃鲁托斯在朱庇特神殿里把我杀死。

哈姆莱特　他在神殿里杀死了那么好的一头小牛,真太残忍了。那班戏子已经预备好了吗?

罗森格兰兹　是,殿下,他们在等候您的旨意。

王　后　过来,我的好哈姆莱特,坐在我的旁边。

哈姆莱特　不,好妈妈,这儿有一个更迷人的东西哩。

波洛涅斯　(向国王)啊哈!您看见吗?

哈姆莱特　小姐,我可以睡在您的怀里吗?

奥菲利娅　不,殿下。

哈姆莱特　我的意思是说,我可以把我的头枕在您的膝上吗?

奥菲利娅　嗯,殿下。

哈姆莱特　您以为我在转着下流的念头吗?

奥菲利娅　我没有想到,殿下。

哈姆莱特　睡在姑娘大腿的中间,想起来倒是很有趣的。

奥菲利娅　什么,殿下?

哈姆莱特　没有什么。

奥菲利娅　您在开玩笑哩,殿下。

哈姆莱特　谁,我吗?

奥菲利娅　嗯,殿下。

哈姆莱特　上帝啊!要说玩笑,那就得属我了。一个人为什么不说说
　　　　笑笑呢?您瞧,我的母亲多么高兴,我的父亲还不过死了两个
　　　　钟头。

奥菲利娅　不,已经四个月了,殿下。

哈姆莱特　这么久了吗?哎哟,那么让魔鬼去穿孝服吧,我可要去做
　　　　一身貂皮的新衣啦。天啊!死了两个月,还没有把他忘记吗?那
　　　　么也许一个大人物死了以后,他的记忆还可以保持半年之久;可
　　　　是凭着圣母起誓,他必须造下几所教堂,否则他就要跟那被遗弃
　　　　的木马一样,没有人再会想念他了。

　　　　高音笛奏乐。哑剧登场。

　　　　一国王及一王后上,状极亲热,互相拥抱。后跪地,向王作宣誓状,王
　　　　扶后起,俯首后颈上。王就花坪上睡下;后见王睡熟离去。另一人上,
　　　　自王头上去冠,吻冠,注毒药于王耳,下。后重上,见王死,作哀恸状。
　　　　下毒者率其他二、三人重上,佯作陪后悲哭状。从者抬王尸下。下毒
　　　　者以礼物赠后,向其乞爱;后先作憎恶不愿状,卒允其请。同下。

奥菲利娅　这是什么意思,殿下?

哈姆莱特　呃,这是阴谋诡计、不干好事的意思。

奥菲利娅　大概这一场哑剧就是全剧的本事了。

　　　　致开场词者上。

哈姆莱特　这家伙可以告诉我们一切;演戏的都不能保守秘密,他们
　　　　什么话都会说出来。

奥菲利娅　他也会给我们解释方才那场哑剧有什么奥妙吗?

哈姆莱特　是啊;这还不算,只要你做给他看什么,他也能给你解释什么;只要你做出来不害臊,他解释起来也决不害臊。

奥菲利娅　殿下真是淘气,真是淘气。我还是看戏吧。

开场词

这悲剧要是演不好,要请各位原谅指教,
小的在这厢有礼了。(致开场词者下。)

哈姆莱特　这算开场词呢,还是指环上的诗铭?

奥菲利娅　它很短,殿下。

哈姆莱特　正像女人的爱情一样。

二伶人扮国王、王后上。

伶　王

日轮已经盘绕三十春秋
那茫茫海水和滚滚地球,
月亮吐耀着借来的晶光,
三百六十回向大地环航。
自从爱把我们缔结良姻,
许门替我们证下了鸳盟。

伶　后

愿日月继续他们的周游,
让我们再厮守三十春秋!
可是唉,你近来这样多病,
郁郁寡欢,失去旧时高兴,
好教我满心里为你忧惧。

可是,我的主,你不必疑虑;
女人的忧伤像爱情一样,
不是太少,就是超过分量;
你知道我爱你是多么深,
所以才会有如此的忧心。
越是相爱,越是挂肚牵胸;
不这样哪显得你我情浓?

伶　王

爱人,我不久必须离开你,
我的全身将要失去生机;
留下你在这繁华的世界
安享尊荣,受人们的敬爱:
也许再嫁一位如意郎君——

伶　后

啊!我断不是那样薄情人;
我倘忘旧迎新,难邀天恕,
再嫁的除非是杀夫淫妇。

哈姆莱特　(旁白)苦恼,苦恼!

伶　后

妇人失节大半贪慕荣华,
多情女子决不另抱琵琶;
我要是与他人共枕同衾,
怎么对得起地下的先灵!

伶　王

我相信你的话发自心田，
可是我们往往自食前言。
志愿不过是记忆的奴隶，
总是有始无终，虎头蛇尾，
像未熟的果子密布树梢，
一朝红烂就会离去枝条。
我们对自己所负的债务，
最好把它丢在脑后不顾；
一时的热情中发下誓愿，
心冷了，那意志也随云散。
过分的喜乐，剧烈的哀伤，
反会毁害了感情的本常。
人世间的哀乐变幻无端，
痛哭转瞬早变成了狂欢。
世界也会有毁灭的一天，
何怪爱情要随境遇变迁；
有谁能解答这一个哑谜，
是境由爱造？是爱逐境移？
失财势的伟人举目无亲；
走时运的穷酸仇敌逢迎，
这炎凉的世态古今一辙：
富有的门庭挤满了宾客；
要是你在穷途向人求助，
即使知交也要情同陌路。

> 把我们的谈话拉回本题，
> 意志命运往往背道而驰，
> 决心到最后会全部推倒，
> 事实的结果总难符预料。
> 你以为你自己不会再嫁，
> 只怕我一死你就要变卦。

伶　后

> 地不要养我,天不要亮我!
> 昼不得游乐,夜不得安卧!
> 毁灭了我的希望和信心;
> 铁锁囚门把我监禁终身!
> 每一种恼人的飞来横逆,
> 把我一重重的心愿摧折!
> 我倘死了丈夫再做新人,
> 让我生前死后永陷沉沦!

哈姆莱特　要是她现在背了誓!

伶　王

> 难为你发这样重的誓愿。
> 爱人,你且去;我神思昏倦,
> 想要小睡片刻。(睡。)

伶　后

> 愿你安睡;
> 上天保佑我俩永无灾悔! (下。)

哈姆莱特　母亲,您觉得这出戏怎样?

王　后　我觉得那女人在表白心迹的时候,说话过火了一些。

哈姆莱特　啊,可是她会守约的。

国　王　这本戏是怎么一个情节?里面没有什么要不得的地方吗?

哈姆莱特　不,不,他们不过开玩笑毒死了一个人;没有什么要不得的。

国　王　戏名叫什么?

哈姆莱特　《捕鼠机》。呃,怎么?这是一个象征的名字。戏中的故事影射着维也纳的一件谋杀案。贡扎古是那公爵的名字;他的妻子叫作白普蒂丝妲。您看下去就知道是怎么一回事啦。这是个很恶劣的作品,可是那有什么关系?它不会对您陛下跟我们这些灵魂清白的人有什么相干;让那有毛病的马儿去惊跳退缩吧,我们的肩背都是好好的。

　　　　　一伶人扮琉西安纳斯上。

哈姆莱特　这个人叫作琉西安纳斯,是那国王的侄子。

奥菲利娅　您很会解释剧情,殿下。

哈姆莱特　要是我看见傀偏戏搬演您跟您爱人的故事,我也会替你们解释的。

奥菲利娅　您的嘴真厉害,殿下,您的嘴真厉害。

哈姆莱特　我要是真厉害起来,你非得哼哼不可。

奥菲利娅　说好就好,说糟就糟。

哈姆莱特　女人嫁丈夫也是一样。动手吧,凶手!混账东西,别扮鬼脸了,动手吧!来;哇哇的乌鸦发出复仇的啼声。

琉西安纳斯

　　　　黑心快手,遇到妙药良机;

> 趁着没人看见事不宜迟。
>
> 你夜半采来的毒草炼成，
>
> 赫卡忒的咒语念上三巡，
>
> 赶快发挥你凶恶的魔力，
>
> 让他的生命速归于幻灭。（以毒药注入睡者耳中。）

哈姆莱特　他为了觊觎权位，在花园里把他毒死。他的名字叫贡扎古；那故事原文还存在，是用很好的意大利文写成的。底下就要演到那凶手怎样得到贡扎古的妻子的爱了。

奥菲利娅　王上站起来了！

哈姆莱特　什么！给一响空枪吓怕了吗？

王　后　陛下怎么样啦？

波洛涅斯　不要演下去了！

国　王　给我点起火把来！去！

众　人　火把！火把！火把！（除哈姆莱特、霍拉旭外均下。）

哈姆莱特　嗨，让那中箭的母鹿掉泪，没有伤的公鹿自去游玩；有的人失眠，有的人酣睡，世界就是这样循环轮转。老兄，要是我的命运跟我作起对来，凭着我这念词的本领，头上插上满头的羽毛，开缝的靴子上再缀上两朵绢花，你想我能不能在戏班子里插足？

霍拉旭　也许他们可以让您领半额包银。

哈姆莱特　我可要领全额的。因为你知道，亲爱的朋友，这一个荒凉破碎的国土原本是乔武统治的雄邦，而今王位上却坐着——孔雀。

霍拉旭　您该押韵才是。

哈姆莱特　啊，好霍拉旭！那鬼魂真的没有骗我。你看见吗？

霍拉旭　看见的，殿下。

哈姆莱特　在那演戏的一提到毒药的时候?

霍拉旭　我看得他很清楚。

哈姆莱特　啊哈!来,奏乐!来,那吹笛子的呢?要是国王不爱这出喜剧,那么他多半是不能赏识。来,奏乐!

罗森格兰兹及吉尔登斯呑重上。

吉尔登斯呑　殿下,允许我跟您说句话。

哈姆莱特　好,你对我讲全部历史都可以。

吉尔登斯呑　殿下,王上——

哈姆莱特　嗯,王上怎么样?

吉尔登斯呑　他回去以后,非常不舒服。

哈姆莱特　喝醉了吗?

吉尔登斯呑　不,殿下,他在发脾气。

哈姆莱特　你应该把这件事告诉他的医生,才算你的聪明;因为叫我去替他诊视,恐怕反而更会激动他的脾气的。

吉尔登斯呑　好殿下,请您说话检点些,别这样拉扯开去。

哈姆莱特　好,我是听话的,你说吧。

吉尔登斯呑　您的母后心里很难过,所以叫我来。

哈姆莱特　欢迎得很。

吉尔登斯呑　不,殿下,这一种礼貌是用不着的。要是您愿意给我一个好好的回答,我就把您母亲的意旨向您传达;不然的话,请您原谅我,让我就这么回去,我的事情就算完了。

哈姆莱特　我不能。

吉尔登斯呑　您不能什么,殿下?

哈姆莱特　我不能给你一个好好的回答,因为我的脑子已经坏了;可是我所能够给你的回答,你——我应该说我的母亲——可以要多少有多少。所以别说废话,言归正传吧;你说我的母亲——

罗森格兰兹　她这样说 :您的行为使她非常吃惊。

哈姆莱特　啊,好儿子,居然会叫一个母亲吃惊! 可是在这母亲的吃惊的后面,还有些什么话呢? 说吧。

罗森格兰兹　她请您在就寝以前,到她房间里去跟她谈谈。

哈姆莱特　即使她十次是我的母亲,我也一定服从她。你还有什么别的事情?

罗森格兰兹　殿下,我曾经蒙您错爱。

哈姆莱特　凭着我这双手起誓,我现在还是欢喜你的。

罗森格兰兹　好殿下,您心里这样不痛快,究竟为了什么原因? 要是您不肯把您的心事告诉您的朋友,那恐怕会害您自己失去自由。

哈姆莱特　我不满足我现在的地位。

罗森格兰兹　怎么! 王上自己已经亲口把您立为王位的继承者了,您还不能满足吗?

哈姆莱特　嗯,可是"要等草儿青青——"①这句老话也有点儿发了霉啦。

　　　　乐工等持笛上。

哈姆莱特　啊! 笛子来了 ;拿一支给我。跟你们退后一步说话 ;为什么你们总这样千方百计地绕到我下风的一面,好像一定要把我逼进你们的圈套?

吉尔登斯呑　啊! 殿下,要是我有太冒昧放肆的地方,那都是因为我对于您敬爱太深的缘故。

哈姆莱特　我不大懂得你的话。你愿意吹吹这笛子吗?

吉尔登斯呑　殿下,我不会吹。

哈姆莱特　请你吹一吹。

---

① 这句谚语是 :"要等草儿青青,马儿早已饿死。"

吉尔登斯吞　我真的不会吹。

哈姆莱特　请你不要客气。

吉尔登斯吞　我真的一点不会,殿下。

哈姆莱特　那是跟说谎一样容易的;你只要用你的手指按着这些笛
孔,把你的嘴放在上面一吹,它就会发出最好听的音乐来。瞧,这
些是音栓。

吉尔登斯吞　可是我不会从它里面吹出和谐的曲调来;我不懂那
技巧。

哈姆莱特　哼,你把我看成了什么东西!你会玩弄我;你自以为摸得
到我的心窍;你想要探出我的内心的秘密;你会从我的最低音试
到我的最高音;可是在这支小小的乐器之内,藏着绝妙的音乐,你
却不会使它发出声音来。哼,你以为玩弄我比玩弄一支笛子容易
吗?无论你把我叫作什么乐器,你也只能撩拨我,不能玩弄我。

　　　　波洛涅斯重上。

哈姆莱特　上帝祝福你,先生!

波洛涅斯　殿下,娘娘请您立刻就去见她说话。

哈姆莱特　你看见那片像骆驼一样的云吗?

波洛涅斯　哎哟,它真的像一头骆驼。

哈姆莱特　我想它还是像一头鼬鼠。

波洛涅斯　它拱起了背,正像是一头鼬鼠。

哈姆莱特　还是像一条鲸鱼吧?

波洛涅斯　很像一条鲸鱼。

哈姆莱特　那么等一会儿我就去见我的母亲。(旁白)我给他们愚弄得
再也忍不住了。(高声)我等一会儿就来。

波洛涅斯　我就去这么说。(下。)

哈姆莱特　说等一会儿是很容易的。离开我,朋友们。(除哈姆莱特外

均下）现在是一夜之中最阴森的时候，鬼魂都在此刻从坟墓里出来，地狱也要向人世吐放疠气；现在我可以痛饮热腾腾的鲜血，干那白昼所不敢正视的残忍的行为。且慢！我还要到我母亲那儿去一趟。心啊！不要失去你的天性之情，永远不要让尼禄①的灵魂潜入我这坚定的胸怀；让我做一个凶徒，可是不要做一个逆子。我要用利剑一样的话刺痛她的心，可是决不伤害她身体上一根毛发；我的舌头和灵魂要在这一次学学伪善者的样子，无论在言语上给她多么严厉的谴责，在行动上却要做得丝毫不让人家指摘。（下。）

第三场　城堡中一室

国王、罗森格兰兹及吉尔登斯呑上。

国　王　我不喜欢他；纵容他这样疯闹下去，对于我是一个很大的威胁。所以你们快去准备起来吧；我马上叫人办好你们要递送的文书，同时打发他跟你们一块儿到英国去。就我的地位而论，他的疯狂每小时都可以危害我的安全，我不能让他留在我的近旁。

吉尔登斯呑　我们就去准备起来；许多人的安危都寄托在陛下身上，这一种顾虑是最圣明不过的。

罗森格兰兹　每一个庶民都知道怎样远祸全身，一个身负天下重寄的人，尤其应该时刻不懈地防备危害的袭击。君主的薨逝不仅是个人的死亡，它像一个漩涡一样，凡是在它近旁的东西，都要被它卷去同归于尽；又像一个矗立在最高山峰上的巨轮，它的轮辐上连附着无数的小物件，当巨轮轰然崩裂的时候，那些小物件也跟着

_____

① 尼禄：曾谋杀其母。

它一齐粉碎。国王的一声叹息,总是随着全国的呻吟。

国　　王　　请你们准备立刻出发;因为我们必须及早制止这一种公然的威胁。

罗森格兰兹

吉尔登斯吞　　我们就去赶紧预备。(罗森格兰兹、吉尔登斯吞同下。)

　　　　　　　波洛涅斯上。

波洛涅斯　　陛下,他到他母亲房间里去了。我现在就去躲在帷幕后面,听他们怎么说。我可以断定她一定会把他好好教训一顿的。您说得很不错,母亲对于儿子总有几分偏心,所以最好有一个第三者躲在旁边偷听他们的谈话。再会,陛下;在您未睡以前,我还要来看您一次,把我所探听到的事情告诉您。

国　　王　　谢谢你,贤卿。(波洛涅斯下。)啊!我的戾气已经上达于天;我的灵魂上负着一个元始以来最初的诅咒,杀害兄弟的暴行!我不能祈祷,虽然我的愿望像决心一样强烈;我的更坚强的罪恶击败了我的坚强的意愿。像一个人同时要做两件事情,我因为不知道应该先从什么地方下手而徘徊歧途,结果反弄得一事无成。要是这一只可诅咒的手上染满了一层比它本身还厚的兄弟的血,难道天上所有的甘霖,都不能把它洗涤得像雪一样洁白吗?慈悲的使命,不就是宽宥罪恶吗?祈祷的目的。不是一方面预防我们的堕落,一方面救拔我们于已堕落之后吗?那么我要仰望上天;我的过失已经犯下了。可是唉!哪一种祈祷才是我所适用的呢?"求上帝赦免我的杀人重罪"吗?那不能,因为我现在还占有着那些引起我的犯罪动机的目的物,我的王冠、我的野心和我的王后。非分攫取的利益还在手里,就可以幸邀宽恕吗?在这贪污的人世,罪恶的镀金的手也许可以把公道推开不顾,暴徒的赃物往往成为枉法的贿赂;可是天上却不是这样的,在那边一切都无可遁避,任何行动都要显现它的真相,我们必须当面为我们自己的罪恶作证。那么怎么办呢? 还有什么法子好想呢? 试一试忏悔的力量吧。什么事情是忏悔所不能做到的? 可是对于一个不能忏悔的人,它又有什么用呢? 啊,不幸的处境! 啊,像死亡一样黑暗的心胸! 啊,越是挣扎越是不能脱身的胶住了的灵魂! 救救我,天使们! 试一试吧:屈下来,顽强的膝盖;钢丝一样的心弦,变得像新生之婴的筋肉一样柔嫩吧! 但愿一切转祸为福!（退后跪祷。）

　　　　哈姆莱特上。

哈姆莱特　他现在正在祈祷,我正好动手;我决定现在就干,让他上天堂去,我也算报了仇了。不,那还要考虑一下:一个恶人杀死我的父亲;我,他的独生子,却把这个恶人送上天堂。啊,这简直是以恩报怨了。他用卑鄙的手段,在我父亲满心俗念、罪孽正重的时候乘其不备把他杀死;虽然谁也不知道在上帝面前,他的生前的善恶如何相抵,可是照我们一般的推想,他的孽债多半是很重的。现在他正在洗涤他的灵魂,要是我在这时候结果了他的性命,那么天国的路是为他开放着,这样还算是复仇吗? 不! 收起来,我的剑,等候一个更惨酷的机会吧;当他在酒醉以后,在愤怒之中,或是在乱伦纵欲的时候,有赌博、咒骂或是其他邪恶的行为的中间,我就要叫他颠踬在我的脚下,让他幽深黑暗不见天日的灵魂永堕地狱。我的母亲在等我。这一服续命的药剂不过延长了你临死的痛苦。（下。）

　　　　国王起立上前。

国　王　我的言语高高飞起,我的思想滞留地下;没有思想的言语永远不会上升天界。（下。）

第四场　王后寝宫

王后及波洛涅斯上。

波洛涅斯　他就要来了。请您把他着实教训一顿,对他说他这种狂妄的态度,实在叫人忍无可忍,倘没有您娘娘替他居中回护,王上早已对他大发雷霆了。我就悄悄地躲在这儿。请您对他讲得着力一点。

哈姆莱特　(在内)母亲,母亲,母亲!

王　后　都在我身上,你放心吧。下去吧,我听见他来了。(波洛涅斯匿帷幕后。)

哈姆莱特上。

哈姆莱特　母亲,您叫我有什么事?

王　后　哈姆莱特,你已经大大得罪了你的父亲啦。

哈姆莱特　母亲,您已经大大得罪了我的父亲啦。

王　后　来,来,不要用这种胡说八道的话回答我。

哈姆莱特　去,去,不要用这种胡说八道的话问我。

王　后　啊,怎么,哈姆莱特!

哈姆莱特　现在又是什么事?

王　后　你忘记我了吗?

哈姆莱特　不,凭着十字架起誓,我没有忘记你;你是王后,你的丈夫的兄弟的妻子,你又是我的母亲——但愿你不是!

王　后　哎哟,那么我要去叫那些会说话的人来跟你谈谈了。

哈姆莱特　来,来,坐下来,不要动;我要把一面镜子放在你的面前,让你看一看你自己的灵魂。

王　后　你要干什么呀?你不是要杀我吗?救命!救命呀!

波洛涅斯　（在后）喂！救命！救命！救命！

哈姆莱特　（拔剑）怎么！是哪一个鼠贼？准是不要命了，我来结果你。

　　（以剑刺穿帷幕。）

波洛涅斯　（在后）啊！我死了！

王　后　哎哟！你干了什么事啦？

哈姆莱特　我也不知道；那不是国王吗？

王　后　啊，多么鲁莽残酷的行为！

哈姆莱特　残酷的行为！好妈妈，简直就跟杀了一个国王再去嫁给他
　　的兄弟一样坏。

王　后　杀了一个国王！

哈姆莱特　嗯，母亲，我正是这样说。（揭帷幕见波洛涅斯）你这倒运的、
　　粗心的、爱管闲事的傻瓜，再会！我还以为是一个在你上面的人
　　哩。也是你命不该活；现在你可知道爱管闲事的危险了。——别
　　尽扭着你的手。静一静，坐下来，让我扭你的心；你的心倘不是铁
　　石打成的，万恶的习惯倘不曾把它硬化得透不进一点感情，那么
　　我的话一定可以把它刺痛。

王　后　我干了些什么错事，你竟敢这样肆无忌惮地向我摇唇弄舌？

哈姆莱特　你的行为可以使贞节蒙污，使美德得到了伪善的名称；从
　　纯洁的恋情的额上取下娇艳的蔷薇，替它盖上一个烙印；使婚姻
　　的盟约变成博徒的誓言一样虚伪；啊！这样一种行为，简直使盟
　　约成为一个没有灵魂的躯壳，神圣的婚礼变成一串谵妄的狂言；
　　苍天的脸上也为它带上羞色，大地因为痛心这样的行为，也罩上
　　满面的愁容，好像世界末日就要到来一般。

王　后　唉！究竟是什么极恶重罪，你把它说得这样惊人呢？

哈姆莱特　瞧这一幅图画，再瞧这一幅；这是两个兄弟的肖像。你看
　　这一个的相貌多么高雅优美：太阳神的鬈发，天神的前额，像战神

一样威风凛凛的眼睛,像降落在高吻穹苍的山巅的神使一样矫健的姿态;这一个完善卓越的仪表,真像每一个天神都曾在那上面打下印记,向世间证明这是一个男子的典型。这是你从前的丈夫。现在你再看这一个:这是你现在的丈夫,像一株霉烂的禾穗,损害了他的健硕的兄弟。你有眼睛吗? 你甘心离开这一座大好的高山,靠着这荒野生活吗? 啊! 你有眼睛吗? 你不能说那是爱情,因为在你的年纪,热情已经冷淡下来,变驯服了,肯听从理智的判断;什么理智愿意从这么高的地方,降落到这么低的所在呢? 知觉你当然是有的,否则你就不会有行动;可是你那知觉也一定已经麻木了;因为就是疯人也不会犯那样的错误,无论怎样丧心病狂,总不会连这样悬殊的差异都分辨不出来。那么是什么魔鬼蒙住了你的眼睛,把你这样欺骗呢? 有眼睛而没有触觉、有触觉而没有视觉、有耳朵而没有眼或手、只有嗅觉而别的什么都没有,甚至只剩下一种官觉还出了毛病,也不会糊涂到你这步田地。羞啊! 你不觉得惭愧吗? 要是地狱中的孽火可以在一个中年妇人的骨髓里煽起了蠢动,那么在青春的烈焰中,让贞操像蜡一样融化了吧。当无法阻遏的情欲大举进攻的时候,用不着喊什么羞耻了,因为霜雪都会自动燃烧,理智都会做情欲的奴隶呢。

王　后　啊,哈姆莱特! 不要说下去了! 你使我的眼睛看进了我自己灵魂的深处,看见我灵魂里那些洗拭不去的黑色的污点。

哈姆莱特　啊,生活在汗臭垢腻的眠床上,让淫邪熏没了心窍,在污秽的猪圈里调情弄爱——

王　后　啊,不要再对我说下去了! 这些话像刀子一样戳进我的耳朵里;不要说下去了,亲爱的哈姆莱特!

哈姆莱特　一个杀人犯、一个恶徒、一个不及你前夫二百分之一的庸奴、一个冒充国王的丑角、一个盗国窃位的扒手,从架子上偷下那顶珍贵的王冠,塞在自己的腰包里!

王　后　别说了!

哈姆莱特　一个下流褴褛的国王——

　　　　　　鬼魂上。

哈姆莱特　天上的神明啊,救救我,用你们的翅膀覆盖我的头顶! ——陛下英灵不昧,有什么见教?

王　后　哎哟,他疯了!

哈姆莱特　您不是来责备您的儿子不该消磨时间和热情,把您煌煌的命令搁在一旁,耽误了应该做的大事吗? 啊,说吧!

鬼　魂　不要忘记。我现在是来磨砺你的快要蹉跎下去的决心。可是瞧! 你的母亲那副惊愕的表情。啊,快去安慰安慰她的正在交战中的灵魂吧! 最柔弱的人最容易受幻想的激动。去对她说话,哈姆莱特。

哈姆莱特　您怎么啦,母亲?

王　后　唉! 你怎么啦? 为什么你把眼睛睁视着虚无,向空中喃喃说话? 你的眼睛里射出狂乱的神情;像熟睡的兵士突然听到警号一般,你的整齐的头发一根根都像有了生命似的竖立起来。啊,好儿子! 在你的疯狂的热焰上,浇洒一些清凉的镇静吧! 你瞧什么?

哈姆莱特　他,他! 您瞧,他的脸色多么惨淡! 看见了他这一种形状,要是再知道他所负的沉冤,即使石块也会感动的。——不要瞧着我,免得你那种可怜的神气反会妨碍的冷酷的决心;也许我会因此而失去勇气,让挥泪代替了流血。

王　后　你这番话是对谁说的?

哈姆莱特　您没有看见什么吗?

王　后　什么也没有;要是有什么东西在那边,我不会看不见的。

哈姆莱特　您也没有听见什么吗?

王　后　不,除了我们两人的说话以外,我什么也没有听见。

哈姆莱特　啊,您瞧! 瞧,它悄悄地去了! 我的父亲,穿着他生前所穿
　　　　的衣服! 瞧! 他就在这一刻,从门口走出去了! (鬼魂下。)

王　后　这是你脑中虚构的意象;一个人在心神恍惚之中,最容易发
　　　　生这种幻妄的错觉。

哈姆莱特　心神恍惚! 我的脉搏跟您的一样,在按着正常的节奏跳动
　　　　哩。我所说的并不是疯话;要是您不信,不妨试试,我可以把话一
　　　　字不漏地复述一遍,一个疯人是不会记忆得那样清楚的。母亲,
　　　　为了上帝的慈悲,不要自己安慰自己,以为我这一番说话,只是出
　　　　于疯狂,不是真的对您的过失而发;那样的思想不过是骗人的油
　　　　膏,只能使您溃烂的良心上结起一层薄膜,那内部的毒疮却在底
　　　　下越长越大。向上天承认您的罪恶吧,忏悔过去,警戒未来;不要
　　　　把肥料浇在莠草上,使它们格外蔓延起来。原谅我这一番正义的
　　　　劝告;因为在这种万恶的时世,正义必须向罪恶乞恕,它必须俯首
　　　　屈膝,要求人家接纳他的善意的箴规。

王　后　啊,哈姆莱特! 你把我的心劈为两半了!

哈姆莱特　啊! 把那坏的一半丢掉,保留那另外的一半,让您的灵魂
　　　　清净一些。晚安! 可是不要上我叔父的床;即使您已经失节,也
　　　　得勉力学做一个贞节妇人的样子。习惯虽然是一个可以使人失
　　　　去羞耻的魔鬼,但是它也可以做一个天使,对于勉力为善的人,它
　　　　会用潜移默化的手段,使他徙恶从善。您要是今天晚上自加抑制,
　　　　下一次就会觉得这一种自制的功夫并不怎样为难,慢慢地就可以
　　　　习以为常了;因为习惯简直有一种改变气质的神奇的力量,它可
　　　　以制服魔鬼,并且把他从人们心里驱逐出去。让我再向您道一次
　　　　晚安;当您希望得到上天祝福的时候,我将求您祝福我。至于这

一位老人家,(指波洛涅斯)我很后悔自己一时鲁莽把他杀死;可是这是上天的意思,要借着他的死惩罚我,同时借着我的手惩罚他,使我成为代天行刑的凶器和使者。我现在先去把他的尸体安顿好了,再来承担这个杀人的过咎。晚安! 为了顾全母子的恩慈,我不得不忍情暴戾;不幸已经开始,更大的灾祸还在接踵而至。再有一句话,母亲。

王　后　我应当怎么做?

哈姆莱特　我不能禁止您不再让那肥猪似的僭王引诱您和他同床,让他拧您的脸,叫您做他的小耗子;我也不能禁止您因为他给了您一两个恶臭的吻,或是用他万恶的手指抚摩您的颈项,就把您所知道的事情一起说了出来,告诉他我实在是装疯,不是真疯。您应该让他知道的;因为哪一个美貌聪明懂事的王后,愿意隐藏着这样重大的消息,不去告诉一只蛤蟆、一只蝙蝠、一只老雄猫知道呢? 不,虽然理性警告您保守秘密,您尽管学那寓言中的猴子,因为受了好奇心的驱使,到屋顶上去开了笼门,把鸟儿放走,自己钻进笼里去,结果连笼子一起掉下来跌死吧。

王　后　你放心吧,要是言语来自呼吸,呼吸来自生命,只要我一息犹存,就决不会让我的呼吸泄露了你对我所说的话。

哈姆莱特　我必须到英国去,您知道吗?

王　后　唉! 我忘了,这事情已经这样决定了。

哈姆莱特　公文已经封好,打算交给我那两个同学带去,对这两个家伙我要像对待两条咬人的毒蛇一样随时提防;他们将要做我的先驱,引导我钻进什么圈套里去。我倒要瞧瞧他们的能耐。开炮的要是给炮轰了,也是一件好玩的事;他们会埋地雷,我要比他们埋得更深,把他们轰到月亮里去。啊! 用诡计对付诡计,不是顶有趣的吗? 这家伙一死,多半会提早了我的行期;让我把这尸体拖到隔壁去。母亲,晚安!这一位大臣生前是个愚蠢饶舌的家伙,现在却变成非常谨严庄重的人了。来,老先生,该是收场的时候了。晚安,母亲! (各下。哈姆莱特拽波洛涅斯尸入内。)

第
四
幕

第一场　城堡中一室

国王、王后、罗森格兰兹及吉尔登斯吞上。

国　王　这些长吁短叹之中，都含着深长的意义，你必须明说出来，让我知道。你的儿子呢？

王　后　（向罗森格兰兹、吉尔登斯吞）请你们暂时退开。（罗森格兰兹、吉尔登斯吞下。）啊，陛下！今晚我看见了多么惊人的事情！

国　王　什么，乔特鲁德？哈姆莱特怎么啦？

王　后　疯狂得像彼此争强斗胜的天风和海浪一样。在他野性发作的时候，他听见帷幕后面有什么东西爬动的声音，就拔出剑来，嚷着："有耗子！有耗子！"于是在一阵疯狂的恐惧之中，把那躲在幕后的好老人家杀死了。

国　王　啊，罪过罪过！要是我在那儿，我也会照样死在他手里的；放任他这样胡作非为，对于你、对于我、对于每一个人，都是极大的威胁。唉！这一件流血的暴行应当由谁负责呢？我是不能辞其咎的，因为我早该防患于未然，把这个发疯的孩子关禁起来，不让他到处乱走；可是我太爱他了，以至于不愿想一个适当的方策，正像一个害着恶疮的人，因为不让它出毒的缘故，弄到毒气攻心，无法救治一样。他到哪儿去了？

王　后　拖着那个被他杀死的尸体出去了。像一堆下贱的铅铁，掩不了真金的光彩一样,他知道他自己做错了事,他的纯良的本性就从他的疯狂里透露出来,他哭了。

国　王　啊,乔特鲁德! 来! 太阳一到了山上,我就赶紧让他登船出发。对于这一件罪恶的行为,我只有尽量利用我的威权和手腕,替他掩饰过去。喂! 吉尔登斯吞!

　　　　　罗森格兰兹及吉尔登斯吞重上。

国　王　两位朋友,你们去多找几个人帮忙。哈姆莱特在疯狂之中,已经把波洛涅斯杀死;他现在把那尸体从他母亲的房间里拖出去了。你们去找他来,对他说话要和气一点;再把那尸体搬到教堂里去。请你们快去把这件事情办好。(罗森格兰兹、吉尔登斯吞下。)来,乔特鲁德,我要去召集我那些最有见识的朋友们,把我的决定和这一件意外的变故告诉他们,免得外边无稽的谰言牵涉到我身上,它的毒箭从低声的密语中间散放出去,是像弹丸从炮口射出去一样每发必中的,现在我们这样做后,它或许会落空了。啊,来吧! 我的灵魂里充满着混乱和惊愕。(同下。)

第二场　城堡中另一室

　　　　　哈姆莱特上。

哈姆莱特　藏好了。

吉尔登斯吞　(在内)哈姆莱特! 哈姆莱特殿下!

哈姆莱特　什么声音? 谁在叫哈姆莱特? 啊,他们来了。

　　　　　罗森格兰兹及吉尔登斯吞上。

罗森格兰兹　殿下,您把那尸体怎么样啦?

哈姆莱特　它本来就是泥土,我仍旧让它回到泥土里去。

罗森格兰兹　告诉我们它在什么地方,让我们把它搬到教堂里去。

哈姆莱特　不要相信。

罗森格兰兹　不要相信什么？

哈姆莱特　不要相信我会说出我的秘密，倒替你们保守秘密。而且，一块海绵也敢问起我来！一个堂堂王子应该用什么话去回答它呢？

罗森格兰兹　您把我当作一块海绵吗，殿下？

哈姆莱特　嗯，先生，一块吸收君王的恩宠、利禄和官爵的海绵。可是这样的官员要到最后才会显出他们对于君王的最大用处来；像猴子吃硬壳果一般，他们的君王先把他们含在嘴里舔弄了好久，然后再一口咽了下去。当他需要被你们所吸收去的东西的时候，他只要把你们一挤，于是，海绵，你又是一块干巴巴的东西了。

罗森格兰兹　我不懂您的话，殿下。

哈姆莱特　那很好，下流的话正好让它埋葬在一个傻瓜的耳朵里。

罗森格兰兹　殿下，您必须告诉我们那尸体在什么地方，然后跟我们见王上去。

哈姆莱特　他的身体和国王同在，可是那国王并不和他的身体同在。国王是一件东西——

吉尔登斯吞　一件东西，殿下！

哈姆莱特　一件虚无的东西。带我去见他。狐狸躲起来，大家追上去。

（同下。）

第三场　城堡中另一室

国王上，侍从后随。

国　王　我已经叫他们找他去了，并且叫他们把那尸体寻出来。让这家伙任意胡闹，是一件多么危险的事情！可是我们又不能把严刑峻法加在他的身上,他是为糊涂的群众所喜爱的,他们喜欢一个人,只凭眼睛,不凭理智;我要是处罚了他,他们只看见我的刑罚的苛酷,却不想到他犯的是什么重罪。为了顾全各方面的关系,这样叫他迅速离国,必须显得像是深思熟虑的结果。应付非常的变故,只有用非常的手段,不然是不中用的。

　　　　　罗森格兰兹上。

国　王　啊!事情怎样啦?

罗森格兰兹　陛下,他不肯告诉我们那尸体在什么地方。

国　王　可是他呢?

罗森格兰兹　在外面,陛下;我们把他看起来了,等候您的旨意。

国　王　带他来见我。

罗森格兰兹　喂,吉尔登斯吞!带殿下进来。

　　　　　哈姆莱特及吉尔登斯吞上。

国　王　啊,哈姆莱特,波洛涅斯呢?

哈姆莱特　吃饭去了。

国　王　吃饭去了!在什么地方?

哈姆莱特　不是在他吃饭的地方,是在人家吃他的地方;有一群精明的蛆虫正在他身上大吃特吃哩。蛆虫是全世界最大的饕餮家;我们喂肥了各种牲畜给自己受用,再喂肥了自己去给蛆虫受用。胖胖的国王跟瘦瘦的乞丐是一个桌子上两道不同的菜;不过是这么一回事。

国　王　唉!唉!

哈姆莱特　一个人可以拿一条吃过一个国王的蛆虫去钓鱼,再吃那吃过那条蛆虫的鱼。

国　王　你这句话是什么意思?

哈姆莱特　没有什么意思,我不过指点你一个国王可以在一个乞丐的脏腑里作一番巡礼。

国　王　波洛涅斯呢？

哈姆莱特　在天上；你差人到那边去找他吧。要是你的使者在天上找不到他，那么你可以自己到另外一个所在去找他。可是你们在这一个月里要是找不到他的话，你们只要跑上走廊的阶石，也就可以闻到他的气味了。

国　王　（向著干侍从）到走廊里去找一找。

哈姆莱特　他一定会恭候你们。（侍从等下。）

国　王　哈姆莱特，你干出这种事来，使我非常痛心。由于我很关心你的安全，你必须火速离开国境；所以快去自己预备预备。船已经整装待发，风势也很顺利，同行的人都在等着你，一切都已经准备好向英国出发。

哈姆莱特　到英国去！

国　王　是的，哈姆莱特。

哈姆莱特　好。

国　王　要是你明白我的用意，你应该知道这是为了你的好处。

哈姆莱特　我看见一个明白你的用意的天使。可是来，到英国去！再会，亲爱的母亲！

国　王　我是你慈爱的父亲，哈姆莱特。

哈姆莱特　我的母亲。父亲和母亲是夫妇两个，夫妇是一体之亲；所以再会吧，我的母亲！来，到英国去！（下。）

国　王　跟在他后面，劝诱他赶快上船，不要耽误；我要叫他今晚离开国境。去！和这件事有关的一切公文要件，都已经密封停当了。请你们赶快一点。（罗森格兰兹、吉尔登斯吞下。）英格兰王啊，丹麦的宝剑在你的国土上还留着鲜明的创痕，你向我们纳款输诚的敬礼至今未减，要是你畏惧我的威力，重视我的友谊，你就不能忽视我的意旨;我已经在公函里要求你把哈姆莱特立即处死,照着我的意思做吧,英格兰王,因为他像是我深入膏肓的痼疾,一定要借你的手把我医好。我必须知道他已经不在人世,我的脸上才会浮起笑容。(下。)

第四场　丹麦原野

　　　福丁布拉斯、一队长及兵士等列队行进上。

福丁布拉斯　队长,你去替我问候丹麦国王,告诉他说福丁布拉斯因为得到他的允许,已经按照约定,率领一支军队通过他的国境,请他派人来带路。你知道我们在什么地方集合。要是丹麦王有什么话要跟我当面说,我也可以入朝晋谒;你就这样对他说吧。

队　长　是,主将。

福丁布拉斯　慢步前进。(福丁布拉斯及兵士等下。)

　　　哈姆莱特、罗森格兰兹、吉尔登斯吞等同上。

哈姆莱特　官长,这些是什么人的军队?

队　长　他们都是挪威的军队,先生。

哈姆莱特　请问他们是开到什么地方去的?

队　长　到波兰的某一部分去。

哈姆莱特　谁是领兵的主将?

队　长　挪威老王的侄儿福丁布拉斯。

哈姆莱特　他们是要向波兰本土进攻呢,还是去袭击边疆?

队　长　不瞒您说,我们是要去夺一小块徒有虚名毫无实利的土地。叫我出五块钱去把它租下来,我也不要;要是把它标卖起来,不管是归挪威,还是归波兰,也不会得到更多的好处。

哈姆莱特　啊,那么波兰人一定不会防卫它的了。

队　　长　不,他们早已布防好了。

哈姆莱特　为了这一块荒瘠的土地,牺牲了两千人的生命,两万块的金元,争执也不会解决。这完全是因为国家富足升平了,晏安的积毒蕴蓄于内,虽然已经到了溃烂的程度,外表上却还一点看不出致死的原因来。谢谢您,官长。

队　　长　上帝和您同在,先生。(下。)

罗森格兰兹　我们去吧,殿下。

哈姆莱特　我就来,你们先走一步。(除哈姆莱特外均下。)我所见到、听到的一切,都好像在对我谴责,鞭策我赶快进行我的蹉跎未就的复仇大愿!一个人要是把生活的幸福和目的,只看作吃吃睡睡,他还算是个什么东西?简直不过是一头畜生!上帝造下我们来,使我们能够这样高谈阔论,瞻前顾后,当然要我们利用他所赋予我们的这一种能力和灵明的理智,不让它们白白废掉。现在我明明有理由、有决心、有力量、有方法,可以动手干我所要干的事,可是我还是在大言不惭地说:"这件事需要做。"可是始终不曾在行动上表现出来;我不知道这是因为像鹿豕一般的健忘呢,还是因为三分怯懦一分智慧的过于审慎的顾虑。像大地一样显明的榜样都在鼓励我;瞧这一支勇猛的大军,领队的是一个娇美的少年王子,勃勃的雄心振起了他的精神,使他蔑视不可知的结果,为了区区弹丸大小的一块不毛之地,拼着血肉之躯,去向命运、死亡和危险挑战。真正的伟大不是轻举妄动而是在荣誉遭遇危险的时候,即使为了一根稻秆之微,也要慷慨力争。可是我的父亲给人惨杀,我的母亲给人污辱,我的理智和感情都被这种不共戴天的大仇所激动,我却因循隐忍,一切听其自然,看着这两万人为了博取一个空虚的名声,视死如归地走下他们的坟墓里去,目的只是争夺一方还不够给他们作战场或者埋骨之所的土地,相形之下,我将何地自容呢?啊!这一刻起,让我屏除一切的疑虑妄念,把流血的思想充满在我的脑际!(下。)

第五场 艾尔西诺。城堡中一室

王后、霍拉旭及一侍臣上。

王　后　我不愿意跟她说话。

侍　臣　她一定要见您;她的神气疯疯癫癫,瞧着怪可怜的。

王　后　她要什么?

侍　臣　她不断提起她的父亲;她说她听见这世上到处是诡计;一边呻吟,一边捶她的心,对一些琐琐屑屑的事情痛骂,讲的都是些很玄妙的话,好像有意思,又好像没有意思。她的话虽然不知所云,可是却能使听见的人心中发生反应,而企图从它里面找出意义来;他们妄加猜测,把她的话断章取义,用自己的思想附会上去;当她讲那些话的时候,有时眨眼,有时点头,做着种种的手势,的确使人相信在她的言语之间,含蓄着什么意思,虽然不能确定,却可以作一些很不好听的解释。

霍拉旭　最好有什么人跟她谈谈,因为也许她会在愚妄的脑筋里散布一些危险的猜测。

王　后　让她进来。(侍臣下。)我负疚的灵魂惴惴惊惶,琐琐细事也像预兆灾殃;罪恶是这样充满了疑猜,越小心越容易流露鬼胎。

侍臣率奥菲利娅重上。

奥菲利娅　丹麦的美丽的王后陛下呢?

王　后　啊,奥菲利娅!

奥菲利娅　(唱)

> 张三李四满街走,
>
> 谁是你情郎?
>
> 毡帽在头杖在手,
>
> 草鞋穿一双。

王　后　　唉!好姑娘,这支歌是什么意思呢?

奥菲利娅　　您说? 请您听好了。(唱)

> 姑娘,姑娘,他死了,
>
> 一去不复来;
>
> 头上盖着青青草,
>
> 脚下石生苔。
>
> 嗬呵!

王　后　　哎,可是,奥菲利娅——

奥菲利娅　　请您听好了。(唱)

> 殓衾遮体白如雪——

> 国王上。

王　后　　唉!陛下,您瞧。

奥菲利娅　　鲜花红似雨;花上盈盈有泪滴,伴郎坟墓去。

国　王　　你好,美丽的姑娘!

奥菲利娅　　好,上帝保佑您! 他们说猫头鹰是一个面包师的女儿变成
　　　的。主啊! 我们都知道我们现在是什么,可是谁也不知道自己将
　　　来会变成什么。愿上帝和您同席!

国　王　　她父亲的死激成了她这种幻想。

奥菲利娅　　对不起,我们再别提这件事了。要是有人问您这是什么意

思,您就这样对他说 :(唱)

> 情人佳节就在明天,
> 我要一早起身,
> 梳洗齐整到你窗前,
> 来做你的恋人。
> 他下了床披了衣裳,
> 他开开了房门;
> 她进去时是个女郎,
> 出来变了妇人。

国　王　美丽的奥菲利娅!

奥菲利娅　真的,不用发誓,我会把它唱完 :(唱)

> 凭着神圣慈悲名字,
> 这种事太丢脸!
> 少年男子不知羞耻,
> 一味无赖纠缠,
> 她说你曾答应娶我,
> 然后再同枕席。
> ——本来确是想这样做,
> 无奈你等不及。

国　王　她这个样子已经多久了?

奥菲利娅　我希望一切转祸为福! 我们必须忍耐 ;可是我一想到他们
把他放下寒冷的泥土里去,我就禁不住掉泪。我的哥哥必须知道
这件事。谢谢你们很好的劝告。来,我的马车! 晚安,太太们 ;晚
安,可爱的小姐们 ;晚安,晚安! (下。)

国　王　紧紧跟住她；留心不要让她闹出乱子来。（霍拉旭下。）啊！深心的忧伤把她害成这样子；这完全是为了她父亲的死。啊，乔特鲁德，乔特鲁德！不幸的事情总是接踵而来：第一是她父亲的被杀；然后是你儿子的远别，他闯了这样大祸，不得不亡命异国，也是自取其咎。人民对于善良的波洛涅斯的暴死，已经群疑蜂起，议论纷纷；我这样匆匆忙忙地把他秘密安葬，更加引起了外间的疑窦；可怜的奥菲利娅也因此而伤心得失去了她的正常的理智，我们人类没有了理智，不过是画上的图形，无知的禽兽。最后，跟这些事情同样使我不安的，她的哥哥已经从法国秘密回来。行动诡异，居心叵测，他的耳中所听到的，都是那些拨弄是非的人所散播的关于他父亲死状的恶意的谣言；这些谣言。由于找不到确凿的事实根据，少不得牵涉到我的身上。啊，我的亲爱的乔特鲁德！这就像一尊厉害的开花炮，打得我遍体血肉横飞，死上加死。（内喧呼声。）

王　后　哎哟！这是什么声音？

　　　　一侍臣上。

国　王　我的瑞士卫队呢？叫他们把守宫门。什么事？

侍　臣　赶快避一避吧，陛下；比大洋中的怒潮冲决堤岸、席卷平原还要汹汹其势，年轻的雷欧提斯带领着一队叛军，打败了您的卫士，冲进宫里来了。这一群暴徒把他称为主上；就像世界还不过刚才开始一般，他们推翻了一切的传统和习惯，自己制订规矩，擅作主张，高喊着："我们推举雷欧提斯做国王！"他们掷帽举手，吆呼的声音响彻云霄："让雷欧提斯做国王，让雷欧提斯做国王！"

王　后　他们这样兴高采烈，却不知道已经误入歧途！啊，你们干了错事了，你们这些不忠的丹麦狗！　（内喧呼声。）

国　王　宫门都已打破了。

雷欧提斯戎装上;一群丹麦人随上。

雷欧提斯　国王在哪儿?弟兄们,大家站在外面。

众　人　不,让我们进来。

雷欧提斯　对不起,请你们听我的话。

众　人　好,好。(众人退立门外。)

雷欧提斯　谢谢你们;把门看守好了。啊,你这万恶的奸王! 还我的
　　父亲来!

王　后　安静一点,好雷欧提斯。

雷欧提斯　我身上要是有一点血安静下来,我就是个野生的杂种,我
　　的父亲是个王八,我的母亲的贞洁的额角上,也要雕上娼妓的
　　恶名。

国　王　雷欧提斯,你这样大张声势,兴兵犯上,究竟为了什么原
　　因?——放了他,乔特鲁德;不要担心他会伤害我的身体,一个君
　　王是有神灵呵护的,叛逆只能在一边蓄意窥伺,做不出什么事情
　　来。——告诉我。雷欧提斯,你有什么气恼不平的事?——放了
　　他,乔特鲁德。——你说吧。

雷欧提斯　我的父亲呢?

国　王　死了。

王　后　但是并不是他杀死的。

国　王　尽他问下去。

雷欧提斯　他怎么会死的? 我可不能受人家的愚弄。忠心,到地狱里
　　去吧! 让最黑暗的魔鬼把一切誓言抓了去! 什么良心,什么礼
　　貌,都给我滚下无底的深渊里去! 我要向永劫挑战。我的立场已
　　经坚决:今生怎样,来生怎样,我一概不顾,只要痛痛快快地为我
　　的父亲复仇。

国　王　有谁阻止你呢?

雷欧提斯　除了我自己的意志以外，全世界也不能阻止我；至于我的力量，我一定要使用得当，叫它事半功倍。

国　　王　好雷欧提斯，要是你想知道你的亲爱的父亲究竟是怎样死去的话，难道你复仇的方式是把朋友和敌人都当作对象，把赢钱的和输钱的赌注都一扫而光吗？

雷欧提斯　冤有头，债有主，我只要找我父亲的敌人算账。

国　　王　那么你要知道谁是他的敌人吗？

雷欧提斯　对于他的好朋友，我愿意张开我的手臂拥抱他们，像舍身的鹈鹕一样，把我的血供他们畅饮①。

国　　王　啊，现在你才说得像一个孝顺的儿子和真正的绅士。我不但对于令尊的死不曾有份，而且为此也感觉到非常的悲痛；这一个事实将会透过你的心，正像白昼的阳光照射你的眼睛一样。

众　　人　（在内）放她进去！

雷欧提斯　怎么！那是什么声音？

　　　　　　奥菲利娅重上。

雷欧提斯　啊，赤热的烈焰，炙枯了我的脑浆吧！七倍辛酸的眼泪，灼伤了我的视觉吧！天日在上，我一定要叫那害你疯狂的仇人重重地抵偿他的罪恶。啊，五月的玫瑰！亲爱的女郎，好妹妹，奥菲利娅！天啊！一个少女的理智，也会像一个老人的生命一样受不起打击吗？人类的天性由于爱情而格外敏感，因为是敏感的，所以会把自己最珍贵的部分舍弃给所爱的事物。

奥菲利娅　（唱）

　　　　　　他们把他抬上枢架；

　　　　　　哎呀，哎呀，哎哎呀；

────────────

① 昔人误信鹈鹕以其血哺雏，故云。

> 在他坟上泪如雨下！——
> 再会，我的鸽子！

雷欧提斯　要是你没有发疯而激励我复仇，你的言语也不会比你现在这样子更使我感动了。

奥菲利娅　你应该唱："当啊当，还叫他啊当啊。"哦，这纺轮转动的声音配合得多么好听！唱的是那坏良心的管家把主人的女儿拐了去了。

雷欧提斯　这种无意识的话，比正言危论还要有力得多。

奥菲利娅　这是表示记忆的迷迭香；爱人，请你记着吧：这是表示思想的三色堇。

雷欧提斯　这疯话很有道理，思想和记忆都提得很合适。

奥菲利娅　这是给您的茴香和漏斗花；这是给您的芸香；这儿还留着一些给我自己；遇到礼拜天，我们不妨叫它慈悲草。啊！您可以把您的芸香插戴得别致一点。这儿是一枝雏菊；我想要给您几朵紫罗兰，可是我父亲一死，它们全都谢了；他们说他死得很好——（唱）

> 可爱的罗宾是我的宝贝。

雷欧提斯　忧愁、痛苦、悲哀和地狱中的磨难，在她身上都变成了可怜可爱。

奥菲利娅　（唱）

> 他会不会再回来？
> 他会不会再回来？
> 不，不，他死了；
> 你的命难保，
> 他再也不会回来。
> 他的胡须像白银，
> 满头黄发乱纷纷。

人死不能活，

且把悲声歇；

上帝饶赦他灵魂！

求上帝饶赦一切基督徒的灵魂！上帝和你们同在！（下。）

雷欧提斯　上帝啊，你看见这种惨事吗？

国　　王　雷欧提斯，我必须跟你详细谈谈关于你所遭逢的不幸；你不能拒绝我这一个权利。你不妨先去选择几个你的最有见识的朋友，请他们在你我两人之间做公正人：要是他们评断的结果，认为是我主动或同谋杀害的，我愿意放弃我的国土、我的王冠、我的生命以及我所有的一切，作为对你的补偿；可是他们假如认为我是无罪的，那么你必须答应助我一臂之力，让我们两人开诚合作，定出一个惩凶的方策来。

雷欧提斯　就这样吧；他死得这样不明不白，他的下葬又是这样偷偷摸摸的，他的尸体上没有一些战士的荣饰，也不曾替他举行一些哀祭的仪式，从天上到地下都在发出愤懑不平的呼声，我不能不问一个明白。

国　　王　你可以明白一切；谁是真有罪的，让斧钺加在他的头上吧。请你跟我来。（同下。）

第六场　城堡中另一室

霍拉旭及一仆人上。

霍拉旭　要来见我说话的是些什么人？

仆　　人　是几个水手，主人；他们说他们有信要交给您。

霍拉旭　叫他们进来。（仆人下。）倘不是哈姆莱特殿下差来的人，我不知道在这世上的哪一部分会有人来看我。

众水手上。

水手甲 上帝祝福您,先生!

霍拉旭 愿他也祝福你。

水手乙 他要是高兴,先生,他会祝福我们的。这儿有一封信给您,先生——它是从那位到英国去的钦使寄来的。——要是您的名字果然是霍拉旭的话。

霍拉旭 (读信)"霍拉旭,你把这封信看过以后,请把来人领去见一见国王;他们还有信要交给他。我们在海上的第二天,就有一艘很凶猛的海盗船向我们追击。我们因为船行太慢,只好勉力迎敌;在彼此相持的时候,我跳上了盗船,他们就立刻抛下我们的船,扬帆而去,剩下我一个人做他们的俘虏。他们对待我很是有礼,可是他们也知道这样做对他们有利;我还要重谢他们哩。把我给国王的信交给他以后,请你就像逃命一般火速来见我。我有一些可以使你听了咋舌的话要在你的耳边说;可是事实的本身比这些话还要严重得多。来人可以把你带到我现在所在的地方。罗森格兰兹和吉尔登斯吞到英国去了;关于他们我还有许多话要告诉你。再会。你的知心朋友哈姆莱特。"来,让我立刻就带你们去把你们的信送出,然后请你们尽快领我到那把这些信交给你们的那个人的地方去。(同下。)

第七场　城堡中另一室

国王及雷欧提斯上。

国　　王　你已经用你同情的耳朵，听见我告诉你那杀死令尊的人，也在图谋我的生命；现在你必须明白我的无罪，并且把我当作你的一个心腹的友人了。

雷欧提斯　听您所说，果然像是真的；可是告诉我，您自己的安全、长远的谋虑和其他一切，都在大力推动您，为什么您对于这样罪大恶极的暴行，反而不采取严厉的手段呢？

国　　王　啊！那是因为有两个理由，也许在你看来是不成其为理由的，可是对于我却有很大的关系。王后，他的母亲，差不多一天不看见他就不能生活；至于我自己，那么不管这是我的好处或是我的致命的弱点，我的生命和灵魂是这样跟她联结在一起，正像星球不能跳出轨道一样，我也不能没有她而生活。而且我所以不能把这件案子公开，还有一个重要的顾虑：一般民众对他都有很大的好感，他们盲目的崇拜像一道使树木变成石块的魔泉一样，会把他戴的镣铐也当作光荣。我的箭太轻、太没有力了，遇到这样的狂风，一定不能射中目的，反而给吹了转来。

雷欧提斯　那么难道我的一个高贵的父亲就这样白白死去，一个好好的妹妹就这样白白疯了不成？如果能允许我赞美她过去的容貌才德，那简直是可以傲视一世、睥睨古今的。可是我的报仇的机会总有一天会到来。

国　　王　不要让这件事扰乱了你的睡眠；你不要以为我是这样一个麻木不仁的人，会让人家揪着我的胡须，还以为这不过是开开玩笑。

不久你就可以听到消息。我爱你父亲,我也爱我自己;那我希望
可以使你想到——

  一使者上。

国 王 啊! 什么消息?

使 者 启禀陛下,是哈姆莱特寄来的信;这一封是给陛下的,这一封
   是给王后的。

国 王 哈姆莱特寄来的! 是谁把它们送到这儿来的?

使 者 他们说是几个水手,陛下,我没有看见他们;这两封信是克劳
   狄奥交给我的,来人把信送在他手里。

国 王 雷欧提斯,你可以听一听这封信。出去! (使者下。读信)"陛
   下,我已经光着身子回到您的国土上来了。明天我就要请您允许
   我拜谒御容。让我先向您告我的不召而返之罪,然后再向您禀告
   我这次突然意外回国的原因。哈姆莱特敬上。"这是什么意思?
   同去的人也都一起回来了吗? 还是有什么人在捣鬼,事实上并没
   有这么一回事?

雷欧提斯 您认识这笔迹吗?

国 王 这确是哈姆莱特的亲笔。"光着身子"! 这儿还附着一笔,说
   是"一个人回来"。你看他是什么用意?

雷欧提斯 我可不懂,陛下。可是他来得正好;我一想到我能够有这
   样一天当面申斥他"你干的好事",我的郁闷的心也热起来了。

国 王 要是果然这样的话,可是怎么会这样呢? 然而,此外又如何
   解释呢? 雷欧提斯,你愿意听我的吩咐吗?

雷欧提斯 愿意,陛下,只要您不勉强我跟他和解。

国 王 我是要使你自己心里得到平安。要是他现在中途而返,不预
   备再做这样的航行,那么我已经想好了一个计策,怂恿他去做一
   件事情,一定可以叫他自投罗网;而且他死了以后,谁也不能讲一

句闲话,即使他的母亲也不能觉察我们的诡计,只好认为是一件意外的灾祸。

雷欧提斯　陛下,我愿意服从您的指挥;最好请您设法让他死在我的手里。

国　王　我正是这样计划。自从你到国外游学以后,人家常常说起你有一种特长的本领,这种话哈姆莱特也是早就听到过的;虽然在我的意见之中,这不过是你所有的才艺中间最不足道的一种,可是你的一切才艺的总和,都不及这一种本领更能挑起他的妒忌。

雷欧提斯　是什么本领呢,陛下?

国　王　它虽然不过是装饰在少年人帽上的一条缎带,但也是少不了的;因为年轻人应该装束得华丽潇洒一些,表示他的健康活泼,正像老年人应该装束得朴素大方一些,表示他的矜严庄重一样。两个月以前,这儿来了一个诺曼绅士;我自己曾经见过法国人,和他们打过仗,他们都是很精于骑术的;可是这位好汉简直有不可思议的魔力,他骑在马上,好像和他的坐骑化成了一体似的,随意驰聘,无不出神入化。他的技术是那样远超过我的预料,无论我杜撰一些怎样夸大的词句,都不够形容它的奇妙。

雷欧提斯　是个诺曼人吗?

国　王　是诺曼人。

雷欧提斯　那么一定是拉摩德了。

国　王　正是他。

雷欧提斯　我认识他;他的确是全国知名的勇士。

国　王　他承认你的武艺很了不得,对于你的剑术尤其极口称赞,说是倘有人能够和你对敌。那一定大有可观;他发誓说他们国里的剑士要是跟你交起手来,一定会眼花缭乱,全然失去招架之功。他对你的这一番夸奖,使哈姆莱特妒恼交集,一心希望你快些回来,跟他比赛一下。从这一点上——

雷欧提斯　从这一点上怎么,陛下?

国　　王　雷欧提斯,你真爱你的父亲吗?还是不过是做作出来的悲哀,只有表面,没有真心?

雷欧提斯　您为什么这样问我?

国　　王　我不是以为你不爱你的父亲;可是我知道爱不过起于一时感情的冲动,经验告诉我,经过了相当时间,它是会逐渐冷淡下去的。爱像一盏油灯,灯芯烧枯以后,它的火焰也会由微暗而至于消灭。一切事情都不能永远保持良好,因为过度的善反会摧毁它的本身,正像一个人因充血而死去一样。我们所要做的事,应该一想到就做;因为人的想法是会变化的,有多少舌头、多少手、多少意外,就会有多少犹豫、多少迟延;那时候再空谈该做什么,只不过等于聊以自慰的长吁短叹,只能伤害自己的身体罢了。可是回到我们所要谈论的中心问题上来吧。哈姆莱特回来了;你预备怎样用行动代替言语,表明你自己的确是你父亲的孝子呢?

雷欧提斯　我要在教堂里割破他的喉咙。

国　　王　当然,无论什么所在都不能庇护一个杀人的凶手;复仇应该不受地点的限制。可是,好雷欧提斯,你要是果然志在复仇,还是住在自己家里不要出来。哈姆莱特回来以后,我们可以让他知道你也已经回来,叫几个人在他的面前夸奖你的本领,把你说得比那法国人所讲的还要了不得,怂恿他和你做一次比赛,赌个输赢。他是个粗心的人,一向厚道,想不到人家在算计他,一定不会仔细检视比赛用的刀剑的利钝;你只要预先把一柄利剑混杂在里面,趁他没有注意的时候不动声色地自己拿了,在比赛之际,看准他的要害刺了过去,就可以替你的父亲报了仇了。

雷欧提斯　我愿意这样做；为了达到复仇的目的，我还要在我的剑上涂一些毒药。我已经从一个卖药人手里买到一种致命的药油，只要在剑头上沾了一滴，刺到人身上，它一碰到血，即使只是擦破了一些皮肤，也会毒性发作，无论什么灵丹仙草，都不能挽救。我就去把剑尖蘸上这种烈性毒剂，只要我刺破他一点，就叫他送命。

国　王　让我们再考虑考虑，看时间和机会能够给我们什么方便。要是这一个计策会失败，要是我们会在行动之间露出破绽，那么还是不要尝试的好。为了预防失败起见，我们应该另外再想一个万全之计。且慢！让我想来：我们可以对你们两人的胜负打赌；啊，有了：你在跟他交手的时候，必须使出你全副的精神，使他疲于奔命，等他口干烦躁，要讨水喝的当儿，我就为他预备好一杯毒酒，万一他逃过了你的毒剑，只要他让酒沾唇，我们的目的也就同样达到了。且慢！什么声音？

　　　　王后上。

国　王　啊，亲爱的王后！

王　后　一桩祸事刚刚到来，又有一桩接踵而至。雷欧提斯，你的妹妹掉在水里淹死了。

雷欧提斯　淹死了！啊！在哪儿？

王　后　在小溪之旁，斜生着一株杨柳，它的参毛参毛的枝叶倒映在明镜一样的水流之中；她编了几个奇异的花环去到那里，用的是毛茛、荨麻、雏菊和长颈兰——正派的姑娘管这种花叫死人指头，说粗话的牧人却给它起了另一个不雅的名字。——她爬上一根横垂的树枝，想要把她的花冠挂在上面；就在这时候，一根心怀恶意的树枝折断了，她就连人带花一起落下呜咽的溪水里。她的衣服四散展开，使她暂时像人鱼一样漂浮水上；她嘴里还断断续续唱着古老的谣曲，好像一点不感觉到她处境的险恶，又好像她本

来就是生长在水中一般。可是不多一会儿,她的衣服给水浸得重

起来了,这可怜的人歌儿还没有唱完,就已经沉到泥里去了,

雷欧提斯　唉!那么她淹死了吗?

王　后　淹死了,淹死了!

雷欧提斯　太多的水淹没了你的身体,可怜的奥菲利娅,所以我必须

忍住我的眼泪。可是人类的常情是不能遏阻的,我掩饰不了心中

的悲哀,只好顾不得惭愧了;当我们的眼泪干了以后,我们的妇人

之仁也会随着消灭的。再会,陛下!我有一段炎炎欲焚的烈火般

的话,可是我的傻气的眼泪把它浇熄了。(下。)

国　　王　让我们跟上去,乔特鲁德;我好容易才把他的怒气平息了

一下,现在我怕又要把它挑起来了。快让我们跟上去吧。(同下。)

第
五
幕

第一场　墓地

二小丑携锄、锹等上。

小丑甲　她存心自己脱离人世，却要照基督徒的仪式下葬吗？

小丑乙　我对你说是的，所以你赶快把她的坟掘好吧；验尸官已经验明她的死状，宣布应该按照基督徒的仪式把她下葬。

小丑甲　这可奇了，难道她是因为自卫而跳下水里的吗？

小丑乙　他们验明是这样的。

小丑甲　那一定是为了自毁，不可能有别的原因。因为问题是这样的：要是我有意投水自杀，那必须成立一个行为；一个行为可以分为三部分，那就是干、行、做；所以，她是有意投水自杀的。

小丑乙　哎，你听我说——

小丑甲　让我说完。这儿是水；好，这儿站着人；好，要是这个人跑到这个水里，把他自己淹死了，那么，不管他自己愿不愿意，总是他自己跑下去的；你听见了没有？可是要是那水来到他的身上把他淹死了，那就不是他自己把自己淹死；所以，对于他自己的死无罪的人，并没有缩短他自己的生命。

小丑乙　法律上是这样说的吗？

小丑甲　嗯，是的，这是验尸官的验尸法。

小丑乙　说一句老实话，要是死的不是一位贵家女子，他们决不会按照基督徒的仪式把她下葬的。

小丑甲　对了,你说得有理;有财有势的人,就是要投河上吊,比起他们同教的基督徒来也可以格外通融,世上的事情真是太不公平了!来,我的锄头。要讲家世最悠久的人,就得数种地的、开沟的和掘坟的;他们都继承着亚当的行业。

小丑乙　亚当也算世家吗?

小丑甲　自然要算,他在创立家业方面很有两手呢。

小丑乙　他有什么两手?

小丑甲　怎么?你是个异教徒吗?你的《圣经》是怎么念的?《圣经》上说亚当掘地;没有两手,能够掘地吗?让我再问你一个问题;要是你回答得不对,那么你就承认你自己——

小丑乙　你问吧。

小丑甲　谁造出东西来比泥水匠、船匠或是木匠更坚固?

小丑乙　造绞架的人;因为一千个寄寓在上面的人都已经先后死去,它还是站在那儿动都不动。

小丑甲　我很喜欢你的聪明,真的。绞架是很合适的;可是它怎么是合适的?它对于那些有罪的人是合适的。你说绞架造得比教堂还坚固,说这样的话是罪过的;所以,绞架对于你是合适的。来,重新说过。

小丑乙　谁造出东西来比泥水匠、船匠或是木匠更坚固?

小丑甲　嗯,你回答了这个问题,我就让你下工。

小丑乙　呃,现在我知道了。

小丑甲　说吧。

小丑乙　真的,我可回答不出来。

　　　　哈姆莱特及霍拉旭上,立远处。

小丑甲　别尽绞你的脑汁了,懒驴子是打死也走不快的;下回有人问你这个问题的时候,你就对他说,"掘坟的人",因为他造的房子是可以一直住到世界末日的。去,到约翰的酒店里去给我倒一杯酒来。(小丑乙下。小丑甲且掘且歌。)

> 年轻时候最爱偷情,
>
> 觉得那事很有趣味;
>
> 规规矩矩学做好人,
>
> 在我看来太无意义。

哈姆莱特　这家伙难道对于他的工作一点没有什么感觉,在掘坟的时候还会唱歌吗?

霍拉旭　他做惯了这种事,所以不以为意。

哈姆莱特　正是;不大劳动的手,它的感觉要比较灵敏一些。

小丑甲　(唱)

> 谁料如今岁月潜移,
>
> 老景催人急于星火,
>
> 两腿挺直,一命归西,
>
> 世上原来不曾有我。(掷起一骷髅。)

哈姆莱特　那个骷髅里面曾经有一条舌头,它也会唱歌哩;瞧这家伙把它摔在地上,好像它是第一个杀人凶手该隐①的颚骨似的!它也许是一个政客的头颅,现在却让这蠢货把它丢来踢去;也许他生前是个偷天换日的好手,你看是不是?

霍拉旭　也许是的,殿下。

哈姆莱特　也许是一个朝臣,他会说:"早安,大人!您好,大人!"也

---

① 该隐(Cain):亚当之长子,杀其弟亚伯,事见《旧约·创世记》。

许他就是某大人,嘴里称赞某大人的马好,心里却想把它讨了来,你看是不是?

霍拉旭　是,殿下。

哈姆莱特　啊,正是;现在却让蛆虫伴寝,他的下巴也脱掉了,一柄工役的锄头可以在他头上敲来敲去。从这种变化上,我们大可看透了生命的无常。难道这些枯骨生前受了那么多的教养,死后却只好给人家当木块一般抛着玩吗?想起来真是怪不好受的。

小丑甲　(唱)

锄头一柄,铁铲一把,

殓衾一方掩面遮身;

挖松泥土深深掘下,

掘了个坑招待客人。(掷起另一骷髅。)

哈姆莱特　又是一个;谁知道那不会是一个律师的骷髅? 他的玩弄刀笔的手段,颠倒黑白的雄辩,现在都到哪儿去了? 为什么他让这个放肆的家伙用龌龊的铁铲敲他的脑壳,不去控告他一个殴打罪? 哼! 这家伙生前也许曾经买下许多地产,开口闭口用那些条文、具结、罚款、双重保证、赔偿一类的名词吓人;现在他的脑壳里塞满了泥土,这就算是他所取得的罚款和最后的赔偿了吗? 他的双重保证人难道不能保他再多买点地皮,只给他留下和那种一式二份的契约同样大小的一块地面吗? 这个小木头匣子,原来要装他土地的字据都恐怕装不下,如今地主本人却也只能有这么一点地盘,哈?

霍拉旭　不能比这再多一点了,殿下。

哈姆莱特　契约纸不是用羊皮做的吗?

霍拉旭　是的,殿下,也有用牛皮做的。

哈姆莱特　我看痴心指靠那些玩意儿的人,比牲口聪明不了多少。我
　　　要去跟这家伙谈谈。大哥,这是谁的坟?

小丑甲　我的,先生——

　　　挖松泥土深深掘下,

　　　掘了个坑招待客人。

哈姆莱特　我看也是你的,因为你在里头胡闹。

小丑甲　您在外头也不老实,先生,所以这坟不是您的;至于说我,我
　　　倒没有在里头胡闹,可是这坟的确是我的。

哈姆莱特　你在里头,又说是你的,这就是"在里头胡闹"。因为挖坟
　　　是为死人,不是为会蹦会跳的活人,所以说你胡闹。

小丑甲　这套胡闹的话果然会蹦会跳,先生;等会儿又该从我这里跳
　　　到您那里去了。

哈姆莱特　你是在给什么人挖坟?是个男人吗?

小丑甲　不是男人,先生。

哈姆莱特　那么是个女人?

小丑甲　也不是女人。

哈姆莱特　不是男人,也不是女人,那么谁葬在这里面?

小丑甲　先生,她本来是一个女人,可是上帝让她的灵魂得到安息,她
　　　已经死了。

哈姆莱特　这浑蛋倒会分辨得这样清楚!我们讲话可得字斟句酌,精
　　　心推敲,稍有含糊,就会出丑。凭着上帝发誓,霍拉旭,我觉得这
　　　三年来,人人都越变越精明,庄稼汉的脚趾头已经挨近朝廷贵人
　　　的脚后跟,可以磨破那上面的冻疮了。——你做这掘墓的营生,
　　　已经多久了?

小丑甲　我开始干这营生,是在我们的老王爷哈姆莱特打败福丁布拉

斯那一天。

哈姆莱特　那是多久以前的事?

小丑甲　你不知道吗? 每一个傻子都知道的 ;那正是小哈姆莱特出世
　　　　的那一天,就是那个发了疯给他们送到英国去的。

哈姆莱特　嗯,对了 ;为什么他们叫他到英国去?

小丑甲　就是因为他发了疯呀 ;他到英国去,他的疯病就会好的,即使
　　　　疯病不会好,在那边也没有什么关系。

哈姆莱特　为什么?

小丑甲　英国人不会把他当作疯子 ;他们都跟他一样疯。

哈姆莱特　他怎么会发疯?

小丑甲　人家说得很奇怪。

哈姆莱特　怎么奇怪?

小丑甲　他们说他神经有了毛病。

哈姆莱特　从哪里来的?

小丑甲　还不就是从丹麦本地来的? 我在本地干这掘墓的营生,从小
　　　　到大,一共有三十年了。

哈姆莱特　一个人埋在地下,要经过多少时候才会腐烂?

小丑甲　假如他不是在未死以前就已经腐烂——就如现在有的是害
　　　　杨梅疮死去的尸体,简直抬都抬不下去——他可以过八九年 ;一
　　　　个硝皮匠在九年以内不会腐烂。

哈姆莱特　为什么他要比别人长久一些?

小丑甲　因为,先生,他的皮硝得比人家的硬,可以长久不透水 ;倒霉
　　　　的尸体一碰到水,是最会腐烂的。这儿又是一个骷髅 ;这骷髅已
　　　　经埋在地下二十三年了。

哈姆莱特　它是谁的骷髅?

小丑甲　是个婊子养的疯小子 ;你猜是谁?

哈姆莱特　不,我猜不出。

小丑甲　这个遭瘟的疯小子!他有一次把一瓶葡萄酒倒在我的头上。这一个骷髅,先生,是国王的弄人郁利克的骷髅。

哈姆莱特　这就是他!

小丑甲　正是他。

哈姆莱特　让我看。(取骷髅)唉,可怜的郁利克!霍拉旭,我认识他;他是一个最会开玩笑、非常富有想象力的家伙。他曾经把我负在背上一千次;现在我一想起来,却忍不住胸头作恶。这儿本来有两片嘴唇,我不知吻过它们多少次。——现在你还会挖苦人吗?你还会蹦蹦跳跳,逗人发笑吗?你还会唱歌吗?你还会随口编造一些笑话,说得满座捧腹吗?你没有留下一个笑话,讥笑你自己吗?这样垂头丧气了吗?现在你给我到小姐的闺房里去,对她说,凭她脸上的脂粉搽得一寸厚,到后来总要变成这个样子的;你用这样的话告诉她,看她笑不笑吧。霍拉旭,请你告诉我一件事情。

霍拉旭　什么事情,殿下?

哈姆莱特　你想亚历山大在地下也是这副形状吗?

霍拉旭　也是这样。

哈姆莱特　也有同样的臭味吗?呸!(掷下骷髅。)

霍拉旭　也有同样的臭味,殿下。

哈姆莱特　谁知道我们将来会变成一些什么下贱的东西,霍拉旭!要是我们用想象推测下去,谁知道亚历山大的高贵的尸体,不就是塞在酒桶口上的泥土?

霍拉旭　那未免太想入非非了。

哈姆莱特　不,一点不,我们可以不作怪论、合情合理地推想他怎样会到那个地步;比方说吧:亚历山大死了;亚历山大埋葬了;亚历山大化为尘土;人们把尘土做成烂泥;那么为什么亚历山大所变成的烂泥,不会被人家拿来塞在啤酒桶的口上呢?凯撒死了,你尊严的尸体也许变了泥把破墙填砌;啊!他从前是何等的英雄,现在只好替人挡雨遮风!可是不要作声!不要作声!站开;国王来了。(教士等列队上;众抬奥菲利娅尸体前行;雷欧提斯及诸送葬者、国王、王后及侍从等随后。)

哈姆莱特　王后和朝臣们也都来了;他们是送什么人下葬呢?仪式又是这样草率的?瞧上去好像他们所送葬的那个人,是自杀而死的,同时又是个很有身份的人。让我们躲在一旁瞧瞧他们。(与霍拉旭退后。)

雷欧提斯　还有些什么仪式?

哈姆莱特　(向霍拉旭旁白)那是雷欧提斯,一个很高贵的青年;听着。

雷欧提斯　还有些什么仪式?

教士甲　她的葬礼已经超过了她所应得的名分。她的死状很是可疑;倘不是因为我们迫于权力,按例就该把她安葬在圣地以外,直到最后审判的喇叭吹召她起来。我们不但不应该替她祷告,并且还要用砖瓦碎石丢在她坟上;可是现在我们已经允许给她处女的葬礼,用花圈盖在她的身上,替她散播鲜花,鸣钟送她入土,这还不够吗?

雷欧提斯　难道不能再有其他仪式了吗?

教士甲　不能再有其他仪式了;要是我们为她唱安魂曲,就像对于一般平安死去的灵魂一样,那就要亵渎了教规。

雷欧提斯　把她放下泥土里去;愿她的娇美无瑕的肉体上,生出芬芳馥郁的紫罗兰来!我告诉你,你这下贱的教士,我的妹妹将要做一个天使,你死了却要在地狱里呼号。

哈姆莱特　什么!美丽的奥菲利娅吗?

王　后　　好花是应当散在美人身上的;永别了! （散花)我本来希望你
　　　　　做我的哈姆莱特的妻子;这些鲜花本来要铺在你的新床上,亲爱
　　　　　的女郎,谁想得到我要把它们散在你的坟上!

雷欧提斯　啊! 但愿千百重的灾祸,降临在害得你精神错乱的那个该
　　　　　死的恶人的头上! 等一等,不要就把泥土盖上去,让我再拥抱她
　　　　　一次。(跳下墓中)现在把你们的泥土倒下来,把死的和活的一起
　　　　　掩埋了吧;让这块平地上堆起一座高山,那古老的丕利恩和苍秀
　　　　　插天的俄林波斯都要俯伏在它的足下。

哈姆莱特　（上前)哪一个人的心里装载得下这样沉重的悲伤? 哪一个
　　　　　人的哀恸的辞句,可以使天上的行星惊疑止步? 那是我,丹麦王
　　　　　子哈姆莱特! （跳下墓中。)

雷欧提斯　魔鬼抓了你的灵魂去! （将哈姆莱特揪住。)

哈姆莱特　你祷告错了。请你不要揿住我的头颈;因为我虽然不是一
　　　　　个暴躁易怒的人,可是我的火性发作起来,是很危险的,你还是不
　　　　　要激恼我吧。放开你的手!

国　王　　把他们扯开!

王　后　　哈姆莱特! 哈姆莱特!

众　人　　殿下,公子——

霍拉旭　　好殿下,安静点儿。(侍从等分开二人,二人自墓中出。)

哈姆莱特　啊,我愿意为了这个题目跟他决斗,直到我的眼皮不再动。

王　后　　啊,我的孩子! 什么题目?

哈姆莱特　我爱奥菲利娅;四万个兄弟的爱合起来,还抵不过我对她
　　　　　的爱。你愿意为她干些什么事情?

国　王　　啊! 他是个疯人,雷欧提斯。

王　后　　看在上帝的情分上,不要跟他认真。

哈姆莱特　哼,让我瞧瞧你会干些什么事。你会哭吗? 你会打架吗?

你会绝食吗？你会撕破你自己的身体吗？你会喝一大缸醋吗？你会吃一条鳄鱼吗？我都做得到。你是到这儿来哭泣的吗？你跳下她的坟墓里，是要当面羞辱我吗？你跟她活埋在一起，我也会跟她活埋在一起，要是你还要夸说什么高山大岭，那么让他们把几百万亩的泥土堆在我们身上，直到把我们的地面堆得高到可以被"烈火天"烧焦，让巍峨的奥萨山在相形之下变得只像一个瘤那么大吧！啊，你会吹，我就不会吹吗？

王　后　这不过是他一时的疯话。他的疯病一发作起来，总是这个样子的；可是等一会儿他就会安静下来，正像母鸽孵育它那一双金羽的雏鸽的时候一样温和了。

哈姆莱特　听我说，老兄；你为什么这样对待我？我一向是爱你的。可是这些都不用说了，有本领的，随他干什么事吧；猫总是要叫，狗总是要闹的。（下。）

国　王　好霍拉旭，请你跟住他。（霍拉旭下。向雷欧提斯）记住我们昨天晚上所说的话，格外忍耐点儿吧；我们马上就可以实行我们的办法。好乔特鲁德，叫几个人好好看守你的儿子。这一个坟上要有个活生生的纪念物，平静的时间不久就会到来；现在我们必须耐着心把一切安排。（同下。）

第二场　城堡中的厅堂

哈姆莱特及霍拉旭上。

哈姆莱特　这个题目已经讲完，现在我可以让你知道另外一段事情。你还记得当初的一切经过情形吗？

霍拉旭　记得，殿下！

哈姆莱特　当时在我的心里有一种战争，使我不能睡眠；我觉得我的处境比锁在脚镣里的叛变的水手还要难堪。我就鲁莽行事。——
结果倒鲁莽对了，我们应该承认，有时候一时孟浪，往往反而可以
做出一些为我们的深谋密虑所做不成功的事；从这一点上，我们
可以看出来，无论我们怎样辛苦图谋，我们的结果却早已有一种
冥冥中的力量把它布置好了。

霍拉旭　这是毋庸置疑的。

哈姆莱特　我从舱里起来，把一件航海的宽衣罩在我的身上，在黑暗
之中摸索着找寻那封公文，果然给我达到目的，摸到了他们的包
裹；我拿着它回到我自己的地方，疑心使我忘记了礼貌，我大胆地
拆开了他们的公文，在那里面，霍拉旭——啊，堂皇的诡计！——
我发现一道严厉的命令，借了许多好听的理由为名，说是为了丹
麦和英国双方的利益，决不能让我这个险恶的人物逃脱，接到公
文之后，必须不等磨好利斧，立即枭下我的首级。

霍拉旭　有这等事？

哈姆莱特　这一封就是原来的国书；你有空的时候可以仔细读一下。
可是你愿意听我告诉你后来我怎么办吗？

霍拉旭　请您告诉我。

哈姆莱特　在这样重重诡计的包围之中，我的脑筋不等我定下心来思
索，就开始活动起来了；我坐下来另外写了一通国书，字迹清清楚
楚。从前我曾经抱着跟我们那些政治家们同样的意见，认为字体
端正是一件有失体面的事，总是想竭力忘记这一种技能，可是现
在它却对我有了大大的用处。你知道我写些什么话吗？

霍拉旭　嗯，殿下。

哈姆莱特　我用国王的名义，向英王提出恳切的要求，因为英国是他
忠心的藩属，因为两国之间的友谊，必须让它像棕榈树一样发荣
繁茂，因为和平的女神必须永远戴着她的荣冠，沟通彼此的情感，

以及许许多多诸如此类的重要理由,请他在读完这一封信以后,不要有任何的迟延,立刻把那两个传书的来使处死,不让他们有从容忏悔的时间。

霍拉旭　可是国书上没有盖印,那怎么办呢?

哈姆莱特　啊,就在这件事上,也可以看出一切都是上天预先注定。我的衣袋里恰巧藏着我父亲的私印,它跟丹麦的国玺是一个式样的;我把伪造的国书照着原来的样子折好,签上名字,盖上印玺,把它小心封好,归还原处,一点没有露出破绽。下一天就遇见了海盗,那以后的情形,你早已知道了。

霍拉旭　这样说来,吉尔登斯吞和罗森格兰兹是去送死的了。

哈姆莱特　哎,朋友,他们本来是自己钻求这件差使的;我在良心上没有对不起他们的地方,是他们自己的阿谀献媚断送了他们的生命。两个强敌猛烈争斗的时候,不自量力的微弱之辈,却去插身在他们的刀剑中间,这样的事情是最危险不过的。

霍拉旭　想不到竟是这样一个国王!

哈姆莱特　你想,我是不是应该——他杀死了我的父王,奸污了我的母亲,篡夺了我的嗣位的权利,用这种诡计谋害我的生命,凭良心说我是不是应该亲手向他复仇雪恨? 如果我不去剪除这一个戕害天性的蟊贼,让他继续为非作恶,岂不是该受天谴吗?

霍拉旭　他不久就会从英国得到消息,知道这一回事情产生了怎样的结果。

哈姆莱特　时间虽然很局促,可是我已经抓住眼前这一刻工夫;一个人的生命可以在说一个“一”字的一刹那之间了结。可是我很后悔,好霍拉旭,不该在雷欧提斯之前失去了自制;因为他所遭遇的惨痛,正是我自己的怨愤的影子。我要取得他的好感。可是他倘不是那样夸大他的悲哀,我也决不会动起那么大的火性来的。

霍拉旭　　不要作声！谁来了？

　　　　　奥斯里克上。

奥斯里克　殿下，欢迎您回到丹麦来！

哈姆莱特　谢谢您，先生。（向霍拉旭旁白）你认识这只水苍蝇吗？

霍拉旭　　（向哈姆莱特旁白）不，殿下。

哈姆莱特　（向霍拉旭旁白）那是你的运气，因为认识他是一件丢脸的
　　　　　事。他有许多肥田美壤；一头畜生要是做了一群畜生的主子，就
　　　　　有资格把食槽搬到国王的席上来了。他"咯咯"叫起来简直没个
　　　　　完，可是——我方才也说了——他拥有大批粪土。

奥斯里克　殿下，您要是有空的话，我奉陛下之命，要来告诉您一件
　　　　　事情。

哈姆莱特　先生，我愿意恭聆大教。您的帽子是应该戴在头上的，您
　　　　　还是戴上去吧。

奥斯里克　谢谢殿下，天气真热。

哈姆莱特　不，相信我，天冷得很，在刮北风哩。

奥斯里克　真的有点儿冷，殿下。

哈姆莱特　可是对于像我这样的体质，我觉得这一种天气却是闷热得
　　　　　厉害。

奥斯里克　对了，殿下；真是说不出来的闷热。可是，殿下，陛下叫我
　　　　　来通知您一声，他已经为您下了一个很大的赌注了。殿下，事情
　　　　　是这样的——

哈姆莱特　请您不要这样多礼。（促奥斯里克戴上帽子。）

奥斯里克　不，殿下，我还是那样舒服些，真的。殿下，雷欧提斯新近
　　　　　到我们的宫廷里来；相信我，他是一位完善的绅士，充满着最卓越
　　　　　的特点，他的态度非常温雅，他的仪表非常英俊；说一句发自衷心
　　　　　的话，他是上流社会的指南针，因为在他身上可以找到一个绅士

　　所应有的品质的总汇。

哈姆莱特　先生,他对于您这一番描写,的确可以当之无愧;虽然我
　　知道,要是把他的好处一件一件列举出来,不但我们的记忆将要
　　因此而淆乱,交不出一篇正确的账目来,而且他这一艘满帆的快
　　船,也决不是我们失舵之舟所能追及;可是,凭着真诚的赞美
　　而言,我认为他是一个才德优异的人,他的高超的禀赋是那样
　　稀有而罕见,说一句真心的话,除了在他的镜子里以外,再也找
　　不到第二个跟他同样的人,纷纷追踪求迹之辈,不过是他的影
　　子而已。

奥斯里克　殿下把他说得一点不错。

哈姆莱特　您的用意呢?为什么我们要用尘俗的呼吸,嘘在这位绅士
　　的身上呢?

奥斯里克　殿下?

霍拉旭　自己所用的语言,到了别人嘴里,就听不懂了吗?早晚你会
　　懂的,先生。

哈姆莱特　您向我提起这位绅士的名字,是什么意思?

奥斯里克　雷欧提斯吗?

霍拉旭　他的嘴里已经变得空空洞洞,因为他的那些好听话都说
　　完了。

哈姆莱特　正是雷欧提斯。

奥斯里克　我知道您不是不明白——

哈姆莱特　您真能知道我这人不是不明白,那倒很好;可是,说老实
　　话,即使你知道我是明白人,对我也不是什么光彩的事。好,您怎
　　么说?

奥斯里克　我是说,您不是不明白雷欧提斯有些什么特长——

哈姆莱特　那我可不敢说,因为也许人家会疑心我有意跟他比拼高

下;可是要知道一个人的底细,应该先知道他自己。

奥斯里克　殿下,我的意思是说他的武艺;人家都称赞他的本领一世无二。

哈姆莱特　他会使些什么武器?

奥斯里克　长剑和短刀。

哈姆莱特　他会使这两种武器吗? 很好。

奥斯里克　殿下,王上已经用六匹巴巴里的骏马跟他打赌;在他的一方面,照我所知道的,押的是六柄法国的宝剑和好刀,连同一切鞘带钩子之类的附件,其中有三柄的挂机尤其珍奇可爱,跟剑柄配得非常合式,式样非常精致,花纹非常富丽。

哈姆莱特　您所说的挂机是什么东西?

霍拉旭　我知道您要听懂他的话,非得翻查一下注解不可。

奥斯里克　殿下,挂机就是钩子。

哈姆莱特　要是我们腰间挂着大炮,用这个名词倒还合适;在那一天没有来到以前,我看还是就叫它钩子吧。好,说下去;六匹巴巴里骏马对六柄法国宝剑,附件在内,外加三个花纹富丽的挂机;法国产品对丹麦产品。可是,用你的话来说,这样"押"是为了什么呢?

奥斯里克　殿下,王上跟他打赌,要是你们两人交起手来,在十二个回合之中,他至多不过多赢您三着;可是他却觉得他可以稳赢九个回合。殿下要是答应的话,马上就可以试一试。

哈姆莱特　要是我答应个"不"字呢?

奥斯里克　殿下,我的意思是说,您答应跟他当面比较高低。

哈姆莱特　先生,我还要在这儿厅堂里散散步。您去回陛下说,现在是我一天之中休息的时间。叫他们把比赛用的钝剑预备好了,要是这位绅士愿意,王上也不改变他的意见的话,我愿意尽力为他博取一次胜利;万一不幸失败,那我也不过丢了一次脸,给他多剁了两下。

奥斯里克　我就照这样去回话吗？

哈姆莱特　您就照这个意思去说，随便您再加上一些什么新颖辞藻都行。

奥斯里克　我保证为殿下效劳。

哈姆莱特　不敢，不敢。（奥斯里克下。）多亏他自己保证，别人谁也不会替他张口的。

霍拉旭　这一只小鸭子顶着壳儿逃走了。

哈姆莱特　他在母亲怀抱里的时候，也要先把他母亲的奶头恭维几句，然后吮吸。像他这一类靠着一些繁文缛礼撑撑场面的家伙，正是愚妄的世人所醉心的；他们的浅薄的牙慧使傻瓜和聪明人同样受他们的欺骗，可是一经试验，他们的水泡就爆破了。

　　　　一贵族上。

贵　　族　殿下，陛下刚才叫奥斯里克来向您传话，知道您在这儿厅上等候他的旨意；他叫我再来问您一声，您是不是仍旧愿意跟雷欧提斯比剑，还是慢慢再说。

哈姆莱特　我没有改变我的初心，一切服从王上的旨意。现在也好，无论什么时候都好，只要他方便！我总是随时准备着，除非我丧失了现在所有的力气。

贵　　族　王上、娘娘，跟其他的人都要到这儿来了。

哈姆莱特　他们来得正好。

贵　　族　娘娘请您在开始比赛以前，对雷欧提斯客气几句。

哈姆莱特　我愿意服从她的教诲。（贵族下。）

霍拉旭　殿下，您在这一回打赌中间，多半要失败的。

哈姆莱特　我想我不会失败。自从他到法国去以后！我练习得很勤；我一定可以把他打败。可是你不知道我的心里是多么不舒服；那也不用说了。

霍拉旭　啊，我的好殿下——

哈姆莱特　那不过是一种傻气的心理；可是一个女人也许会因为这种莫名其妙的疑虑而惶惑。

霍拉旭　要是您心里不愿意做一件事，那么就不要做吧。我可以去通知他们不用到这儿来，说您现在不能比赛。

哈姆莱特　不，我们不要害怕什么预兆；一只雀子的生死，都是命运预先注定的。注定在今天，就不会是明天；不是明天，就是今天；逃过了今天，明天还是逃不了，随时准备着就是了。一个人既然在离开世界的时候，只能一无所有，那么早早脱身而去，不是更好吗？随它去。

　　　　国王、王后、雷欧提斯、众贵族、奥斯里克及侍从等持钝剑等上。

国　王　来，哈姆莱特，来，让我替你们两人和解和解。（牵雷欧提斯、哈姆莱特二人手使相握。）

哈姆莱特　原谅我，雷欧提斯；我得罪了你，可是你是个堂堂男子，请你原谅我吧。这儿在场的众人都知道，你也一定听见人家说起，我是怎样被疯狂害苦了。凡是我的所作所为，足以伤害你的感情和荣誉、激起你的愤怒来的，我现在声明都是我在疯狂中犯下的过失。难道哈姆莱特会做对不起雷欧提斯的事吗？哈姆莱特决不会做这种事。要是哈姆莱特在丧失他自己的心神的时候，做了对不起雷欧提斯的事，那样的事不是哈姆莱特做的，哈姆莱特不能承认。那么是谁做的呢？是他的疯狂。既然是这样，那么哈姆莱特也是属于受害的一方，他的疯狂是可怜的哈姆莱特的敌人。当着在座众人之前，我承认我在无心中射出的箭，误伤了我的兄弟；我现在要向他请求大度包涵，宽恕我的不是出于故意的罪恶。

雷欧提斯　按理讲,对这件事情,我的感情应该是激励我复仇的主要
　　　　力量,现在我在感情上总算满意了;但是另外还有荣誉这一关,除
　　　　非有什么为众人所敬仰的长者,告诉我可以跟你捐除宿怨,指出
　　　　这样的事是有前例可援的,不至于损害我的名誉,那时我才可以
　　　　跟你言归于好。目前我且先接受你友好的表示,并且保证决不会
　　　　辜负你的盛情。

哈姆莱特　我绝对信任你的诚意,愿意奉陪你举行这一次友谊的比
　　　　赛。把钝剑给我们。来。

雷欧提斯　来,给我一柄。

哈姆莱特　雷欧提斯,我的剑术荒疏已久,只能给你帮场;正像最黑暗
　　　　的夜里一颗吐耀的明星一般,彼此相形之下,一定更显得你的本
　　　　领的高强。

雷欧提斯　殿下不要取笑。

哈姆莱特　不,我可以举手起誓,这不是取笑。

国　王　奥斯里克,把钝剑分给他们。哈姆莱特侄儿,你知道我们怎
　　　　样打赌吗?

哈姆莱特　我知道,陛下!您把赌注下在实力较弱的一方了。

国　王　我想我的判断不会有错。你们两人的技术我都领教过;但是
　　　　后来他又有了进步,所以才规定他必须多赢几着。

雷欧提斯　这一柄太重了;换一柄给我。

哈姆莱特　这一柄我很满意。这些钝剑都是同样长短的吗?

奥斯里克　是,殿下。(二人准备比剑。)

国　王　替我在那桌子上斟下几杯酒。要是哈姆莱特击中了第一剑
　　　　或是第二剑,或者在第三次交锋的时候争得上风,让所有的碉堡
　　　　上一齐鸣起炮来;国王将要饮酒慰劳哈姆莱特,他还要拿一颗比
　　　　丹麦四代国王戴在王冠上的更贵重的珍珠丢在酒杯里。把杯子

给我；鼓声一起，喇叭就接着吹响，通知外面的炮手，让炮声震彻天地，报告这一个消息："现在国王为哈姆莱特祝饮了！"来，开始比赛吧；你们在场裁判的都要留心看着。

哈姆莱特　请了。

雷欧提斯　请了，殿下。（二人比剑。）

哈姆莱特　一剑。

雷欧提斯　不，没有击中。

哈姆莱特　请裁判员公断。

奥斯里克　中了，很明显的一剑。

雷欧提斯　好；再来。

国　　王　且慢；拿酒来。哈姆莱特，这一颗珍珠是你的；祝你健康！把这一杯酒给他。（喇叭齐奏。内鸣炮。）

哈姆莱特　让我先赛完这一局；暂时把它放在一旁。来。（二人比剑。）又是一剑；你怎么说？

雷欧提斯　我承认给你碰着了。

国　　王　我们的孩子一定会胜利。

王　　后　他身体太胖，有些喘不过气来。来，哈姆莱特，把我的手巾拿去，揩干你额上的汗。王后为你饮下这一杯酒，祝你的胜利了，哈姆莱特。

哈姆莱特　好妈妈！

国　　王　乔特鲁德，不要喝。

王　　后　我要喝的，陛下；请您原谅我。

国　　王　（旁白）这一杯酒里有毒；太迟了！

哈姆莱特　母亲，我现在还不敢喝酒；等一等再喝吧。

王　　后　来，让我擦干你的脸。

雷欧提斯　陛下，现在我一定要击中他了。

国　王　我怕你击不中他。

雷欧提斯　（旁白）可是我的良心却不赞成我干这件事。

哈姆莱特　来,该第三个回合了,雷欧提斯。你怎么一点不起劲? 请
　　　你使出你全身的本领来吧;我怕你在开我的玩笑哩。

雷欧提斯　你这样说吗? 来。(二人比剑。)

奥斯里克　两边都没有中。

雷欧提斯　受我这一剑! (雷欧提斯挺剑刺伤哈姆莱特;二人在争夺中彼
　　　此手中之剑各为对方夺去,哈姆莱特以夺来之剑刺雷欧提斯,雷欧提斯亦
　　　受伤。)

国　王　分开他们! 他们动起火来了。

哈姆莱特　来,再试一下。(王后倒地。)

奥斯里克　哎哟,瞧王后怎么啦!

霍拉旭　他们两人都在流血。您怎么啦,殿下?

奥斯里克　您怎么啦,雷欧提斯?

雷欧提斯　唉,奥斯里克,正像一只自投罗网的山鹬,我用诡计害人,
　　　反而害了自己,这也是我应得的报应。

哈姆莱特　王后怎么啦?

国　王　她看见他们流血,昏了过去了。

王　后　不,不,那杯酒,那杯酒——啊,我的亲爱的哈姆莱特! 那杯
　　　酒,那杯酒;我中毒了。(死。)

哈姆莱特　啊,奸恶的阴谋! 喂! 把门锁上! 阴谋! 查出来是哪一个
　　　人干的。(雷欧提斯倒地。)

雷欧提斯　凶手就在这儿,哈姆莱特。哈姆莱特,你已经不能活命了;
　　　世上没有一种药可以救治你,不到半小时,你就要死去。那杀人
　　　的凶器就在你的手里,它的锋利的刃上还涂着毒药。这奸恶的诡
　　　计已经回转来害了我自己;瞧! 我躺在这儿,再也不会站起来了。

你的母亲也中了毒。我说不下去了。国王——国王——都是他
一个人的罪恶。

哈姆莱特　锋利的刃上还涂着毒药！——好，毒药，发挥你的力量
吧！（刺国王。）

众　　人　反了！反了！

国　　王　啊！帮帮我，朋友们；我不过受了点伤。

哈姆莱特　好，你这败坏伦常、嗜杀贪淫、万恶不赦的丹麦奸王！喝干
了这杯毒药——你那颗珍珠是在这儿吗？——跟我的母亲一道
去吧！（国王死。）

雷欧提斯　他死得应该；这毒药是他亲手调下的。尊贵的哈姆莱特，
让我们互相宽恕；我不怪你杀死我和我的父亲，你也不要怪我杀
死你！（死。）

哈姆莱特　愿上天赦免你的错误！我也跟着你来了。我死了，霍拉旭。
不幸的王后，别了！你们这些看见这一幕意外的惨变而战栗失
色的无言的观众，倘不是因为死神的拘捕不给人片刻的停留，
啊！我可以告诉你们——可是随它去吧。霍拉旭，我死了，你
还活在世上；请你把我的行事的始末根由昭告世人，解除他们
的疑惑。

霍拉旭　不，我虽然是个丹麦人，可是在精神上我却更是个古代的罗
马人；这儿还留剩着一些毒药。

哈姆莱特　你是个汉子，把那杯子给我；放手；凭着上天起誓，你必须
把它给我。啊，上帝！霍拉旭，我一死之后，要是世人不明白这
一切事情的真相，我的名誉将要永远蒙着怎样的损伤！你倘若爱
我，请你暂时牺牲一下天堂上的幸福，留在这一个冷酷的人间，替
我传述我的故事吧。（内军队自远处行进及鸣炮声。）这是哪儿来的战
场上的声音？

奥斯里克　年轻的福丁布拉斯从波兰奏凯班师,这是他对英国来的钦使所发的礼炮。

哈姆莱特　啊! 我死了,霍拉旭;猛烈的毒药已经克服了我的精神,我不能活着听见英国来的消息。可是我可以预言福丁布拉斯将被推戴为王,他已经得到我这临死之人的同意;你可以把这儿所发生的一切事实告诉他。此外仅余沉默而已。(死。)

霍拉旭　一颗高贵的心现在碎裂了! 晚安,亲爱的王子,愿成群的天使们用歌唱抚慰你安息! ——为什么鼓声越来越近了? (内军队行进声。)

　　　　　福丁布拉斯、英国使臣及余人等上。

福丁布拉斯　这一场比赛在什么地方举行?

霍拉旭　你们要看些什么? 要是你们想知道一些惊人的惨事,那么不用再到别处去找了。

福丁布拉斯　好一场惊心动魄的屠杀! 啊,骄傲的死神! 你用这样残忍的手腕,一下子杀死了这许多王裔贵胄,在你的永久的幽窟里,将要有一席多么丰美的盛筵!

使臣甲　这一个景象太惨了。我们从英国奉命来此,本来是要回复这儿的王上,告诉他我们已经遵从他的命令,把罗森格兰兹和吉尔登斯吞两人处死;不幸我们来迟了一步,那应该听我们说话的耳朵已经没有知觉了,我们还希望从谁的嘴里得到一声感谢呢?

霍拉旭　即使他能够向你们开口说话,他也不会感谢你们;他从来不曾命令你们把他们处死。可是既然你们都来得这样凑巧,有的刚从波兰回来,有的刚从英国到来,恰好看见这一幕流血的惨剧,那么请你们叫人把这几个尸体抬起来放在高台上面,让大家可以看见,让我向那懵懂无知的世人报告这些事情的发生经过;你们可以听到奸淫残杀、反常悖理的行为、冥冥中的判决、意外的屠戮、借手杀人的狡计，以及陷人自害的结局；这一切我都可以确确实实地告诉你们。

福丁布拉斯　让我们赶快听你说；所有最尊贵的人，都叫他们一起来吧。我在这一个国内本来也有继承王位的权利，现在国中无主，正是我要求这一个权利的机会；可是我虽然准备接受我的幸运，我的心里却充满了悲哀。

霍拉旭　关于那一点，我受死者的嘱托，也有一句话要说，他的意见是可以影响许多人的；可是在这人心惶惶的时候，让我还是先把这一切解释明白了，免得引起更多的不幸、阴谋和错误来。

福丁布拉斯　让四个将士把哈姆莱特像一个军人似的抬到台上。因为要是他能够践登王位，一定会成为一个贤明的君主的；为了表示对他的悲悼，我们要用军乐和战地的仪式，向他致敬。把这些尸体一起抬起来。这一种情形在战场上是不足为奇的，可是在宫廷之内，却是非常的变故。去，叫兵士放起炮来。（奏丧礼进行曲；众抬尸同下。内鸣炮。）

William Shakespeare
COMPLETE WORKS

李尔王

朱生豪　译

莎士比亚
全集

剧中人物

李尔　不列颠国王

法兰西国王

勃艮第公爵

康华尔公爵

奥本尼公爵

肯特伯爵

葛罗斯特伯爵

爱德伽　葛罗斯特之子

爱德蒙　葛罗斯特之庶子

克伦　朝士

奥斯华德　高纳里尔的管家

老人　葛罗斯特的佃户

医生

弄人

爱德蒙属下一军官

考狄利娅一侍臣

传令官

康华尔的众仆

高纳里尔

里根 } 李尔之女

考狄利娅

扈从李尔之骑士、军官、使者、兵士及侍从等

地　点

不列颠

第一幕

第一场　李尔王宫中大厅

　　　　肯特、葛罗斯特及爱德蒙上。

肯　特　我想王上对于奥本尼公爵，比对于康华尔公爵更有好感。

葛罗斯特　我们一向都觉得是这样；可是这次划分国土的时候，却看不出来他对这两位公爵有什么偏心；因为他分配得那么平均，无论他们怎样斤斤较量，都不能说对方比自己占了便宜。

肯　特　大人，这位是您的令郎吗？

葛罗斯特　他是在我手里长大的；我常常不好意思承认他，可是现在惯了，也就不以为意啦。

肯　特　我不懂您的意思。

葛罗斯特　伯爵，这个小子的母亲可心里明白，因此，不瞒您说，她还没有嫁人就大了肚子生下儿子来。您想这应该不应该？

肯　特　能够生下这样一个好儿子来，即使一时错误，也是可以原谅的。

葛罗斯特　我还有一个合法的儿子，年纪比他大一岁，然而我还是喜欢他。这畜生虽然不等我的召唤，就自己莽莽撞撞来到这世上，可是他的母亲是个迷人的东西，我们在制造他的时候，曾经有过一场销魂的游戏，这孽种我不能不承认他。爱德蒙，你认识这位贵人吗？

爱德蒙 不认识,父亲。

葛罗斯特 肯特伯爵;从此以后,你该记着他是我的尊贵的朋友。

爱德蒙 大人,我愿意为您效劳。

肯特 我一定喜欢你,希望我们以后能够常常见面。

爱德蒙 大人,我一定尽力报答您的垂爱。

葛罗斯特 他已经在国外九年,不久还是要出去的。王上来了。

　　　　　　喇叭奏花腔。李尔、康华尔、奥本尼、高纳里尔、里根、考狄利娅及

　　侍从等上。

李　尔 葛罗斯特,你去招待招待法兰西国王和勃艮第公爵。

葛罗斯特 是,陛下。(葛罗斯特、爱德蒙同下。)

李　尔 现在我要向你们说明我的心事。把那地图给我。告诉你们吧,
我已经把我的国土划成三部;我因为自己年纪老了,决心摆脱一
切事务的牵萦,把责任交卸给年轻力壮之人,让自己松一松肩,好
安安心心地等死。康华尔贤婿,还有同样是我心爱的奥本尼贤婿,
为了预防他日的争执,我想还是趁现在把我的几个女儿的嫁奁
当众分配清楚。法兰西和勃艮第两位君主正在竞争我的小女儿
的爱情,他们为了求婚而住在我们宫廷里,也已经有好多时候了,
现在他们就可以得到答复。孩子们,在我还没有把我的政权、领
土和国事的重任全部放弃以前,告诉我,你们中间哪一个人最爱
我? 我要看看谁最有孝心,最有贤德,我就给她最大的恩惠。高
纳里尔,我的大女儿,你先说。

高纳里尔 父亲,我对您的爱,不是言语所能表达的;我爱您胜过自己
的眼睛、整个的空间和广大的自由;超越一切可以估价的贵重稀
有的事物;不亚于赋有淑德、健康、美貌和荣誉的生命;不曾有一
个儿女这样爱过他的父亲,也不曾有一个父亲这样被他的儿女所
爱;这一种爱可以使唇舌无能为力,辩才失去效用;我爱您是不

可以数量计算的。

考狄利娅 （旁白)考狄利娅应该怎么好呢？默默地爱着吧。

李　尔　在这些疆界以内，从这一条界线起，直到这一条界线为止，所有一切浓密的森林、膏腴的平原、富庶的河流、广大的牧场，都要奉你为它们的女主人；这一块土地永远为你和奥本尼的子孙所保有。我的二女儿，最亲爱的里根，康华尔的夫人，你怎么说？

里　根　我跟姊姊具有同样的品质，您凭着她就可以判断我。在我的真心之中，我觉得她刚才所说的话，正是我爱您的实际的情形，可是她还不能充分说明我的心理：我厌弃一切凡是敏锐的知觉所能感受到的快乐，只有爱您才是我的无上的幸福。

考狄利娅 （旁白)那么，考狄利娅，你只好自安于贫穷了！可是我并不贫穷，因为我深信我的爱心比我的口才更富有。

李　尔　这一块从我们这美好的王国中划分出来的三分之一的沃壤，是你和你的子孙永远世袭的产业，和高纳里尔所得到的一份同样广大、同样富庶，也同样佳美。现在，我的宝贝，虽然是最后的一个，却并非最不在我的心头；法兰西的葡萄和勃艮第的乳酪都在竞争你的青春之爱；你有些什么话，可以换到一份比你的两个姊姊更富庶的土地？说吧。

考狄利娅　父亲，我没有话说。

李　尔　没有？

考狄利娅　没有。

李　尔　没有只能换到没有；重新说过。

考狄利娅　我是个笨拙的人，不会把我的心涌上我的嘴里；我爱您只是按照我的名分，一分不多，一分不少。

李　尔　怎么，考狄利娅！把你的话修正修正，否则你要毁坏你自己的命运了。

考狄利娅　父亲,您生下我来,把我教养成人,爱惜我、厚待我;我受到您这样的恩德,只有恪尽我的责任,服从您、爱您、敬重您。我的姊姊们要是用她们整个的心来爱您,那么她们为什么要嫁人呢?要是我有一天出嫁了,那接受我的忠诚的誓约的丈夫,将要得到我的一半的爱、我的一半的关心和责任;假如我只爱我的父亲,我一定不会像我的两个姊姊一样再去嫁人的。

李　尔　你这些话果然是从心里说出来的吗?

考狄利娅　是的,父亲。

李　尔　年纪这样小,却这样没有良心吗?

考狄利娅　父亲,我年纪虽小,我的心却是忠实的。

李　尔　好,那么让你的忠实做你的嫁奁吧。凭着太阳神圣的光辉,凭着黑夜的神秘,凭着主宰人类生死的星球的运行,我发誓从现在起,永远和你断绝一切父女之情和血缘亲属的关系,把你当作一个路人看待。啖食自己儿女的生番,比起你,我的旧日的女儿来,也不会更令我憎恨。

肯　特　陛下——

李　尔　闭嘴,肯特!不要来批怒龙的逆鳞。她是我最爱的一个,我本来想要在她的殷勤看护之下,终养我的天年。去,不要让我看见你的脸!让坟墓做我安息的眠床吧,我从此割断对她的天伦的慈爱了!叫法兰西王来!都是死人吗?叫勃艮第来!康华尔,奥本尼,你们已经分到我的两个女儿的嫁奁现在把我第三个女儿那一份也拿去分了吧;让骄傲——她自己所称为坦白的——替她找一个丈夫。我把我的威力、特权和一切君主的尊荣一起给了你们。我自己只保留一百名骑士,在你们两人的地方按月轮流居住,由你们负责供养。除了国王的名义和尊号以外,所有行政的大权、国库的收入和大小事务的处理,完全交在你们手里;为了证实我的话,两位贤婿,我赐给你们这一顶宝冠,归你们两人共同保有。

肯　特　尊严的李尔,我一向敬重您像敬重我的君王,爱您像爱我的父亲,跟随您像跟随我的主人,在我的祈祷之中,我总把您当作我的伟大的恩主——

李　尔　弓已经弯好拉满,你留心躲开箭锋吧。

肯　特　让它落下来吧,即使箭镞会刺进我的心里。李尔发了疯,肯特也只好不顾礼貌了。你究竟要怎样,老头儿?你以为有权有位的人向谄媚者低头,尽忠守职的臣僚就不敢说话了吗?君主不顾自己的尊严,干下了愚蠢的事情,在朝的端正人士只好直言极谏。保留你的权力,仔细考虑一下你的举措,收回这种鲁莽灭裂的成命。你的小女儿并不是最不孝顺你;有人不会口若悬河,说得天花乱坠,可并不就是无情无义。我的判断要是有错,你尽管取我的命。

李　尔　肯特,你要是想活命,赶快闭住你的嘴。

肯　特　我的生命本来是预备向你的仇敌抛掷的;为了你的安全,我也不怕把它失去。

李　尔　走开,不要让我看见你!

肯　特　瞧明白一些,李尔;还是让我像箭垛上的红心一般永远站在你的眼前吧。

李　尔　凭着阿波罗起誓——

肯　特　凭着阿波罗,老王,你向神明发誓也是没用的。

李　尔　啊,可恶的奴才!　(以手按剑。)

奥本尼
　　　　陛下请息怒。
康华尔

肯　特　好,杀了你的医生,把你的恶病养得一天比一天厉害吧。赶快撤销你的分土授国的原议；否则只要我的喉舌尚在，我就要大声疾呼，告诉你你做了错事啦。

李　尔　听着，逆贼！你给我按照做臣子的道理，好生听着！你想要煽动我毁弃我的不容更改的誓言，凭着你的不法的跋扈，对我的命令和权力妄加阻挠，这一种目无君上的态度，使我忍无可忍；为了维持王命的尊严，不能不给你应得的处分。我现在宽容你五天的时间，让你预备些应用的衣服食物，免得受饥寒的痛苦；在第六天上，你那可憎的身体必须离开我的国境；要是在此后十天之内，我们的领土上再发现了你的踪迹，那时候就要把你当场处死。去！凭着朱庇特发誓，这一个判决是不可改移的。

肯　特　再会，国王；你既不知悔改，囚笼里也没有自由存在。（向考狄利娅）姑娘，自有神明为你照应：你心地纯洁，说话真诚！（向里根、高纳里尔）愿你们的夸口变成实事，假树上会结下真的果子。各位王子，肯特从此远去；到新的国土走他的旧路。（下。）

　　　　喇叭奏花腔。葛罗斯特偕法兰西王、勃艮第及侍从等重上。

葛罗斯特　陛下，法兰西国王和勃艮第公爵来了。

李　尔　勃艮第公爵，您跟这位国王都是来向我的女儿求婚的，现在我先问您：您希望她至少要有多少陪嫁的奁资，否则宁愿放弃对她的追求？

勃艮第　陛下，照着您所已经答应的数目，我就很满足了；想来您也不会再吝惜的。

李　尔　尊贵的勃艮第，当她被我所宠爱的时候，我是把她看得非常珍重的，可是现在她的价格已经跌落了。公爵，您瞧她站在那儿，一个小小的东西，要是除了我的憎恨以外，我什么都不给她，而您仍然觉得她有使您喜欢的地方，或者您觉得她整个儿都能使您满意，那么她就在那儿，您把她带去好了。

勃艮第　我不知道怎样回答。

李　尔　像她这样一个一无可取的女孩子，没有亲友的照顾，新近遭
　　　　到我的憎恨，诅咒是她的嫁奁，我已经立誓和她断绝关系了，您还
　　　　是愿意娶她呢，还是愿意把她放弃？

勃艮第　宽恕我，陛下；在这种条件之下，决定取舍是一件很为难的事。

李　尔　那么放弃她吧，公爵；凭着赋予我生命的神明起誓，我已经
　　　　告诉您她的全部价值了。(向法兰西王)至于您，伟大的国王！为
　　　　了重视你、我的友谊，我决不愿把一个我所憎恶的人匹配给您；
　　　　所以请您还是丢开了这一个为天地所不容的贱人，另外去找寻
　　　　佳偶吧。

法兰西王　这太奇怪了，她刚才还是您的眼中的珍宝、您的赞美的题
　　　　目、您的老年的安慰、您的最好、最心爱的人儿，怎么一转瞬间，就
　　　　会干下这么一件罪大恶极的行为，丧失了您的深恩厚爱！她的罪
　　　　恶倘不是超乎寻常，您的爱心决不会变得这样厉害；可是除非那
　　　　是一桩奇迹，我无论如何不相信她会干那样的事。

考狄利娅　陛下，我只是因为缺少娓娓动人的口才，不会讲一些违心
　　　　的言语，凡是我心里想到的事情，我总不愿在没有把它实行以前
　　　　就放在嘴里宣扬；要是您因此而恼我，我必须请求您让世人知道，
　　　　我所以失去您的欢心的原因，并不是什么丑恶的污点、淫邪的行
　　　　动，或是不名誉的举止；只是因为我缺少像人家那样的一双献媚
　　　　求恩的眼睛，一条我所认为可耻的善于逢迎的舌头，虽然没有了
　　　　这些使我不能再受您的宠爱，可是唯其如此，却使我格外尊重我
　　　　自己的人格。

李　尔　像你这样不能在我面前曲意承欢，还不如当初没有生下你来
　　　　的好。

法兰西王　只是为了这一个原因吗？为了生性不肯有话便说，不肯把

心里想做到的出之于口？勃艮第公爵,您对于这位公主意下如何？爱情里面要是搀杂了和它本身无关的算计,那就不是真的爱情。您愿不愿意娶她？她自己就是一注无价的嫁奁。

勃艮第　尊严的李尔,只要把您原来已经允许过的那一份嫁奁给我,我现在就可以使考狄利娅成为勃艮第公爵的夫人。

李　尔　我什么都不给;我已经发过誓,再也不能挽回了。

勃艮第　那么抱歉得很,您已经失去一个父亲,现在必须再失去一个丈夫了。

考狄利娅　愿勃艮第平安!他所爱的既然只是财产,我也不愿做他的妻子。

法兰西王　最美丽的考狄利娅!你因为贫穷,所以是最富有的;你因为被遗弃,所以是最可宝贵的;你因为遭人轻视,所以最蒙我的怜爱。我现在把你和你的美德一起攫在我的手里;人弃我取是法理上所许可的。天啊天!想不到他们的冷酷的蔑视,却会激起我热烈的敬爱。陛下,您的没有嫁奁的女儿被抛在一边,正好成全我的良缘;她现在是我的分享荣华的王后,法兰西全国的女主人了;沼泽之邦的勃艮第所有的公爵,都不能从我手里买去这一个无价之宝的女郎。考狄利娅,向他们告别吧,虽然他们是这样冷酷无情;你抛弃了故国,将要得到一个更好的家乡。

李　尔　你带了她去吧,法兰西王;她是你的,我没有这样的女儿,也再不要看见她的脸,去吧,你们不要想得到我的恩宠和祝福。来,尊贵的勃艮第公爵。(喇叭奏花腔。李尔、勃艮第、康华尔、奥本尼、葛罗斯特及侍从等同下。)

法兰西王　向你的两位姊姊告别吧。

考狄利娅　父亲眼中的两颗宝玉,考狄利娅用泪洗过的眼睛向你们告别。我知道你们是怎样的人;因为碍着姊妹的情分,我不愿直言指斥你们的错处。好好对待父亲；你们自己说是孝敬他的，我把他托付给你们了。可是，唉！要是我没有失去他的欢心，我一定不让他依赖你们的照顾。再会了，两位姊姊。

里　根　我们用不着你教训。

高纳里尔　你还是去小心侍候你的丈夫吧，命运的慈悲把你交在他的手里；你自己忤逆不孝，今天空手跟了汉子去也是活该。

考狄利娅　总有一天，深藏的奸诈会渐渐显出它的原形；罪恶虽然可以掩饰一时，免不了最后出乖露丑。愿你们幸福！

法兰西王　来，我美丽的考狄利娅。（法兰西王、考狄利娅同下。）

高纳里尔　妹妹，我有许多对我们两人有切身关系的话必须跟你谈谈。我想我们的父亲今晚就要离开此地。

里　根　那是十分确定的事，他要住到你们那儿去；下个月他就要跟我们住在一起了。

高纳里尔　你瞧他现在年纪老了，他的脾气多么变化不定；我们已经屡次注意到他的行为的乖僻了。他一向都是最爱我们妹妹的，现在他凭着一时的气恼就把她撵走，这就可以见得他是多么糊涂。

里　根　这是他老年的昏悖；可是他向来就是这样喜怒无常的。

高纳里尔　他年轻的时候性子就很暴躁，现在他任性惯了，再加上老年人刚愎自用的怪脾气，看来我们只好准备受他的气了。

里　根　他把肯特也放逐了；谁知道他心里一不高兴起来，不会用同样的手段对付我们？

高纳里尔　法兰西王辞行回国，跟他还有一番礼仪上的应酬。让我们同心合力，决定一个方策；要是我们的父亲顺着他这种脾气滥施威权起来，这一次的让国对于我们未必有什么好处。

里　根　我们还要仔细考虑一下。

高纳里尔　我们必须趁早想个办法。(同下。)

第二场　葛罗斯特伯爵城堡中的厅堂

　　　　爱德蒙持信上。

爱德蒙　大自然,你是我的女神,我愿意在你的法律之前俯首听命。
　　为什么我要受世俗的排挤,让世人的歧视剥夺我的应享的权利,
　　只因为我比一个哥哥迟生了一年或是十四个月? 为什么他们要
　　叫我私生子? 为什么我比人家卑贱? 我的壮健的体格、我的慷慨
　　的精神、我的端正的容貌,哪一点比不上正经女人生下的儿子?
　　为什么他们要给我加上庶出、贱种、私生子的恶名? 贱种,贱种;
　　贱种? 难道在热烈兴奋的奸情里,得天地精华、父母元气而生下
　　的孩子,倒不及拥着一个毫无欢趣的老婆,在半睡半醒之间制造
　　出来的那一批蠢货? 好,合法的爱德伽,我一定要得到你的土地;
　　我们的父亲喜欢他的私生子爱德蒙,正像他喜欢他的合法的嫡子
　　一样。好听的名词,"合法"! 好,我的合法的哥哥,要是这封信发
　　生效力,我的计策能够成功,瞧着吧,庶出的爱德蒙将要把合法的
　　嫡子压在他的下面——那时候我可要扬眉吐气啦。神啊,帮助帮
　　助私生子吧!

　　　　葛罗斯特上。

葛罗斯特　肯特就这样放逐了! 法兰西王盛怒而去;王上昨晚又走
　　了! 他的权力全部交出,依靠他的女儿过活! 这些事情都在匆促
　　中决定,不曾经过丝毫的考虑! 爱德蒙,怎么! 有什么消息?

爱德蒙　禀父亲,没有什么消息。(藏信。)

葛罗斯特　你为什么急急忙忙地把那封信藏起来?

爱德蒙　我不知道有什么消息,父亲。

葛罗斯特　你读的是什么信?

爱德蒙　没有什么,父亲。

葛罗斯特　没有什么? 那么你为什么慌慌张张地把它塞进你的衣袋里去? 既然没有什么,何必藏起来? 来,给我看;要是那上面没有什么话,我也可以不用戴眼镜。

爱德蒙　父亲,请您原谅我;这是我哥哥写给我的一封信,我还没有把它读完,照我所已经读到的一部分看起来,我想还是不要让您看见的好。

葛罗斯特　把信给我。

爱德蒙　不给您看您要恼我,给您看了您又要动怒。哥哥真不应该写出这种话来。

葛罗斯特　给我看,给我看。

爱德蒙　我希望哥哥写这封信是有他的理由的,他不过要试试我的德性。

葛罗斯特　(读信)"这一种尊敬老年人的政策,使我们在年轻时候不能享受生命的欢乐;我们的财产不能由我们自己处分,等到年纪老了,这些财产对我们也失去了用处。我开始觉得老年人的专制,实在是一种荒谬愚蠢的束缚;他们没有权力压迫我们,是我们自己容忍他们的压迫。来跟我讨论讨论这一个问题吧。要是我们的父亲在我把他惊醒之前,一直好好睡着,你就可以永远享受他的一半的收入,并且将要为你的哥哥所喜爱。爱德伽。"——哼! 阴谋! "要是我们的父亲在我把他惊醒之前,一直好好睡着,你就可以永远享受他的一半的收入。"我的儿子爱德伽! 他会有这样的心思? 他能写得出这样一封信吗? 这封信是什么时候到你手里的? 谁把它送给你的?

爱德蒙　它不是什么人送给我的,父亲,这正是他狡猾的地方;我看见它塞在我的房间的窗眼里。

葛罗斯特 你认识这笔迹是你哥哥的吗?

爱德蒙 父亲,要是这信里所写的都是很好的话,我敢发誓这是他的笔迹;可是那上面写的既然是这种话,我但愿不是他写的。

葛罗斯特 这是他的笔迹。

爱德蒙 笔迹确是他的,父亲;可是我希望这种话不是出于他的真心。

葛罗斯特 他以前有没有用这一类话试探过你?

爱德蒙 没有,父亲;可是我常常听见他说,儿子成年以后,父亲要是已经衰老,他应该受儿子的监护,把他的财产交给他的儿子掌管。

葛罗斯特 啊,浑蛋! 浑蛋! 正是他在这信里所表示的意思! 可恶的浑蛋! 不孝的、没有心肝的畜生! 禽兽不如的东西! 去,把他找来;我要依法惩办他。可恶的浑蛋! 他在哪儿!

爱德蒙 我不大知道,父亲。照我的意思,您在没有得到可靠的证据,证明哥哥确有这种意思以前,最好暂时耐一耐您的怒气;因为要是您立刻就对他采取激烈的手段,万一事情出于误会;那不但大大妨害了您的尊严,而且他对于您的孝心,也要从此动摇了! 我敢拿我的生命为他作保,他写这封信的用意,不过是试探试探我对您的孝心,并没有其他危险的目的。

葛罗斯特 你以为是这样的吗?

爱德蒙 您要是认为可以的话,让我把您安置在一个隐僻的地方,从那个地方您可以听到我们两人谈论这件事情,用您自己的耳朵得到一个真凭实据;事不宜迟,今天晚上就可以一试。

葛罗斯特 他不会是这样一个大逆不道的禽兽——

爱德蒙 他断不会是这样的人。

葛罗斯特 天地良心! 我做父亲的从来没有亏待过他,他却这样对待我。爱德蒙,找他出来;探探他究竟居心何在;你尽管照你自己的意思随机应付。我愿意放弃我的地位和财产,把这一件事情调查明白。

爱德蒙　父亲,我立刻就去找他,用最适当的方法探明这回事情,然后再来告诉您知道。

葛罗斯特　最近这一些日蚀月蚀果然不是好兆;虽然人们凭着天赋的智慧,可以对它们作种种合理的解释,可是接踵而来的天灾人祸,却不能否认是上天对人们所施的惩罚。亲爱的人互相疏远,朋友变为陌路,兄弟化成仇雠;城市里有暴动,国家发生内乱,宫廷之内潜藏着逆谋;父不父,子不子,纲常伦纪完全破灭。我这畜生也是上应天数;有他这样逆亲犯上的儿子,也就有像我们王上一样不慈不爱的父亲。我们最好的日子已经过去;现在只有一些阴谋、欺诈、叛逆、纷乱,追随在我们的背后,把我们赶下坟墓里去。爱德蒙,去把这畜生侦查个明白;那对你不会有什么妨害的;你只要自己留心一点就是了。——忠心的肯特又放逐了!他的罪名是正直!怪事,怪事!(下。)

爱德蒙　人们最爱用这一种糊涂思想来欺骗自己;往往当我们因为自己行为不慎而遭逢不幸的时候,我们就会把我们的灾祸归怨于日月星辰,好像我们做恶人也是命运注定,做傻瓜也是出于上天的旨意。做无赖、做盗贼、做叛徒,都是受到天体运行的影响,酗酒、造谣、奸淫,都有一颗什么星在那儿主持操纵,我们无论干什么罪恶的行为,全都是因为有一种超自然的力量在冥冥之中驱策着我们。明明自己跟人家通奸,却把他的好色的天性归咎到一颗星的身上,真是绝妙的推诿!我的父亲跟我的母亲在巨龙星的尾巴底下交媾,我又是在大熊星底下出世,所以我就是个粗暴而好色的家伙。啊!即使当我的父母苟合成奸的时候,有一颗最贞洁的处女星在天空眼睛,我也决不会换个样子的。爱德伽——

爱德伽上。

爱德蒙　一说起他,他就来了,正像旧式喜剧里的大团圆一样;我现在必须装出一副忧愁煞人的样子,像疯子一般长吁短叹。唉!这些日蚀月蚀果然预兆着人世的纷争!法——索——拉——咪。

爱德伽　啊,爱德蒙兄弟!你在沉思些什么?

爱德蒙　哥哥,我正在想起前天读到的一篇预言,说是在这些日蚀月蚀之后,将要发生些什么事情。

爱德伽　你让这些东西烦扰你的精神吗?

爱德蒙　告诉你吧,他所预言的事情,果然不幸被他说中了;什么父子的乖离、死亡、饥荒、友谊的毁灭、国家的分裂、对于国王和贵族的恫吓和诅咒、无谓的猜疑、朋友的放逐、军队的瓦解、婚姻的破坏,还有许许多多我所不知道的事情。

爱德伽　你什么时候相信起星象之学来?

爱德蒙　来,来;你最近一次看见父亲在什么时候?

爱德伽　昨天晚上。

爱德蒙　你跟他说过话没有?

爱德伽　嗯,我们谈了两个钟头。

爱德蒙　你们分别的时候,没有闹什么意见吗?你在他的辞色之间,不觉得他对你有点恼怒吗?

爱德伽　一点没有。

爱德蒙　想想看你在什么地方得罪了他;听我的劝告、暂时避开一下,等他的怒气平息下来再说,现在他正在大发雷霆,恨不得一口咬下你的肉来呢。

爱德伽　一定有哪一个坏东西在搬弄是非。

爱德蒙　我也怕有什么人在暗中离间。请你千万忍耐忍耐,不要碰在他的火性上;现在你还是跟我到我的地方去,我可以想法让你躲起来听听他老人家怎么说。请你去吧；这是我的钥匙。你要是在外面走动的话，最好身边带些武器。

爱德伽　带些武器，弟弟！

爱德蒙　哥哥，我这样劝告你都是为了你的好处；带些武器在身边吧；要是没有人在暗算你，就算我不是个好人。我已经把我所看到、听到的事情都告诉你了；可还只是轻描淡写，实际的情形，却比我的话更要严重可怕得多哩。请你赶快去吧。

爱德伽　我不久就可以听到你的消息吗？

爱德蒙　我在这一件事情上总是竭力帮你的忙就是了。（爱德伽下。）一个轻信的父亲，一个忠厚的哥哥，他自己从不会算计别人，所以也不疑心别人算计他；对付他们这样老实的傻瓜，我的奸计是绰绰有余的。该怎么下手，我已经想好了。既然凭我的身份，产业到不了我的手，那就只好用我的智谋；不管什么手段只要使得上，对我说来，就是正当。（下。）

第三场　　奥本尼公爵府中一室

高纳里尔及其管家奥斯华德上。

高纳里尔　我的父亲因为我的侍卫骂了他的弄人，所以动手打他吗？

奥斯华德　是，夫人。

高纳里尔　他一天到晚欺侮我；每一分钟他都要借端寻事，把我们这儿吵得鸡犬不宁。我不能再忍受下去了。他的骑士们一天一天横行不法起来，他自己又在每一件小事上都要责骂我们。等他打猎回来的时候，我不高兴见他说话；你就对他说我病了。你也不必像从前那样殷勤侍候他；他要是见怪，都在我身上。

奥斯华德　他来了，夫人；我听见他的声音。（内号角声。）

高纳里尔　你跟你手下的人尽管对他装出一副不理不睬的态度；我要看看他有些什么话说。要是他恼了,那么让他到我妹妹那儿去吧,我知道我的妹妹的心思,她也跟我一样不能受人压制的。这老废物已经放弃了他的权力,还想管这个管那个！凭着我的生命发誓,年老的傻瓜正像小孩子一样,一味的姑息会纵容坏了他的脾气,不对他凶一点是不行的,记住我的话。

奥斯华德　是,夫人。

高纳里尔　让他的骑士们也受到你们的冷眼；无论发生什么事情,你们都不用管；你去这样通知你手下的人吧。我要造成一些借口,和他当面说个明白。我还要立刻写信给我的妹妹,叫她采取一致的行动。吩咐他们备饭。(各下。)

第四场　奥本尼公爵府中厅堂

肯特化装上。

肯　特　我已经完全隐去我的本来面目,要是我能够把我的语音也完全改变过来,那么我的一片苦心,也许可以达到目的。被放逐的肯特啊,要是你顶着一身罪名,还依然能够尽你的忠心,那么总有一天,对你所爱戴的主人会大有用处的。

内号角声。李尔、众骑士及侍从等上。

李　尔　我一刻也不能等待,快去叫他们拿出饭来。(一侍从下。)啊！你是什么?

肯　特　我是一个人,大爷。

李　尔　你是干什么的? 你来见我有什么事?

肯　特　您瞧我像干什么的,我就是干什么的；谁要是信任我,我愿意尽忠服侍他；谁要是居心正直,我愿意爱他；谁要是聪明而不爱

多说话,我愿意跟他来往;我害怕法官;逼不得已的时候,我也会
跟人家打架;我不吃鱼①。

李　尔　你究竟是什么人?

肯　特　一个心肠非常正直的汉子,而且像国王一样穷。

李　尔　要是你这做臣民的,也像那个做国王的一样穷,那么你也可
　　　　以算得真穷了。你要什么?

肯　特　我要讨一个差使。

李　尔　你想替谁做事?

肯　特　替您。

李　尔　你认识我吗?

肯　特　不,大爷;可是在您的神气之间,有一种什么力量,使我愿意
　　　　叫您做我的主人。

李　尔　是什么力量?

肯　特　一种天生的威严。

李　尔　你会做些什么事?

肯　特　我会保守秘密,我会骑马,我会跑路,我会把一个复杂的故事
　　　　讲得索然无味,我会老老实实传一个简单的口信;凡是普通人能
　　　　够做的事情,我都可以做,我的最大的好处是勤劳。

李尔　你年纪多大了?

肯　特　大爷,说我年轻,我也不算年轻,我不会为了一个女人会唱几
　　　　句歌而害相思;说我年老,我也不算年老,我不会糊里糊涂地溺爱
　　　　一个女人;我已经活过四十八个年头了。

李　尔　跟着我吧;你可以替我做事。要是我在吃过晚饭以后,还是
　　　　这样欢喜你,那么我还不会就把你撵走。喂! 饭呢? 拿饭来! 我

---

① 　意即不是天主教徒。天主教徒逢星期五按例吃鱼。

的孩子呢? 我的傻瓜呢? 你去叫我的傻瓜来。(一侍从下。)

奥斯华德上。

李　尔　喂,喂,我的女儿呢?

奥斯华德　对不起——(下。)

李　尔　这家伙怎么说? 叫那蠢东西回来。(一骑士下。)喂,我的傻瓜呢? 全都睡着了吗? 怎么! 那狗头呢?

骑士重上。

骑　士　陛下,他说公主有病。

李　尔　我叫他回来,那奴才为什么不回来?

骑　士　陛下,他非常放肆,回答我说他不高兴回来。

李　尔　他不高兴回来!

骑　士　陛下,我也不知道为了什么缘故,可是照我看起来,他们对待您的礼貌,已经不像往日那样殷勤了;不但一般下人从仆,就是公爵和公主也对您冷淡得多了。

李　尔　啊! 你这样说吗?

骑　士　陛下,要是我说错了话,请您原谅我;可是当我觉得您受人欺侮的时候,责任所在,我不能闭口不言。

李　尔　你不过向我提起一件我自己已经感觉到的事;我近来也觉得他们对我的态度有点儿冷淡,可是我总以为那是我自己多心,不愿断定是他们有意怠慢。我还要仔细观察观察他们的举止。可是我的傻瓜呢? 我这两天没有看见他。

骑　士　陛下,自从小公主到法国去了以后,这傻瓜老是郁郁不乐。

李　尔　别再提那句话了;我也注意到他这种情形。——你去对我的女儿说,我要跟她说话。(一侍从下。)你去叫我的傻瓜来。(另一侍从下。)

奥斯华德重上。

李　尔　啊！你，大爷，你过来，大爷。你不知道我是什么人吗，大爷？

奥斯华德　我们夫人的父亲。

李　尔　"我们夫人的父亲"！我们大爷的奴才！好大胆的狗！你这
　　　　奴才！你这狗东西！

奥斯华德　对不起，我不是狗。

李　尔　你敢跟我当面顶嘴瞪眼吗？你这浑蛋？（打奥斯华德。）

奥斯华德　您不能打我。

肯　特　我也不能踢你吗，你这踢皮球的下贱东西①？（自后踢奥斯华德
　　　　倒地。）

李　尔　谢谢你，好家伙；你帮了我，我喜欢你。

肯　特　来，朋友，站起来，给我滚吧！我要教训教训你，让你知道尊
　　　　卑上下的分别。去！去！你还想用你蠢笨的身体在地上打滚，丈
　　　　量土地吗？滚！你难道不懂得厉害吗？去。（将奥斯华德推出。）

李　尔　我的好小子，谢谢你；这是你替我做事的定钱。（以钱给肯特。）
　　　　弄人上。

弄　人　让我也把他雇下来；这儿是我的鸡头帽。（脱帽授肯特。）

李　尔　啊，我的乖乖！你好？

弄　人　喂，你还是戴了我的鸡头帽吧。

肯　特　傻瓜，为什么？

弄　人　为什么？因为你帮了一个失势的人。要是你不会看准风向
　　　　把你的笑脸迎上去，你就会吞下一口冷气的。来，把我的鸡头帽
　　　　拿去。啊，这家伙撵走了两个女儿，他的第三个女儿倒很受他的
　　　　好处，虽然也不是出于他的本意；要是你跟了他，你必须戴上我的
　　　　鸡头帽。啊，老伯伯！但愿我有两顶鸡头帽，再有两个女儿！

---

① 踢皮球在当时只是下层市民的娱乐。

李　尔　为什么,我的孩子?

弄　人　要是我把我的家私一起给了她们,我自己还可以存下两顶鸡头帽。我这儿有一顶;再去向你的女儿们讨一顶戴戴吧。

李　尔　啊,你留心着鞭子。

弄　人　真理是一条贱狗,它只好躲在狗洞里;当猎狗太太站在火边撒尿的时候,它必须一顿鞭子被人赶出去。

李　尔　简直是揭我的疮疤!

弄　人　(向肯特)喂,让我教你一段话。

李　尔　你说吧。

弄　人　听着,老伯伯:——多积财,少摆阔;耳多听,话少说;少放款,多借债;走路不如骑马快;三言之中信一语,多掷骰子少下注;莫饮酒,莫嫖妓;待在家中把门闭;会打算的占便宜,不会打算叹口气。

肯　特　傻瓜,这些话一点意思也没有。

弄　人　那么正像拿不到讼费的律师一样,我的话都白说了。老伯伯,你不能从没有意思的中间,探求出一点意思来吗?

李　尔　啊,不,孩子;垃圾里是淘不出金子来的。

弄　人　(向肯特)请你告诉他,他有那么多的土地,也就成为一堆垃圾了;他不肯相信一个傻瓜嘴里的话。

李　尔　好尖酸的傻瓜!

弄　人　我的孩子,你知道傻瓜是有酸有甜的吗?

李　尔　不,孩子;告诉我。

弄　人　听了他人话,土地全丧失;我傻你更傻,两傻相并立:一个傻瓜甜,一个傻瓜酸;一个穿花衣,一个戴王冠。

李　尔　你叫我傻瓜吗,孩子?

弄　人　你把你所有的尊号都送了别人;只有这一个名字是你娘胎里

带来的。

肯　　特　　陛下,他倒不全然是个傻瓜哩。

弄　　人　　不,那些老爷大人们都不肯答应我的;要是我取得了傻瓜的专利权,他们一定要来夺我一份去,就是太太小姐们也不会放过我的;他们不肯让我一个人做傻瓜。老伯伯,给我一个蛋,我给你两顶冠。

李　　尔　　两顶什么冠?

弄　　人　　我把蛋从中间切开,吃完了蛋黄、蛋白,就用蛋壳给你做两顶冠。你想你自己好端端有了一顶王冠,却把它从中间剖成两半,把两半全都送给人家,这不是背了驴子过泥潭吗? 你这光秃秃的头顶连里面也是光秃秃的没有一点脑子,所以才会把一顶金冠送了人。我说了我要说的话,谁说这种话是傻话,让他挨一顿鞭子。——

> 这年头傻瓜供过于求,
> 聪明人个个变了糊涂,
> 顶着个没有思想的头,
> 只会跟着人依样葫芦。

李　　尔　　你几时学会了这许多歌儿?

弄　　人　　老伯伯,自从你把你的女儿当作了你的母亲以后,我就常常唱起歌儿来了;因为当你把棒儿给了她们,拉下你自己的裤子的时候, ——

> 她们高兴得眼泪盈眶,
> 我只好唱歌自遣哀愁,
> 可怜你堂堂一国之王,

　　　却跟傻瓜们做伴嬉游。

　　老伯伯,你去请一位先生来,教教你的傻瓜怎样说谎吧;我很想学
　　学说谎。

李　尔　要是你说了谎,小子,我就用鞭子抽你。

弄　人　我不知道你跟你的女儿们究竟是什么亲戚;她们因为我说了
　　　真话,要用鞭子抽我,你因为我说谎,又要用鞭子抽我;有时候我
　　　话也不说,你们也要用鞭子抽我。我宁可做一个无论什么东西,
　　　也不要做个傻瓜;可是我宁可做个傻瓜。也不愿意做你,老伯伯;
　　　你把你的聪明从两边削掉了,削得中间不剩一点东西。瞧,那削
　　　下的一块来了。

　　　　高纳里尔上。

李　尔　啊,女儿! 为什么你的脸上罩满了怒气? 我看你近来老是皱
　　　着眉头。

弄　人　从前你用不着看她的脸,随她皱不皱眉头都不与你相干,那
　　　时候你也算得了一个好汉子;可是现在你却变成一个孤零零的圆
　　　圈圈儿了。你还比不上我;我是个傻瓜,你简直不是个东西。(向
　　　高纳里尔)好,好,我闭嘴就是啦;虽然你没有说话,我从你的脸色
　　　知道你的意思。闭嘴,闭嘴;你不知道积谷防饥,活该啃不到面包
　　　皮。他是一个剥空了的豌豆荚。(指李尔。)

高纳里尔　父亲,您这一个肆无忌惮的傻瓜不用说了,还有您那些蛮
　　　横的卫士,也都在时时刻刻寻事骂人,种种不法的暴行,实在叫人
　　　忍无可忍。父亲,我本来还以为要是让您知道了这种情形,您一
　　　定会戒饬他们的行动;可是照您最近所说的话和所做的事看来,
　　　我不能不疑心您有意纵容他们,他们才会这样有恃无恐。要是果
　　　然出于您的授意,为了维持法纪的尊严,我们也不能默尔而息,不

采取断然的处置，虽然也许在您的脸上不大好看；本来，这是说不过去的，可是眼前这样的步骤，在事实上却是必要的。

弄　人　你看，老伯伯——那篱雀养大了杜鹃鸟，自己的头也给它吃掉。蜡烛熄了，我们眼前只有一片黑暗。

李　尔　你是我的女儿吗？

高纳里尔　算了吧，老人家，您不是一个不懂道理的人，我希望您想明白一些；近来您动不动就动气，实在太有失一个做长辈的体统啦。

弄　人　马儿颠倒过来给车子拖着走，就是一头蠢驴不也看得清楚吗？"呼，玖格！我爱你。"

李　尔　这儿有谁认识我吗？这不是李尔。是李尔在走路吗？在说话吗？他的眼睛呢？他的知觉迷乱了吗？他的神志麻木了吗？啊！他醒着吗？没有的事。谁能够告诉我我是什么人？

弄　人　李尔的影子。

李　尔　我要弄明白我是谁；因为我的君权、知识和理智都在哄我，要我相信我是个有女儿的人。

弄　人　那些女儿们是会叫你做一个孝顺的父亲的。

李　尔　太太，请教您的芳名？

高纳里尔　父亲，您何必这样假痴假呆，近来您就爱开这么一类的玩笑。您是一个有年纪的老人家，应该懂事一些。请您明白我的意思；您在这儿养了一百个骑士，全是些胡闹放荡、胆大妄为的家伙，我们好好的宫廷给他们骚扰得像一个喧嚣的客店；他们成天吃、喝、玩女人，简直把这儿当作了酒馆妓院，哪里还是一座庄严的御邸。这一种可耻的现象，必须立刻设法纠正；所以请您依了我的要求，酌量减少您的扈从的人数，只留下一些适合于您的年龄、知道您的地位、也明白他们自己身份的人跟随您；要是您不答应，那么我没有法子，只好勉强执行了。

李　　尔　地狱里的魔鬼！备起我的马来；召集我的侍从。没有良心的
　　　　　　贱人！我不要麻烦你；我还有一个女儿哩。

高纳里尔　你打我的佣人，你那一班捣乱的流氓也不想想自己是什么
　　　　　　东西，胆敢把他们上面的人像奴仆一样呼来叱去。

　　　　　　奥本尼上。

李　　尔　唉！现在懊悔也来不及了。(向奥本尼)啊！你也来了吗？这
　　　　　　是不是你的意思？你说。——替我备马。丑恶的海怪也比不上
　　　　　　忘恩的儿女那样可怕。

奥本尼　　陛下，请您不要生气。

李　　尔　(向高纳里尔)枭獍不如的东西！你说谎！我的卫士都是最有
　　　　　　品行的人，他们懂得一切的礼仪，他们的一举一动，都不愧骑士之
　　　　　　名。啊！考狄利娅不过犯了一点小小的错误，怎么在我的眼睛里
　　　　　　却会变得这样丑恶！它像一座酷虐的刑具，扭曲了我的天性，抽
　　　　　　干了我心里的慈爱，把苦味的怨恨灌了进去。啊，李尔！李尔！
　　　　　　李尔！对准这一扇装进你的愚蠢、放出你的智慧的门，着力痛打
　　　　　　吧！(自击其头)去，去，我的人。

奥本尼　　陛下，我没有得罪您，我也不知道您为什么生气。

李　　尔　也许不是你的错，公爵。——听着，造化的女神，听我的呼
　　　　　　诉！要是你想使这畜生生男育女，请你改变你的意旨吧！取消她
　　　　　　的生殖的能力，干涸她的产育的器官，让她的下贱的肉体里永远
　　　　　　生不出一个子女来抬高她的身价！要是她必须生产，请你让她生
　　　　　　下一个忤逆狂悖的孩子，使她终身受苦！让她年轻的额角上很早
　　　　　　就刻了皱纹；眼泪流下她的面颊，磨成一道道的沟渠；她的鞠育
　　　　　　的辛劳，只换到一声冷笑和一个白眼；让她也感觉到一个负心的
　　　　　　孩子，比毒蛇的牙齿还要多么使人痛入骨髓！去，去！（下。）

奥本尼　　凭着我们敬奉的神明，告诉我这是怎么一回事？

高纳里尔　你不用知道为了什么原因；他老糊涂了，让他去发他的火吧。

　　　　李尔重上。

李　尔　什么！我在这儿不过住了半个月，就把我的卫士一下子裁撤了五十名吗？

奥本尼　什么事，陛下？

李　尔　等一等告诉你。（向高纳里尔）吸血的魔鬼！我真惭愧，你有这本事叫我在你的面前失去了大丈夫的气概，让我的热泪为了一个下贱的婢子而滚滚流出。愿毒风吹着你，恶雾罩着你！愿一个父亲的诅咒刺透你的五官百窍，留下永远不能平复的疮痍！痴愚的老眼，要是你再为此而流泪，我要把你挖出来，丢在你所流的泪水里，和泥土拌在一起！哼！竟有这等事吗？好，我还有一个女儿，我相信她是孝顺我的；她听见你这样对待我，一定会用指爪抓破你的豺狼一样的脸。你以为我一辈子也不能恢复我的原来的威风了吗？好，你瞧着吧。（李尔、肯特及侍从等下。）

高纳里尔　你听见没有？

奥本尼　高纳里尔，虽然我十分爱你，可是我不能这样偏心——

高纳里尔　你不用管我。喂！奥斯华德！（向弄人）你这七分奸刁三分傻的东西，跟你的主人去吧。

弄　人　李尔老伯伯，李尔老伯伯！等一等，带傻瓜一块儿去。捉狐狸，杀狐狸，谁家女儿是狐狸？可惜我这顶帽子，换不到一条绳子；追上去，你这傻子。（下。）

高纳里尔　不知道是什么人替他出的好主意。一百个骑士！让他随身带着一百个全副武装的卫士，真是万全之计；只要他做了一个梦，听了一句谣言，转了一个念头，或者心里有什么不高兴不舒服，就可以任着性子，用他们的力量危害我们的生命。喂，奥斯华德！

奥本尼　也许你太过虑了。

高纳里尔　过虑总比大意好些。与其时时刻刻提心吊胆,害怕人家的暗算,宁可爽爽快快除去一切可能的威胁。我知道他的心理。他所说的话,我已经写信去告诉我的妹妹了;她要是不听我的劝告,仍旧容留他带着他的一百个骑士——

　　　　奥斯华德重上。

高纳里尔　啊,奥斯华德! 什么! 我叫你写给我妹妹的信,你写好了没有?

奥斯华德　写好了,夫人。

高纳里尔　带几个人跟着你,赶快上马出发;把我所担心的情形明白告诉她,再加上一些你所想到的理由,让它格外动听一些。去吧,早点回来。(奥斯华德下。)不,不,我的爷,你做人太仁善厚道了,虽然我不怪你,可是恕我说一句话,只有人批评你糊涂,却没有什么人称赞你一声好。

奥本尼　我不知道你的眼光能够看到多远;可是过分操切也会误事的。

高纳里尔　咦,那么——

奥本尼　好,好,但看结果如何。(同下。)

第五场　奥本尼公爵府外院

　　　　李尔、肯特及弄人上。

李　尔　你带着这封信,先到葛罗斯特去。我的女儿看了我的信,倘若有什么话问你,你就照你所知道的回答她,此外可不要多说什么。要是你在路上偷懒耽搁时间,也许我会比你先到的。

肯　特　陛下,我在没有把您的信送到以前,决不打一次盹。(下。)

弄　人　要是一个人的脑筋生在脚跟上,它会不会长起脓疱来呢?

李　尔　嗯,不会的,孩子。

弄　人　那么你放心吧;反正你的脑筋不用穿了拖鞋走路。

李　尔　哈哈哈!

弄　人　你到了你那另外一个女儿的地方,就可以知道她会待你多么好;因为虽然她跟这一个就像野苹果跟家苹果一样相像,可是我可以告诉你我所知道的事情。

李　尔　你可以告诉我什么,孩子?

弄　人　你一尝到她的滋味,就会知道她跟这一个完全相同,正像两只野苹果一般没有分别。你能够告诉我为什么一个人的鼻子生在脸中间吗?

李　尔　不能。

弄　人　因为中间放了鼻子,两旁就可以安放眼睛;鼻子嗅不出来的,眼睛可以看个仔细。

李　尔　我对不起她——

弄　人　你知道牡蛎怎样造它的壳吗?

李　尔　不知道。

弄　人　我也不知道;可是我知道蜗牛为什么背着一个屋子。

李　尔　为什么?

弄　人　因为可以把它的头放在里面;它不会把它的屋子送给它的女儿,害得它的角也没有地方安顿。

李　尔　我也顾不得什么天性之情了。我这做父亲的有什么地方亏待了她! 我的马儿都已经预备好了吗?

弄　人　你的驴子们正在那儿给你预备呢。北斗七星为什么只有七颗星,其中有一个绝妙的理由。

李　尔　因为它们没有第八颗吗?

弄　人　正是，一点不错；你可以做一个很好的傻瓜。

李　尔　用武力夺回来！忘恩负义的畜生！

弄　人　假如你是我的傻瓜，老伯伯，我就要打你，因为你不到时候就老了。

李　尔　那是什么意思？

弄　人　你应该懂得些世故再老呀？

李　尔　啊！不要让我发疯！天哪，抑制住我的怒气，不要让我发疯！我不想发疯！

　　　　　侍臣上。

李　尔　怎么！马预备好了吗？

侍　臣　预备好了，陛下。

李　尔　来，孩子。

弄　人　哪一个姑娘笑我走这一遭，她的贞操眼看就要保不牢。（同下。）

第
二
幕

第一场 葛罗斯特伯爵城堡庭院

　　　　　爱德蒙及克伦自相对方向上。

爱德蒙　您好,克伦!

克伦　您好,公子。我刚才见过令尊,通知他康华尔公爵跟他的夫人
　　　里根公主今天晚上要到这儿来拜访他。

爱德蒙　他们怎么要到这儿来?

克伦　我也不知道。您有没有听见外边的消息? 我的意思是说,人们
　　　交头接耳,在暗中互相传说的那些消息。

爱德蒙　我没有听见;请教是些什么消息?

克伦　您没有听见说起康华尔公爵也许会跟奥本尼公爵开战吗?

爱德蒙　一点没有听见。

克伦　那么您也许慢慢会听到的。再会,公子。(下。)

爱德蒙　公爵今天晚上到这儿来! 那也好! 再好没有了! 我正好利
　　　用这个机会。我的父亲已经叫人四处把守,要捉我的哥哥;我还
　　　有一件不大好办的事情,必须赶快动手做起来。这事情要做得
　　　敏捷迅速,但愿命运帮助我! ——哥哥,跟你说一句话;下来,
　　　哥哥!

　　　　　爱德伽上。

爱德蒙　父亲在那儿守着你。啊,哥哥! 离开这个地方吧;有人已经

告诉他你躲在什么所在；趁着现在天黑，你快逃吧。你有没有说过什么反对康华尔公爵的话？他也就要到这儿来了，在这样的夜里，急急忙忙的。里根也跟着他来；你有没有站在他这一边，说过奥本尼公爵什么话吗？想一想看。

爱德伽　我真的一句话也没有说过。

爱德蒙　我听见父亲来了；原谅我；我必须假装对你动武的样子；拔出剑来，就像你在防御你自己一般；好好地应付一下吧。（高声）放下你的剑；见我的父亲去！喂，拿火来！这儿！——逃吧，哥哥。（高声）火把！火把！——再会。（爱德伽下。）身上沾几点血，可以使他相信我真的作过一番凶猛的争斗。（以剑刺伤手臂。）我曾经看见有些醉汉为了开玩笑的缘故，往往不顾死活地割破他自己的皮肉。（高声）父亲！父亲！住手！住手！没有人来帮我吗？

　　　　　葛罗斯特率众仆持火炬上。

葛罗斯特　爱德蒙，那畜生呢？

爱德蒙　他站在这儿黑暗之中，拔出他的锋利的剑，嘴里念念有词，见神见鬼地请月亮帮他的忙。

葛罗斯特　可是他在什么地方？

爱德蒙　瞧，父亲，我流着血呢。

葛罗斯特　爱德蒙，那畜生呢？

爱德蒙　往这边逃去了，父亲。他看见他没有法子——

葛罗斯特　喂，你们追上去！（若干仆人下。）"没有法子"什么？

爱德蒙　没有法子劝我跟他同谋把您杀死；我对他说，疾恶如仇的神明看见弑父的逆子，是要用天雷把他殛死的；我告诉他儿子对于父亲的关系是多么深切而不可摧毁；总而言之一句话，他看见我这样憎恶他的荒谬的图谋，他就恼羞成怒，拔出他的早就预备好的剑,气势汹汹地向我毫无防卫的身上挺了过来,把我的手臂刺破了;那时候我也发起怒来,自恃理直气壮,跟他奋力对抗,他倒胆怯起来,也许因为听见我喊叫的声音,就飞似的逃走了。

葛罗斯特　让他逃得远远的吧;除非逃到国外去,我们总有捉到他的一天;看他给我们捉住了还活得成活不成。公爵殿下,我的高贵的恩主,今晚要到这儿来啦,我要请他发出一道命令,谁要是能够把这杀人的懦夫捉住,交给我们绑在木桩上烧死,我们将要重重酬谢他;谁要是把他藏匿起来,一经发觉,就要把他处死。

爱德蒙　当他不听我的劝告,决意实行他的企图的时候,我就严词恫吓他,对他说我要宣布他的秘密;可是他却回答我说:"你这个没份儿继承遗产的私生子!你以为要是我们两人立在敌对的地位,人家会相信你的道德品质,因而相信你所说的话吗?哼!我可以绝口否认——我自然要否认,即使你拿出我亲手写下的笔迹,我还可以反咬你一口,说这全是你的阴谋恶计;人们不是傻瓜,他们当然会相信你因为觊觎我死后的利益,所以才会起这样的毒心,想要害我的命。"

葛罗斯特　好狠心的畜生!他赖得掉他的信吗?他不是我生出来的。(内喇叭奏花腔。)听!公爵的喇叭。我不知道他来有什么事。我要把所有的城门关起来,看这畜生逃到哪儿去;公爵必须答应我这一个要求;而且我还要把他的小像各处传送,让全国的人都可以注意他。我的孝顺的孩子,你不学你哥哥的坏样!我一定想法子使你能够承继我的土地。

　　　　康华尔、里根及侍从等上。

康华尔　您好,我的尊贵的朋友!我还不过刚到这儿,就已经听见了奇怪的消息。

里　根　要是真有那样的事,那罪人真是万死不足蔽辜了。是怎么一回事,伯爵?

葛罗斯特　啊! 夫人,我这颗老心已经碎了,已经碎了!

里　根　什么! 我父亲的义子要谋害您的性命吗? 就是我父亲替他
　　　取名字的,您的爱德伽吗?

葛罗斯特　啊! 夫人,夫人,发生了这种事情,真是说来叫人丢脸。

里　根　他不是常常跟我父亲身边的那些横行不法的骑士们在一
　　　起吗?

葛罗斯特　我不知道,夫人。太可恶了! 太可恶了!

爱德蒙　是的,夫人,他正是常跟这些人在一起的。

里　根　无怪他会变得这样坏;一定是他们撺掇他谋害了老头子,好
　　　把他的财产拿出来给大家挥霍。今天傍晚的时候,我接到我姊姊
　　　的一封信,她告诉我他们种种不法的情形,并且警告我要是他们
　　　想要住到我的家里来,我千万不要招待他们。

康华尔　相信我,里根,我也决不会去招待他们。爱德蒙,我听说你对
　　　你的父亲很尽孝道。

爱德蒙　那是做儿子的本分,殿下。

葛罗斯特　他揭发了他哥哥的阴谋;您看他身上的这一处伤就是因为
　　　他奋不顾身,想要捉住那畜生而受到的。

康华尔　那凶徒逃走了,有没有人追上去?

葛罗斯特　有的,殿下。

康华尔　要是他给我们捉住了,我们一定不让他再为非作恶;你只要
　　　决定一个办法,在我的权力范围以内,我都可以替你办到。爱德
　　　蒙,你这一回所表现的深明大义的孝心,使我们十分赞美;像你这
　　　样不负所托的人,正是我们所需要的,我们将要大大地重用你。

爱德蒙　殿下,我愿意为您尽忠效命。

葛罗斯特　殿下这样看得起他,使我感激万分。

康华尔　你还不知道我们现在所以要来看你的原因——

里　根　尊贵的葛罗斯特，我们这样在黑暗的夜色之中，一路摸索前来，实在是因为有一些相当重要的事情，必须请教请教您的高见。我们的父亲和姊姊都有信来，说他们两人之间发生了一些冲突；我想最好不要在我们自己的家里答复他们；两方面的使者都在这儿等候我打发。我们的善良的老朋友，您不要气恼，替我们赶快出个主意吧。

葛罗斯特　夫人但有所命，我总是愿意贡献我的一得之愚的。殿下和夫人光临蓬荜，欢迎得很！（同下。）

第二场　葛罗斯特城堡之前

肯特及奥斯华德各上。

奥斯华德　早安，朋友；你是这屋子里的人吗？

肯　特　嗯。

奥斯华德　什么地方可以让我们拴马？

肯　特　烂泥地里。

奥斯华德　对不起，大家是好朋友，告诉我吧。

肯　特　谁是你的好朋友？

奥斯华德　好，那么我也不理你。

肯　特　要是我把你一口咬住，看你理不理我。

奥斯华德　你为什么对我这样？我又不认识你。

肯　特　家伙，我认识你。

奥斯华德　你认识我是谁？

肯　特　一个无赖；一个恶棍；一个吃剩饭的家伙；一个下贱的、骄傲的、浅薄的、叫花子一样的、只有三身衣服、全部家私算起来不过一百镑的、卑鄙龌龊的、穿毛绒袜子的奴才；一个没有胆量的、靠着官府势力压人的奴才；一个婊子生的、顾影自怜的、奴颜婢膝的、涂脂抹粉的混账东西；全部家私都在一只箱子里的下流胚，一个天生的王八胚子；又是奴才，又是叫花子，又是懦夫，又是王八，又是一条杂种老母狗的儿子；要是你不承认你这些头衔，我要把你打得放声大哭。

奥斯华德　咦，奇怪，你是个什么东西，你也不认识我，我也不认识你，怎么开口骂人？

肯　　特　你还说不认识我，你这厚脸皮的奴才！两天以前，我不是把你踢倒在地上，还在王上的面前打过你吗？拔出剑来，你这浑蛋；虽然是夜里，月亮照着呢；我要在月光底下把你剁得稀烂！（拔剑）拔出剑来。你这婊子生的、臭打扮的下流东西，拔出剑来！

奥斯华德　去！我不跟你胡闹。

肯　　特　拔出剑来，你这恶棍！谁叫你做人家的傀儡，替一个女儿寄信攻击她的父王，还自鸣得意呢？拔出剑来，你这浑蛋，否则我要砍下你的胫骨。拔出剑来，恶棍；来来来！

奥斯华德　喂！救命哪！要杀人啦！救命哪！

肯　　特　来，你这奴才；站住，浑蛋，别跑；你这漂亮的奴才，你不会还手吗？（打奥斯华德。）

奥斯华德　救命啊！要杀人啦！要杀人啦！

　　　　　爱德蒙拔剑上。

爱德蒙　怎么！什么事？（分开二人。）

肯　　特　好小子，你也要寻事吗？来，我们试一下吧；来，小哥儿。

　　　　　康华尔、里根、葛罗斯特及众仆上。

葛罗斯特　动刀动剑的，什么事呀？

康华尔　大家不要闹；谁再动手，就叫他死。怎么一回事？

里　根　一个是我姊姊的使者,一个是国王的使者。

康华尔　你们为什么争吵? 说。

奥斯华德　殿下,我给他缠得气都喘不过来啦。

肯　特　怪不得你,你把全身勇气都提起来了。你这怯懦的恶棍,造
　　　　化不承认他曾经造下你这个人;你是一个裁缝手里做出来的。

康华尔　你是一个奇怪的家伙;一个裁缝会做出一个人来吗?

肯　特　嗯,一个裁缝;石匠或者油漆匠都不会把他做得这样坏,即使
　　　　他们学会这行手艺才不过两个钟头。

康华尔　说,你们怎么会吵来的?

奥斯华德　这个老不讲理的家伙,殿下,倘不是我看在他的花白胡子
　　　　分上,早就要他的命了——

肯　特　你这婊子养的、不中用的废物! 殿下,要是您允许我的话,我
　　　　要把这不成东西的流氓踏成一堆替人家涂刷茅厕的泥浆。看在
　　　　我的花白胡子分上? 你这摇尾乞怜的狗!

康华尔　住口! 畜生,你规矩也不懂吗?

肯　特　是,殿下;可是我实在气愤不过,也就顾不得了。

康华尔　你为什么气愤?

肯　特　我气愤的是像这样一个奸诈的奴才,居然也让他佩起剑来。
　　　　都是这种笑脸的小人,像老鼠一样咬破了神圣的伦常纲纪;他们
　　　　的主上起了一个恶念,他们便竭力逢迎,不是火上浇油,就是雪上
　　　　添霜;他们最擅长的是随风转舵,他们的主人说一声是,他们也跟
　　　　着说是,说一声不,他们也跟着说不,就像狗一样什么都不知道,
　　　　只知道跟着主人跑。恶疮烂掉了你的抽搐的面孔! 你笑我所说
　　　　的话,你以为我是个傻瓜吗? 呆鹅,要是我在旷野里碰见了你,看
　　　　我不把你打得嘎嘎乱叫,一路赶回你的老家去!

康华尔　什么! 你疯了吗,老头儿?

葛罗斯特　说,你们究竟是怎么吵起来的?

肯　　特　我跟这浑蛋是势不两立的。

康华尔　你为什么叫他浑蛋? 他做错了什么事?

肯　　特　我不喜欢他的面孔。

康华尔　也许你也不喜欢我的面孔、他的面孔、还有她的面孔。

肯　　特　殿下,我是说惯老实话的 :我曾经见过一些面孔,比现在站在我面前的这些面孔好得多啦。

康华尔　这个人正是那种因为有人称赞了他的言辞率直,就此装出一副粗鲁的、目中无人的样子,一味矫揉造作,仿佛他生来就是这样一个家伙。他不会谄媚,他有一颗正直坦白的心,他必须说老实话 ;要是人家愿意接受他的意见,很好 ;不然的话,他是个老实人。我知道这种家伙,他们用坦白的外表,包藏着极大的奸谋祸心,比二十个胁肩谄笑、小心翼翼的愚蠢的谄媚者更要不怀好意。

肯　　特　殿下,您的伟大的明鉴,就像福玻斯神光煜煜的额上的烨耀的火轮,请您照临我的善意的忠诚,恳切的虔心——

康华尔　这是什么意思?

肯　　特　因为您不喜欢我的话,所以我改变了一个样子。我知道我不是一个谄媚之徒 ;我也不愿做一个故意用率直的言语诱惑人家听信的奸诈小人 ;即使您请求我做这样的人,我也不怕得罪您,决不从命。

康华尔　（向奥斯华德)你在什么地方冒犯了他?

奥斯华德　我从来没有冒犯过他。最近王上因为对我有了点误会,把我殴打 ;他便助纣为虐,闪在我的背后把我踢倒地上,侮辱谩骂,无所不至,装出一副非常勇敢的神气 ;他的王上看见他这样,把他称赞了两句,我又极力克制自己,他便得意忘形,以为我不是他的对手,所以一看见我,又拔剑跟我闹起来了。

肯　特　和这些流氓和懦夫相比,埃阿斯只能当他们的傻子①。

康华尔　拿足枷来! 你这口出狂言的倔强的老贼,我们要教训你一下。

肯　特　殿下,我已经太老,不能受您的教训了;您不能用足枷枷我。我是王上的人,奉他的命令前来;您要是把他的使者枷起来,那未免对我的主上太失敬、太放肆无礼了。

康华尔　拿足枷来! 凭着我的生命和荣誉起誓,他必须锁在足枷里直到中午为止。

里　根　到中午为止! 到晚上,殿下;把他整整枷上一夜再说。

肯　特　啊,夫人,假如我是您父亲的狗,您也不该这样对待我。

里　根　因为你是他的奴才,所以我要这样对待你。

康华尔　这正是我们的姊姊说起的那个家伙。来,拿足枷来。(从仆取出足枷。)

葛罗斯特　殿下,请您不要这样。他的过失诚然很大,王上知道了一定会责罚他的;您所决定的这一种羞辱的刑罚,只能惩戒那些犯偷窃之类普通小罪的下贱的囚徒;他是王上差来的人,要是您给他这样的处分,王上一定要认为您轻蔑了他的来使而心中不快。

康华尔　那我可以负责。

里　根　我的姊姊要是知道她的使者因为奉行她的命令而被人这样侮辱殴打,她的心里还要不高兴哩。把他的腿放进去。(从仆将肯特套入足枷)来,殿下,我们走吧。(除葛罗斯特、肯特外均下。)

葛罗斯特　朋友,我很为你抱憾;这是公爵的意思,全世界都知道他的脾气非常固执,不肯接受人家的劝阻。我还要替你向他求情。

肯　特　请您不必多此一举,大人。我走了许多路,还没有睡过觉;一

---

①　意即好出大言的埃阿斯也比不上他们善于吹牛。

部分的时间将在瞌睡中过去,醒着的时候我可以吹吹口哨。好人
上足枷,因此就走好运也说不定呢。再会!

葛罗斯特　这是公爵的不是;王上一定会见怪的。(下。)

肯　　特　好王上,你正像俗语说的,抛下天堂的幸福,来受赤日的煎熬
了。来吧,你这照耀下土的炬火,让我借着你的温柔的光辉,可以
读一读这封信。只有倒霉的人才会遇见奇迹;我知道这是考狄利
娅寄来的,我的改头换面的行踪,已经侥幸给她知道了;她一定会
找到一个机会,纠正这种反常的情形。疲倦得很;闭上了吧,沉重
的眼睛,免得看见你自己的耻辱。晚安,命运,求你转过你的轮子
来,再向我们微笑吧。(睡。)

第三场　荒野的一部分

　　　　爱德伽上。

爱德伽　听说他们已经发出告示提我;幸亏我躲在一株空心的树干
里,没有给他们找到。没有一处城门可以出入无阻;没有一个地
方不是警卫森严,准备把我捉住! 我总得设法逃过人家的耳目,
保全自己的生命;我想还不如改扮作一个最卑贱穷苦、最为世人
所轻视、和禽兽相去无几的家伙;我要用污泥涂在脸上,一块毡
布裹住我的腰,把满头的头发打了许多乱结,赤身裸体,抵抗着风
雨的侵凌。这地方本来有许多疯丐,他们高声叫喊,用针哪、木锥
哪、钉子哪、迷迭香的树枝哪,刺在他们麻木而僵硬的手臂上;用
这种可怕的形状,到那些穷苦的农场、乡村、羊棚和磨坊里去,有
时候发出一些疯狂的诅咒,有时候向人哀求祈祷,乞讨一些布施。
我现在学着他们的样子,一定不会引起人家的疑心。可怜的疯叫
花! 可怜的汤姆! 倒有几分像;我现在不再是爱德伽了。(下。)

第四场　葛罗斯特城堡前

肯特系足枷中。李尔、弄人及侍臣上。

李　尔　真奇怪,他们不在家里,又不打发我的使者回去。

侍　臣　我听说他们在前一个晚上还不曾有走动的意思。

肯　特　祝福您,尊贵的主人!

李　尔　啊!你把这样的羞辱作为消遣吗?

肯　特　不,陛下。

弄　人　哈哈!他吊着一副多么难受的袜带!缚马缚在头上,缚狗缚熊缚在脖子上,缚猴子缚在腰上,缚人缚在腿上;一个人的腿儿太会活动了,就要叫他穿木袜子。

李　尔　谁认错了人,把你锁在这儿?

肯　特　是那一对男女——您的女婿和女儿。

李　尔　不。

肯　特　是的。

李　尔　我说不。

肯　特　我说是的。

李　尔　不,不,他们不会干这样的事。

肯　特　他们干也干了。

李　尔　凭着朱庇特起誓,没有这样的事。

肯　特　凭着朱诺起誓,有这样的事。

李　尔　他们不敢做这样的事;他们不能,也不会做这样的事;要是他们有意作出这种重大的暴行来,那简直比杀人更不可恕了。赶快告诉我,你究竟犯了什么罪,他们才会用这种刑罚来对待一个国王的使者。

肯　特　陛下,我带了您的信到了他们家里,当我跪在地上把信交上去,还没有立起身来的时候,又有一个使者汗流满面,气喘吁吁,急急忙忙地奔了进来,代他的女主人高纳里尔向他们请安,随后把一封书信递上去,打断了我的公事;他们看见她也有信来,就来不及理睬我,先读她的信;读罢了信,他们立刻召集仆从,上马出发,叫我跟到这儿来,等候他们的答复;对待我十分冷淡。一到这儿,我又碰见了那个使者,他也就是最近对您非常无礼的那个家伙,我知道他们对我这样冷淡,都是因为他来了的缘故,一时激于气愤,不加考虑地向他动起武来;他看见我这样,就高声发出怯懦的叫喊,惊动了全宅子的人。您的女婿女儿认为我犯了这样的罪,应该把我羞辱一下,所以就把我枷起来了。

弄　人　冬天还没有过去,要是野雁尽往那个方向飞。老父衣百结,儿女不相识;老父满囊金,儿女尽孝心。命运如娼妓,贫贱遭遗弃。虽然这样说,你的女儿们还要孝敬你数不清的烦恼哩。

李　尔　啊!我这一肚子的气都涌上我的心头来了!你这一股无名的气恼,快给我平下去吧!我这女儿呢?

肯　特　在里边,陛下;跟伯爵在一起。

李　尔　不要跟我;在这儿等着。(下。)

侍　臣　除了你刚才所说的以外,你没有犯其他的过失吗?

肯　特　没有。王上怎么不多带几个人来?

弄　人　你会发出这么一个问题,活该给人用足枷枷起来。

肯　特　为什么,傻瓜?

弄　人　你应该拜蚂蚁做老师,让它教训你冬天是不能工作的。谁都长着眼睛,除非瞎子,每个人都看得清自己该朝哪一边走;就算眼睛瞎了,二十个鼻子里也没有一个鼻子嗅不出来他身上发霉的味道。一个大车轮滚下山坡的时候,你千万不要抓住它,免得跟它一起滚下去,跌断了你的头颈;可是你要是看见它上山去,那么让它拖着你一起上去吧。倘若有什么聪明人给你更好的教训，请你把这番话还我；一个傻瓜的教训，只配让一个浑蛋去遵从。他为了自己的利益，向你屈节卑躬，天色一变就要告别，留下你在雨中。聪明的人全都飞散，只剩傻瓜一个；傻瓜逃走变成浑蛋，那浑蛋不是我。

肯　特　　傻瓜，你从什么地方学会这支歌儿？

弄　人　　不是在足枷里，傻瓜。

　　　　　　李尔偕葛罗斯特重上。

李　尔　　拒绝跟我说话！他们有病！他们疲倦了，他们昨天晚上走路辛苦！都是些鬼话，明明是要背叛我的意思。给我再去向他们要一个好一点的答复来。

葛罗斯特　陛下，您知道公爵的火性，他决定了怎样就是怎样，再也没有更改的。

李　尔　　报应哪！疫疠！死亡！祸乱！火性！什么火性？啊，葛罗斯特，葛罗斯特，我要跟康华尔公爵和他的妻子说话。

葛罗斯特　呃，陛下，我已经对他们说过了。

李　尔　　对他们说过了！你懂得我的意思吗？

葛罗斯特　是，陛下。

李　尔　　国王要跟康华尔说话；亲爱的父亲要跟他的女儿说话，叫她出来见我：你有没有这样告诉他们？我这口气，我这一腔血！哼，火性！火性子的公爵！对那性如烈火的公爵说——不，且慢，也许他真的不大舒服；一个人为了疾病往往疏了他原来健康时的责任，是应当加以原谅的；我们身体上有了病痛，精神上总是连带觉得烦躁郁闷，那时候就不由我们自己作主了。我且忍耐一下，不要太鲁莽了，对一个有病的人作过分求全的责备。该死！（视肯特）为什么把他枷在这儿？这一种举动使我相信公爵和她对我回避,完全是一种预定的计谋。把我的仆人放出来还我。去。对公爵和他的妻子说,我现在立刻就要跟他们说话;叫他们赶快出来见我,否则我要在他们的寝室门前擂起鼓来,搅得他们不能安睡。

葛罗斯特　我但愿你们大家和和好好的。(下。)

李　尔　啊!我的心!我的怒气直冲的心!把怒气退下去吧!

弄　人　你向它吆喝吧,老伯伯,就像厨娘把活鳗鱼放进面糊里的时候那样;她拿起手里的棍子,在它们的头上敲了几下,喊道:"下去,坏东西,下去!"也就像她的兄弟,为了爱他的马儿,替它在草料上涂了牛油。

　　　　康华尔、里根、葛罗斯特及众仆上。

李　尔　你们两位早安!

康华尔　祝福陛下!(众人释肯特。)

里　根　我很高兴看见陛下。

李　尔　里根,我想你一定高兴看见我的;我知道我为什么要这样想;要是你不高兴看见我,我就要跟你已故的母亲离婚,把她的坟墓当作一座淫妇的丘陇。(向肯特)啊!你放出来了吗?等会儿再谈吧。亲爱的里根,你的姊姊太不孝啦。啊,里根!她的无情的凶恶像饿鹰的利喙一样猛啄我的心。(以手按于心口)我简直不能告诉你;你不会相信她忍心害理到什么地步——啊,里根!

里　根　父亲,请您不要恼怒。我想她不会对您有失敬礼,恐怕还是您不能谅解她的苦心呷。

李　尔　啊,这是什么意思?

里　根　我想我的姊姊决不会有什么地方不尽孝道;要是,父亲,她约束了您那班随从的放荡的行为,那当然有充分的理由和正大的目的,绝对不能怪她的。

李　尔　我的诅咒降在她的头上!

里　根　啊,父亲! 您年纪老了,已经快到了生命的尽头 ;应该让一个比您自己更明白您的地位的人管教管教您 ;所以我劝您还是回到姊姊的地方去,对她赔一个不是。

李　尔　请求她的饶恕吗? 你看这样像不像个样子 :"好女儿,我承认我年纪老,不中用啦,让我跪在地上,(跪下)请求您赏给我几件衣服穿,赏给我一张床睡,赏给我一些东西吃吧。"

里　根　父亲,别这样子 ;这算个什么,简直是胡闹! 回到我姊姊那儿去吧。

李　尔　(起立)再也不回去了,里根。她裁撤了我一半的侍从 ;不给我好脸看 ;用她的毒蛇一样的舌头打击我的心。但愿上天蓄积的愤怒一起降在她的无情无义的头上! 但愿恶风吹打她的腹中的胎儿,让它生下地来就是个瘸子!

康华尔　啊! 这是什么话!

李　尔　迅疾的闪电啊,把你的眩目的火焰,射进她的傲慢的眼睛里去吧! 在烈日的熏灼下蒸发起来的沼地的瘴气啊,损坏她的美貌,毁灭她的骄傲吧!

里　根　天上的神明啊! 您要是对我发起怒来,也会这样咒我的。

李　尔　不,里根,你永远不会受我的诅咒 :你的温柔的天性决不会使你干出冷酷残忍的行为来。她的眼睛里有一股凶光,可是你的眼睛却是温存而和蔼的。你决不会吝惜我的享受,裁撤我的侍从,用不逊之言向我顶嘴,削减我的费用,甚至于把我关在门外不让我进来 ;你是懂得天伦的义务、儿女的责任、孝敬的礼貌和受恩的感激的 ;你总还没有忘记我曾经赐给你一半的国土。

里　根　父亲,不要把话说远了。

李　尔　谁把我的人枷起来? (内喇叭奏花腔。)

康华尔　那是什么喇叭声音?

里　根　我知道,是我的姊姊来了;她信上说就要到这儿来的。

　　　　　奥斯华德上。

里　根　夫人来了吗?

李　尔　这是一个靠着主妇暂时的恩宠、狐假虎威、倚势凌人的奴才。滚开,贱奴,不要让我看见你!

康华尔　陛下,这是什么意思?

李　尔　谁把我的仆人枷起来?里根,我希望你并不知道这件事。谁来啦?

　　　　　高纳里尔上。

李　尔　天啊,要是你爱老人,要是凭着你统治人间的仁爱,你认为子女应该孝顺他们的父母,要是你自己也是老人,那么不要漠然无动于衷,降下你的愤怒来,帮我伸雪我的怨恨吧!(向高纳里尔)你看见我这一把胡须,不觉得惭愧吗?啊里根,你愿意跟她握手吗?

高纳里尔　为什么她不能跟我握手呢!我干了什么错事?难道凭着一张糊涂昏悖的嘴里的胡言乱语,就可以成立我的罪案吗?

李　尔　啊,我的胸膛!你还没有胀破吗?我的人怎么给你们枷了起来?

康华尔　陛下,是我把他枷在那儿的;照他狂妄的行为,这样的惩戒还太轻呢。

李　尔　你!是你干的事吗?

里　根　父亲,您该明白您是一个衰弱的老人,一切只好将就点儿。要是您现在仍旧回去跟姊姊住在一起,裁撤了您的一半的侍从,那么等住满了一个月,再到我这儿来吧。我现在不在自己家里,要供养您也有许多不便。

李　尔　回到她那儿去?裁撤五十名侍从!不,我宁愿什么屋子也不要住,过着风餐露宿的生活,和无情的大自然抗争,和豺狼鸱鸮做伴侣,忍受一切饥寒的痛苦!回去跟她住在一起?啊,我宁愿到那娶了我的没有嫁奁的小女儿去的热情的法兰西国王的座前匍匐膝行,像一个臣仆一样向他讨一份微薄的恩俸,苟延残喘下去。回去跟她住在一起!你还是劝我在这可恶的仆人手下当奴才、当牛马吧。(指奥斯华德。)

高纳里尔　随你的便。

李　尔　女儿,请你不要使我发疯;我也不愿再来打扰你了,我的孩子。再会吧;我们从此不再相见。可是你是我的肉、我的血、我的女儿;或者还不如说是我身体上的一个恶瘤,我不能不承认你是我的;你是我的腐败的血液里的一个疖子、一个瘀块、一个肿毒的疔疮。可是我不愿责骂你;让羞辱自己降临你的身上吧,我没有呼召它;我不要求天雷把你殛死,我也不把你的忤逆向垂察善恶的天神控诉,你回去仔细想一想,趁早痛改前非,还来得及。我可以忍耐;我可以带着我的一百个骑士跟里根住在一起。

里　根　那绝对不行;现在还轮不到我,我也没有预备好招待您的礼数。父亲,听我姊姊的话吧;人家冷眼看着您这种愤怒的神气,他们心里都要说您因为老了,所以——可是姊姊是知道她自己该怎样做的。

李　尔　这是你的好意的劝告吗?

里　根　是的,父亲,这是我的真诚的意见。什么!五十个卫士?这不是很好吗?再多一些有什么用处?就是这么许多人,数目也不少了,别说供养他们不起,而且让他们成群结党,也是一件危险的事。一间屋子里养了这许多人,受着两个主人支配,怎么不会发生争闹?简直不成话。

高纳里尔　父亲,您为什么不让我们的仆人侍候您呢?

里　根　对了,父亲,那不是很好吗?要是他们怠慢了您,我们也可以训斥他们。您下回到我这儿来的时候,请您只带二十五个人来,因为现在我已经看到了一个危险;超过这个数目,我是恕不招待的。

李　尔　我把一切都给了你们——

里　根　您幸好及时给了我们。

李　尔　叫你们做我的代理人、保管者,我的唯一的条件,只是让我保留这么多的侍从。什么!我只能带二十五个人,到你这儿来吗?里根,你是不是这样说?

里　根　父亲,我可以再说一遍,我只允许您带这么几个人来。

李　尔　恶人的脸相虽然狰狞可怖,要是与比他更恶的人相比,就会显得和蔼可亲;不是绝顶的凶恶,总还有几分可取。(向高纳里尔)我愿意跟你去;你的五十个人还比她的二十五个人多上一倍,你的孝心也比她大一倍。

高纳里尔　父亲,我们家里难道没有两倍这么多的仆人可以侍候您?依我说,不但用不着二十五个人,就是十个五个也是多余的。

里　根　依我看来,一个也不需要。

李　尔　啊!不要跟我说什么需要不需要;最卑贱的乞丐,也有他的不值钱的身外之物;人生除了天然的需要以外,要是没有其他的享受,那和畜类的生活有什么分别。你是一位夫人;你穿着这样华丽的衣服,如果你的目的只是为了保持温暖,那就根本不合你的需要,因为这种盛装艳饰并不能使你温暖。可是,讲到真的需要,那么天啊,给我忍耐吧,我需要忍耐!神啊,你们看见我在这儿,一个可怜的老头子,被忧伤和老迈折磨得好苦!假如是你们鼓动这两个女儿的心,使她们忤逆她们的父亲,那么请你们不要尽是愚弄我,叫我默然忍受吧;让我的心里激起了刚强的怒火,别让妇人所恃为武器的泪点玷污我的男子汉的面颊!不,你们这两个不孝的妖妇,我要向你们复仇,我要做出一些使全世界惊怖的事来,虽然我现在还不知道我要怎么做。你们以为我将要哭泣;不,我不愿哭泣,我虽然有充分的哭泣的理由,可是我宁愿让这颗心碎成万片,也不愿流下一滴泪来。啊,傻瓜!我要发疯了!（李尔、葛罗斯特、肯特及弄人同下。）

康华尔　我们进去吧;一场暴风雨将要来了。（远处暴风雨声。）

里　根　这座房屋太小了,这老头儿带着他那班人来是容纳不下的。

高纳里尔　是他自己不好,放着安逸的日子不过,一定要吃些苦,才知道自己的蠢。

里　根　单是他一个人,我倒也很愿意收留他,可是他的那班跟随的人,我可一个也不能容纳。

高纳里尔　我也是这个意思。葛罗斯特伯爵呢?

康华尔　跟老头子出去了。他回来了。

葛罗斯特重上。

葛罗斯特　王上正在盛怒之中。

康华尔　他要到哪儿去?

葛罗斯特　他叫人备马;可是不让我知道他要到什么地方去。

康华尔　还是不要管他,随他自己的意思吧。

高纳里尔　伯爵,您千万不要留他。

葛罗斯特　唉!天色暗起来了,田野里都在刮着狂风,附近许多英里之内,简直连一株小小的树木都没有。

里　根　啊!伯爵,对于刚愎自用的人,只好让他们自己招致的灾祸教训他们。关上您的门;他有一班亡命之徒跟随在身边,他自己又是这样容易受人愚弄,谁也不知道他们会煽动他干出些什么事来。我们还是小心点儿好。

康华尔　关上您的门,伯爵;这是一个狂暴的晚上。我的里根说得一点不错。暴风雨来了,我们进去吧。（同下。）

第三幕

第一场　荒野

暴风雨,雷电。肯特一侍臣上,相遇。

肯　特　除了恶劣的天气以外,还有谁在这儿?

侍　臣　一个心绪像这天气一样不安静的人。

肯　特　我认识你。王上呢?

侍　臣　正在跟暴怒的大自然竞争;他叫狂风把大地吹下海里,叫泛滥的波涛吞没了陆地,使万物都变了样子或归于毁灭;拉下他的一根根的白发,让挟着盲目的愤怒的暴风把它们卷得不知去向;在他渺小的一身之内,正在进行着一场比暴风雨的冲突更剧烈的斗争。这样的晚上,被小熊吸干了乳汁的母熊,也躲着不敢出来,狮子和饿狼都不愿沾湿它们的毛皮。他却光秃着头在风雨中狂奔,把一切托付给不可知的力量。

肯　特　可是谁和他在一起?

侍　臣　只是那傻瓜一路跟着他,竭力用些笑话替他排解他的中心的伤痛。

肯　特　我知道你是什么人,我敢凭着我的观察所及,告诉你一件重要的消息。在奥本尼和康华尔两人之间,虽然表面上彼此掩饰得毫无痕迹,可是暗中却已经发生了冲突;正像一般身居高位的人一样,在他们手下都有一些名为仆人、实际上却是向法国密报我们国内情形的探子,凡是这两个公爵的明争暗斗,他们两人对于善良的老王的冷酷的待遇,以及在这种种表象底下,其他更秘密的一切动静,全都传到了法国的耳中;现在已经有一支军队从法国开到我们这一个分裂的国土上来,乘着我们疏忽无备,在我们几处最好的港口秘密登陆,不久就要揭开他们鲜明的旗帜了。现在,你要是能够信任我的话,请你赶快到多佛去一趟,那边你可以碰见有人在欢迎你,你可以把被逼疯了的王上所受种种无理的屈辱向他作一个确实的报告,他一定会感激你的好意。我是一个有地位有身价的绅士,因为知道你的为人可靠,所以把这件差使交给你。

侍　臣　我还要跟您谈谈。

肯　特　不,不必。为了向你证明我并不是像我的外表那样的一个微贱之人,你可以打开这一个钱囊,把里面的东西拿去。你一到多佛,一定可以见到考狄利娅;只要把这戒指给她看了,她就可以告诉你,你现在所不认识的同伴是个什么人。好可恶的暴风雨!我要找王上去。

侍　臣　把您的手给我。您没有别的话了吗?

肯　特　还有一句话,可比什么都重要;就是:我们现在先去找王上;你往那边去,我往这边去,谁先找到他,就打一个招呼。(各下。)

第二场　荒野的另一部分

暴风雨继续未止。李尔及弄人上。

李　尔　吹吧,风啊!胀破了你的脸颊,猛烈地吹吧!你,瀑布一样的倾盆大雨,尽管倒泻下来,浸没了我们的尖塔,淹沉了屋顶上的风标吧!你,思想一样迅速的硫磺的电火,劈碎橡树的巨雷的先驱,烧焦了我的白发的头颅吧！你，震撼一切的霹雳啊，把这生殖繁密的、饱满的地球击平了吧！打碎造物的模型，不要让一颗忘恩负义的人类的种子遗留在世上！

弄　人　啊，老伯伯，在一间干燥的屋子里说几句好话，不比在这没有遮蔽的旷野里淋雨好得多吗？老伯伯，回到那所房子里去，向你的女儿们请求祝福吧；这样的夜无论对于聪明人或是傻瓜，都是不发一点慈悲的。

李　尔　尽管轰着吧！尽管吐你的火舌，尽管喷你的雨水吧！雨、风、雷、电，都不是我的女儿，我不责怪你们的无情；我不曾给你们国土，不曾称你们为我的孩子，你们没有顺从我的义务；所以，随你们的高兴，降下你们可怕的威力来吧，我站在这儿，只是你们的奴隶，一个可怜的、衰弱的、无力的、遭人贱视的老头子。可是我仍然要骂你们是卑劣的帮凶，因为你们滥用上天的威力，帮同两个万恶的女儿来跟我这个白发的老翁作对。啊！啊！这太卑劣了！

弄　人　谁头上顶着个好头脑，就不愁没有屋顶来遮他的头。

> 脑袋还没找到屋子，
> 话儿倒先有安乐窝；
> 脑袋和他都生虱子，
> 就这么叫花娶老婆。
> 有人只爱他的脚尖，
> 不把心儿放在心上；
> 那鸡眼使他真可怜，
> 在床上翻身又叫嚷。

从来没有一个美女不是对着镜子做她的鬼脸。

肯特上。

李　尔　不,我要忍受众人所不能忍受的痛苦;我要闭口无言。

肯　特　谁在那边?

弄　人　一个是陛下,一个是弄人;这两人一个聪明一个傻。

肯　特　唉!陛下,你在这儿吗?喜爱黑夜的东西,不会喜爱这样的
　　　　黑夜;狂怒的天色吓怕了黑暗中的漫游者,使它们躲在洞里不敢
　　　　出来。自从有生以来,我从没有看见过这样的闪电,听见过这样
　　　　可怕的雷声,这样惊人的风雨的咆哮;人类的精神是经受不起这
　　　　样的折磨和恐怖的。

李　尔　伟大的神灵在我们头顶掀起这场可怕的骚动。让他们现在
　　　　找到他们的敌人吧。战栗吧,你尚未被人发觉、逍遥法外的罪人!
　　　　躲起来吧,你杀人的凶手,你用伪誓欺人的骗子!你道貌岸然的
　　　　逆伦禽兽!魂飞魄散吧,你用正直的外表遮掩杀人阴谋的大奸巨
　　　　恶!撕下你们包藏祸心的伪装,显露你们罪恶的原形,向这些可
　　　　怕的天吏哀号乞命吧!我是个并没有犯多大的罪、却受了很大的
　　　　冤屈的人。

肯　特　唉!您头上没有一点遮盖的东西!陛下,这儿附近有一间茅
　　　　屋,可以替您挡挡风雨。我刚才曾经到那所冷酷的屋子里——那
　　　　比它墙上的石块更冷酷无情的屋子——探问您的行踪,可是他们
　　　　关上了门不让我进去;现在您且暂时躲一躲雨,我还要回去,非要
　　　　他们讲一点人情不可。

李　尔　我的头脑开始昏乱起来了。来,我的孩子。你怎么啦,我的
　　　　孩子?你冷吗?我自己也冷呢。我的朋友,这间茅屋在什么地
　　　　方?一个人到了困穷无告的时候,微贱的东西竟也会变成无价之
　　　　宝。来,带我到你那间茅屋里去。可怜的傻小子,我心里还留着
　　　　一块地方为你悲伤哩。

弄　人

> 只怪自己糊涂自己蠢，
>
> 嗨呵，一阵风来一阵雨，
>
> 背时倒运莫把天公恨，
>
> 管它朝朝雨雨又风风。

李　尔　不错，我的好孩子。来，领我们到这茅屋里去。（李尔、肯特下。）

弄　人　今天晚上可太凉快了，叫婊子都热不起劲儿来。待我在临走之前，讲几句预言吧。传道的嘴上一味说得好；酿酒的酒里掺水真不少；有钱的大爷教裁缝做活；不烧异教徒，嫖客害流火①；若是件件官司都问得清；跟班不欠钱，骑士债还清；世上的是非不出自嘴里；扒儿手看见人堆就躲避；放债的肯让金银露了眼；老鸨和婊子把教堂修建；到那时候，英国这个国家，准会乱得无法收拾一下；那时活着的都可以看到；那走路的把脚步抬得高。其实这番预言该让梅林②在将来说，因为我出生在他之前。（下。）

第三场　葛罗斯特城堡中的一室

> 葛罗斯特及爱德蒙上。

葛罗斯特　唉，唉！爱德蒙，我不赞成这种不近人情的行为。当我请求他们允许我给他一点援助的时候，他们竟会剥夺我使用自己的房屋的权利，不许我提起他的名字，不许我替他说一句恳求的话，

---

① 流火，指花柳病而言。

② 梅林：亚瑟王故事中的术士和预言家，时代后于传说中的李尔王许多年，这里是作者故意说的笑话。

也不许我给他任何的救济,要是违背了他们的命令,我就要永远失去他们的欢心。

爱德蒙　太野蛮,太不近人情了!

葛罗斯特　算了,你不要多说什么。两个公爵现在已经有了意见,而且还有一件比这更严重的事情。今天晚上我接到一封信,里面的话说出来也是很危险的;我已经把这信锁在壁橱里了。王上受到这样的凌虐,总有人会来替他报复的;已经有一支军队在路上了;我们必须站在王上的一边。我就要找他去,暗地里救济救济他;你去陪公爵谈谈,免得被他觉察了我的行动。要是他问起我,你就回他说我身子不好,已经睡了。大不了是一个死——他们的确拿死来威吓——王上是我的老主人,我不能坐视不救。出人意料之外的事情快要发生了,爱德蒙,你必须小心点儿。(下。)

爱德蒙　你违背了命令去献这种殷勤,我立刻就要去告诉公爵知道;还有那封信我也要告诉他。这是我献功邀赏的好机会,我的父亲将要因此而丧失他所有的一切,也许他的全部家产都要落到我的手里;老的一代没落了,年轻的一代才会兴起。(下。)

第四场　荒野。茅屋之前

　　　　李尔、肯特及弄人上。

肯　特　就是这地方,陛下,进去吧。在这样毫无掩庇的黑夜里,像这样的狂风暴雨,谁也受不了的。(暴风雨继续不止。)

李　尔　不要缠着我。

肯　特　陛下,进去吧。

李　尔　你要碎裂我的心吗?

肯　特　我宁愿碎裂我自己的心。陛下,进去吧。

李　尔　你以为让这样的狂风暴雨侵袭我们的肌肤,是一件了不得的苦事;在你看来是这样的;可是一个人要是身染重病,他就不会感觉到小小的痛楚。你见了一头熊就要转身逃走;可是假如你的背后是汹涌的大海。你就只好硬着头皮向那头熊迎面走去了。当我们心绪宁静的时候,我们的肉体才是敏感的;我的心灵中的暴风雨已经取去我一切其他的感觉,只剩下心头的热血在那儿搏动。儿女的忘恩!这不就像这一只手把食物送进这一张嘴里,这一张嘴却把这一只手咬了下来吗?可是我要重重惩罚她们。不,我不愿再哭泣了。在这样的夜里!把我关在门外!尽管倒下来吧,什么大雨我都可以忍受。在这样的一个夜里!啊!里根,高纳里尔!你们年老仁慈的父亲一片诚心,把一切都给了你们——啊!那样想下去是要发疯的;我不要想起那些;别再提起那些话了。

肯　特　陛下,进去吧。

李　尔　请你自己进去,找一个躲身的地方吧。这暴风雨不肯让我仔细思想种种的事情;那些事情我越想下去,越会增加我的痛苦。可是我要进去。(向弄人)进去,孩子,你先走。你们这些无家可归的人——你进去吧。我要祈祷,然后我要睡一会儿。(弄人入内)衣不蔽体的不幸的人们,无论你们在什么地方,都得忍受着这样无情的暴风雨的袭击,你们的头上没有片瓦遮身,你们的腹中饥肠雷动,你们的衣服千疮百孔,怎么抵挡得了这样的气候呢?啊!我一向太没有想到这种事情了。安享荣华的人们啊,睁开你们的眼睛来,到外面来体味一下穷人所忍受的苦,分一些你们享用不了的福泽给他们,让上天知道你们不是全无心肝的人吧!

爱德伽　(在内)九尺深,九尺深!可怜的汤姆!　(弄人自屋内奔出。)

弄　人　老伯伯,不要进去;里面有一个鬼。救命! 救命!

肯　特　让我搀着你,谁在里边?

弄　人　一个鬼,一个鬼;他说他的名字叫作可怜的汤姆。

肯　特　你是什么人,在这茅屋里大呼小叫的? 出来。

　　　　　　爱德伽乔装疯人上。

爱德伽　走开! 恶魔跟在我的背后!"风儿吹过山楂林。"哼! 到你
　　　　冷冰冰的床上暖一暖你的身体吧。

李　尔　你把你所有的一切都给了你的两个女儿,所以才到今天这地
　　　　步吗?

爱德伽　谁把什么东西给可怜的汤姆? 恶魔带着他穿过大火,穿过烈
　　　　焰,穿过水道和漩祸,穿过沼地和泥泞;把刀子放在他的枕头底
　　　　下,把绳子放在他的凳子底下,把毒药放在他的粥里;使他心中骄
　　　　傲,骑了一匹栗色的奔马,从四时阔的桥梁上过去,把他自己的影
　　　　子当作了一个叛徒,紧紧追逐不舍。祝福你的五种才智! 汤姆冷
　　　　着呢。啊! 哆啼哆啼哆啼。愿旋风不吹你,星星不把毒箭射你,
　　　　瘟疫不到你身上! 做做好事,救救那给恶魔害得好苦的可怜的汤
　　　　姆吧! 他现在就在那儿,在那儿,又到那儿去了,在那儿。(暴风雨
　　　　继续不止。)

李　尔　什么! 他的女儿害得他变成这个样子吗? 你不能留下一些
　　　　什么来吗? 你一起都给了她们了吗?

弄　人　不,他还留着一方毡毯,否则我们大家都要不好意思了。

李　尔　愿那弥漫在天空之中的惩罚恶人的瘟疫一起降临在你的女
　　　　儿身上!

肯　特　陛下,他没有女儿哩。

李　尔　该死的奸贼! 他没有不孝的女儿,怎么会流落到这等不堪的
　　　　地步? 难道被弃的父亲,都是这样一点不爱惜他们自己的身体的

吗？适当的处罚！谁叫他们的身体产下那些枭獍般的女儿来？

爱德伽　"小雄鸡坐在高墩上。"呵罗，呵罗，罗，罗！

弄　人　这一个寒冷的夜晚将要使我们大家变成傻瓜和疯子。

爱德伽　当心恶魔。孝顺你的爷娘；说过的话不要反悔；不要赌咒；不要奸淫有夫之妇；不要把你的情人打扮得太漂亮。汤姆冷着呢。

李　尔　你本来是干什么的？

爱德伽　一个心性高傲的仆人，头发卷得曲曲的，帽子上佩着情人的手套，惯会讨妇女的欢心，干些不可告人的勾当；开口发誓，闭口赌咒，当着上天的面前把它们一个个毁弃；睡梦里都在转奸淫的念头，一醒来便把它实行。我贪酒，我爱赌，我比土耳其人更好色；一颗奸诈的心，一对轻信的耳朵，一双不怕血腥气的手；猪一般懒惰，狐狸一般狡诈，狼一般贪狠，狗一般疯狂，狮子一般凶恶。不要让女人的脚步声和悉悉索索的绸衣裳的声音摄去了你的魂魄；不要把你的脚踏进窑子里去；不要把你的手伸进裙子里去；不要把你的笔碰到放债人的账簿上；抵抗恶魔的引诱吧。"冷风还是打山楂树里吹过去"；听它怎么说，吁——吁——呜——呜——哈——哈——道芬我的孩子，我的孩子；叱嚓！让他奔过去。（暴风雨继续不止。）

李　尔　唉，你这样赤身裸体，受风雨的吹淋，还是死了的好。难道人不过是这样一个东西吗？想一想他吧。你也不向蚕身上借一根丝，也不向野兽身上借一张皮，也不向羊身上借一片毛，也不向麝猫身上借一块香料。啊！我们这三个人都已经失掉了本来的面目，只有你才保全着天赋的原形；人类在蒙昧的时代，不过是像你这样的一个寒碜的赤裸的两脚动物。脱下来，脱下来，你们这些身外之物！来，松开你的钮扣。（扯去衣服。）

弄　人　老伯伯，请你安静点儿；这样危险的夜里是不能游泳的。旷

野里一点小小的火光,正像一个好色的老头儿的心,只有这么一
星星的热,他的全身都是冰冷的。瞧! 一团火走来了。

　　　　葛罗斯特持火炬上。

爱德伽　　这就是那个叫作"弗力勃铁捷贝特"的恶魔;他在黄昏的时
候出现,一直到第一声鸡啼方才隐去;他叫人眼睛里长白膜,叫好
眼变成斜眼;他叫人嘴唇上起裂缝;他还会叫面粉发霉,寻穷人
们的开心。

　　　　圣维都尔①三次经过山岗,

　　　　遇见魔魇和她九个儿郎;

　　　　他说妖精快下马②,

　　　　发过誓儿快逃吧;

　　　　去你的,妖精,去你的 1

肯　特　　陛下,您怎么啦?

李　尔　　他是谁?

肯　特　　那儿什么人? 你找谁?

葛罗斯特　你们是些什么人? 你们叫什么名字?

爱德伽　　可怜的汤姆,他吃的是泅水的青蛙、蛤蟆、蝌蚪、壁虎和水蜥;
恶魔在他心里捣乱的时候,他发起狂来,就会把牛粪当作一盆美
味的生菜;他吞的是老鼠和死狗,喝的是一潭死水上面绿色的浮
渣;他到处给人家鞭打,锁在枷里,关在牢里;他从前有三身外
衣、六件衬衫,跨着一匹马,带着一口剑;

　　　　可是在这整整七年时光,

---

①　圣维都尔(St.Withold):传说中安眠的保护神。

②　据说魔魇作祟,骑在熟睡者的胸口。下文"发过誓儿"即要魔魇赌咒不再骑在人身上。

　　　　耗子是汤姆唯一的食粮。

　　留心那跟在我背后的鬼。不要闹,史墨金！不要闹,你这恶魔！

葛罗斯特　什么！陛下竟会跟这种人作起伴来了吗？

爱德伽　地狱里的魔王是一个绅士；他的名字叫作摩陀,又叫作玛呼。

葛罗斯特　陛下,我们亲生的骨肉都变得那样坏,把自己生身之人当作了仇敌。

爱德伽　可怜的汤姆冷着呢。

葛罗斯特　跟我回去吧。我的良心不允许我全然服从您的女儿的无情的命令；虽然他们叫我关上了门,把您丢下在这狂暴的黑夜之中,可是我还是大胆出来找您,把您带到有火炉、有食物的地方去。

李　尔　让我先跟这位哲学家谈谈。天上打雷是什么缘故？

肯　特　陛下,接受他的好意；跟他回去吧。

李　尔　我还要跟这位学者说一句话。您研究的是哪一门学问？

爱德伽　抵御恶魔的战略和消灭毒虫的方法。

李　尔　让我私下里问您一句话。

肯　特　大人,请您再催催他吧；他的神经有点儿错乱起来了。

葛罗斯特　你能怪他吗？（暴风雨继续不止。）他的女儿要他死哩。唉！那善良的肯特,他早就说过会有这么一天的,可怜的被放逐的人！你说王上要疯了；告诉你吧,朋友,我自己也差不多疯了。我有一个儿子,现在我已经跟他断绝关系了。他要谋害我的生命,这还是最近的事；我爱他,朋友,没有一个父亲比我更爱他的儿子；不瞒你说,（暴风雨继续不止。）我的头脑都气昏了。这是一个什么晚上！陛下,求求您——

李　尔　啊！请您原谅,先生。高贵的哲学家,请了。

爱德伽　汤姆冷着呢。

葛罗斯特　进去，家伙，到这茅屋里去暖一暖吧。

李　　尔　来，我们大家进去。

肯　　特　陛下，这边走。

李　　尔　带着他；我要跟我这位哲学家在一起。

肯　　特　大人，顺顺他的意思吧；让他把这家伙带去。

葛罗斯特　您带着他来吧。

肯　　特　小子，来；跟我们一块儿去。

李　　尔　来，好雅典人①。

葛罗斯特　嘘！不要说话，不要说话。

爱德伽　罗兰骑士②来到黑沉沉的古堡前，他说了一遍又一遍；"呸，啊，哼！"我闻到了一股不列颠人的血腥。（同下。）

第五场　葛罗斯特城堡中一室

　　　　康华尔及爱德蒙上。

康华尔　我在离开他的屋子以前，一定要把他惩治一下。

爱德蒙　殿下，我为了尽忠的缘故，不顾父子之情，一想到人家不知将要怎样批评我，心里很有点儿惴惴不安哩。

康华尔　我现在才知道你的哥哥想要谋害他的生命，并不完全出于恶毒的本性；多半是他自己咎有应得，才会引起他的杀心的。

爱德蒙　我的命运多么颠倒，虽然做了正义的事情，却必须抱恨终身！这就是他说起的那封信，它可以证实他私通法国的罪状。天

① 李尔王把爱德伽比作古希腊哲学家。

② 罗兰骑士：欧洲中世纪骑士文学中的著名英雄。

啊！为什么他要干这种叛逆的行为,为什么偏偏又在我手里发觉了呢?

康华尔　跟我见公爵夫人去。

爱德蒙　这信上所说的事情倘若属实,那您就要有一番重大的行动了。

康华尔　不管它是真是假,它已经使你成为葛罗斯特伯爵了。你去找找你父亲在什么地方,让我们可以把他逮捕起来。

爱德蒙　(旁白)要是我看见他正在援助那老王,他的嫌疑就格外加重了。——虽然忠心和孝道在我的灵魂里发生剧烈的争战,可是大义所在,只好把私恩抛弃不顾。

康华尔　我完全信任你;你在我的恩宠之中,将要得到一个更慈爱的父亲。(各下。)

第六场　邻接城堡的农舍一室

葛罗斯特、李尔、肯特、弄人及爱德伽上。

葛罗斯特　这儿比露天好一些,不要嫌它寒伧,将就住下来吧。我再去找找有些什么吃的用的东西;我去去就来。

肯　特　他的智力已经在他的盛怒之中完全消失了。神明报答您的好心!　(葛罗斯特下。)

爱德伽　弗拉特累多①在叫我,他告诉我尼禄王在冥湖里钓鱼。喂,傻瓜,你要祷告,要留心恶魔啊。

弄　人　老伯伯,告诉我,一个疯子是绅士呢还是平民?

李　尔　是个国王,是个国王!

---

① 弗拉特累多:小魔鬼的名字。

弄　人　不,他是一个平民,他的儿子却挣了一个绅士头衔;他眼看他
　　　　儿子做了绅士,他就成为一个气疯了的平民。

李　尔　一千条血红的火舌吱啦吱啦卷到她们的身上——

爱德伽　恶魔在咬我的背。

弄　人　谁要是相信豺狼的驯良、马儿的健康、孩子的爱情或是娼妓
　　　　的盟誓,他就是个疯子。

李　尔　一定要办她们一办,我现在就要审问她们。(向爱德伽)来,
　　　　最有学问的法官,你坐在这儿;(向弄人)你,贤明的官长,坐在这
　　　　儿。——来,你们这两头雌狐!

爱德伽　瞧,他站在那儿,眼睛睁得大大的!太太,你在审判的时候,
　　　　要不要有人瞧着你?渡过河来会我,蓓西——

弄　人　她的小船儿漏了,她不能让你知道为什么她不敢见你。

爱德伽　恶魔借着夜莺的喉咙,向可怜的汤姆作祟了。霍普丹斯在汤
　　　　姆的肚子里嚷着要两条新鲜的鲱鱼。别吵,魔鬼;我没有东西给
　　　　你吃。

肯　特　陛下,您怎么啦!不要这样呆呆地站着。您愿意躺下来,在
　　　　这褥垫上面休息休息吗?

李　尔　我要先看她们受了审判再说。把她们的证人带上来。(向爱
　　　　德伽)你这披着法衣的审判官,请坐;(向弄人)你,他的执法的同僚,
　　　　坐在他的旁边。(向肯特)你是陪审官,你也坐下。

爱德伽　让我们秉公裁判。你睡着还是醒着,牧羊人?你的羊儿在田
　　　　里跑;你的小嘴唇只要吹一声,羊儿就不伤一根毛。呼噜呼噜;
　　　　这是一只灰色的猫儿。

李　尔　先控诉她;她是高纳里尔。我当着尊严的堂上起誓,她曾经
　　　　踢她的可怜的父王。

弄　人　过来,奶奶。你的名字叫高纳里尔吗?

李　尔　她不能抵赖。

弄　人　对不起,我还以为您是一张折凳哩。

李　尔　这儿还有一个,你们瞧她满脸的横肉,就可以知道她的心肠
　　　　是怎么样的。拦住她! 举起你们的兵器,拔出你们的剑,点起火
　　　　把来! 营私舞弊的法庭! 枉法的贪官,你为什么放她逃走?

爱德伽　天保佑你的神志吧!

肯　特　哎哟! 陛下,您不是常常说您没有失去忍耐吗? 现在您的忍
　　　　耐呢?

爱德伽　(旁白)我的滚滚的热泪忍不住为他流下,怕要给他们瞧破我
　　　　的假装了。

李　尔　这些小狗、脱雷、勃尔趋、史威塔,瞧,它们都在向我狂吠。

爱德伽　让汤姆掉过脸来把它们吓走。滚开,你们这些恶狗! 黑嘴巴,
　　　　白嘴巴,疯狗咬人磨毒牙,猛犬猎犬杂种犬,叭儿小犬团团转,青
　　　　屁股,卷尾毛,汤姆一只也不饶;只要我掉过脸来,大狗小狗逃得
　　　　快。哆啼哆啼。叱嚓! 来,我们赶庙会,上市集去。可怜的汤姆,
　　　　你的牛角里干得挤不出一滴水来啦①。

李　尔　叫他们剖开里根的身体来,看看她心里有些什么东西。究竟
　　　　为了什么天然的原因,她们的心才会变得这样硬? (向爱德伽)我
　　　　把你收留下来,叫你做我一百名侍卫中间的一个,只是我不喜欢
　　　　你的衣服的式样;你也许要对我说,这是最漂亮的波斯装;可是
　　　　我看还是请你换一换吧。

肯　特　陛下,您还是躺下来休息休息吧。

李　尔　不要吵,不要吵;放下帐子,好,好,好。我们到早上再去吃晚
　　　　饭吧;好,好,好。

---

① 当时疯叫花子行乞,用挂于颈间的大牛角盛乞得的剩菜残羹。

弄　人　我一到中午可要睡觉哩。

　　　　　葛罗斯特重上。

葛罗斯特　过来,朋友;王上呢?

肯　特　在这儿,大人;可是不要打扰他,他的神经已经错乱了。

葛罗斯特　好朋友,请你把他抱起来。我已经听到了一个谋害他生命
　　　　的阴谋。马车套好在外边,你快把他放进去,驾着它到多佛,那边
　　　　有人会欢迎你,并且会保障你的安全。抱起你的主人来;要是你
　　　　耽误了半点钟的时间,他的性命、你的性命以及一切出力救护他
　　　　的人的性命,都要保不住了。抱起来,抱起来;跟我来,让我设法
　　　　把你们赶快送到一处可以安身的地方。

肯　特　受尽折磨的身心,现在安然入睡了;安息也许可以镇定镇定
　　　　他的破碎的神经,但愿上天行个方便,不要让它破碎得不可收拾
　　　　才好。(向弄人)来,帮我抬起你的主人来;你也不能留在这儿。

葛罗斯特　来,来,去吧。(除爱德伽外,肯特、葛罗斯特及弄人抬李尔下。)

爱德伽　做君王的不免如此下场,使我忘却了自己的忧伤。最大的不
　　　　幸是独抱牢愁,任何的欢娱兜不上心头;倘有了同病相怜的侣伴,
　　　　天大痛苦也会解去一半。国王有的是不孝的逆女,我自己遭逢
　　　　无情的严父,他与我两个人一般遭际!去吧,汤姆,忍住你的怨
　　　　气,你现在蒙着无辜的污名,总有日回复你清白之身。不管今夜
　　　　里还会发生些什么事情,但愿王上能安然出险!我还是躲起来
　　　　吧。(下。)

第七场　葛罗斯特城堡中一室

　　　　康华尔、里根、高纳里尔、爱德蒙及众仆上。

康华尔　夫人,请您赶快到尊夫的地方去。把这封信交给他;法国军

队已经登陆了。——来人，替我去搜寻那反贼葛罗斯特的踪迹。

（若干仆人下。）

里　根　把他捉到了立刻吊死。

高纳里尔　把他的眼珠挖出来。

康华尔　我自有处置他的办法。爱德蒙，我们不应该让你看见你的谋叛的父亲受到怎样的刑罚，所以请你现在护送我们的姊姊回去，替我向奥本尼公爵致意，叫他赶快准备；我们这儿也要采取同样的行动。我们两地之间，必须随时用飞骑传报消息。再会，亲爱的姊姊；再会，葛罗斯特伯爵。

　　　　奥斯华德上。

康华尔　怎么啦？那国王呢？

奥斯华德　葛罗斯特伯爵已经把他载送出去了；有三十五、六个追寻他的骑士在城门口和他会合，还有几个伯爵手下的人也在一起，一同向多佛进发，据说那边有他们武装的友人在等候他们。

康华尔　替你家夫人备马。

高纳里尔　再会，殿下，再会，妹妹。

康华尔　再会，爱德蒙。（高纳里尔、爱德蒙及奥斯华德下。）再去几个人把那反贼葛罗斯特捉来，像偷儿一样把他绑来见我。（若干仆人下。）虽然在没有经过正式的审判手续以前，我们不能就把他判处死刑，可是为了发泄我们的愤怒，却只好不顾人们的指摘，凭着我们的权力独断独行了。那边是什么人？是那反贼吗？

　　　　众仆押葛罗斯特重上。

里　根　没有良心的狐狸！正是他。

康华尔　把他枯瘪的手臂牢牢绑起来。

葛罗斯特　两位殿下，这是什么意思？我的好朋友们，你们是我的客人；不要用这种无礼的手段对待我。

康华尔　捆住他。(众仆绑葛罗斯特。)

里　根　绑紧些,绑紧些。啊,可恶的反贼!

葛罗斯特　你是一个没有心肝的女人,我却不是反贼。

康华尔　把他绑在这张椅子上。奸贼,我要让你知道——(里根扯葛罗
　　　斯特胡须。)

葛罗斯特　天神在上,这还成什么话,你扯起我的胡子来啦!

里　根　胡子这么白,想不到却是一个反贼!

葛罗斯特　恶妇,你从我的腮上扯下这些胡子来,它们将要像活人一
　　　样控诉你的罪恶。我是这里的主人,你不该用你强盗的手,这样
　　　报答我的好客的殷勤。你究竟要怎么样?

康华尔　说,你最近从法国得到什么书信?

里　根　老实说出来,我们已经什么都知道了。

康华尔　你跟那些最近踏到我们国境来的叛徒们有些什么来往?

里　根　你把那发疯的老王送到什么人手里去了? 说。

葛罗斯特　我只收到过一封信,里面都不过是些猜测之谈,寄信的是
　　　一个没有偏见的人,并不是一个敌人。

康华尔　好狡猾的推托!

里　根　一派鬼话!

康华尔　你把国王送到什么地方去了?

葛罗斯特　送到多佛。

里　根　为什么送到多佛? 我们不是早就警告你——

康华尔　为什么送到多佛? 让他回答这个问题。

葛罗斯特　罢了,我现在身陷虎穴,只好拼着这条老命了。

里　根　为什么送到多佛?

葛罗斯特　因为我不愿意看见你的凶恶的指爪挖出他的可怜的老眼;
　　　因为我不愿意看见你的残暴的姊姊用她野猪般的利齿咬进他的

神圣的肉体。他的赤裸的头顶在地狱一般黑暗的夜里冲风冒雨;受到那样狂风暴雨的震荡的海水,也要把它的怒潮喷向天空,熄灭了星星的火焰;但是他,可怜的老翁,却还要把他的热泪帮助天空浇洒。要是在那样怕人的晚上,豺狼在你的门前悲鸣,你也要说,"善良的看门人,开了门放它进来吧",而不计较它一切的罪恶。可是我总有一天见到上天的报应降临在这种儿女的身上。

康华尔　你再也不会见到那样一天。来,按住这椅子。我要把你这一双眼睛放在我的脚底下践踏。

葛罗斯特　谁要是希望他自己平安活到老年的,帮帮我吧!啊,好惨!天啊!（葛罗斯特一眼被挖出。）

里　根　还有那一颗眼珠也去掉了吧,免得它嘲笑没有眼珠的一面。

康华尔　要是你看见什么报应——

仆　甲　住手,殿下;我从小为您效劳,但是只有我现在叫您住手这件事才算是最好的效劳。

里　根　怎么,你这狗东西!

仆　甲　要是你的腮上长起了胡子,我现在也要把它扯下来。

康华尔　混账奴才,你反了吗?（拔剑。）

仆　甲　好,那么来,我们拼一个你死我活。（拔剑。二人决斗。康华尔受伤。）

里　根　把你的剑给我。一个奴才也会撒野到这等地步!（取剑自后刺仆甲。）

仆　甲　啊!我死了。大人,您还剩着一只眼睛,看见他受到一点小小的报应。啊!（死。）

康华尔　哼,看他再瞧得见一些什么报应!出来,可恶的浆块!现在你还会发光吗?（葛罗斯特另一眼被挖出。）

葛罗斯特　一切都是黑暗和痛苦。我的儿子爱德蒙呢?爱德蒙,燃起你天性中的怒火,替我报复这一场暗无天日的暴行吧!

里　根　哼,万恶的奸贼! 你在呼唤一个憎恨你的人;你对我们反叛的阴谋,就是他出首告发的,他是一个深明大义的人,决不会对你发一点怜悯。

葛罗斯特　啊,我是个蠢材! 那么爱德伽是冤枉的了。仁慈的神明啊,赦免我的错误,保佑他有福吧!

里　根　把他推出门外,让他一路摸索到多佛去。(一仆率葛罗斯特下。)怎么,殿下? 您的脸色怎么变啦?

康华尔　我受了伤啦。跟我来,夫人。把那瞎眼的奸贼撵出去;把这奴才丢在粪堆里。里根,我的血尽在流着;这真是无妄之灾。用你的胳臂搀着我。(里根扶康华尔同下。)

仆　乙　要是这家伙会有好收场,我什么坏事都可以去做了。

仆　丙　要是她会寿终正寝,所有的女人都要变成恶鬼了。

仆　乙　让我们跟在那老伯爵的后面,叫那疯丐把他领到他所要去的地方;反正那个游荡的疯子什么地方都去。

仆　丙　你先去吧;我还要去拿些麻布和蛋白来,替他贴在他的流血的脸上。但愿上天保佑他! (各下。)

第
四
幕

第一场　荒野

爱德伽上。

爱德伽　与其被人在表面上恭维而背地里鄙弃,那么还是像这样自己
　　　　知道为举世所不容的好。一个最困苦、最微贱、最为命运所屈辱
　　　　的人,可以永远抱着希冀而无所恐惧;从最的地位上跌下来,那变
　　　　化是可悲的,对于穷困的人,命运的转机却能使他欢笑! 那么欢
　　　　迎你——跟我拥抱的空虚的气流;被你刮得狼狈不堪的可怜虫并
　　　　不少欠你丝毫情分。可是谁来啦?

一老人率葛罗斯特上。

爱德伽　我的父亲,让一个穷苦的老头儿领着他吗? 啊,世界,世界,
　　　　世界! 倘不是你的变幻无常,使我们对你心存怨恨,哪一个人是
　　　　甘愿老去的?

老　人　啊,我的好老爷! 我在老太爷手里就做您府上的佃户,一直
　　　　做到您老爷手里,已经有八十年了。

葛罗斯特　去吧,好朋友,你快去吧;你的安慰对我一点没有用处,他
　　　　们也许反会害你的。

老　人　您眼睛看不见,怎么走路呢?

葛罗斯特　我没有路,所以不需要眼睛;当我能够看见的时候,我也会
　　　　失足颠仆。我们往往因为有所自恃而失之于大意,反不如缺陷却

能对我们有益。啊！爱德伽好儿子，你的父亲受人之愚，错恨了
你，要是我能在未死以前，摸到你的身体，我就要说，我又有了眼
睛啦。

老　人　啊！那边是什么人？

爱德伽　（旁白）神啊！谁能够说"我现在是最不幸"？我现在比从前
才更不幸得多啦。

老　人　那是可怜的发疯的汤姆。

爱德伽　（旁白）也许我还要碰到更不幸的命运；当我们能够说"这是
最不幸的事"的时候，那还不是最不幸的。

老　人　汉子，你到哪儿去？

葛罗斯特　是一个叫花子吗？

老　人　是个疯叫花子。

葛罗斯特　他的理智还没有完全丧失，否则他不会向人乞讨。在昨晚
的暴风雨里，我也看见这样一个家伙，他使我想起一个人不过等
于一条虫；那时候我的儿子的影像就闪进了我的心里，可是当时
我正在恨他，不愿想起他；后来我才听到一些其他的话。天神掌
握着我们的命运，正像顽童捉到飞虫一样，为了戏弄的缘故而把
我们杀害。

爱德伽　（旁白）怎么会有这样的事？在一个伤心人的面前装傻，对自
己、对别人，都是一件不愉快的行为。（向葛罗斯特）祝福你，先生！

葛罗斯特　他就是那个不穿衣服的家伙吗？

老　人　正是，老爷。

葛罗斯特　那么你去吧。我要请他领我到多佛去，要是你看在我的分
上，愿意回去拿一点衣服来替他遮盖遮盖身体，那就再好没有了；
我们不会走远，从这儿到多佛的路上一二英里之内，你一定可以
追上我们。

老　人　唉,老爷! 他是个疯子哩。

葛罗斯特　疯子带着瞎子走路,本来是这时代的一般病态。照我的话,
　　　或者就照你自己的意思做吧 ;第一件事情是请你快去。

老　人　我要把我的最好的衣服拿来给他,不管它会引起怎样的后
　　　果。(下。)

葛罗斯特　喂,不穿衣服的家伙——

爱德伽　可怜的汤姆冷着呢。(旁白)我不能再假装下去了。

葛罗斯特　过来,汉子。

爱德伽　(旁白)可是我不能不假装下去。——祝福您的可爱的眼睛,
　　　它们在流血哩。

葛罗斯特　你认识到多佛去的路吗?

爱德伽　一处处关口城门、一条条马路人行道,我全认识。可怜的汤
　　　姆被他们吓迷了心窍 ;祝福你,好人的儿子,愿恶魔不来缠绕你!
　　　五个魔鬼一齐作弄着可怜的汤姆 :一个是色魔奥别狄克特 ;一个
　　　是哑鬼霍别狄丹斯 ;一个是偷东西的玛呼 ;一个是杀人的摩陀 ;
　　　一个是扮鬼脸的弗力勃铁捷贝特,他后来常常附在丫头、使女的
　　　身上。好,祝福您,先生!

葛罗斯特　来,你这受尽上天凌虐的人,把这钱囊拿去 ;我的不幸却是
　　　你的运气。天道啊,愿你常常如此! 让那穷奢极欲、把你的法律
　　　当作满足他自己享受的工具、因为知觉麻木而沉迷不悟的人,赶
　　　快感到你的威力吧 ;从享用过度的人手里夺下一点来分给穷人,
　　　让每一个人都得到他所应得的一份吧。你认识多佛吗?

爱德伽　认识,先生。

葛罗斯特　那边有一座悬崖,它的峭拔的绝顶俯瞰着幽深的海水 ;你
　　　只要领我到那悬崖的边上,我就给你一些我随身携带的贵重的东
　　　西,你拿了去可以过些舒服的日子 ;我也不用再烦你带路了。

爱德伽　把您的胳臂给我；让可怜的汤姆领着你走。（同下。）

第二场　奥本尼公爵府前

　　　　高纳里尔及爱德蒙上。

高纳里尔　欢迎，伯爵；我不知道我那位温和的丈夫为什么不来迎接
　　我们。

　　　　奥斯华德上。

高纳里尔　主人呢？

奥斯华德　夫人，他在里边；可是已经大大变了一个人啦。我告诉他
　　法国军队登陆的消息，他听了只是微笑；我告诉他说您来了，他的
　　回答却是，"还是不来的好"；我告诉他葛罗斯特怎样谋反、他的儿
　　子怎样尽忠的时候，他骂我蠢东西，说我颠倒是非。凡是他所应
　　该痛恨的事情，他听了都觉得很得意；他所应该欣慰的事情，反而
　　使他恼怒。高纳里尔（向爱德蒙）那么你止步吧。这是他怯懦畏缩
　　的天性，使他不敢担当大事；他宁愿忍受侮辱，不肯挺身而起。我
　　们在路上谈起的那个愿望，也许可以实现。爱德蒙，你且回到我
　　的妹夫那儿去；催促他赶紧调齐人马，交给你统率；我这儿只好
　　由我自己出马，把家务托付我的丈夫照管了。这个可靠的仆人可
　　以替我们传达消息；要是你有胆量为了你自己的好处而行事，那
　　么不久大概就会听到你的女主人的命令。把这东西拿去带在身
　　边；不要多说什么；（以饰物赠爱德蒙）低下你的头来；这一个吻要
　　是能够替我说话，它会叫你的灵魂儿飞上天空的。你要明白我的
　　心；再会吧。

爱德蒙　我愿意为您赴汤蹈火。

高纳里尔　我的最亲爱的葛罗斯特！（爱德蒙下）唉！都是男人，却有

这样的不同！哪一个女人不愿意为你贡献她的一切，我却让一个
傻瓜侵占了我的眠床。

奥斯华德　夫人，殿下来了。（下。）

奥本尼上。

高纳里尔　你太瞧不起人啦。

奥本尼　啊，高纳里尔！你的价值还比不上那狂风吹在你脸上的尘
土。我替你这种脾气担着心事；一个人要是看轻了自己的根本，
难免做出一些越限逾分的事来；枝叶脱离了树干，跟着也要萎谢，
到后来只好让人当作枯柴而付之一炬。

高纳里尔　得啦得啦；全是些傻话。

奥本尼　智慧和仁义在恶人眼中看来都是恶的；下流的人只喜欢下流
的事。你们干下了些什么事情？你们是猛虎，不是女儿，你们干
了些什么事啦？这样一位父亲，这样一位仁慈的老人家，一头野
熊见了他也会俯首贴耳，你们这些蛮横下贱的女儿，却把他激成
了疯狂！难道我那位贤襟兄竟会让你们这样胡闹吗？他也是个
堂堂汉子，一邦的君主，又受过他这样的深恩厚德！要是上天不
立刻降下一些明显的灾祸来，惩罚这种万恶的行为，那么人类快
要像深海的怪物一样自相吞食了。

高纳里尔　不中用的懦夫！你让人家打肿你的脸，把侮辱加在你的头
上，还以为是一件体面的事，因为你的额头上还没长着眼睛；正像
那些不明是非的傻瓜，人家存心害你，幸亏发觉得早，他们在未下
毒手以前就受到惩罚，你却还要可怜他们。你的鼓呢？法国的旌
旗已经展开在我们安静的国境上了，你的敌人顶着羽毛飘扬的战
盔，已经开始威胁你的生命。你这迂腐的傻子却坐着一动不动。
只会说，"唉！他为什么要这样呢？"

奥本尼　瞧瞧你自己吧，魔鬼！恶魔的丑恶的嘴脸，还不及一个恶魔

般的女人那样丑恶万分。

高纳里尔　哎哟,你这没有头脑的蠢货!

奥本尼　你这变化做女人的形状、掩蔽你的蛇蝎般的真相的魔鬼,不
　　要露出你的狰狞的面目来吧!　要是我可以允许这双手服从我的
　　怒气,它们一定会把你的肉一块块撕下来,把你的骨头一根根折
　　断;可是你虽然是一个魔鬼,你的形状却还是一个女人,我不能伤
　　害你。

高纳里尔　哼,这就是你的男子汉的气概。——呸!

　　　　　一使者上。

奥本尼　有什么消息?

使　者　啊!殿下,康华尔公爵死了;他正要挖去葛罗斯特第二只眼
　　睛的时候,他的一个仆人把他杀死了。

奥本尼　葛罗斯特的眼睛!

使　者　他所畜养的一个仆人因为激于义愤,反对他这一种行动,就
　　拔出剑来向他的主人行刺;他的主人大怒,和他奋力猛斗,结果把
　　那仆人砍死了,可是自己也受了重伤,终于不治身亡。

奥本尼　啊,天道究竟还是有的,人世的罪恶这样快就受到了诛谴!
　　但是啊,可怜的葛罗斯特!他失去了他的第二只眼睛吗?

使　者　殿下,他两只眼睛全都给挖去了。夫人,这一封信是您的妹
　　妹写来的,请您立刻给她一个回音。

高纳里尔　(旁白)从一方面说来,这是一个好消息;可是她做了寡妇,
　　我的葛罗斯特又跟她在一起,也许我的一切美满的愿望,都要从
　　我这可憎的生命中消灭了;不然的话,这消息还不算顶坏。(向使
　　者)我读过以后再写回信吧。(下。)

奥本尼　他们挖去他的眼睛的时候,他的儿子在什么地方?

使　者　他是跟夫人一起到这儿来的。

奥本尼　他不在这儿。

使　者　是的,殿下,我在路上碰见他回去了。

奥本尼　他知道这种罪恶的事情吗?

使　者　是,殿下;就是他出首告发他的,他故意离开那座房屋,为的
　　　　是让他们行事方便一些。

奥本尼　葛罗斯特,我永远感激你对王上所表示的好意,一定替你报
　　　　复你的挖目之仇。过来,朋友,详细告诉我一些你所知道的其他
　　　　的消息。(同下。)

第三场　多佛附近法军营地

　　　　肯特及一侍臣上。

肯　特　为什么法兰西王突然回去,您知道他的理由吗?

侍　臣　他在国内还有一点未了的要事,直到离国以后,方才想起;因
　　　　为那件事情有关国家的安全,所以他不能不亲自回去料理。

肯　特　他去了以后,委托什么人代他主持军务?

侍　臣　拉·发元帅。

肯　特　王后看了您的信,有没有什么悲哀的表示?

侍　臣　是的,先生;她拿了信,当着我的面前读下去,一颗颗饱满的
　　　　泪珠淌下她的娇嫩的颊上;可是她仍然保持着一个王后的尊严,
　　　　虽然她的情感像叛徒一样想要把她压服,她还是竭力把它克制
　　　　下去。

肯　特　啊!那么她是受到感动的了。

侍　臣　她并不痛哭流涕:"忍耐"和"悲哀"互相竞争着谁能把她表
　　　　现得更美。您曾经看见过阳光和雨点同时出现;她的微笑和眼泪
　　　　也正是这样,只是更要动人得多;那些荡漾在她的红润的嘴唇上

的小小的微笑，似乎不知道她的眼睛里有些什么客人，他们从她钻石一样晶莹的眼球里滚出来，正像一颗颗浑圆的珍珠。简单一句话，要是所有的悲哀都是这样美，那么悲哀将要成为最受世人喜爱的珍奇了。

肯　特　她没有说过什么话吗？

侍　臣　一两次她的嘴里迸出了"父亲"两个字，好像它们重压着她的心一般；她哀呼着，"姊姊！姊姊！女人的耻辱！姊姊！肯特！父亲！姊姊！什么，在风雨里吗？在黑夜里吗？不要相信世上还有怜悯吧！"于是她挥去了她的天仙一般的眼睛里的神圣的水珠，让眼泪淹没了她的沉痛的悲号，移步他往，和哀愁独自做伴去了。

肯　特　那是天上的星辰，天上的星辰主宰着我们的命运；否则同一个父母怎么会生出这样不同的儿女来。您后来没有跟她说过话吗？

侍　臣　没有。

肯　特　这是在法兰西王回国以前的事吗？

侍　臣　不，这是他去后的事。

肯　特　好，告诉您吧，可怜的受难的李尔已经到了此地，他在比较清醒的时候，知道我们来干什么事，一定不肯见他的女儿。

侍　臣　为什么呢，好先生？

肯　特　羞耻之心掣住了他；他自己的忍心剥夺了她的应得的慈爱，使他远适异国，听任天命的安排，把她的权利分给那两个犬狼之心的女儿——这种种的回忆像毒刺一样螫着他的心，使他充满了火烧一样的惭愧，阻止他和考狄利娅相见。

侍　臣　唉！可怜的人！

肯　特　关于奥本尼和康华尔的军队，您听见什么消息没有？

侍　臣　是的,他们已经出动了.

肯　特　好,先生,我要带您去见见我们的王上,请您替我照料照料他。我因为有某种重要的理由,必须暂时隐藏我的真相;当您知道我是什么人以后,您决不会后悔跟我结识的。请您跟我走吧。(同下。)

第四场　同前。帐幕

旗鼓前导,考狄利娅、医生及兵士等上。

考狄利娅　唉! 正是他。刚才还有人看见他,疯狂得像被飓风激动的怒海,高声歌唱,头上插满了恶臭的地烟草、牛蒡、毒芹、荨麻、杜鹃花和各种蔓生在田亩间的野草。派一百个兵士到繁茂的田野里各处搜寻,把他领来见我。(一军官下。)人们的智慧能不能恢复他的丧失的心神? 谁要是能够医治他,我愿意把我的身外的富贵一起送给他。

医　生　娘娘,法子是有的;休息是滋养疲乏的精神的保姆,他现在就是缺少休息;只要给他服一些药草,就可以阖上他的痛苦的眼睛。

考狄利娅　一切神圣的秘密、一切地下潜伏的灵奇,随着我的眼泪一起奔涌出来吧! 帮助解除我的善良的父亲的痛苦! 快去找他,快去找他,我只怕他在不可控制的疯狂之中会消灭了他的失去主宰的生命。

一使者上。

使　者　报告娘娘,英国军队向这儿开过来了。

考狄利娅　我们早已知道;一切都预备好了,只等他们到来。亲爱的父亲啊! 我这次掀动干戈,完全是为了你的缘故;伟大的法兰西王被我的悲哀和恳求的眼泪所感动. 我们出师,并非怀着什么非分的野心,只是一片真情,热烈的真情,要替我们的老父主持正义。但愿我不久就可以听见看见他! （同下。）

第五场　葛罗斯特城堡中一室

里根及奥斯华德上。

里　根　可是我的姊夫的军队已经出发了吗?

奥斯华德　出发了,夫人。

里　根　他亲自率领吗?

奥斯华德　夫人,好容易才把他催上了马;还是您的姊姊是个更好的军人哩。

里　根　爱德蒙伯爵到了你们家里,有没有跟你家主人谈过话?

奥斯华德　没有,夫人。

里　根　我的姊姊给他的信里有些什么话?

奥斯华德　我不知道,夫人。

里　根　告诉你吧,他有重要的事情,已经离开此地了。葛罗斯特挖去了眼睛以后,仍旧放他活命,实在是一个极大的失策;因为他每到一个地方,都会激起众人对我们的反感。我想爱德蒙因为怜悯他的苦难,是要去替他解脱他的暗无天日的生涯的;而且他还负有探察敌人实力的使命。

奥斯华德　夫人,我必须追上去把我的信送给他。

里　根　我们的军队明天就要出发;你暂时耽搁在我们这儿吧,路上很危险呢。

奥斯华德　我不能,夫人;我家夫人曾经吩咐我不准误事的。

里　根　为什么她要写信给爱德蒙呢? 难道你不能替她口头传达她的意思吗? 看来恐怕有点儿——我也说不出来。让我拆开这封信来,我会十分喜欢你的。

奥斯华德　夫人,那我可——

里　根　我知道你家夫人不爱她的丈夫;这一点我是可以确定的。她最近在这儿的时候,常常对高贵的爱德蒙抛掷含情的媚眼。我知道你是她的心腹之人。

奥斯华德　我,夫人!

里　根　我的话不是随便说说的,我知道你是她的心腹;所以你且听我说,我的丈夫已经死了,爱德蒙跟我曾经谈起过,他向我求爱总比向你家夫人求爱来得方便些。其余的你自己去意会吧。要是你找到了他,请你替我把这个交给他;你把我的话对你家夫人说了以后,再请她仔细想个明白。好,再会。假如你听见人家说起那瞎眼的老贼在什么地方,能够把他除掉,一定可以得到重赏。

奥斯华德　但愿他能够碰在我的手里,夫人;我一定可以向您表明我是哪一方面的人。

里　根　再会。(各下。)

第六场　多佛附近的乡间

葛罗斯特及爱德伽作农民装束同上。

葛罗斯特　什么时候我才能够登上山顶?

爱德伽　您现在正在一步步上去;瞧这路多么难走。

葛罗斯特　我觉得这地面是很平的。

爱德伽　陡峭得可怕呢;听!那不是海水的声音吗?

葛罗斯特　不,我真的听不见。

爱德伽　哎哟,那么大概因为您的眼睛痛得厉害,所以别的知觉也连带模糊起来啦。

葛罗斯特　那倒也许是真的。我觉得你的声音也变了样啦,你讲的话不像原来那样粗鲁、那样疯疯癫癫啦。

爱德伽　您错啦;除了我的衣服以外,我什么都没有变样。

葛罗斯特　我觉得你的话像样得多啦。

爱德伽　来,先生;我们已经到了,您站好。把眼睛一直望到这么低的地方,真是惊心眩目!在半空盘旋的乌鸦,瞧上去还没有甲虫那么大;山腰中间悬着一个采金花草的人,可怕的工作!我看他的全身简直抵不上一个人头的大小。在海滩上走路的渔夫就像小鼠一般,那艘碇泊在岸旁的高大的帆船小得像它的划艇,它的划艇小得像一个浮标,几乎看不出来。澎湃的波涛在海滨无数的石子上冲击的声音,也不能传到这样高的所在。我不愿再看下去了,恐怕我的头脑要昏眩起来,眼睛一花,就要一个筋斗直跌下去。

葛罗斯特　带我到你所立的地方。

爱德伽　把您的手给我;您现在已经离开悬崖的边上只有一尺了;谁要是把天下所有的一切都给了我,我也不愿意跳下去。

葛罗斯特　放开我的手。朋友,这儿又是一个钱囊,里面有一颗宝石,一个穷人得到了它,可以终身温饱;愿天神们保佑你因此而得福吧!你再走远一点;向我告别一声,让我听见你走过去。

爱德伽　再会吧,好先生。

葛罗斯特　再会。

爱德伽　(旁白)我这样戏弄他的目的,是要把他从绝望的境界中解救出来。

葛罗斯特　威严的神明啊!我现在脱离这一个世界,当着你们的面,摆脱我的惨酷的痛苦了;要是我能够再忍受下去,而不怨尤你们不可反抗的伟大意志,我这可厌的生命的余烬不久也会燃尽的。要是爱德伽尚在人世,神啊,请你们祝福他!现在,朋友,我们再会了!(向前仆地。)

爱德伽　我去了,先生;再会。(旁白)可是我不知道当一个人愿意受他自己的幻想的欺骗,相信他已经死去的时候,那一种幻想会不会真的偷去了他的生命的至宝;要是他果然在他所想象的那一个地方,现在他早已没有思想了。活着还是死了?(向葛罗斯特)喂,你这位先生!朋友!你听见吗,先生?说呀!也许他真的死了;可是他醒过来啦。你是什么人,先生?

葛罗斯特　去,让我死。

爱德伽　倘使你不是一根蛛丝、一根羽毛、一阵空气,从这样千仞的悬崖上跌落下来,早就像鸡蛋一样跌成粉碎了;可是你还在呼吸,你的身体还是好好的,不流一滴血,还会说话,简直一点损伤也没有。十根桅杆连接起来,也不及你所跌下来的地方那么高;你的生命是一个奇迹。再对我说两句话吧。

葛罗斯特　可是我有没有跌下来?

爱德伽　你就是从这可怕的悬崖绝顶上面跌下来的。抬起头来看一看吧;鸣声嘹亮的云雀飞到了那样高的所在,我们不但看不见它的形状,也听不见它的声音;你看。

葛罗斯特　唉!我没有眼睛哩。难道一个苦命的人,连寻死的权利都要被剥夺去吗?一个苦恼到极点的人假使还有办法对付那暴君的狂怒,挫败他的骄傲的意志,那么他多少还有一点可以自慰。

爱德伽　把你的胳臂给我;起来,好,怎样?站得稳吗?你站住了。

葛罗斯特　很稳,很稳。

爱德伽　这真太不可思议了。刚才在那悬崖的顶上,从你身边走开的是什么东西?

葛罗斯特 一个可怜的叫花子。

爱德伽 我站在下面望着他,仿佛看见他的眼睛像两轮满月;他有一千个鼻子,满头都是像波浪一样高低不齐的犄角;一定是个什么恶魔。所以,你幸运的老人家,你应该想这是无所不能的神明在暗中默佑你,否则决不会有这样的奇事。

葛罗斯特 我现在记起来了;从此以后,我要耐心忍受痛苦,直等它有一天自己喊了出来:"够啦,够啦。"那时候再撒手死去。你所说起的这一个东西,我还以为是个人;它老是嚷着"恶魔,恶魔"的;就是他把我领到了那个地方。

爱德伽 不要胡思乱想,安心忍耐。可是谁来啦?

李尔以鲜花杂乱饰身上。

爱德伽 不是疯狂的人,决不会把他自己打扮成这一个样子。

李 尔 不,他们不能判我私造货币的罪名;我是国王哩。

爱德伽 啊,伤心的景象!

李 尔 在那一点上,天然是胜过人工的。这是征募你们当兵的饷银。那家伙弯弓的姿势,活像一个稻草人;给我射一支一码长的箭试试看。瞧,瞧!一只小老鼠!别闹,别闹!这一块烘乳酪可以捉住它。这是我的铁手套;尽管他是一个巨人,我也要跟他一决胜负。带那些戟手上来。啊!飞得好,鸟儿;刚刚中在靶子心里,咻!口令!

爱德伽 茉荞兰。

李 尔 过去。

葛罗斯特 我认识那个声音。

李 尔 啊!高纳里尔,长着一把白胡须!她们像狗一样向我献媚。

说我在没有出黑须以前,就已经有了白须①。我说一声"是",她们就应一声"是";我说一声"不",她们就应一声"不!"当雨点淋湿了我,风吹得我牙齿打颤,当雷声不肯听我的话平静下来的时候,我才发现了她们,嗅出了她们。算了,她们不是心口如一的人;她们把我恭维得天花乱坠;全然是个谎,一发起烧来我就没有办法。

葛罗斯特　这一种说话的声调我记得很清楚;他不是我们的君王吗?

李　尔　嗯,从头到脚都是君王;我只要一瞪眼睛,我的臣子就要吓得发抖。我赦免那个人的死罪。你犯的是什么案子?奸淫吗?你不用死;为了奸淫而犯死罪!不,小鸟儿都在干那把戏,金苍蝇当着我的面也会公然交合哩。让通奸的人多子多孙吧;因为葛罗斯特的私生的儿子,也比我的合法的女儿更孝顺他的父亲。淫风越盛越好,我巴不得他们替我多制造几个兵士出来。瞧那个脸上堆着假笑的妇人,她装出一副守身如玉的神气,做作得那么端庄贞静,一听见人家谈起调情的话儿就要摇头;其实她自己干起那回事来,比臭猫和骚马还要浪得多哩。她们的上半身虽然是女人,下半身却是淫荡的妖怪;腰带以上是属于天神的,腰带以下全是属于魔鬼的;那儿是地狱,那儿是黑暗,那儿是火坑,吐着熊熊的烈焰,发出熏人的恶臭,把一切烧成了灰。啐!啐!啐!呸!呸!好掌柜,给我称一两麝香,让我解解我的想象中的臭气;钱在这儿。

葛罗斯特　啊!让我吻一吻那只手!

李　尔　让我先把它揩干净;它上面有一股热烘烘的人气。

葛罗斯特　啊,毁灭了的生命!这一个广大的世界有一天也会像这样零落得只剩一堆残迹。你认识我吗?

---

① 意即具有老人的智慧。

李　尔　我很记得你这双眼睛。你在向我瞟吗？不，盲目的丘比特，随你使出什么手段来，我是再也不会恋爱的。这是一封挑战书，你拿去读吧，瞧瞧它是怎么写的。

葛罗斯特　即使每一个字都是一个太阳，我也瞧不见。

爱德伽　（旁白）要是人家告诉我这样的事！我一定不会相信，可是这样的事是真的；我的心要碎了。

李　尔　读呀。

葛罗斯特　什么！用眼眶子读吗？

李　尔　啊哈！你原来是这个意思吗？你的头上也没有眼睛，你的袋里也没有银钱吗？你的眼眶子真深，你的钱袋真轻．可是你却看见这世界的丑恶．

葛罗斯特　我只能捉摸到它的丑恶．

李　尔　什么！你疯了吗？一个人就是没有眼睛，也可以看见这世界的丑恶．用你的耳朵瞧着吧：你没看见那法官怎样痛骂那个卑贱的偷儿吗？侧过你的耳朵来，听我告诉你；让他们两人换了地位，谁还认得出哪个是法官，哪个是偷儿？你见过农夫的一条狗向一个乞丐乱吠吗？

葛罗斯特　嗯，陛下．

李　尔　你还看见那家伙怎样给那条狗赶走吗？从这一件事情上面，你就可以看到威权的伟大的影子；一条得势的狗，也可以使人家唯命是从。你这可恶的教吏，停住你的残忍的手！为什么你要鞭打那个妓女？向你自己的背上着力抽下去吧；你自己心里和她犯奸淫，却因为她跟人家犯奸淫而鞭打她。那放高利贷的家伙却把那骗子判了死刑。褴褛的衣衫遮不住小小的过失；披上锦袍裘服，便可以隐匿一切。罪恶镀了金，公道的坚强的枪刺戳在上面也会折断；把它用破烂的布条裹起来，一根侏儒的稻草就可以戳破它。

没有一个人是犯罪的,我说,没有一个人;我愿意为他们担保;相信我吧,我的朋友,我有权力封住控诉者的嘴唇。你还是去装上一副玻璃眼睛,像一个卑鄙的阴谋家似的,假装能够看见你所看不见的事情吧。来,来,来,来,替我把靴子脱下来;用力一点,用力一点;好。

爱德伽　(旁白)啊!疯话和正经话夹杂在一起;虽然他发了疯,他说出来的话却不是全无意义的。

李　尔　要是你愿意为我的命运痛哭,那么把我的眼睛拿了去吧。我知道你是什么人;你的名字是葛罗斯特。你必须忍耐;你知道我们来到这世上,第一次嗅到了空气,就哇呀哇呀地哭起来。让我讲一番道理给你听;你听着。

葛罗斯特　唉!唉!

李　尔　当我们生下地来的时候,我们因为来到了这个全是些傻瓜的广大的舞台之上,所以禁不住放声大哭.这顶帽子的式样很不错!用毡呢钉在一队马儿的蹄上,倒是一个妙计;我要把它实行一下,悄悄地偷进我那两个女婿的营里,然后我就杀呀,杀呀,杀呀,杀呀,杀呀,杀呀![1]

　　　　侍臣率侍从数人上。

侍　臣　啊!他在这儿;抓住他。陛下,您的最亲爱的女儿——

李　尔　没有人救我吗?什么!我变成一个囚犯了吗?我是天生下来被命运愚弄的。不要虐待我;有人会拿钱来赎我的。替我请几个外科医生来,我的头脑受了伤啦。

侍　臣　您将会得到您所需要的一切。

李　尔　一个伙伴也没有?只有我一个人吗?哎哟,这样会叫一个

---

[1] 李尔王在这里效仿军队冲锋时的呐喊声。

人变成了个泪人儿,用他的眼睛充作灌园的水壶,去浇洒秋天的泥土。

侍　臣　陛下——

李　尔　我要像一个新郎似的勇敢地死去。啊!我要高高兴兴的。来,来,我是一个国王,你们知道吗?

侍　臣　您是一位尊严的王上,我们服从您的旨意。

李　尔　那么还有几分希望。要去快去。(下。侍从等随下。)

侍　臣　最微贱的平民到了这样一个地步,也会叫人看了伤心,何况是一个国王!你那两个不孝的女儿,已经使天道人伦受到诅咒,可是你还有一个女儿,却已经把天道人伦从这样的诅咒中间拯救出来了。

爱德伽　祝福,先生。

侍　臣　足下有什么见教?

爱德伽　您有没有听见什么关于将要发生一场战事的消息?

侍　臣　这已经是一件千真万确、谁都知道的事了;每一个耳朵能够辨别声音的人都听到过那样的消息。

爱德伽　可是借问一声,您知道对方的军队离这儿还有多少路?

侍　臣　很近了,他们一路来得很快;他们的主力部队每一点钟都有到来的可能。

爱德伽　谢谢您,先生;这是我所要知道的一切。

侍　臣　王后虽然有特别的原因还在这儿,她的军队已经开上去了。

爱德伽　谢谢您,先生。(侍臣下。)

葛罗斯特　永远仁慈的神明,请停止我的呼吸吧;不要在你没有要我离开人世之前,再让我的罪恶的灵魂引诱我结束我自己的生命!

爱德伽　您祷告得很好,老人家。

葛罗斯特　好先生,您是什么人?

爱德伽　一个非常穷苦的人，受惯命运的打击；因为自己是从忧患中间过来的，所以对于不幸的人很容易抱同情。把您的手给我，让我把您领到一处可以栖身的地方去。

葛罗斯特　多谢多谢；愿上天大大赐福给您！

　　　　奥斯华德上。

奥斯华德　明令缉拿的要犯！好极了，居然碰在我的手里！你那颗瞎眼的头颅，却是我的进身的阶梯。你这倒霉的老奸贼，赶快忏悔你的罪恶；剑已经拔出了，你今天难逃一死。

葛罗斯特　但愿你这慈悲的手多用一些气力，帮助我早早脱离苦痛。

　　　（爱德伽劝阻奥斯华德。）

奥斯华德　大胆的村夫，你怎么敢袒护一个明令缉拿的叛徒？滚开，免得你也遭到和他同样的命运。放开他的胳臂。

爱德伽　先生，你不向我说明理由，我是不放的。

奥斯华德　放开，奴才，否则我叫你死。

爱德伽　好先生，你走你的路，让穷人们过去吧。要是这种吓人的话也能把我吓倒，那么我早在半个月之前，就给人吓死了。不，不要走近这个老头儿；我关照你，走远一点儿；要不然的话，我要试一试究竟还是你的头硬还是我的棍子硬。我可不知道什么客气不客气。

奥斯华德　走开，混账东西！

爱德伽　我要拔掉你的牙齿，先生。来，尽管刺过来吧。（二人决斗，爱德伽击奥斯华德倒地。）

奥斯华德　奴才，你打死我了。把我的钱囊拿了去吧。要是你希望将来有好日子过，请你把我的尸体掘一个坑埋了；我身边还有一封信，请你替我送给葛罗斯特伯爵、爱德蒙大爷，他在英国军队里，你可以找到他。啊！想不到我死于非命！　（死。）

爱德伽　我认识你；你是一个惯会讨主上欢心的奴才；你的女主人无论有什么万恶的命令，你总是奉命唯谨。

葛罗斯特　什么！他死了吗？

爱德伽　坐下来，老人家；您休息一会儿吧。让我们搜一搜他的衣袋——他说起的这一封信，也许可以对我有一点用处。他死了；我只可惜他不是死在刽子手的手里。让我们看：对不起，好蜡，我要把你拆开来了；恕我无礼，为了要知道我们敌人的居心，就是他们的心肝也要剖出来，拆阅他们的信件不算是违法的事。"不要忘记我们彼此间的誓约。你有许多机会可以除去他；只要你有决心，一切都是不成问题的。要是他得胜归来，那就什么都完了；我将要成为一个囚人，他的眠床就是我的牢狱。把我从他可憎的怀抱中拯救出来吧，他的地位你可以取而代之，这也是你应得的酬劳。你的恋慕的奴婢——但愿我能换上妻子两个字——高纳里尔。"啊，不可测度的女人的心！谋害她的善良的丈夫，叫我的兄弟代替他的位置！在这砂土之内，我要把你掩埋起来，你这杀人的淫妇的使者。在一个适当的时间，我要让那被人阴谋弑害的公爵见到这一封卑劣的信。我能够把你的死讯和你的使命告诉他，对于他是一件幸运的事。

葛罗斯特　王上疯了；我的万恶的知觉却是倔强得很，我一站起身来，无限的悲痛就涌上我的心头！还是疯了的好；那样我可以不再想到我的不幸，让一切痛苦在昏乱的幻想之中忘记了它们本身的存在。（远处鼓声。）

爱德伽　把您的手给我；好像我听见远远有打鼓的声音。来，老人家，让我把您安顿在一个朋友的地方。（同下。）

第七场　法军营帐

考狄利娅、肯特、医生及侍臣上。

考狄利娅　好肯特啊！我怎么能够报答你这一番苦心好意呢！就是
　　　　粉身碎骨，也不能抵偿你的大德。

肯　特　娘娘，只要自己的苦心被人了解，那就是莫大的报酬了。我
　　　　所讲的话，句句都是事实，没有一分增减。

考狄利娅　去换一身好一点的衣服吧；您身上的衣服是那一段悲惨的
　　　　时光中的纪念品。请你脱下来吧。

肯　特　恕我，娘娘；我现在还不能回复我的本来面目，因为那会妨碍
　　　　我的预定的计划。请您准许我这一个要求，在我自己认为还没有
　　　　到适当的时间以前，您必须把我当作一个不相识的人。

考狄利娅　那么就照你的意思吧，伯爵。（向医生）王上怎样？

医　生　娘娘，他仍旧睡着。

考狄利娅　慈悲的神明啊，医治他的被凌辱的心灵中的重大的裂痕！
　　　　保佑这一个被不孝的女儿所反噬的老父，让他错乱昏迷的神智回
　　　　复健全吧！

医　生　请问娘娘，我们现在可不可以叫王上醒来？他已经睡得很久了。

考狄利娅　照你的意见，应该怎么办就怎么办吧。他有没有穿着好？

李尔卧椅内，众仆役上。

侍　臣　是，娘娘；我们乘着他熟睡的时候，已经替他把新衣服穿上去了。

医　生　娘娘，请您不要走开，等我们叫他醒来；我相信他的神经已经
　　　　安定下来了。

考狄利娅　很好。（乐声。）

医　生　请您走近一步。音乐还要响一点儿。

考狄利娅　啊，我的亲爱的父亲！但愿我的嘴唇上有治愈疯狂的

灵药,让这一吻抹去了我那两个姊姊加在你身上的无情的伤害吧!

肯　特　善良的好公主!

考狄利娅　假如你不是她们的父亲,这满头的白雪也该引起她们的怜悯。这样一张面庞是受得起激战的狂风吹打的吗? 它能够抵御可怕的雷霆吗? 在最惊人的闪电的光辉之下,你,可怜的无援的兵士! 戴着这一顶薄薄的戎盔,苦苦地守住你的哨岗吗? 我的敌人的狗,即使它曾经咬过我,在那样的夜里,我也要让它躺在我的火炉之前。但是你,可怜的父亲,却甘心钻在污秽霉烂的稻草里,和猪狗、和流浪的乞儿做伴吗? 唉! 唉! 你的生命不和你的智慧同归于尽,才是一件怪事。他醒来了;对他说些什么话吧。

医　生　娘娘,应该您去跟他说说。

考狄利娅　父王陛下,您好吗?

李　尔　你们不应该把我从坟墓中间拖了出来。你是一个有福的灵魂;我却缚在一个烈火的车轮上,我自己的眼泪也像熔铅一样灼痛我的脸。

考狄利娅　父亲,您认识我吗?

李　尔　你是一个灵魂,我知道;你在什么时候死的?

考狄利娅　还是疯疯癫癫的。

医　生　他还没有完全清醒过来;暂时不要惊扰他。

李　尔　我到过些什么地方? 现在我在什么地方? 明亮的白昼吗? 我大大受了骗啦。我如果看见别人落到这一个地步,我也要为他心碎而死。我不知道应该怎么说。我不愿发誓这一双是我的手;让我试试看,这针刺上去是觉得痛的。但愿我能够知道我自己的实在情形!

考狄利娅　啊! 瞧着我,父亲,把您的手按在我的头上为我祝福吧。

　　不，父亲，您千万不能跪下。

李　尔　请不要取笑我；我是一个非常愚蠢的傻老头子，活了八十多岁了；不瞒您说，我怕我的头脑有点儿不大健全。我想我应该认识您，也该认识这个人；可是我不敢确定；因为我全然不知道这是什么地方，而且凭着我所有的能力，我也记不起来什么时候穿上这身衣服；我也不知道昨天晚上我在什么所在过夜。不要笑我；我想这位夫人是我的孩子考狄利娅。

考狄利娅　正是，正是。

李　尔　你在流着眼泪吗？当真。请你不要哭啦。要是你有毒药为我预备着，我愿意喝下去。我知道你不爱我；因为我记得你的两个姊姊都虐待我；你虐待我还有几分理由，她们却没有理由虐待我。

考狄利娅　谁都没有这理由。

李　尔　我是在法国吗？

肯　特　在您自己的国土之内，陛下。

李　尔　不要骗我。

医　生　请宽心一点，娘娘；您看他的疯狂已经平静下去了；可是再向他提起他经历的事情，却是非常危险的。不要多烦扰他，让他的神经完全安定下来。

考狄利娅　请陛下到里边去定息安息吧。

李　尔　你必须原谅我。请你不咎既往，宽赦我的过失；我是个年老糊涂的人。（李尔、考狄利娅、医生及侍从等同下。）

侍　臣　先生，康华尔公爵被刺的消息是真的吗？

肯　特　完全真确。

侍　臣　他的军队归什么人带领？

肯　特　据说是葛罗斯特的庶子。

侍　臣　他们说他的放逐在外的儿子爱德伽现在跟肯特伯爵都在德国。

肯　特　消息常常变化不定。现在是应该戒备的时候了,英国军队已在迅速逼近。

侍　臣　一场血战是免不了的。再会,先生。(下。)

肯　特　我的目的能不能顺利达到,要看这一场战事的结果方才分晓。(下。)

第五幕

第一场　多佛附近英军营地

旗鼓前导,爱德蒙、里根、军官、兵士及侍从等上。

爱德蒙　(向一军官)你去问一声公爵,他是不是仍旧保持着原来的决心,还是因为有了其他的理由,已经改变了方针;他这个人摇摆不定,畏首畏尾;我要知道他究竟抱着怎样的主张。(军官下。)

里　根　我那姊姊差来的人一定在路上出了事啦。

爱德蒙　那可说不定,夫人。

里　根　好爵爷,我对你的一片好心,你不会不知道的;现在请你告诉我,老老实实地告诉我,你不爱我的姊姊吗?

爱德蒙　我只是按照我的名分敬爱她。

里　根　可是你从来没有深入我的姊夫的禁地吗?

爱德蒙　这样的思想是有失您自己的体统的。

里　根　我怕你们已经打成一片,她心坎儿里只有你一个人哩。

爱德蒙　凭着我的名誉起誓,夫人,没有这样的事。

里　根　我决不答应她;我的亲爱的爵爷,不要跟她亲热。

爱德蒙　您放心吧。——她跟她的公爵丈夫来啦!

旗鼓前导,奥本尼、高纳里尔及兵士等上。

高纳里尔　(旁白)我宁愿这一次战争失败,也不让我那个妹子把他从我手里夺了去。

奥本尼　贤妹久违了。伯爵,我听说王上已经带了一班受不住我国的
　　　　苛政、高呼不平的人们,到他女儿的地方去了。要是们所兴的是
　　　　一场不义之师,我是再也提不起我的勇气来的;可是现在的问题,
　　　　并不是我们的王上和他手下的一群人在法国的煽动之下,用堂堂
　　　　正正的理由向我们兴师问罪,而是法国举兵侵犯我们的领土,这
　　　　是我们所不能容忍的。

爱德蒙　您说得有理,佩服,佩服。

里　根　这种话讲它做什么呢?

高纳里尔　我们只需同心合力,打退敌人;这些内部的纠纷,不是现在
　　　　所要讨论的问题。

奥本尼　那么让我们跟那些久历戎行的战士们讨论讨论我们所应该
　　　　采取的战略吧。

爱德蒙　很好,我就到您的帐里来叨陪末议。

里　根　姊姊,您也跟我们一块儿去吗?

高纳里尔　不。

里　根　您怎么可以不去? 来,请吧。

高纳里尔　(旁白)哼! 我明白你的意思。(高声)好,我就去。

　　　　　　爱德伽乔装上。

爱德伽　殿下要是不嫌我微贱,请听我说一句话。

奥本尼　你们先请一步,我就来。——说。(爱德蒙、里根、高纳里尔、军官、
　　　　兵士及侍从等同下。)

爱德伽　在您没有开始作战以前,先把这封信拆开来看一看。要是您
　　　　得到胜利,可以吹喇叭为信号,叫我出来;虽然您看我是这样一个
　　　　下贱的人,我可以请出一个证人来,证明这信上所写的事。要是
　　　　您失败了,那么您在这世上的使命已经完毕,一切阴谋也都无能
　　　　为力了。愿命运眷顾您!

奥本尼　等我读了信你再去。

爱德伽　我不能。时候一到,您只要叫传令官传唤一声,我就会出来的。

奥本尼　那么再见;你的信我拿回去看吧。(爱德伽下。)

　　　　爱德蒙重上。

爱德蒙　敌人已经望得见了;快把您的军队集合起来。这儿记载着根据精密侦查所得的敌方军力的估计;可是现在您必须快点儿了。

奥本尼　好,我们准备迎敌就是了。(下。)

爱德蒙　我对这两个姊妹都已经立下爱情的盟誓;她们彼此互怀嫉妒,就像被蛇咬过的人见不得蛇的影子一样。我应该选择哪一个呢?两个都要?只要一个?还是一个也不要?要是两个全都留在世上,我就一个也不能到手;娶了那寡妇,一定会激怒她的姊姊高纳里尔;可是她的丈夫一天不死,我又怎么能跟她成双配对?现在我们还是要借他做号召军心的幌子;等到战事结束以后,她要是想除去他!让她自己设法结果他的性命吧。照他的意思,李尔和考狄利娅两人被我们捉到以后,是不能加害的;可是假如他们果然落在我们手里,我们可决不让他们得到他的赦免;因为我保全自己的地位要紧,什么天理良心只好一概不论。(下。)

第二场　两军营地之间的原野

　　　　内号角声。旗鼓前导,李尔及考狄利娅率军队上;同下。

　　　　爱德伽及葛罗斯特上。

爱德伽　来,老人家,在这树荫底下坐坐吧;但愿正义得到胜利! 要是我还能够回来见您,我一定会给您好消息的。

葛罗斯特　上帝照顾您,先生! (爱德伽下。)

　　　　　号角声;有顷,内吹退军号。爱德伽重上。

爱德伽　去吧,老人家! 把您的手给我;去吧! 李尔王已经失败,他跟
　　　他的女儿都被他们捉去了。把您的手给我;来。

葛罗斯特　不,先生,我不想再到什么地方去了;让我就在这儿等
　　　死吧。

爱德伽　怎么! 您又转起那种坏念头来了吗? 人们的生死都不是可
　　　以勉强求到的,你应该耐心忍受天命的安排。来。

葛罗斯特　那也说得有理。(同下。)

第三场　　多佛附近英军营地

　　　　　旗鼓前导,爱德蒙凯旋上;李尔、考狄利娅被俘随上;军官、兵士等同上。

爱德蒙　来人,把他们押下去,好生看守,等上面发落下来,再作道理。

考狄利娅　存心良善的反而得到恶报,这样的前例是很多的。我只是
　　　为了你,被迫害的国王,才感到悲伤;否则尽管欺人的命运向我横
　　　眉怒目,我也不把她的凌辱放在心上。我们要不要去见见这两个
　　　女儿和这两个姊姊?

李　尔　不,不,不,不! 来,让我们到监牢里去。我们两人将要像笼
　　　中之鸟一般唱歌;当你求我为你祝福的时候,我要跪下来求你饶
　　　恕;我们就这样生活着,祈祷,唱歌,说些古老的故事,嘲笑那班像
　　　金翅蝴蝶般的廷臣,听听那些可怜的人们讲些宫廷里的消息;我
　　　们也要跟他们在一起谈话,谁失败,谁胜利,谁在朝,谁在野,用我
　　　们的意见解释各种事情的秘奥,就像我们是上帝的耳目一样;在
　　　囚牢的四壁之内,我们将要冷眼看那些朋比为奸的党徒随着月亮
　　　的圆缺而升沉。

爱德蒙　把他们带下去。

李　尔　对于这样的祭物,我的考狄利娅,天神也要焚香致敬的。我
　　　果然把你捉住了吗? 谁要是想分开我们,必须从天上取下一把火
　　　炬来像驱逐狐狸一样把我们赶散。揩干你的眼睛;让恶疮烂掉他
　　　们的全身,他们也不能使我们流泪,我要看他们活活饿死。来,(兵
　　　士押李尔、考狄利娅下。)

爱德蒙　过来,队长。听着,把这一通密令拿去;(以一纸授军官)跟着
　　　他们到监牢里去。我已经把你提升了一级,要是你能够照这密令
　　　上所说的执行,一定大有好处。你要知道,识时务的才是好汉;心
　　　肠太软的人不配佩带刀剑。我吩咐你去干这件重要的差使,你可
　　　不必多问,愿意就做,不愿意就另谋出路吧。

军　官　我愿意,大人。

爱德蒙　那么去吧;你立了这一个功劳,你就是一个幸运的人。听着,
　　　事不宜迟,必须照我所写的办法赶快办好。

军　官　我不会拖车子,也不会吃干麦;只要是男子汉干的事,我就会
　　　干。(下。)

　　　　　　喇叭奏花腔。奥本尼、高纳里尔、里根、军官及侍从等上。

奥本尼　伯爵,你今天果然表明了你是一个将门之子;命运眷顾着你,
　　　使你克奏肤功,跟我们敌对的人都已经束手就擒。请你把你的俘
　　　虏交给我们,让我们一方面按照他们的身份,一方面顾到我们自
　　　身的安全,决定一个适当的处置。

爱德蒙　殿下,我已经把那不幸的老王拘禁起来,并且派兵严密监视
　　　了;我认为应该这样办;他的高龄和尊号都有一种莫大的魔力,
　　　可以吸引人心归附他,要是不加防范,恐怕我们的部下都要受他
　　　的煽惑而对我们反戈相向。那王后我为了同样的理由,也把她一
　　　起下了监;他们明天或者迟一两天就可以受你们的审判。现在弟
　　　兄们刚刚流过血汗,丧折了不少的朋友亲人,他们感受战争的残

酷,未免心中愤激,这场争端无论理由怎样正大,在他们看来也就
成为是可诅咒的了;所以审问考狄利娅和她的父亲这一件事,必
须在一个更适当的时候举行。

奥本尼　伯爵,说一句不怕你见怪的话,你不过是一个随征的将领,我
并没有把你当作一个同等地位的人。

里　根　假如我愿意,为什么他不能和你分庭抗礼呢? 我想你在说这
样的话以前,应该先问问我的意思才是。他带领我们的军队,受
到我的全权委任,凭着这一层亲密的关系,也够资格和你称兄道
弟了。

高纳里尔　少亲热点儿吧;他的地位是他靠着自己的才能造成的,并
不是你给他的恩典。

里　根　我把我的权力付托给他,他就能和最尊贵的人匹敌。

高纳里尔　要是他做了你的丈夫,至多也不过如此吧。

里　根　笑话往往会变成预言。

高纳里尔　呵呵! 看你挤眉弄眼的,果然有点儿邪气。

里　根　太太,我现在身子不大舒服,懒得跟你斗口了。将军,请你接
受我的军队、俘虏和财产;这一切连我自己都由你支配;我是你
的献城降服的臣仆;让全世界为我证明,我现在把你立为我的丈
夫和君主。

高纳里尔　你想要受用他吗?

奥本尼　那不是你所能阻止的。

爱德蒙　也不是你所能阻止的。

奥本尼　杂种,我可以阻止你们。

里　根　(向爱德蒙)叫鼓手打起鼓来,和他决斗,证明我已经把尊位给
了你。

奥本尼　等一等,我还有话说。爱德蒙,你犯有叛逆重罪,我逮捕你;

同时我还要逮捕这一条金鳞的毒蛇。(指高纳里尔)贤妹,为了我的妻子的缘故,我必须要求您放弃您的权利;她已经跟这位勋爵有约在先,所以我,她的丈夫,不得不对你们的婚姻表示异议。要是您想结婚的话,还是把您的爱情用在我的身上吧。我的妻子已经另有所属了。

高纳里尔　这一段穿插真有趣!

奥本尼　葛罗斯特,你现在甲胄在身;让喇叭吹起来;要是没有人出来证明你所犯的无数凶残罪恶,众目昭彰的叛逆重罪,这儿是我的信物;(掷下手套)在我没有剖开你的胸口,证明我此刻所宣布的一切以前,我决不让一些食物接触我的嘴唇。

里　根　哎哟! 我病了! 我病了!

高纳里尔　(旁白)要是你不病,我也从此不相信毒药了。

爱德蒙　这儿是我给你的交换品;(掷下手套)谁骂我是叛徒的,他就是个说谎的恶人。叫你的喇叭吹起来吧;谁有胆量,出来,我可以向他、向你、向每一个人证明我的不可动摇的忠心和荣誉。

奥本尼　来,传令官!

爱德蒙　传令官! 传令官!

奥本尼　信赖你个人的勇气吧;因为你的军队都是用我的名义征集的,我已经用我的名义把他们遣散了。

里　根　我的病越来越厉害啦!

奥本尼　她身体不舒服;把她扶到我的帐里去。(侍从扶里根下)过来,传令官。

　　　　　传令官上。

奥本尼　叫喇叭吹起来。宣读这一道命令。

军　官　吹喇叭! (喇叭吹响。)

传令官　(宣读)"在本军之中,如有身份高贵的将校官佐,愿意证明爱德蒙——名分未定的葛罗斯特伯爵,是一个罪恶多端的叛徒,让他在第三次喇叭声中出来。该爱德蒙坚决自卫。"

爱德蒙　吹!（喇叭初响。）

传令官　再吹!（喇叭再响。）

传令官　再吹!（喇叭三响。内喇叭声相应。）

　　　　喇叭手前导,爱德伽武装上。

奥本尼　问明他的来意,为什么他听了喇叭的呼召到这儿来。

传令官　你是什么人?你叫什么名字?在军中是什么官级?为什么你要应召而来?

爱德伽　我的名字已经被阴谋的毒齿咬啮蛀蚀了;可是我的出身正像我现在所要来面对的敌手同样高贵。

奥本尼　谁是你的敌手?

爱德伽　代表葛罗斯特伯爵爱德蒙的是什么人?

爱德蒙　他自己;你对他有什么话说?

爱德伽　拔出你的剑来,要是我的话激怒了一颗正直的心,你的兵器可以为你辩护;这儿是我的剑。听着,虽然你有的是胆量、勇气、权位和尊荣,虽然你挥着胜利的宝剑,夺到了新的幸运,可是凭着我的荣誉、我的誓言和我的骑士的身份所给我的特权,我当众宣布你是一个叛徒,不忠于你的神明、你的兄长和你的父亲,阴谋倾覆这一位崇高卓越的君王,从你的头顶直到你的足下的尘土,彻头彻尾是一个最可憎的逆贼。要是你说一声"不",这一柄剑、这一只胳臂和我的全身的勇气,都要向你的心口证明你说谎。

爱德蒙　照理我应该问你的名字;可是你的外表既然这样英勇,你的出言吐语,也可以表明你不是一个卑微的人,虽然按照骑士的规则,我可以拒绝你的挑战,我却不惜唾弃这些规则,把你所说的那种罪名仍旧丢回到你的头上,让那像地狱一般可憎的谎话吞没你的心;凭着这一柄剑,我要在你的心头挖破一个窟窿,把你的罪恶一起塞进去。吹起来,喇叭! (号角声。二人决斗。爱德蒙倒地。)

奥本尼　留他活命,留他活命!

高纳里尔　这是诡计,葛罗斯特;按照决斗的法律,你尽可以不接受一个不知名的对手的挑战;你不是被人打败,你是中了人家的计了。

奥本尼　闭住你的嘴,妇人,否则我要用这一张纸塞住它了。且慢,骑士。你这比一切恶名更恶的恶人,读读你自己的罪恶吧。不要撕,太太;我看你也认识这一封信的。(以信授爱德蒙。)

高纳里尔　即使我认识这一封信,又有什么关系! 法律在我手中,不在你手中;谁可以控诉我? (下。)

奥本尼　岂有此理! 你知道这封信吗?

爱德蒙　不要问我知道不知道。

奥本尼　追上她去;她现在情急了,什么事都干得出来;留心看着她。
(一军官下。)

爱德蒙　你所指斥我的罪状,我全都承认;而且我所干的事,着实不止这一些呢,总有一天会全部暴露的。现在这些事已成过去,我也要永辞人世了。——可是你是什么人,我会失败在你的手里? 假如你是一个贵族,我愿意对你不记仇恨。

爱德伽　让我们互相宽恕吧。在血统上我并不比你低微,爱德蒙;要是我的出身比你更高贵,你尤其不该那样陷害我。我的名字是爱德伽,你的父亲的儿子。公正的天神使我们的风流罪过成为惩罚我们的工具;他在黑暗淫邪的地方生下了你,结果使他丧失了他的眼睛。

爱德蒙　你说得不错;天道的车轮已经循环过来了。

奥本尼　我一看见你的举止行动,就觉得你不是一个凡俗之人。我必须拥抱你;让悔恨碎裂了我的心,要是我曾经憎恨过你和你的父亲。

爱德伽　殿下，我一向知道您的仁慈。

奥本尼　你把自己藏匿在什么地方？你怎么知道你的父亲的灾难？

爱德伽　殿下，我知道他的灾难，因为我就在他的身边照料他，听我讲一段简短的故事；当我说完以后，啊，但愿我的心爆裂了吧！贪生怕死，是我们人类的常情，我们宁愿每小时忍受着死亡的惨痛，也不愿一下子结束自己的生命；我为了逃避那紧迫着我的、残酷的宣判，不得不披上一身疯人的褴褛衣服，改扮成一副连狗儿们也要看不起的样子。在这样的乔装之中，我碰见了我的父亲，他的两个眼眶里淋着血，那宝贵的眼珠已经失去了；我替他做向导，带着他走路，为他向人求乞，把他从绝望之中拯救出来；啊！千不该、万不该，我不该向他瞒住我自己的真相！直到约摸半小时以前，我已经披上甲胄，虽然希望天从人愿，却不知道此行究竟结果如何，便请他为我祝福，才把我的全部经历从头到尾告诉他知道；可是唉！他的破碎的心太脆弱了。载不起这样重大的喜悦和悲伤，在这两种极端的情绪猛烈的冲突之下，他含着微笑死了。

爱德蒙　你这番话很使我感动，说不定对我有好处；可是说下去吧，看上去你还有一些话要说。

奥本尼　要是还有比这更伤心的事，请不要说下去了吧；因为我听了这样的话，已经忍不住热泪盈眶了。

爱德伽　对于不喜欢悲哀的人，这似乎已经是悲哀的顶点；可是在极度的悲哀之上，却还有更大的悲哀。当我正在放声大哭的时候，来了一个人，他认识我就是他所见过的那个疯丐，不敢接近我；可是后来他知道了我究竟是什么人，遭遇到什么样不幸，他就抱住我的头颈，大放悲声，好像要把天空都震碎一般；他俯伏在我的父亲的尸体上；讲出了关于李尔和他两个人的一段最凄惨的故事；他越讲越伤心，他的生命之弦都要开始颤断了；那时候喇叭的声音已经响过两次。我只好抛下他一个人在那如痴如醉的状态之中。

奥本尼　可是这是什么人？

爱德伽　肯特，殿下，被放逐的肯特；他一路上乔装改貌，跟随那把他视同仇敌的国王，替他躬操奴隶不如的贱役。

　　　　一侍臣持一流血之刀上。

侍　臣　救命！救命！救命啊！

爱德伽　救什么命？

奥本尼　说呀，什么事？

爱德伽　那柄血淋淋的刀是什么意思？

侍　臣　它还热腾腾地冒着气呢；它是从她的心窝里拔出来的，——啊！她死了！

奥本尼　谁死了？说呀。

侍　臣　您的夫人，殿下，您的夫人；她的妹妹也给她毒死了，她自己承认的。

爱德蒙　我跟她们两个都有婚姻之约，现在我们三个人可以在一块儿做夫妻了。

爱德伽　肯特来了。

奥本尼　把她们的尸体抬出来，不管她们有没有死。这一个上天的判决使我们战栗，却不能引起我们的怜悯。（侍臣下。）

　　　　肯特上。

奥本尼　啊！这就是他吗？当前的变故使我不能对他尽我应尽的敬礼。

肯　特　我要来向我的王上道一声永久的晚安，他不在这儿吗？

奥本尼　我们把一件重要的事情忘了！爱德蒙，王上呢？考狄利娅呢？肯特，你看见这一种情景吗？（侍从抬高纳里尔、里根二尸体上。）

肯　特　哎哟！这是为了什么？

爱德蒙　爱德蒙还是有人爱的；这一个为了我的缘故毒死了那一个，跟着她也自杀了。

奥本尼　正是这样。把她们的脸遮起来。

爱德蒙　我快要断气了，倒想做一件违反我的本性的好事。赶快差人到城堡里去，因为我已经下令，要把李尔和考狄利娅处死。不要多说废话，迟一点就来不及啦。

奥本尼　跑！跑！跑呀！

爱德伽　跑去找谁呀，殿下？——谁奉命干这件事的？你得给我一件什么东西，作为赦免的凭证。

爱德蒙　想得不错；把我的剑拿去给那队长。

奥本尼　快去，快去。（爱德伽下。）

爱德蒙　他从我的妻子跟我两人的手里得到密令，要把考狄利娅在狱中缢死，对外面说是她自己在绝望中自杀的。

奥本尼　神明保佑她！把他暂时抬出去。（侍从抬爱德蒙下。）

　　　　李尔抱考狄利娅尸体、爱德伽、军官及余人等同上。

李　尔　哀号吧，哀号吧，哀号吧，哀号吧！啊！你们都是些石头一样的人；要是我有了你们的那些舌头和眼睛，我要用我的眼泪和哭声震撼穹苍。她是一去不回的了。一个人死了还是活着，我是知道的；她已经像泥土一样死去。借一面镜子给我；要是她的气息还能够在镜面上呵起一层薄雾，那么她还没有死。

肯　特　这就是世界最后的结局吗？

爱德伽　还是末日恐怖的预兆？

奥本尼　天倒下来了，一切都要归于毁灭吗？

李　尔　这一根羽毛在动；她没有死！要是她还有活命，那么我的一切悲哀都可以消释了。

肯　特　（跪）啊，我的好主人！

李　尔　走开!

爱德伽　这是尊贵的肯特,您的朋友。

李　尔　一场瘟疫降落在你们身上,全是些凶手,奸贼! 我本来可以
　　　　把她救活的;现在她再也回不转来了! 考狄利娅,考狄利娅! 等
　　　　一等。啊! 你说什么? 她的声音总是那么柔软温和,女儿家是应
　　　　该这样的。我亲手杀死了那把你缢死的奴才。

军　官　殿下,他真的把他杀死了。

李　尔　我不是把他杀死了吗,汉子? 从前我一举起我的宝刀,就可以
　　　　叫他们吓得抱头鼠窜;现在年纪老啦,受到这许多磨难,一天比一天
　　　　不中用啦。你是谁? 等会儿我就可以说出来了;我的眼睛可不大好。

肯　特　要是命运女神向人夸口。说起有两个曾经一度被她宠爱、后
　　　　来却为她厌弃的人,那么在我们的眼前就各站着其中的一个。

李　尔　我的眼睛太糊涂啦。你不是肯特吗?

肯　特　正是,您的仆人肯特。您的仆人卡厄斯呢?

李　尔　他是一个好人,我可以告诉你;他一动起火来就会打人。他
　　　　现在已经死得骨头都腐烂了。

肯　特　不,陛下;我就是那个人——

李　尔　我马上能认出来你是不是。

肯　特　自从您开始遭遇变故以来,一直跟随着您的不幸的足迹。

李　尔　欢迎,欢迎。

肯　特　不,一切都是凄惨的、黑暗的、阴郁的;您的两个大女儿已经
　　　　在绝望中自杀了。

李　尔　嗯,我也想是这样的。

奥本尼　他不知道他自己在说些什么话,我们谒见他也是徒然的。

爱德伽　全然是徒劳。

　　　　一军官上。

军　官　启禀殿下，爱德蒙死了。

奥本尼　他的死在现在不过是一件无足重轻的小事。各位勋爵和尊贵的朋友，听我向你们宣示我的意旨：对于这一位老病衰弱的君王，我们将要尽我们的力量给他可能的安慰；当他在世的时候，我仍旧把最高的权力归还给他。（向爱德伽、肯特）你们两位仍旧恢复原来的爵位，我还要加赉你们额外的尊荣，褒扬你们过人的节行。一切朋友都要得到他们忠贞的报酬，一切仇敌都要尝到他们罪恶的苦杯。——啊！瞧，瞧！

李　尔　我的可怜的傻瓜给他们缢死了！不，不，没有命了！为什么一条狗、一匹马、一只耗子，都有它们的生命，你却没有一丝呼吸？你是永不回来的了，永不，永不，永不，永不，永不！请你替我解开这个钮扣；谢谢你，先生。你看见吗？瞧着她，瞧，她的嘴唇，瞧那边，瞧那边！（死。）

爱德伽　他晕过去了！——陛下，陛下！

肯　特　碎吧，心啊！碎吧！

爱德伽　抬起头来，陛下。

肯　特　不要烦扰他的灵魂。啊！让他安然死去吧；他将要痛恨那想要使他在这无情的人世多受一刻酷刑的人。

爱德伽　他真的去了。

肯　特　他居然忍受了这么久的时候，才是一件奇事；他的生命不是他自己的。

奥本尼　把他们抬出去。我们现在要传令全国举哀。（向肯特、爱德伽）两位朋友，帮我主持大政，培养这已经伤透的国本。

肯　特　不日间我就要登程上道；我已经听见主上的呼召。

奥本尼　不幸的重担不能不肩负；感情是我们唯一的言语。年老的人已经忍受一切，后人只有抚陈迹而叹息。（同下。奏丧礼进行曲。）